VIER VROUWEN EN EEN BOOT

Janette Benaddi, Helen Butters,
Niki Doeg en Frances Davies

VIER VROUWEN EN EEN BOOT

Vertaling Anna Livestro

HarperCollins

HarperCollins PUBLISHERS Since 1817

Oorspronkelijke titel: *Four Mums in a Boat*
Vertaling: Anna Livestro
Omslagontwerp: Wil Immink Design
Bewerking: Kayta Kholyapina/Van de Wall Vormgeving
Omslagbeeld: Ben Duffy for Talisker Whisky Atlantic Challenge
Zetwerk: Mat-Zet B.V., Soest
Druk: CPI Moravia Books s.r.o.

ISBN 978 94 027 2710 4
NUR 320
Eerste druk augustus 2017

Originele uitgave verschenen bij HarperCollins Publishers Ltd., London
Deze uitgave is uitgegeven in samenwerking met HarperCollins Publishers LLC

HarperCollins Holland en Harlequin Holland zijn divisies van Harlequin Enterprises Limited
www.harpercollins.nl

We dragen dit boek op aan jou in de hoop dat het je zal inspireren om je eigen 'oceaan' te bedwingen, hoe die er ook uit mag zien.

JANETTE, HELEN, FRANCES EN NIKI

‘Je kunt de oceaan pas oversteken als je de moed hebt de kust achter je te laten.’

CHRISTOFFEL COLUMBUS

Inhoudsopgave

HOOFDSTUK 1

La Gomera

'Te zijn is te doen.'

SOCRATES

30 november 2015, de haven van San Sebastián, La Gomera

Frances schudde langzaam haar hoofd. Met een blik op de golven die onder ons tegen de kademuur stuksloegen zei ze: 'Dit is geen oceaan voor beginners.'

Naast haar, uitkijkend over het watergeweld vlak buiten de haven van San Sebastián op La Gomera, moesten wij – Janette, Helen en Niki – haar wel gelijk geven. De golven waren gigantisch hoog en de afstand die wij zouden gaan roeien loog er niet om. Wie had dit eigenlijk ooit verzonnen? Alles bij elkaar stonden we op het punt om vier echtgenoten, acht kinderen, vijf honden, twee katten, twee slangen en een woestijnratje achter te laten om drieduizend zeemijlen over een van de gevaarlijkste oceanen ter wereld te gaan roeien. Er schijnen meer mensen de ruimte in te zijn geweest en meer mensen op de top van de Mount Everest te hebben gestaan dan er mensen zijn die in een roeiboot de Atlantische Oceaan overgestoken hebben.

En eerlijk gezegd: geen van hen was een werkende moeder uit Yorkshire, aan de verkeerde kant van de veertig, of zelfs de vijftig al gepasseerd, en (als we dan toch eerlijk zijn) geen van ons was een topsporter.

Sterker nog, geen van ons vieren had ooit op niveau aan een duursport gedaan. We waren nooit op de Noordpool of de Zuidpool geweest, hadden nooit ons bivak opgeslagen op een berg, nooit in een grot gewoond, levend van regenwater en met een klein knaagdier als enige gezelschap.

Toch waren we ook weer geen uitgebluste bankhangers; Frances had deelgenomen aan de Coast to Coast-race, van Nairn naar Glen Coe, en Janette had een 'fun run' van vijf kilometer gelopen, waarbij ze overdekt met roze verf een rondje om Castle Howard deed. Maar in essentie waren we gewoon vier moeders die elkaar kenden van het schoolplein en die het plan hadden opgevat om de oceaan over te roeien.

En nu we hier zo stonden, leek dat plan om de Talisker Whisky Atlantic Challenge aan te gaan – een van de zwaarste races ter wereld – dat we bedacht hadden na een paar glaasjes pinot op een koude winteravond in York, in januari 2013, ineens volkomen krankzinnig. Het had ons bijna drie jaar gekost om tot dit punt te komen. We zeiden altijd tegen elkaar dat het zwaarste deel van de race, de grootste uitdaging, bij de start op de Canarische Eilanden zou zijn. En dat punt waren we al gepasseerd. Het moeilijkste hadden we achter de rug. We hadden sponsoren gevonden en geld ingezameld, genoeg mensen ervan weten te overtuigen dat we dit echt wilden, en dat we hun steun waard waren. Maar nu stonden we hier te staren in die heksenketel vol onderstromen en getijden, met een stormachtige wind en golven van wel achttien meter hoog, om nog te zwijgen van de mammoettankers die ons kleine bootje in een oogwenk konden vermorzelen. Aan haaien, walvissen en zwaardvissen, die soms midden in de nacht kleine boten aan hun zwaard regen, probeerden we ook maar niet te denken, net zo min als aan de brandend hete zon, slagregens, verwondingen, zweren, uitputting en het eindeloze roeien. We zouden twee uur op, twee uur af gaan – *eat, sleep, row, repeat* – en onze schatting was dat we dat vijftig dagen zouden moeten volhouden, en misschien nog wel ietsje langer. Die fles mango-gin die we in het ruim van de boot wilden verstoppen voor noodgevallen zou hoe dan ook opengaan.

'Het komt goed,' zei Helen met een verbeten glimlach en een overdreven nonchalant schouderophalen, terwijl er weer een golf op de rotsen onder ons te pletter sloeg. 'We halen Antigua heus wel.' Ze knikte erbij.

'We moeten positief denken,' meende Niki.

'Wij maken ons team sterk, en het is ons team dat ons sterk maakt.' Janette citeerde uit het manifest *Kernwaarden voor aan boord*, dat ze ons vijfduizend kilometer verderop, in Yorkshire, ter goedkeuring had voorgelegd.

Starend naar die machtige golven deden we allemaal verschrikkelijk ons best om optimistisch te blijven, positief te denken en te blijven ademhalen, terwijl we ons diep vanbinnen afvroegen: hoe kom je er in godsnaam op om de oceaan te willen oversteken in een roeiboot? We wisten dat er een kans was dat we het niet zouden halen, maar wilden niet vastlopen in negatieve gedachten. Deze ervaring zou ons leven veranderen. De reden om dit avontuur aan te gaan was niet dat wij aan ons leven wilden ontsnappen, maar dat we niet wilden dat ons leven aan óns zou ontsnappen. En nu was het zover. De zon scheen genadeloos, de zilte lucht vulde onze longen.

Helen verbrak de stilte. 'En dan nog iets,' zei ze ferm. 'Geen gejank.'

Op de laatste dag van november 2015 kwamen we aan op La Gomera, twee weken voor de start van de Talisker Whisky Atlantic Challenge. Met ons vieren zouden we drieduizend mijl roeien van onze basis op de Canarische Eilanden naar Antigua, in de Antillen. Er was ons verteld dat de voorbereiding het belangrijkste onderdeel van de race was, en we wilden per se ruim op tijd op de Canarische Eilanden zijn om dingen te regelen, en om te controleren of de paar winkeltjes op het piepkleine vulkanische eiland wel echt alles in voorraad hadden wat wij nodig hadden.

Het nieuwsprogramma BBC *Breakfast* had besloten ons vertrek uit Engeland te filmen. Op het vliegveld van Manchester namen we afscheid van onze steuntroepen, vrienden (heel veel vrienden), familie (heel veel familie) en supporters. Van de zesentwintig teams die dat jaar de Atlantische Oceaan zouden oversteken, had de BBC ons uitgekozen – Yorkshire Rows, zo heetten wij – om gedurende de race te volgen. Daar waren we heel blij mee, omdat we geld wilden ophalen voor maar liefst twee goede doelen: Maggie's Cancer Care en de Yorkshire Air Ambulance.

De tv-camera's draaiden toen we bij de Thompson-balie stonden om in te checken voor Tenerife, omringd door vrienden, familie en stapels koffers vol met waterpompen, zakjes paranoten, regenkleding en comfortabel zittende broeken, in de hoop dat er geen toeslagen zouden volgen voor al die extra kilo's bagage.

Precies op dat moment werden we benaderd door de schrikbarend knappe voormalige olympisch kampioen James Cracknell, die een paar jaar geleden ook aan deze race had deelgenomen met presentator Ben Fogle, maar dan niet voor tv.

De charmante sportman was door de BBC gestuurd om ons te verrassen, en om ons uit te zwaaien en nog wat laatste wijze raad mee te geven.

Helaas had niemand dat tegen Janette gezegd, en in de warboel van bagage, gezichten en felle lampen had ze hem aan de kant geduwd.

'Sst,' waarschuwde ze met haar wijsvinger in de lucht. 'De BBC staat verderop te filmen.'

'Maar...' begon James. Het klonk verward.

'Je ziet de camera toch wel?'

Janette had de knappe roeier niet herkend. Ze dacht dat hij een andere deelnemer aan de race was. 'De mensen van de tv willen graag hun werk doen,' zei ze, met samengeknepen ogen tegen het licht. 'Dus als je gewoon even stil bent tot ze klaar zijn?'

'Ik was alleen...' probeerde Cracknell nog eens.

'Sst,' herhaalde ze.

Toen Janette ten slotte werd voorgesteld aan haar gesprekspartner kon hij, na uitvoerige, blozende verontschuldigingen van haar kant, eindelijk zijn woordje doen. Hij zei dat we elkaar de ene dag zouden haten, en dat we de volgende dag weer van elkaar zouden houden, en dat dit patroon zich zou herhalen tot we de oceaan over waren. Hij waarschuwde ons dat we blaren zouden krijgen op onvermoede plaatsen en hij voegde eraan toe dat hij dacht dat we onze bestemming wel zouden halen, aangezien we een nog veel grotere beproeving hadden doorstaan: kinderen baren.

Terwijl zijn bemoedigende woorden nog nagalmden, vertrokken we naar de Canarische Eilanden – met onze antischaafbroeken veilig in het ruim, zonder bijbetaling!

Om zover te kunnen komen, hadden we niet alleen hulp gekregen van onze gezinnen, maar ook van heel veel andere uiterst gulle mensen. Een van hen was de achtentachtigjarige Ron uit Halifax, die een vervoersbedrijf had in Yorkshire, en een appartement in Tenerife. Hij had over ons gelezen in de *Yorkshire Post*. Op onze fundraisingswebsite had hij aangeboden ons van het vliegveld in Tenerife op te komen halen. Aangezien we hem nog nooit hadden ontmoet, hadden we geen idee wat we konden verwachten toen we kennismaakten met deze aardige, kleine oudere man. Hij gooide onze loodzware tassen achter in zijn auto en nam ons mee uit lunchen in Santa Cruz voordat hij ons op de veerboot naar La Gomera zette.

Nog geen uur later kwamen we aan in de haven van San Sebastián, die bruiste van energie. We checkten in bij de organisatie van de race, en kregen onze toegangspassen voor de haven. Toen we de enorme beveiligingspoorten bij de haven doorliepen, was het lawaai het eerste wat ons opviel: geschreeuw, geklets, gelach, het geluid van zagen, snijbranders, hamers. Overal werd keihard gewerkt.

'Ben ik de enige die zenuwachtig en opgewonden is?' vroeg Niki.

'Ik kan niet geloven dat we hier echt zijn,' zei Helen.

'Dat we het zo ver hebben geschopt,' voegde Janette daaraan toe.

'Eindelijk,' zei Frances lachend.

Overal stonden ploegen die zouden deelnemen aan de race, en de boten lagen naast elkaar opgesteld. De teams kwamen van over de hele wereld: tweemansformaties, solisten en groepjes van vier, zoals het onze. In totaal waren zesentwintig teams bezig zich voor te bereiden op de race; de deelnemers liepen voortdurend over de pier heen en weer. Dikke stapels spullen, touwen, emmers, noodtassen, waterpompen, remparachutes, zee-ankers, radio's, handfakkels en EHBO-sets lagen verstrooid over de houten planken in een soort ordelijke chaos om door de organisatie van de race te worden geïnspecteerd. Dat is een uiterst nauwkeurige procedure waarbij alle materialen worden gecheckt. Aan de ene kant is het een inventarisopname van de boot, maar er wordt ook gekeken hoe zeewaardig de boot en de bemanning zijn. Iemand die niet door deze controle komt, wordt uitgesloten van de race.

Midden tussen dat alles lag Rose – onze schitterende, oceaanwaardige Rannoch-wedstrijdboot, en het vijfde lid van ons team: acht meter lang en anderhalve meter breed, en glanzend wit in het zonlicht. We wilden haar zo graag zien dat we snel tussen alle andere teams door slingerden, op zoek naar haar. We hadden haar gemist, sinds ze twee maanden eerder op een vrachtschip was geladen en alvast naar het zuiden was gestuurd. Eindelijk zagen we haar liggen, strak en glimmend van de nieuwe Glide Coat-verf waarmee ze over de Atlantische Oceaan zou scheren. Ze lag aangemeerd naast een felgroene boot, die bemand werd door de enige andere geheel vrouwelijke bemanning in de race – Row Like a Girl. We stapten meteen aan boord, en als bezorgde ouders begonnen we haar helemaal na te lopen om te zien of ze geen butsen had opgelopen tijdens haar reis. Gelukkig was ze in perfecte staat. Sterker nog, vergeleken met veel andere boten in de haven zag ze er fantastisch uit.

'Niet om het een of ander,' fluisterde Helen terwijl ze langs de rij met boten keek, 'maar geen van deze boten kan aan Rose tippen.'

'Zo is dat,' beaamde Niki. 'Rose is een van de modernste van allemaal.'

Maar de boten verschilden niet alleen in leeftijd en afmetingen; het zat hem ook in wat de andere bemanningen ermee hadden gedaan. Toen we langs de aanlegsteigers liepen om kennis te maken met de andere deelnemers, werd wel duidelijk dat veel andere teams hun boten flink hadden gepimpt.

'De Antiguanen hebben zelfs een klein fornuis,' zei Janette. 'Ze hebben een van de zittingen eruit gehaald; het fornuisje staat nu in het midden.'

'Ze hebben ook hengels,' ging Niki verder. 'Blijkbaar zijn ze van plan om onderweg te gaan vissen.'

'Vissen?' vroeg Helen verbaasd.

'Ze zien wel wanneer ze aankomen, tenminste, dat zeggen ze,' vervolgde Niki. Het was duidelijk dat ze het maar een merkwaardige aanpak vond.

'Team Beyond neemt liters olijfolie mee. Om op te drinken,' vertelde Frances.

'Maar daar krijg je toch diarree van?' vroeg Helen.

'En Ocean Reunion heeft een tas vol pindakaas bij zich!'

Toen we heen en weer liepen tussen de boten om de anderen te leren kennen, begonnen we ons serieus af te vragen of onze eigen voorbereiding wel deugde. Hadden wij niet ook een fornuis nodig? Moesten we niet ook vissen? En pindakaas wegspoelen met olijfolie? Waar waren we eigenlijk mee bezig? We hoorden hier helemaal niet thuis, tussen al die atleten. We waren maar gewoon vier moeders uit Yorkshire.

'Zo is het wel genoeg,' zei Frances streng. 'We wilden dit, en nu zijn we hier. Dus gaan we ervoor.'

Met al die roeiers, ondersteunende teams en mensen van de organisatie op het kleine eilandje was accommodatie afgrijselijk duur. Gelukkig was Janette een jaar ervoor al met haar man, Ben, naar La Gomera geweest om voor het team op verkenning te gaan. Dus kende ze een paar restaurants en wat kroegen. Ze hadden zelfs een glamoureus vijfsterrenhotel gezien, boven op de heuvel, waar ze wel graag wilde overnachten voor de race, maar Frances zag dat anders. Die had een heel wat minder heilzaam maar een stuk praktischer appartement gevonden waar we ons met z'n vieren konden verschansen tot de rest van onze gezinnen zou komen om ons toe te juichen bij de start.

Een makelaar zou het appartement op de eerste verdieping hebben omschreven als 'karakteristiek'. Helen sprak optimistisch van 'veel

Spaanse charme', maar zij had dan ook de beste slaapkamer – of liever: de énige slaapkamer. Het vertrek bevatte een tweepersoonsbed en een grote linnenkast, en lag pal naast de badkamer. Janette moest op de slaapbank in de zitkamer slapen, en Frances en Niki waren ingekwartierd 'op zolder' – op een entresol, waar ze aan de elementen waren overgeleverd. Ze moesten in emmers plassen (tot hilariteit van de buren), want midden in de nacht van een gammele ladder klimmen leek een vrij zekere manier om blessures op te lopen. En die konden we ons niet veroorloven. Niet nu. Niet na al dat harde werk, met de race voor de deur.

Op onze eerste avond bespraken we hoeveel bagage we zouden moeten meenemen aan boord. Hoe meer we meenamen, des te zwaarder de boot werd, en hoe trager we zouden roeien. Het was dus in ons eigen belang om alles tot een minimum te beperken. Essentiële dingen zoals een reserveroer en de handbediende watermaker konden we echt niet achterlaten, maar Helens steiltang en gigantische verpakking glitterdouchegel zouden absoluut weer met haar man, Richard, mee naar huis gaan, want die had ze alleen nodig op La Gomera – en dan nog... Trouwens, hoeveel onderbroeken moesten er eigenlijk mee?

'Twee de man,' vond Janette.

'Twee?' vroeg Niki.

Janette knikte. 'We moeten ergens beginnen, dus waarom niet bij ons ondergoed? We dragen ze trouwens toch niet.'

'Waarom maar twee?' wilde Helen weten.

'Vanwege het gewicht.'

'Maar onderbroeken wegen bijna niks,' pleitte Helen.

'Dat weet ik wel, maar als je het optelt bij wat je verder nog allemaal wilt meenemen, dan eindig je met een boot die zo zwaar is dat we hem niet meer kunnen roeien.’

‘Er zijn vast wel grotere en zwaardere spullen waar we over kunnen debatteren. Snackpacks, om maar eens wat te noemen.’

Niki schrok. Tijdens de lange aanloop naar de race hadden we elkaar rollen en taken toebedeeld, en Niki ging over de snackpacks. Het was een van de vele dingen waar ze goed in is. Want al is ze superslank, ze houdt van eten. Ze verteert haar eten supersnel, en als ze niet aan het eten is, zit ze te denken aan waar ze trek in heeft. Het was dan ook logisch om haar verantwoordelijk te maken voor het voedsel, en dan vooral voor de snacks.

Voldoende calorieën innemen is op zo’n inspannende monsterreis natuurlijk cruciaal, en Niki had haar onderzoek verricht op de haar kenmerkende precieze manier. De regels van de race bepaalden dat op elke boot voor zestig dagen rantsoen aanwezig moest zijn per persoon, en aangezien we ergens tussen de zes- en tienduizend calorieën zouden verbranden, hadden we veel maaltijden en een hoop tussendoortjes nodig. Sterker nog, aangezien de calorierijke echte maaltijden ons zo zouden gaan vervelen dat we er al snel geen trek meer in zouden hebben, was ons verteld dat de snacks meer dan een tussendoortje waren; ze zouden ons door de lange nachten op zee helpen, of door de momenten dat de depressie toe zou slaan, kortom, ze zouden onze redding zijn. Niki had alle mogelijkheden uitvoerig onderzocht. Ze had bedacht wat we mee moesten nemen, welk voedsel de zweterige, zilte, klamme tocht zou overleven. Ze had ons gevraagd wat wij lekker vonden, en waar we trek in zouden hebben bij windkracht acht. Helaas hadden we er geen van allen echt goed bij stilgestaan toen ons die vraag per mail werd gesteld.

‘Het maakt niet uit,’ hadden we geantwoord. ‘Kies jij maar.’ Dat zouden we nog berouwen.

Janette ging bruut door met het uitdunnen van de bagage, en de onderbroekgate ontaardde in muiterij en plannen om stiekem wat onderbroeken mee de boot op te smokkelen. Maar wat ons vooral bijstaat van die eerste dagen knutselen aan Rose, het opplakken van de namen van onze sponsoren op haar romp en het doorlopen van de lijst met spullen waar we absoluut plaats voor moesten vinden aan boord, was de ongelofelijke zelfverzekerdheid van de andere deelnemers. Het was echt een andere wereld.

We waren aangelegd naast Row Like a Girl – een fantastische ploeg belachelijk aantrekkelijke vrouwen die, eerlijk gezegd, jong genoeg waren om voor onze dochters door te gaan. Ze waren slim en capabel, en hadden al talloze sportieve avonturen beleefd.

'Al zou ik tien kilo afvallen, dan zag ik er nog niet zo uit,' zei Janette, die toekeek hoe de meiden zich stonden in te smeren met zonnebrandcrème. Verder op de steiger stonden een paar andere bemanningen naar de dames te fluiten. 'Ik geloof niet dat ze dat ook voor ons gaan doen,' zei ze.

'Nee,' beaamde Frances. 'Sterker nog, wat is het tegenovergestelde van fluiten?'

In die eerste dagen renden we door de stad, op zoek naar een watersportwinkel waar we touwen en kussentjes voor de zittingen konden kopen, en kletsten we met onze buurvrouwen – Olivia, Gee, Bella en Lauren.

'Yogamatjes zijn het beste als kussentje,' opperde Lauren behulpzaam vanaf het dek van haar boot.

'Echt?' vroeg Helen.

'Die zijn lekker zacht – goed voor je achterwerk.'

Terwijl we onze boot aan het voorbereiden waren en de hele romp volgeplakt hadden met sponsorstickers, vertelde Lauren dat ze twee jaar eerder had geprobeerd om in een tweepersoonsboot de Atlantische Oceaan over te steken, met haar teamgenoot Hannah Lawton. De poging was helaas mislukt. Bij de slechtste weersomstandigheden in de geschiedenis van de race waren ze gekapseisd. Veertig dagen hadden ze stuurloos over de oceaan gedobberd, zonder stroom en verstoken van contact met de buitenwereld. Ze was zesennegentig dagen op zee geweest voor ze, honderdelf dagen na vertrek, terugkeerde naar Engeland, gered door een vrachtschip uit Canada. Het feit dat ze hier toch weer was om haar demonen uit te bannen, was ongelofelijk.

Haar verhaal was leerzaam. We rolden in elk geval met wat minder bravoure de touwen aan dek en dachten in stilte na over waar we aan begonnen waren. Wat bezielde ons om acht kinderen, in leeftijd variërend van acht tot achttien, in Yorkshire achter te laten? Was dat niet egocentrisch? Kunnen vrouwen op leeftijd, met banen en tal van andere verantwoordelijkheden, zomaar op avontuur gaan? Het leek op snoepen van verboden vruchten.

Gek genoeg stelde niemand hier ons die vraag. Niemand vroeg ooit hoe we op de gedachte gekomen waren om zoiets te gaan doen. Niemand stelde onze motieven ter discussie, we werden gewoon geaccepteerd. Terwijl we ons mengden tussen deze bijzondere mensen met hun aanpakkersmentaliteit, die ons oppepten en nooit ontmoedigden, bedachten we dat er meer van zulke mensen zouden moeten zijn. Het geeft een vrouw veel kracht om niet te worden veroordeeld op haar gebrek aan spierballen.

Nou ja, de bemanning van Row2Recover – een viertal mannelijke legermannen met een of meerdere geamputeerde ledematen: Cayle, Lee, Paddy en Nigel – keek wel een keer naar ons met een blik van: ‘wat is dit?’.

Dat was toen we snoeihard het inspirerende *Let It Go* uit de film *Frozen* afspeelden bij het schoonmaken van de boot. Ze kreunden, gromden en dekten hun oren af en smeekten of we het wilden uitzetten – net toen Greg Maud, een soloroeier die Mount Everest en de Kilimanjaro had beklommen en de Marathon des Sables had gelopen, voorbijliep en met zijn armen in de lucht uit volle borst meezong met het refrein.

'LET IT GO-O-O-! LET IT GO-O-O!' Hij viel stil. 'Tja,' zei hij toen schouderophalend bij de ontzette gezichten van het Row2Recovery team. 'Ik heb een dochter, dan krijg je dat.'

Terwijl de dag van de race steeds dichterbij kwam, sloeg de sfeer in het stadje wat om: de spanning nam toe, net als het aantal glazen gin dat in The Blue Marlin werd geschonken.

De onofficiële wedstrijdbar, The Blue Marlin – een piepklein hol in een zijstraatje op La Gomera, met op de muren de laatste woorden van avonturiers uit het verleden – was de plek waar alle roeiers en hun supporters bijeenkwamen na een lange dag van in- en weer uitpakken van boten. Dit was de plek waar je iedereen kon vinden die iets met de trans-Atlantische oversteek en roeien te maken had. Het rook er naar zout en gemorst bier en er werden vriendschappen gesloten en katers geboren.

Naarmate de dagen voorbijgingen werd er gepraat over uitdagingen uit het verleden, hoge golven en sterke verhalen tot we aanbeland waren in het heden. We bepraatten in detail hoe je het gewicht op de juiste manier over de boot moest verdelen, hoe je een para-anker moest inzetten (een gigantische parachute die je als anker gebruikt bij storm, om te voorkomen dat de boot over zee wordt geblazen) en wanneer precies je een stabilisatieparachute moest lanceren (op een heel ruwe zee en bij uiterst sterke stroming klaarblijkelijk). Later op de avond, toen er nog wat glaasjes rum in waren gegaan, werden de zang en het gitaarspel ietsje luidruchtiger. Het ging soms wel tot twee of drie uur 's nachts door.

Frances was in haar element. Ze had gestudeerd in Southampton, aan zee dus, en dit deed haar weer helemaal denken aan die tijd. Ze genoot met volle teugen. Normaal was ze altijd wat gereserveerd, maar hier praatte ze honderduit met alle deelnemers, en ze bloeide op van de positieve sfeer. Natuurlijk zouden we allemaal de overkant halen! Natuurlijk kon dat! Natuurlijk! Natuurlijk!

Dan moesten we alleen nog wel even onze eerste proef doorstaan. We wisten dat de organisatoren een boot pas te water zouden laten als die door hun uiterst gedetailleerde inspectie kwam. Elk minuscuul stukje bagage, van de survivalpakken tot het aantal pleisters in de EHBO-doos, alles moest volgens een bepaald patroon naast de boot worden gelegd, en afgestreept worden van de lijst met verplichte bagage, die elf pagina's lang was. De dag van onze laatste inspectie was zenuwslopend. Het kostte ons bijna een hele dag om alles naast Rose uit te stallen. Hadden we echt alles? Hadden de touwen de juiste dikte? Hadden we goede spalken in onze set met medische spullen? Bevatten onze voedselpakketjes genoeg calorieën? Alle andere bemanningen zaten natuurlijk in hetzelfde schuitje, dus als er ergens iets ontbrak, werd er over en weer gedeeld: spullen vlogen van de ene boot naar de andere, en de gemeenschapszin was geweldig, want iedereen wilde de andere teams helpen. Het was erg inspirerend.

Maar om rustig te blijven terwijl Lee van Atlantic Campaigns langzaam en systematisch door je bepakking ging was een nachtmerrie.

'Zullen we anders over de kaai gaan ijsberen?' opperde Helen.

'Of ergens een kop koffie doen?' vroeg Frances.

'Ik ben te gespannen,' zei Niki. 'Wat nu als we iets heel belangrijks missen?'

Uiteindelijk bleven we om beurten bij de boot om Lees vragen te beantwoorden, want we trokken het niet om met ons vieren de volle twee uur bij hem te blijven. Ons hart ging tekeer. We hadden een droge mond.

En toen... eindelijk... waren we door de inspectie! Nog nooit was een groep werkende moeders zo uitzinnig over het feit dat ze vijfendertig pleisters had ingekocht. We waren klaar voor de race, en konden Rose te water laten. Het zou de volgende ochtend gebeuren.

We waren door het dolle. Niets kon ons nog tegenhouden.

Maar onze eerste training met Rose was een heel ander verhaal. De regels van de race schrijven voor dat je minstens vierentwintig uur ervaring op zee moet hebben met de boot voor je kunt vertrekken, en ook al konden we dat hokje afvinken, we wilden nu toch wel graag weten hoe het voelde om echt op de Atlantische Oceaan te varen. Hoe zou onze boot zich gedragen? Hoe zou het voelen? Ook was het een goed idee om een aantal speciale verrichtingen te oefenen – en om de watermaker aan de praat te krijgen, om maar eens iets te noemen – nu we nog de luxe hadden om dingen op het droge aan te kunnen passen. Als er iets misging zodra we eenmaal aan de race waren begonnen, moest dat op zee worden opgelost. En we wisten allemaal hoe lastig dat zou zijn.

Op nog geen uur buitengaats werd ons eerste probleem al zichtbaar: Helen. De zee was groot, en de golven waren woelig en bestookten ons van alle kanten. De boot stuiterde in het rond als een pingpongbal in een bubbelbad. Ze hadden ons gewaarschuwd dat we de eerste paar weken na vertrek uit La Gomera last zouden hebben van een onstuimige, angstaanjagende zee, maar we waren de haven nog niet uit of de oceaan gooide ons al als een stuk speelgoed alle kanten op.

'Ik moet overgeven,' zei Helen. Ze voegde de daad bij het woord en deponeerde haar ontbijt naast de boot.

'En nog een keer.' Weer ging ze over haar nek.

Die arme Helen lijdt aan zeeziekte, en dat is niet de ideale aandoening in een oceaanroeiboot. We wisten wel dat ze er last van had, we hadden het er al heel vaak over gehad. Ze was ook niet de enige. Frances had ook geen sterke maag, maar zij voelde zich direct een stuk beter nadat ze haar maag had geleegd, en kon dan gewoon doorroeien. Ze hield alleen even haar riem stil, kotste over de rand van de boot, en pakte de draad weer op. Terwijl Helen echt de weg kwijt was. Die kon zich niet meer verroeren, ze kon niet meer roeien, ze kon de kajuit niet meer uit. Het enige wat ze nog kon was liggen en vreemde geluiden maken, als een koe in barensnood. Zitten, praten, slikken... Het ging allemaal niet meer.

En ze had alles al geprobeerd: pillen, drankjes, gemberpreparaten, zelfs een krachtig antibraakmiddel, dat ze had gekregen van een bevriende arts, Caroline Lennox. Helen had het aan de goddelijk knappe arts van de race laten zien, Thor Munsch, die adviseerde om het niet te gebruiken. Helen zou misselijk worden, net zo lang tot haar systeem zich had aangepast, en dan zou het voorbij zijn. Maar Helen had haar zinnen gezet op een snellere methode. Vandaag probeerde ze een speciale reisbril waardoor je maar met één oog kon zien. Volgens de leverancier was dat het ei van Columbus.

'Dat werkt dus niet,' zei ze terwijl ze over de rand van de boot hing. 'Ik ben misselijk én ik kan maar met een oog kijken. Dat is alles wat ik ermee bereik.'

Ze keek naar Janette, die aan het roer stond terwijl Frances en Niki roeiden. Het was bijna lachwekkend. Ze klampte zich vast aan de zijkant van de boot, en haar lange bruine haar vloog alle kanten op, met die bril met één afgeplakt glas. Het zag er alles bij elkaar nogal idioot uit.

'Ik ga maar weer gewoon aan de reistabletten,' zei ze toen ze nog een keer overgegeven had. Ze verdween in de piepkleine kajuit.

Het probleem van een bemanningslid dat buiten spel gezet wordt door zeeziekte is tweeledig. Niet alleen moet de rest van de bemanning het werk overnemen, wat onmogelijk is, omdat er gewoon geen ruimte is om tijdens een race over de Atlantische Oceaan over de boot te lopen, maar als de boot in gevaar is en alle hens aan dek nodig is, dan hebben we te weinig mankracht om problemen op te lossen en ons door het gevaar heen te roeien.

En dat gebeurde al snel. We waren ongeveer anderhalf uur aan het trainen toen de golven en de stroming zich plotseling tegen ons keerden en we in de richting van de rotsen vlak buiten de haven werden geduwd.

'Een! Twee!' riep Janette om Niki en Frances aan te moedigen hun riemen diep in het water te steken en zo de boot van de rotsen te keren. De golven sloegen van diverse kanten tegen de boot en we werden doornat. 'Halen!' gilde ze terwijl ze aan het roer trok in een poging te voorkomen dat de boot op een verzameling puntige zwarte rotsen liep, die net boven de schuimkoppen uitstak.

'Helen!' gilde Janette. 'Helen! We hebben je nodig! We varen op de rotsen af!'

Gevolgd door: 'Helen, pak je riemen, anders slaan we te pletter!'

En door: 'Helen, als je ons nu niet komt helpen, gaan we allemaal dood!'

Dat we dit hele eind waren gekomen om nu al onze boot in stukken te laten rijten, of op zijn minst de romp ernstig te laten beschadigen, voor de race nog maar van start was gegaan... Het zou eeuwig zonde zijn.

'Helen!'

Helen sleurde zichzelf de kajuit uit, keek op vanaf de achtersteven en wierp een blik over de golven naar de zwarte rotsen in de verte. Ze slikte, met haar afgeplakte bril nog op haar neus. Ze kon nauwelijks praten.

'Het komt goed!' riep ze boven de bulderende golven uit. 'Suicide Steve is daar in de buurt, veel dichterbij dan wij. We zijn er nog lang niet.'

'Nee! Hij is bij de kademuur, waar veel minder wind staat. Als je die idiote sticker nou eens voor je oog weghaalde, dan zou je dat zelf ook zien!'

Terwijl we terug roeiden naar de haven, en Helen nog steeds voor pampus aan dek lag, wisselden zij en Janette een blik uit. Helen had altijd gezworen dat ze dit aankon, ondanks haar chronische zeeziekte. Ze zou gewoon door blijven roeien, wat er ook gebeurde. Maar op dat moment leek de twijfel toe te slaan. Twijfel met een flinke scheut angst. Kon ze dit wel aan? Er deden genoeg verhalen de ronde over ijzersterke roeiers die van hun bootjes geplukt moesten worden wegens extreme uitdroging. Een paar dagen overvloedig overgeven... en zelfs de grootste krachtpatser werd een trillend wrak aan wie je op zee niets had. Zou Helen het wel redden? Hoe dan, als ze zelfs geen middag standhield op de Atlantische Oceaan? We hadden nog drieduizend mijl te gaan.

'Ik neem die Stugeron-tabletten,' stelde ze de rest van ons gerust, terwijl we aanmeerden naast Row2Recovery. 'En ik eet Queezibics. Ik sla me er wel doorheen.' We keken toe terwijl ze, nog natrillend, van de boot stapte, en hoopten vurig dat ze gelijk had.

Een paar dagen later arriveerden onze gezinnen, met onze acht kinderen. De geweldige Ron uit Halifax had hen van het vliegveld gehaald en ze kwamen op La Gomera aan op een golf onvoorwaardelijke steun en opwinding. Het was geweldig om hen te zien; ze boden een welkome afleiding van de toenemende zenuwen en spanning rondom de race. En bovendien hadden we er allemaal erg naar uitgezien om hen rond te leiden.

We hadden gehoopt dat ons enthousiasme over het plan om de oceaan over te roeien op hen zou overslaan. In een wereld vol Instagram-negativiteit en Snapchat-cynisme, wilden wij onze kinderen de kracht van positiviteit tonen. Dat alles mogelijk is, als je iets maar graag genoeg wilt en als je maar hard genoeg werkt. Wat is er positiever dan met een groep roeiers bij elkaar te zijn en allemaal op het punt te staan de Atlantische Oceaan over te roeien? Mensen met de meest uiteenlopende achtergronden die hier allemaal waren met hetzelfde doel voor ogen. Op reis naar de Canarische Eilanden hadden we ze een paar keer horen zeggen: 'Als je ons vraagt: "Waarom willen jullie die oceaan over roeien?" dan snap je het antwoord toch niet.' Want het antwoord is natuurlijk: 'Omdat die oceaan er nu eenmaal is.' Iedereen die 's avonds aan het bier zat in The Blue Marlin wist dat. Net als alle teams die bezig waren hun kant-en-klaarmaaltijden in te pakken, met materiaal klooiden en naarstig zochten naar klusjes in afwachting van het begin van de race.

Onze families maakten zich ook nuttig. Ben, en Niki's vader, Pete, sleurden met zware spullen, versleepten het roer, en pakten het gigantische para-anker, en gaven ons onophoudelijk instructies over hoe je een boor moest hanteren of de watermaker moest repareren. Op een avond was Ben ons van alles aan het vertellen over die watermaker toen ze met een glas gin-tonic in The Blue Marlin zaten. We kregen precies te horen hoe vaak we het filter moesten verwisselen en hoe dat in zijn werk ging. (Je checkt het wekelijks, en als het geel is, dan moet je een nieuwe pakken, naar het schijnt.)

'Oké, komt goed,' verklaarde Janette. Ze nam een slok van haar borrel.

Helen knikte. 'Top.'

'Ja, ja,' zeiden Frances en Niki.

Later zouden we erachter komen dat het handig was geweest als minimaal een van ons echt naar hem had geluisterd.

De andere echtgenoten, Richard, Gareth en Mark, hadden onze kudde onder hun hoede – Helens twee kinderen, Henry van dertien en Lucy van zestien; Niki's Aiden, negen, en Corby, twaalf; de kinderen van Janette: Safiya van veertien en James van achttien; en het tweetal van Frances: Jack van dertien en Jay van veertien. Hoewel we vanwege hun leeftijd meer hadden aan de oudere kinderen, die steeds voor ons naar de winkels gingen om nog wat laatste spullen in te slaan – nog een schaartje, een klos touw – deden de andere kinderen wat we al hadden gehoopt: kletsen met de andere bemanningen en luisteren naar hun verhalen. Ze kwamen met glinsterende ogen bij ons terug. Uiteraard waren ze het meest gefascineerd door de verzameling reserveprotheses aan de kade, naast de mannen van Row2Recovery. Het leek onvoorstelbaar dat een groep mannen zo veel hindernissen kon overwinnen om een oceaan over te roeien. Ze waren de belichaming van de kracht van positief denken.

Maar al vonden we het nog zo heerlijk om onze gezinnen bij ons te hebben, er waren ook heel veel momenten waarop we ons verscheurd voelden. Het plan was dat ze op de woensdag of donderdag voor de race zouden komen, en op zondag voor de race, die op dinsdag van start ging, weer zouden vertrekken. Maar omdat we nog zo veel moesten nalopen, zaten we het grootste deel van de dag bij Rose, en zagen we onze kinderen eigenlijk pas 's avonds.

We hadden al heel vaak besproken hoe we op de dag van de race de haven uit wilden varen – onze exitstrategie – en op Janette na waren we het erover eens dat we naar onze kinderen op Antigua toe zouden roeien, en niet op

La Gomera van hen weg wilden varen. We wilden dus niet door hen uitgezwaaid worden. We wilden geen huilende kinderen van negen op de kade zien staan, die verdrietig hun moeders nariepen tot die uit het zicht verdwenen waren. We wilden ook niet zelf steeds hoeven zwaaien en vanaf de golven 'Ik hou van jullie!' roepen, terwijl onze gezinnen stipjes aan de horizon werden. En, zoals Niki zei, we wilden geen van allen een verkeerde opmerking maken. Het zou al moeilijk genoeg worden om afscheid te nemen zonder iets te zeggen waar we spijt van konden krijgen, als we drie maanden gevangen waren door de oceaan en meer dan genoeg tijd hadden om te piekeren en tegen het licht te houden wat er nu precies wel en niet was gezegd. Het was ook psychologisch beter als elke slag van de riemen ons dichter bij hen zouden brengen, in plaats van steeds verder weg.

Dus hadden we besloten dat de meesten die zondag zouden vertrekken, en dat zij al onze bagage met zich mee zouden nemen. (Janettes gezin had een andere beslissing genomen. Haar kinderen waren wat ouder en meer gewend dat zij in het buitenland zat; ze zouden blijven tot dinsdag één uur 's middags om ons uit te zwaaien voor we naar de start gingen. Dat wilden zij graag, en Janette wilde hen er graag bij hebben.) We hadden alleen nog een klein plastic tasje met tandenborstels, tandpasta en twee comfortabele onderbroeken (die strijd had Janette gewonnen!) waar we het mee moesten doen tot we over drie maanden op Antigua zouden aankomen.

Op de zaterdag voordat iedereen zou vertrekken, was er in een grot achter de haven een feest met dubieus smakende krabsticks, een roulade met vis en behoorlijk veel bier. We hadden het weer eens over het roeien, wat we uit de race wilden halen en wat we dachten dat het ons zou brengen.

'Ik wil niet meer zo veel piekeren,' zei Niki. 'Ik wil minder georganiseerd zijn. Het is mooi geweest met dat obsessieve gedoe.'

‘Ik wil juist een keer dingen wat béter organiseren,’ zei Helen. ‘En ik wil bewijzen dat ook een werkende moeder haar dromen kan najagen.’

‘Ik denk dat ik helemaal niet ga veranderen,’ verklaarde Frances, en ze nam een slok bier. ‘Wanneer ik terugkom, ben ik waarschijnlijk nog precies hetzelfde. De reis om tot dit punt te komen heeft me al genoeg veranderd.’

‘Ik wil in het moment leven,’ vertelde Janette. ‘En,’ voegde ze eraan toe, terwijl ze een piepkleine turkooizen korte broek liet zien met een groen fluorescerend bandje om de pijpjes, ‘ik wil per se dat ik dan dit aankan!’

‘Wat is dat dan voor maat?’ gilde Helen, terwijl we allemaal in lachen uitbarstten.

‘Medium,’ antwoordde Janette bloedserieus. ‘En hij zit een beetje krap.’

We keken hoe Janette het broekje over haar knieën probeerde te hijsen door met haar heupen van links naar rechts te bewegen. Zonder succes.

‘Hm,’ zei Frances, die haar van top tot teen bekeek. ‘Het lijkt me een hele uitdaging.’

De volgende dag namen we afscheid van onze mannen en kinderen. Er vloeiden tranen, er werd heel stevig geknuffeld en de afscheidswoorden waren pijnlijk.

Niki, die de jongste kinderen had, was misschien nog wel het verdrietigst. Uit haar nadrukkelijke stilte en haar ferme greep om Gareths hand bleek dat ze hard haar best moest doen om niet in te storten. Ze had haar tanden op elkaar gezet, en haar gezicht stond strak.

‘Als ik iets zeg, ga ik huilen,’ zei ze heel zachtjes tegen haar man terwijl ze langzaam naar de veerboot liepen.

Aiden en Corby hadden ook niet bepaald zin om te vertrekken. Ze vonden het heerlijk bij de boten en in de zon, en het zou moeilijk zijn om kerst te vieren zonder hun moeder. Ze waren dol op de kerst. Niki was een ster in kerst vieren, en nu zou ze er niet bij zijn.

'Dag, mam. Tot ziens in het nieuwe jaar. Veel succes,' zeiden ze, en ze gaven Niki een dikke knuffel.

Ze had zich bij het ontbijt kunnen inhouden, en op weg naar de boot zo opgewekt mogelijk geglimlacht, maar nu werd het Niki te veel. De tranen begonnen te rollen, en al deed ze nog zo haar best, ze kon ze niet meer inhouden.

'Zo lang is het niet,' fluisterde Gareth haar in haar oor. 'Ik zal de hele tijd aan je denken. Focus maar op je einddoel: Antigua. Wij wachten je daar op.'

Ze omhelsden elkaar nog een laatste keer voor ze aan boord gingen. Niki zwaaide driftig, maar de tranen stroomden over haar wangen.

Ondertussen deed Helen ook heel erg haar best om vrolijk en lollig te doen. Ze ratelde aan een stuk door over alles behalve de race, en deed haar best om positieve dingen mee te geven aan Henry en Lucy.

'Je moet je examen niet laten versloffen, hoor!' zei ze tegen Lucy. 'Gewoon hard doorwerken. Je hoeft nog naar zeven maanden, en dat vliegt voorbij. Je kunt het. Het gaat helemaal goed komen... En jij,' zei ze tegen Henry, 'zorg jij er maar voor dat je het leuk hebt op school, en dat ik iets heb om trots op te zijn. Ik ben al trots, natuurlijk... maar nog trotser... als dat überhaupt kan.'

En met een laatste kus voor Richard en de kinderen wenste Helen hun allemaal mooie kerstdagen. Ze zwaaide terwijl het team de boot op liep.

De jongens van Frances hadden niet veel zin in gedoe. Na een paar dappere omhelzingen gaf Frances Jay, Jack en haar man, Mark, een kus.

Ze zwaaide hen na toen ze met de anderen aan boord van de veerboot naar Tenerife gingen.

Het was een vreemd gevoel toen onze mannen en kinderen weg waren. Verdriet vocht om voorrang met angst en opwinding om wat komen ging. Al ons harde werk, het wachten en de organisatie zouden zich nu gaan lonen, en wij waren er klaar voor. We wilden weg, het kon ons niet snel genoeg gaan. En juist toen, toen we terugkwamen bij de haven, hoorden we dat de race was afgelast. Althans, niet afgelast, maar uitgesteld, wel vijf hele dagen. Het was een enorme schrik, maar we konden er verder niets aan doen. Er stond een krachtige zuidenwind – die zou ons zo weer terugblazen naar de Canarische Eilanden, of erger, en we hadden geen schijn van kans om Antigua te bereiken, al zouden we nog zo hard roeien. De havenmeester en de officials van de race bepaalden dat er gewacht moest worden op beter weer. Wij wilden dolgraag weg, maar de oceaan had andere plannen.

De meeste bemanningen gingen er goed mee om – bijna elke race voor ons had met zo'n soort vertraging te kampen, dus helemaal onverwacht kwam dit niet. Maar wij hadden deze mogelijkheid nooit goed doordacht. We moesten ons 'luxueuze' Spaanse appartement uit, en hadden elk niks anders bij ons dan een tandenborstel en twee onderbroeken. Gelukkig bedacht Janette een plan. Haar gezin bleef nog wat langer, en voor ons had ze een hotel op de heuvel gevonden. De Parador – een vijfsterrenhotel maar liefst – waar wij achterdochtig werden bekeken toen we de keurige receptie in schuifelden in onze roeivesten en zwarte lycra shorts, met onze tasjes bungelend in onze handen.

Ook Janette moest helaas al afscheid nemen van haar familie voor de start van de race. Die zou op dinsdag vliegen, als wij eigenlijk al op zee zouden zitten. Even overwogen Ben, Safiya en James te blijven, maar die mogelijkheid werd al snel losgelaten, want niemand wist precies wanneer we dan wél zouden gaan. Janette probeerde het afscheid zo luchtig mogelijk te houden.

'Succes, mam,' zei Safiya zwaaiend.

'Oppassen voor al die haaien, hè?' grapte James. Janette is als de dood voor haaien, zo erg dat ze zelfs liever niet zwemt als ze op vakantie zijn.

'Ben je gek! Ik waag me niet in die oceaan!'

'Doe er niet te lang over,' adviseerde Ben lachend.

'Komt goed,' antwoordde Janette.

'Stevig doorroeien, dan ben je er des te eerder,' voegde hij er nog aan toe.

'Goed idee! Was ik zelf nooit opgekomen.'

'Dag!' riepen ze al zwaaiend.

'Dag!' riep ze terug.

Janette bleef glimlachen terwijl zij aan boord van de veerboot gingen, liep toen de hoek om en zakte huilend in elkaar tegen de muur van het kaartjesloket.

Dus nu waren we alleen met Rose. Zo nu en dan meerde er een gigantisch cruiseschip aan in de haven en hoorden we mensen schreeuwen.

'Kijk, daar heb je ze! De Yorkshire Rows. Daar zijn ze. Met dat piepkleine bootje.'

Kennelijk was ons optreden op tv wel aangeslagen, thuis in Engeland.

'Succes!' riepen ze naar ons. 'We zullen aan jullie denken!'

Het was een geweldig idee dat mensen ons steunden. Het was per slot van rekening ons doel om geld in te zamelen voor onze goede doelen, dus als er belangstelling voor ons was, dan vonden wij dat fantastisch. Maar het was een rare tijd. We hingen wat rond, en verzonnen klusjes om bezig te blijven, en we wachtten tot we te horen kregen wanneer we mochten vertrekken.

De komst van Wayne en Tracy vormde een welkome afleiding. Het waren goede vrienden van Janette, die de afgelopen tien dagen op de reis van hun leven waren geweest en het noorderlicht hadden gezien in IJsland. Ze hadden daarvoor nog nooit gevlogen; het was zelfs de eerste keer dat ze een paspoort hadden aangevraagd. Ze vonden het vreselijk dat ze Janette niet hadden kunnen uitzwaaien op het moment dat we eigenlijk zouden starten, omdat ze toen nog op reis waren. Maar toen bekend werd dat de start was uitgesteld, waren ze in Londen op een ander vliegtuig gestapt (vliegen was hen kennelijk goed bevallen) en doorgereisd naar La Gomera. We konden het nauwelijks geloven toen we Tracy over de ponton op ons af zagen trippelen, verwoed zwaaiend in haar noorderlichtoutfit.

'Joehoe!' riep ze terwijl ze in haar bontlaarsjes en dikke jack met wapperende blonde haren langs de andere boten liep. 'Daar zijn we dan!' Wayne, die een paar jaar jonger was dan Tracy, en ook gekleed was voor de bevroren vlaktes van IJsland, kwam achter haar aan. 'Hallo allemaal!' zei hij grijnzend. 'We wilden jullie graag komen uitzwaaien.'

En zo geschiedde. Op de dag dat de race van start ging, stonden zij voor ons te joelen en te zwaaien terwijl wij langzaam de haven uit roeiden.

SCHEEPSLOG:

'Alles draait om de voorbereiding. Wat je ook doet in je leven, stort je er met overgave in, leer alles wat je moet leren, en zorg dat je klaar bent voor de tocht van je leven. Geloof in jezelf en geloof in de bijzondere mensen om je heen, want zij geloven ook in jou.'
(Janette/schipper)

HOOFDSTUK 2

Volhouden

'De *sky* is niet de *limit*… de *limit* ben ik.'

T.F. HODGE

20 december 2015, de haven van San Sebastián, La Gomera

We waren er al vroeg bij: de briefing begon om zeven uur 's ochtends. Niet dat we er de wekker voor moesten zetten, want we hadden die nacht geen van allen kunnen slapen. Het was erger dan de zenuwen hebben. Het was pure angst omdat we niet meer konden stoppen wat we al zo lang geleden in werking hadden gezet. Op deze dag hadden we heel lang gewacht, en nu was het dan zover. In alle vroegte namen we nog een 'laatste ontbijt' in een café aan de promenade, in stilte genietend van de laatste fatsoenlijke maaltijd die we de komende drie maanden zouden krijgen, allemaal diep in gedachten verzonken. We treuzelden – het leek wel alsof we geen van allen weg wilden.

Janette verbrak de stilte: 'Ik sta stijf van de zenuwen. Het lijkt wel alsof ik nog een keer ga trouwen!'

'Waar zijn we in godsnaam mee bezig?' vroeg Helen.

'Geen idee,' antwoordde Niki.

We keken elkaar allemaal aan.

'Nou, kom op,' zei Frances en ze stond op. Zij was degene die dit allemaal had aangezwengeld, en ze was niet van plan om ons hier te laten rondhangen alsof we niks beters te doen hadden. 'We gaan!' En met die woorden liep ze weg van tafel, waarbij ze haar zonnebril ook maar meteen vergat.

In de zaal waar de briefing werd gehouden was het stil. Het baarde ons zorgen om te zien dat Lauren van Row Like a Girl erg overstuur was terwijl we luisterden naar de laatste veiligheidsaanwijzingen van Carsten Heron Olsen, de CEO en directeur van de race. Nog los van het feit dat we het met haar te doen hadden, was zij een van de weinigen die precies wisten hoe het was, daar op de oceaan. En het cadeautje dat alle boten van de mensen op La Gomera kregen hielp ook niet bepaald. Het was een vreugdevolle foto van de Maagd Maria die we op de wand van de cabine konden plakken, wat (zagen we) iedereen ook echt deed. Het was net alsof we de laatste sacramenten toegediend kregen. Wat hadden we ons in vredesnaam op de hals gehaald?

De stille, gespannen sfeer tijdens de briefing vormde een scherp contrast met het lawaai buiten. We liepen met knipperende ogen de zon in, en werden begroet door een juichende, zwaaiende mensenmassa en de keiharde muziek van een plaatselijke drumband. Het geluid was overweldigend. Terwijl de oorverdovende trommels een onherkenbaar ritme roffelden, liepen wij er zwijgend, in optocht achteraan.

Yorkshire Rows had de eer om als eerste de haven te mogen verlaten. De viertallen vertrokken als eersten en wij waren uitverkoren om voor te gaan in de race, San Sebastián uit, de Atlantische Oceaan op. Het zou waarschijnlijk het enige moment tijdens de race worden waarop wij vooropgingen en we waren heel erg trots en misselijk van de zenuwen toen we naar Rose toe liepen, die aangemeerd lag aan de ponton. Onze hartslag ging de hoogte in. Onze handen waren klam. Dit was het moment. We konden niet meer terug. Helen, die alle anderen normaal gesproken de oren van het hoofd kletst, zei geen woord. We probeerden ons te concentreren. En wat in slow motion leek te beginnen, kreeg ineens enorme vaart. Paniekerig begonnen we ons af te vragen of we alles wel hadden. Waar lag dit? Waar was dat? Frances was haar zonnebril kwijt; waar was dat verdomde ding gebleven? Janette zat te klooien met de helmstok, en voerde de laatste controles uit die ze als schipper hoort te doen – accuspanning, tuigage, communicatieapparatuur. Niki's voeten pasten niet in haar schoenen. Helen zocht naar een of ander teken dat alles goed zou komen.

Tekens zoeken is Helens dingetje. Ze heeft een heel goede vriendin, Dawn, die engelenkaarten leest en tarotleggingen doet.

'Via haar heb ik veel geleerd over tekens,' had ze ons ooit uitgelegd. 'Je moet gewoon je ogen openhouden om ze te zien. Ik keek vroeger altijd naar de grond en lette helemaal niet op wat er om me heen gebeurde. Daardoor zag ik de kansen en mogelijkheden niet. Maar zij heeft me geleerd dat je echt moet kijken, en dat er altijd iemand is die je wil helpen en steunen. Als je zelf maar oplet en luistert.'

In de aanloop naar de race zag Helen overal tekens. Ze ging een restaurant in en... er hingen roeiriemen aan de muur. Of ze huurde een huisje in Robin Hood's Bay en... er stond een enorm zwaard in de keuken. Maar de beste tekens waren veren. Helen ziet ze overal. Het zijn kleine tekens van bevestiging en steun.

'Helen!' riep Sarah, een van de pr-meiden van Talisker toen we aan de riemen zaten, klaar om te gaan. 'Kijk! Kijk eens naast je, in het water!' We draaiden ons allemaal om, en ja hoor, precies naast Helen dreef een grote witte veer in het water.

'Zie je nou wel!' Ze glimlachte en knikte omlaag. 'Alles komt goed. We gaan het halen! Let maar eens op...'

En zo roeiden we naar de start. Met Janette aan het roer roeiden we met zijn drieën zo stijlvol en krachtig als we maar konden. We waren ons er terdege van bewust dat onze gezinnen de start via BBC *Breakfast* zouden zien, thuis op de bank, vijf dagen voor kerst, zonder hun moeders. We wilden een mooie show voor hen weggeven.

'Oké, dames,' zei Janette breed lachend toen we bij de start gingen liggen, omgeven door kleine bootjes en grotere schepen, tv-crews, een rondcirkelende helikopter, enthousiast roepende en zwaaiende mensen, Wayne en Tracy. 'We zullen ze eens even laten zien hoe het moet!'

We waren er helemaal klaar voor. Janette hield de tros vast. Carsten stond aan het andere eind. Die tros was het enige wat ons nog tegenhield. Carsten gaf Janette een zoen op haar wang.

'Veel succes,' zei hij. 'Ik zie jullie op Antigua.' Hij liet het touw los.

Janette trok de tros aan boord. Het voelde vreemd. Dit was het dus. We vertrokken. We voelden ons hart bonzen. Voorlopig was dit ons laatste contact met de wal, en met andere mensen. Vanaf nu waren we nog maar met zijn vieren. Het zou zwaar worden, maar we zouden er verdomme alles aan doen om het te halen.

Janette ging rechtop staan. Ze was er klaar voor om ons de weg te wijzen, in de wetenschap dat wij alles zouden geven om de wereld te laten zien dat we een stel sterke vrouwen waren, klaar voor deze uitdaging.

'Kom op, meiden,' zweepte ze ons op, haar blonde haar om haar hoofd wapperend. *'Let's do this!'*

Carsten drukte op de toeter en het harde, schelle geluid weerklonk door de haven. De mensen begonnen te juichen en daar gingen we, eensgezind roeiend, terwijl we alles gaven, in onze zwarte lycra roeibroeken en onze Talisker-vesten, onze riemen krachtig door het water klievend, keurig ritmisch.

'Een! Twee!' riep Janette aan het roer. 'Lachen!' drong ze aan. 'Ik voel me net koningin Boudica te midden van haar slaven.' Ze lachte. 'We zijn Amazones!'

'Behoorlijk bejaarde Amazones,' merkte Frances op. Ze gleed heen en weer in haar zitje.

'Amazones van middelbare leeftijd,' verbeterde Niki haar.

'Amazones van middelbare leeftijd!' vond Helen. 'Die de oceaan gaan oversteken!'

De boten verlieten La Gomera met tussenpozen van een kwartier, en het duurde niet lang of we zagen Row Like a Girl langszij komen. We hadden onze koppositie precies een halfuur weten te behouden, misschien zelfs nog korter. Niet dat we dat erg vonden; we waren vooral bezig om het eerste routepunt te bereiken (een boei), die we keurig in ons gps-systeem hadden opgeslagen en waar we ondanks de steeds hogere golven op af probeerden te stevenen. Als je als eerste de haven uitging, was er niemand om je op te richten, dat hadden we al snel door! En het duurde niet lang of alle andere roeiers hadden La Gomera achter zich gelaten en waren uit het zicht verdwenen.

Het ene moment was de oceaan vol met boten – de boten van onze vrienden van de afgelopen drie weken op het eiland – en het volgende moment waren we helemaal alleen. Het was een soort verstoppertje op zee. We hadden alleen elkaar nog.

Maar tijd om daarover te piekeren ontbrak, want ook al was het land nog in zicht, de oceaan had plannen met ons. De golven groeiden en de stroming zwol aan, en Rose werd daarin meegezogen. Steeds weer probeerden wij te roeien, en steeds werden de riemen uit onze handen getrokken. Het was uiterst pijnlijk. De zee had zo veel kracht dat we geen meter vooruitkwamen, en als we de riemen toch in het water kregen, schoten ze meteen weer omhoog en vlogen zij en wij weer naar achteren, geselden ze onze benen of dijen, of, nog erger, vlogen ze met een enorme klap tegen ons schaambeen. Het was een kwelling en totaal niet waar we op hadden getraind. Daarbij was het een intens koude ervaring, doordat de ene enorme golf ijzig water na de andere over ons heen sloeg. We werden van links naar rechts geslingerd, en de riemen vlogen alle kanten op. Het was een serieuze vuurdoop; we deden onze regenkleding aan, en dan weer uit, en klampten ons uit alle macht vast aan de boot. En we waren nog maar net op zee.

'Noem je dit roeien?' riep Frances terwijl ze zich aan één kant van de boot vasthield en we weer op een muur van tien meter hoge golven werden meegevoerd. 'Dit is toch alleen zien dat je op de boot blijft!'

'Ik haat deze golven,' zei Helen. 'Niet te geloven dat ze zó hoog zijn!'

'Dit is nog niks,' gilde Janette. 'Tien meter is kinderspel!' Ze glimlachte. 'Er is niks aan de hand, hoor!'

'Het is wel een geweldige achtbaan,' zei Niki lachend. Ze genoot hier echt van.

We voeren met een snelheid van drieënhalve knoop zonder zelfs maar een roeispaan in het water te hoeven steken. Wie had gedacht dat Niki zo'n snelheidsduivel was?

Ondertussen ging alles moeizaam. Over de boot lopen was zo een hachelijke zaak. We werden belemmerd door de zware regenkleding en het extreme schommelen van de boot, en onder die omstandigheden leek zelfs de geringste beweging onmogelijk. Koken was ronduit gevaarlijk. Gewoon een beetje water koken en dan proberen een zakje kip curry of zo te laten wellen duurde wel drie kwartier, want het hete water vloog steeds alle kanten op.

Maar het ergste was naar de wc gaan. We hadden twee emmers – eentje om ons mee te wassen en eentje die dienstdeed als toilet. Vindingrijk als we waren, hadden we onze wc-emmer voorzien van een grijze plastic wc-bril voor iets meer comfort. Maar het valt niet mee om je behoefte te doen als je regensalopette om je enkels hangt en je net boven op zo'n achtbaangolf zit, en je een biologisch afbreekbaar toiletpapiertje in je hand moet zien te houden. Om nog te zwijgen over de aanwezigheid van toeschouwers die eerste rang zitten.

Niet dat we daar echt problemen mee hadden. We hadden elkaar al zonder kleren gezien in de aanloop naar de race, en heel wat dubieuze hotelkamers gedeeld met slecht sanitair. Dus het probleem was niet dat we het op een emmer moesten doen voor de neus van de rest van de groep. Het probleem was om op die emmer te blijven zitten. En om ervoor te zorgen dat de inhoud van die emmer niet de boot in vloog; de opbrengst van het toiletbezoek overboord gooien was pas echt een uitdaging. Bovendien dachten we er niet allemaal aan om wat water in de emmer te doen voor we erop gingen zitten. Helen moest altijd de emmer uitborstelen nadat ze plotseling hoge nood had gekregen.

Ondanks de gigantische golven en de sterke stroming hielden we ons aan het plan om steeds twee uur op en twee uur af te gaan. We zijn als paar aan de riemen, Frances en Niki, en Janette en Helen, en we hielden het schema aan, de boeg gericht op Antigua, drieduizend mijl verderop.

Zelfs Helen. Om de twee uur kwam ze uit de piepkleine cabine die ze met Niki deelde, gaf over, nam de riem over, gaf over, roeide of niet, en gaf over. Ze bleef zitten, twee uur lang, liet zich door de golven afranselen en gaf steeds maar over, tot het haar beurt was om weer naar de cabine te gaan. Dan stond ze op, gaf over, klopte op de deur van de cabine om Niki wakker te maken, gaf nog een keertje over, en kroop zelf de cabine in, waar ze roerloos bleef liggen tot ze twee uur later weer aan dek geroepen werd.

De enige twee dingen die Helen gaande hielden tijdens die eerste paar dagen waren de bekers Ultra Fuel (een vloeibare maaltijdvervanger met alles erop en eraan, speciaal ontwikkeld voor extreme sporten), en Niki. Telkens als Helens dienst erop zat, maakte Niki een mengsel van Ultra Fuel en water voor haar klaar, dat Helen in piepkleine slokjes tot zich nam terwijl ze twee uur lang in de cabine verbleef. Gek genoeg hoefde Helen nooit over te geven als ze op haar rug lag, en in die kostbare minuten kreeg ze door dat drankje toch alle voedingsstoffen binnen en raakte ze niet volledig uitgedroogd. En midden op de oceaan kan uitdroging je fataal worden, omdat het heel moeilijk om te keren is als je eenmaal te ver heen bent. Dat is precies wat er gebeurde met die arme Nick Khan uit het Latitude 35-team – na tien dagen chronische zeeziekte moest hij van de boot worden gehaald, omdat hij in een delirium raakte en tegen de zee begon te schreeuwen en beweerde dat hij dood wilde. Hij had geen keus, en moest wel van de boot af (samen met een ander bemanningslid dat had besloten dat hij doorgaan niet meer verantwoord vond), en liet twee mannen achter op de viermansboot.

Dus hielden we Helen allemaal scherp in de gaten. Althans, Niki. Medelijden, of medeleven, is niet iets wat Janette of Frances door de aderen stroomt. In die zin zijn ze typische Yorkshire-vrouwen: ze hebben maar beperkt geduld met dat gespuug. Hoewel iedereen moest toegeven dat

Helen zich hield aan haar voornemen om de eerste tweeënzeventig uur door te bijten. Het was niet bepaald 'eat, sleep, row, repeat', maar eerder 'braak, slaap, braak, roei, braak, repeat'. Het was indrukwekkend. Haar ogen stonden glazig, ze zei geen woord, maar roeien deed ze. De golven sloegen tegen de zijkant van de boot, maar Helen hield vol. Nog maar een paar dagen, dachten we allemaal en we hoopten dat Helen dan weer zou kunnen glimlachen en haar ontbijt-uit-een-zakje zou kunnen binnenhouden.

Maar rond een uur of twee 's nachts van de derde dag sloeg het noodlot toe. De boot schokte van links naar rechts op de enorme golven, de paar lichtjes die we aan hadden aan boord flikkerden en Helen was aan de beurt om te roeien.

'Je hebt vijf minuten!' riep Niki, terwijl ze op de deur van de hermetisch afgesloten cabine klopte.

'Wat denk je?' vroeg Janette in het donker, heen en weer glijdend in het zitje. 'Zou Helen zich al wat beter voelen?'

'Ietsje,' zei Niki. Ze hield zich vast aan de boot terwijl ze zich in haar regenkleding probeerde te hijsen. 'Ze is heel dapper. Als ze maar goed aan de Ultra Fuel blijft, redt ze het uiteindelijk wel.'

Precies op dat moment sloeg er een gigantische golf tegen de boot, en Niki vloog door de lucht. Met nog maar één been in haar pak had ze geen schijn van kans; ze werd tegen een metalen pin gesmeten die zich onder in haar rug boorde.

'O mijn GOD!' krijste ze het uit in het donker. 'O, mijn GO-O-OD!'

'Gaat het?' Janette sprong op van haar riem.

Niki lag in het water in de boot te kronkelen, haar handen tegen haar onderrug gedrukt. Frances en Helen kwamen beiden aangesneld, ieder vanaf de andere kant van de boot.

'Nee. NEE! Het gaat helemaal niet!'

'Ben je gewond?'

'Ja! Mijn kont, mijn kont...'

Niki rilde en klappertandde van de kou en de pijn.

'Heb je iets gebroken? Heb je je gesneden? Bloed je?' vroeg Janette, die in het donker op haar handen en voeten rondkroop.

'Nee. Ik weet niet... Mijn rug, mijn stuitje, mijn bekken. Ik word gek van de pijn. Aaah – dit is erger dan een kind baren! Verdomme... veel... erger!'

'Hier!' riep Frances, die op haar af strompelde. 'Hier is de EHBO-zak.'

'Oké, oké,' Janette boog zich over Niki heen en greep de zak. 'Op een schaal van een tot tien. Een tot tien, weet je nog? Hoeveel pijn heb je dan?'

'Allejezus,' zei Niki woest. 'Eens een zuster, altijd een zuster.' Janette was inderdaad ooit verpleegkundige geweest. 'Een tien natuurlijk!'

'Oké dan,' zei Janette terwijl ze in het donker in de zak rommelde. 'Wat wil je... een paracetamol? Nee. Wat tramadol? Of...' Ze probeerde het etiket te lezen in het donker. 'Diclofenac?'

'Wat is dat?'

'Dat is een pijnstiller en een ontstekingsremmer.'

'Wat doet dat met je?' vroeg Niki hijgend.

'Dan word je, eh... diclofuckit?' opperde Janette.

'Dan wil ik graag twee diclofuckits,' zei Niki wanhopig.

'Twee,' herhaalde Janette.

'Ik snap niet wat jij daar zo zit te staren,' zei Niki. Ze lag plat op de bodem van de boot en staarde Frances aan terwijl er een nieuwe golf over ons heen sloeg. 'Het is allemaal jouw schuld dat we nu hier zijn!'

'Ja!' zei Helen instemmend. Het was het eerste woord dat er in vierentwintig uur tijd uit haar mond kwam. 'Dit is echt de laatste keer dat ik naar jou luister, met je goeie plannen.'

SCHEEPSLOG:

'We houden vol, terwijl we tegelijk loslaten. De eerste vierentwintig uur van onze roeitocht gingen over loslaten – het loslaten van het leven dat we kenden om het onbekende tegemoet te kunnen gaan. Uiteindelijk moesten we allemaal stoppen met omkijken naar de kustlijn, en ons richten op de enorme oceaan die voor ons lag. Het vergt moed om te laten gaan wat vertrouwd is. Zodra je de eerste stap hebt gezet, heb je geen idee hoe het verder zal gaan – en dan wordt het leuk.'
(Janette/schipper)

HOOFDSTUK 3

Het begin

'Een droom die je in je eentje droomt, blijft maar een droom.
Een droom die je samen droomt is werkelijkheid.'

YOKO ONO

3 mei 2013, Leeds

Het was pas zeven uur in de ochtend toen Frances Davies, een vijfenveertigjarige advocate uit York naar Whitehall Road in Leeds reed, luisterend naar Stan Graham, een van haar favoriete folkzangers.

Ze was al op sinds halfzes, zoals op al haar werkdagen in de afgelopen twintig jaar. Als drukke moeder met twee kinderen had ze alleen dit moment voor zichzelf. Het was dan stil in huis; haar man, Mark, en hun twee kinderen, Jay en Jack, sliepen nog, zodat zij wat kon rommelen in hun Victoriaanse rijtjeswoning in het centrum van York. Ze luisterde graag naar motiverende TED-talks op haar computer, en liet de woorden en ideeën van Diana Nyad op zich inwerken. Diana was de enige die ooit zonder haaienkooi van Cuba naar Florida was gezwommen. Op haar zestigste. Soms las Frances bij haar yoghurt met fruit nog lekker een extra hoofdstuk uit het boek over de voormalige schooldirectrice Anne Mustoe, die op haar vijftigste de wereld over fietste. En dan gaf ze al haar slapende huisgenoten nog een zoen en begon aan de rit van veertig kilometer naar het kantoor waar ze alweer dertien jaar werkte.

Toen ze die ochtend in haar grijze mantelpak met witte bloes voor het stoplicht stond, haar kin op het stuur geleund, keek ze naar dezelfde oude man die dezelfde bejaarde hond uitliet in precies dezelfde straat als altijd. Ze keek naar het voor zich opdoemende kantoorgebouw en naar alle andere forenzen in hun auto's. Ze dacht aan Patrick Swayze in een van haar lievelingsfilms – *Point Break* – en aan die 'dode zielen die in hun metalen doodskisten over de snelweg kropen'.

Op kantoor waren nog maar een paar lichten aan. Ze was alweer een van de eersten, zoals ze ook altijd als een van de laatsten vertrok. Zoals gewoonlijk kon zij de kinderen niet naar school brengen of van school halen. Ze zou waarschijnlijk aan het eind van de dag nog wat moeten drinken met een cliënt, en dan zou ze die avond pas na negenen weer thuis zijn.

'Wie weet wat er om de hoek zal zijn? Een gloednieuwe start of het bittere eind?' zong Stan Graham in *Easy Street*.

Frances keek naar de radio. Haar handen voelden klam en haar hart begon sneller te kloppen. Een gloednieuwe dag? Of het bittere eind? Het bittere eind. Zal het de rest van mijn werkzame leven zo blijven, dacht ze bij zichzelf. Zal het eindeloos zo door blijven gaan? Die veertig kilometer naar Leeds, en diezelfde veertig kilometer terug naar huis? Dag in, dag uit?

'Het is klaar,' zei ze bij zichzelf en ze duwde zich in haar stoel omhoog. 'Ik ga het hun nog een keer vragen. Het ergste wat er kan gebeuren is dat ze nee zeggen.' Ze zette de auto in de versnelling. Haar moeder was op haar achtenvijftigste aan borstkanker overleden. Frances was toen achtentwintig en de dood van haar moeder had haar enorm geraakt. Haar moeder had Mark nooit gekend, en haar kleinkinderen nooit gezien. Het was een verlies dat Frances altijd nadrukkelijk had gevoeld.

'We leven maar één keer,' vond ze. 'We moeten er alles uithalen. Ik ben er klaar mee om steeds van iedereen te horen hoe "druk" hij het heeft. Het boeit me niet wie het "druk" heeft en wie niet. Wat er nou zo bewonderenswaardig aan "druk" zijn? Ik wil eruit, iets anders doen.'

Een van haar moeders eigenschappen die Frances altijd hadden geïnspireerd, was dat ze nooit opgaf – ze bleef vechten. Jarenlang voerde ze strijd tegen kanker met een onverstoorbaarheid die nederig stemde. Ze bleef dapper tegen de klippen op.

Dus na een bak slappe, lauwe koffie uit de pantry op kantoor, ging Frances achter haar bureau zitten en schreef de volgende e-mail:

Van: Frances Davies
Verzonden: 3 mei 2013, 08:19 uur
Aan: Janette Benaddi; Niki Doeg; Helen Butters; Caroline Lennox
Betreft: Atlantic Campaigns | TALISKER Whisky Atlantic Challenge | roeien over de Atlantische Oceaan – Helen – niet wissen!

http://www.atlanticcampaigns.com/

Goeiemorgen,

Herinneren jullie je nog wat ik voorstelde tijdens het diner op de roeiclub? Het leek me goed om dit aan jullie allemaal door te sturen. Ik weet dat het gek klinkt, maar ik geloof echt dat we deze race

aankunnen. Andere mensen hebben het ook gedaan, en wij zijn toch zeker net zo goed als zij?
Je kunt meedoen met een bemanning van een, twee, vier, vijf of zes deelnemers, dus er zijn allerlei combinaties mogelijk. Het is behoorlijk duur, en we zouden een paar maanden ons gewone leven achter ons moeten laten. We hebben ook sponsors nodig. Mark vindt het gestoord, maar ik heb het aan de jongens kunnen verkopen met de belofte dat zij ons op Antigua bij de finish mogen opwachten!
Het zou toch geweldig zijn, en het zou onze levens waarschijnlijk een heel andere wending geven. Ik weet zeker dat we daarna niet meer terug naar ons gewone werk willen. Als we nou in september in Frankrijk eens heel dronken worden, dan schrijven we ons gewoon in.
Denk er eens over na.
Aan degenen die dit weekend een wedstrijd moeten roeien: succes.
Fijn weekend,

F xx

Ze drukte op VERZENDEN, slaakte een zucht en wachtte af. Ze rommelde wat in de papieren die ze nodig had voor haar eerste vergadering die ochtend, maar bleef haar computerscherm in de gaten houden.

Het duurde precies dertien minuten voordat Janette reageerde:

Van: Janette Benaddi

Verzonden: 3 mei 2013, 08:32 uur

Aan: Frances Davies; Niki Doeg; Helen Butters; Caroline Lennox

Betreft: RE: Atlantic Campaigns | TALISKER Whisky Atlantic Challenge | roeien over de Atlantische Oceaan – Helen – niet wissen!

Het leven moet geleefd worden, dus laten we eens echt leven. Ik ben voor!

Janette Benaddi

Dit was Janette ten voeten uit: een tomeloos brok energie. Ze is als zakenvrouw met niets begonnen. Nu runt ze al twintig jaar een eigen bedrijf dat klinische trials uitvoert. Ze is getrouwd met Ben, die half Frans, half Marokkaans is. De twee hebben elkaar ontmoet tijdens een dansfeest bij haar zusje thuis, en ze heeft nog nooit van haar leven een pyjamadag gehouden. Zelfs na de geboorte van haar eerste kind, James, had ze geen vrij genomen. Nog geen dag!

Eigenlijk had ze die dag een lezing moeten geven in Londen. Toen ze de afspraak maakte, was ze ervan overtuigd geweest dat het wel zou lukken. Ze zou haar kind baren, het een dagje bij Ben achterlaten om even naar die conferentie in Londen te gaan, en daarna snel terugrijden naar York. Maar James was een typisch eerste kind, en dus werd hij twee weken te laat geboren. Janette had geen keus, want anders kreeg ze niet betaald, en trouwens, er werd op haar gerekend. Dus kreeg ze haar kind op dinsdagochtend om acht uur, na een bevalling van zesendertig uur, waar de vacuümpomp aan te pas moest komen. Woensdagochtend zat ze om acht uur in de trein, en zorgde Ben voor hun pasgeboren zoon.

Tijdens een pauze bij de conferentie liepen de artsen rond met thee en koekjes. Er kwam er ook een op Janette af. 'Heb jij kinderen?' vroeg ze, beleefd glimlachend, terwijl ze aan een hoek van haar koekje knabbelde.

'Ja!' antwoordde Janette, stralend zoals alleen een kersverse moeder kan stralen. 'Een zoon.'

'Wat enig,' zei de dokter. 'Hoe oud is hij?'

'Eh...' antwoordde Janette, en ze dacht snel na, want ze wilde niet al te erg liegen. 'Twee weken?' probeerde ze.

'Twee weken!' De arts was ontsteld; de kruimels vlogen uit haar mond. 'Wat doe je dan hier? Ben je helemaal gek geworden? Jij hoort thuis te zijn, bij je kind!'

Het mens had er geen idee van dat Ben thuis in Selby Janettes afwezigheid moest uitleggen aan een al even geschokte vroedvrouw, die langsgekomen was om het kindje te wegen en tot haar verbijstering geen spoor van de moeder kon ontdekken.

Maar Janette was geen conformistisch type. Ze was al op haar zestiende van school gegaan en had een baan gevonden bij een huisarts; in de avonduren volgde ze een opleiding en uiteindelijk werd ze verpleegster. Het frustreerde haar dat ze nooit genoeg tijd had om het werk echt goed te doen. Ze had geen gelegenheid om met patiënten te praten of hun de zorg te geven die ze echt nodig hadden. Langzaam maar zeker trok ze naar de wereld van de medische technologie, en op een gegeven moment reisde ze het hele land door om verbanden en injectienaalden te verkopen aan artsen, ziekenhuizen en klinieken.

Ze was thuis de tweede van vier meiden. Haar jeugd had pieken en dalen gekend, ook in financieel opzicht. Haar vader was ook niet van de vaste betrekkingen: nu eens had hij een transportbedrijf, dan weer een bingohal, een coachingsbureau of een bandenzaak. 'Soms lagen er stapels cadeautjes onder de kerstboom en andere keren was er bijna niks,' vertelde ze. Dus toen zij de kans kreeg te gaan werken, deed ze dat, en hard ook. Ze nam een sprong in het diepe en zette een bedrijf in klinische trials op, hoewel het niet bepaald goed getimed was, aangezien haar man Ben net aan de universiteit was gaan studeren. 'We hadden het echt niet breed. Het was een kwestie van elke dubbeltje omkeren, want we verdienden allebei niks. We gingen nooit op vakantie. Zo veel mensen gaan nooit op vakantie, dat weet ik wel, maar wij zijn jarenlang nergens geweest. We hadden een oude blauwe Nissan en Ben kookte altijd van alles met heel veel aardappelen erin, zodat we geen honger leden.'

Janette had een enorme focus. 'Ik was zo iemand die gratis maaltijden kreeg op school. Iedereen wist precies welke kinderen dat kregen, want we hadden vouchers met een ander kleurtje dan de rest. Het was net of je besmet was. Alsof je in een hokje werd gestopt, en ik wilde per se dat hokje uit. Wat had ik daar te zoeken?'

Dus kochten zij en Ben een oud kantoor in Selby, waar ze elke avond tot twee uur 's nachts bezig waren om oude verflagen te verwijderen bij een straalkacheltje, met James in een reismand. Ze hadden zich tot over hun oren in de hypotheek gestoken en werkten de klok rond terwijl Ben ook nog een studie deed. Het idee was om het gebouw op te knappen, het deels te verhuren en een eigen bedrijf te beginnen.

'Ik dacht altijd: wat is het ergste dat zouden kunnen gebeuren? Dat we ons huis kwijtraken? Nou en, we hebben genoeg vrienden en familie waar we dan terechtkunnen.'

Op een avond werd het verf verwijderen en het schilderen kennelijk een beetje saai, want negen maanden later kwam Safiya ter wereld. Nog meer monden te vullen, nog meer werk aan de winkel. Gelukkig was het bedrijf inmiddels gaan groeien, was Ben cum laude afgestudeerd en hadden ze hun eerste werknemer in dienst genomen: Janettes moeder! Uiteindelijk brak Janettes bedrijf in klinische trials door, en toen veranderde haar leven en werd het een heel stuk comfortabeler; zij en Ben konden hun kinderen een opleiding op een privéschool geven.

Gekweld door de herinnering aan het feit dat ze hun romance twee jaar lang verborgen moesten houden – ze hadden zich zelfs een keer achter in een auto moeten verstoppen – omdat de nette ouders van haar vriendje niet wilden dat hij met zo iemand als zij thuis zou komen, wenste Janette iets heel anders voor haar eigen kinderen.

'Het lag voor de hand dat zijn moeder niet wilde dat haar zoon iets kreeg met een katholiek meisje zoals ik,' vertelt ze. 'Kleine dingen in je leven kunnen je koers bepalen. Ze kunnen je uit het veld slaan óf je juist nog meer vastbesloten maken.'

Op de school van haar kinderen, St Peter's in York, opgericht in het jaar 627, hebben wij elkaar allemaal leren kennen. Niet op de parkeerplaats, zoals je misschien zou denken, want de helft van ons bracht de kinderen nooit naar school, maar op de Guy Fawkes Boat Club (die zo heet omdat meneer Fawkes een van de illustere alumni was van St Peter's), op een druilerige zaterdag in september 2012.

Onze kinderen gingen op zaterdag naar school, dus wij hadden de zaterdagochtend voor onszelf. En natuurlijk konden we met een kop thee en de krant in bed blijven, of mooie kleren googelen of een paar laarzen aantrekken, een wollen muts opzetten en ons in een lycra korte broek hijsen en leren roeien. Wij vieren kozen voor dat laatste.

Waarom we precies hadden besloten om in onze spaarzame vrije tijd te gaan zitten bevriezen op een modderige rivier in plaats van ergens in de stad met een muffin in een koffiezaak neer te strijken is een vraag op zich.

Voor Janette was het antwoord simpel. Baby James was groot geworden en leefde midden in zijn niet-communicatieve tienerjaren. Hij zat zelf in een roeiteam van de school, dus had Janette bedacht dat ze iets hadden om over te praten als zij ook zou leren roeien. Misschien zou ze een paar pond afvallen.

Frances had een plotseling gat in haar agenda te vullen. (Jack, haar jongste, was net op zaterdag naar school gegaan.) Ze is zo iemand die niet stil kan zitten. Zelfs als ze tv-kijkt, moet ze per se iets doen tijdens de reclame. Het idee dat ze op zaterdagochtend niets te doen zou hebben, helemaal niets, terwijl allebei haar zoons op school zaten, was voor haar genoeg reden. Ze had alle tienkilometerruns en Coast to Coast-races al gedaan, en ze zat al bij de BSAC (de British Sub Aqua Club), waarmee ze ging duiken in Stoney Cove in Leicestershire en over de kademuur bij St Abbs aan de oostkust van Schotland... Voor haar was het niet zo'n grote stap om zich in te schrijven bij de Guy Fawkes Boat Club.

Zij en Niki Doeg kenden elkaar van hun boekenclub. Hun zoons, Corby en Jack, waren al sinds de kleuterschool bevriend – dus waarom zou Niki niet ook die paar uurtjes op zaterdag opvullen? Tussen het runnen van het vermogensbeheerbedrijf door, dat ze samen met haar man Gareth had. Ze trainde om rugbycoach te worden en had de zorg voor twee kleine jongens. Er lag gewoon nog niet genoeg op haar bord! Dus liet ze de jongste, Aiden, bij Gareth achter, en stond ze om tien voor halfnegen bij de loods op die eerste zaterdagochtend, aan het begin van het nieuwe schooljaar.

Helen Butters liep Niki en Frances tegen het lijf toen ze, gekleed in een trainingspak, na hun eerste roeiles verschenen en zij haar zoon Henry kwam ophalen (die bij Corby en Jack in de klas zat). Ze beweert dat ze net zat te denken om zelf ook eens wat nieuws op te pakken toen ze hen zag, en dat ze ook graag iets wilde doen op zaterdagochtend, omdat ze op dat moment alleen drie dagen per week werkte voor een ziekenhuis in Wakefield. Niet dat roeien of een nat pak halen helemaal Helens ding waren, maar ze verveelde zich niet graag. Ze was al eens vier jaar lang thuisgebleven om voor de kinderen te zorgen, en daar was ze bijna gestoord van geworden. Ze beweert dat ze het niet aankan om al te lang in een 'crèmekleurige keuken in een mooi huis met dik tapijt, in een bubbel van gezelligheid' te blijven zitten. De 'kasjmiermaffia' met hun champagneontbijtjes, hun pilateslessen en hun koffiekransjes was zo niks voor haar, dat ze samen met een vriendin een bedrijfje was begonnen. Voor My High Street Card ging ze winkel in, winkel uit om winkeliers bij hun klantenpasbedrijf te betrekken. Een poos lang hadden ze er veel succes mee, totdat Helen het opgaf en voor een ziekenhuis ging werken. 'Ik was een veel betere moeder als ik werkte dan als ik fulltime thuis zat, want daar werd ik ontzettend gefrustreerd en chagrijnig van.'

Pas tijdens de tweede training op de roeiclub leerden we elkaar echt allemaal kennen. Of eigenlijk, toen leerden we Janette allemaal kennen. Het was een bedompte herfstochtend, en zo koud dat het gesprek nog in de lucht hing terwijl het geluid allang verdwenen was. De mooie houten loods van de school stond vol met vrouwen die druk bezig waren met hun tassen. Ze stampten met hun laarzen, gretig om naar buiten te gaan, naar de vlakbij gelegen rivier de Ouse. Ineens kwam een mollige vrouw met blauw met roze rubberen zeillaarzen en een strak hoedje over haar blonde haar over het jaagpad onze kant op. Er lag een nerveuze grijns op haar gezicht. Helen zag haar het eerst.

'Wie is dat vreemde mens met die laarzen en dat hoedje?' vroeg ze terwijl ze haar fleecejack dichtritste.

'Geen idee,' zei Frances met gefronste wenkbrauwen. 'Hebben jullie haar ooit eerder gezien?'

Janette, die inderdaad niemand kende, kwam dapper op hen af, en binnen een paar minuten had ze haar dikke derrière in een heel smal, heel onstabiel, heel wankel bootje gewurmd, met haar hoedje stevig over haar oren getrokken. Ze dacht dat niemand op haar zou letten als ze achterin zat. Het was wel duidelijk dat de andere vrouwen elkaar allemaal al kenden, terwijl zij niemand kende. Ze was ontzettend bang dat ze er niet bij zou horen. Gelukkig was er geen tijd om te piekeren over dat soort onzekerheden, want de blaffende no-nonsensetoon van de coach klonk al.

We bewogen ons onhandig naar het midden van de rivier, en plensden maar wat met onze riemen. In de twee uur die daarop volgden gaf de coach er ons flink van langs. Hij brulde commando's en beklaagde zich over ons gebrek aan talent, techniek en ook maar de geringste kennis over wat roeien precies inhield.

'Strijken!'

'Halen!'

'Strijken!'

'Halen!'

'Halen stuurboord!'

'Halen bakboord!'

'Half!'

'Kwart!'

'Wat bedoelt hij in godsnaam met "halen"?' fluisterde Janette, wiebelend achter in de boot.

'Geen idee!' siste Helen, wiebelend voor in de boot. 'En hoezo strijken?'

'Godallemachtig!' gilde Janette toen ze een sloot ijskoud, smerig rivierwater in haar eigen gezicht plensde. 'Waar zijn we eigenlijk mee bezig?'

We hadden geen idee wat de coach allemaal riep. Het was duidelijk dat zijn trainingsmethode was om je meteen in het diepe te gooien, een echte vuurdoop. Hij blafte ons af, en riep dat we de hele boot te schande maakten met onze gruwelijke ongeschiktheid. We hoorden eigenlijk heen en weer te schuiven in ons zitje, met behulp van onze sterke benen; onze bladen hoorden door het water te glijden. We moesten kracht en stijl tonen, terwijl we alleen maar bezig waren om niet om te slaan, want de boot zwaaide vervaarlijk van links naar rechts over de ijskoude Ouse.

Aan het eind van de training kropen we doodmoe in onze klamme kleren de oever weer op. We hadden allemaal roze wangen, een loopneus en een nat achterwerk, maar het was meteen duidelijk wie volgende week terug zou komen. De helft van de vrouwen zag er ellendig uit, alsof dit de vreselijkste twee uur van hun leven waren geweest, maar er waren er ook een paar, zoals wij, die duidelijk energie hadden gekregen, en adrenaline, en zich juist heerlijk voelden.

'Iemand zin in koffie bij The Grange?' stelde Niki voor terwijl ze uitkeek over de eindeloze sportvelden die leidden naar het kleine hotel naast de school.

'Heerlijk,' zei Frances.

'Goed idee,' vond Helen.

'Janette?' vroeg Niki en ze keek haar aan.

'Wie, ik?'

En daarmee was het beklonken. We zagen elkaar elke zaterdag, of het nu regende of niet (meestal wel), en dan roeiden we over de Ouse heen en weer, vielen in het water, klommen weer in de boot, en werden steeds maar weer uitgekafferd door de coach. Na afloop gingen we naar The

Grange, waar we koffiedronken en zo veel koekjes aten als we betamelijk vonden in dat nette viersterrenhotel, en kletsten over onze mannen, onze kinderen en onze levens.

De meeste mensen vonden ons gestoord. Onze mannen hielden het op een tikje excentriek. Wat moest een stel vrouwen van middelbare leeftijd toch steeds in die ijskoude roeiboot, elke zaterdag maar weer? Het was vanwege de lichaamsbeweging, en natuurlijk omdat we iets nieuws leerden, maar eerlijk gezegd ging het na een poosje vooral om de vriendschap.

We hadden alle vier een totaal ander karakter. Janette is de doorzetter; ze heeft een heel droog gevoel voor humor. Helen is altijd opgewekt – dol op roddels en sterke verhalen over engelen, veren en het universum. Frances is relaxed, koelbloedig en rustig; haar krijg je niet gek. En dan heb je nog Niki, de serieuze, betrouwbare van het stel, die altijd een zakdoekje bij de hand heeft, en een handtas die de strijd aankan met die van Mary Poppins. Waarschijnlijk zit er ook een kapstok in.

We hadden verschillende achtergronden. Niki was geboren in Nassau, op de Bahama's. Haar ouders reisden als leraren de hele wereld over, en Niki had in Mexico, Dubai, Sri Lanka en Saoedi-Arabië gewoond voor ze op haar tiende naar een kostschool bij York werd gestuurd. Op school was ze rebels, met woest geverfd haar en bijpassend gedrag. Toch haalde ze haar examens en ging ze tijdens haar tussenjaar werken bij een bank. Ze had gespeeld met het idee om bij het leger te gaan, was niet gaan studeren, maar werkte zich liever op bij de bank. Haar toekomstige man, Gareth, leerde ze kennen in de Mansion Pub in Roundhay Park, Leeds, op oudjaarsavond. Ze was toen twintig. 'Hij was behoorlijk dronken, ik was behoorlijk dronken, en hij vroeg alle meisjes om een zoen, alvast voor het nieuwe jaar. Ik weigerde, en zei dat hij pas om middernacht een zoen van me kon krijgen.' En sinds dat moment zijn ze bij elkaar. Letterlijk. Ze kochten al vrij snel daarna samen een huis, en waren bijna nooit een dag zonder elkaar. In 1999 zijn ze getrouwd. Ze hadden een bruiloft met een verkleedthema: ridders! Gareth had hoge laarzen aan en een ridderhes, en Niki liep naar het altaar in een geweldige gouden jurk met een korset en een masker met veren.

Helen is getrouwd met Richard, een voormalige advocaat die momenteel hoofd van het Openbaar Ministerie is op Isle of Man. Als katholiek gymnasiummeisje bezocht ze de Notre Dame School in Leeds, en weigerde ze een plek aan de London College of Fashion om te gaan werken in het LTHT (het academisch ziekenhuis in Leeds). Ze werkte zich op tot manager, maar gaf haar werk op toen ze ging trouwen en kinderen kreeg.

'Ik heb Richard leren kennen in een All Bar One, en het werd tijd ook,' zei ze. 'Ik had het punt bereikt dat ik alleen nog maar bezig was met mijn werk, en dat ik vrijdag een paar glazen wijn ging drinken. Ik weet nog dat ik op de bus stond te wachten en dat er een man naast me kwam staan die *The Big Issue*, een straatkrant, aan me wilde verkopen. Hij vroeg of ik zijn hond even vast wilde houden, en we raakten aan de praat. Hij ging door met het verkopen van zijn krantjes, terwijl ik die hond aan de lijn had, en ik dacht: Helen, misschien wil het universum je iets duidelijk maken. Dit is toch niet de leukste manier om je vrijdagavond door te brengen. Ik denk dat ik toen onbewust ben gaan uitstralen dat ik echt eens iemand wilde ontmoeten. Ik wilde settelen. En een paar weken later kwam Richard die All Bar One binnen, en knoopte een praatje aan. Hij was heel grappig en slim, duidelijk iemand die weet wat hij wil en gewend is het te krijgen, en *bam*, dat was dat. Voor ik het wist waren we getrouwd. Het was een wervelwindrelatie.'

Frances daarentegen groeide op in Denby Dale, een rustig dorpje in

West Yorkshire in het glooiende landschap voorbij Huddersfield. Haar moeder (een schooljuf) en haar vader (een chemicus) ontmoetten elkaar toen ze in de twintig waren en een gezin stichtten in Yorkshire, en Frances en haar oudere broer, Robert, grootbrachten. Haar ouders waren het soort mensen dat zich niet te ver buiten de landsgrenzen wilde wagen. Haar vader was ooit een keer het Kanaal overgestoken voor zijn werk, en haar moeder was met school een keer naar Frankrijk geweest. Het gezin bracht de vakanties door in het Lake District en Wales. Reizen naar exotische oorden zaten er niet in, en ze waren ook niet zo van de spannende avonturen.

Hardlopen was Frances' uitlaatklep, toen ze een puber was. Ze liep hard bij de Longwood Harriers, op de baan en crosscountry, en ze deed 's avonds en in het weekend niets liever dan een stuk rennen over de plaatselijke heuvels, langs de achteraflaantjes, door de nabijgelegen dorpjes. Het hardlopen gaf Frances een gevoel van vrijheid en onafhankelijkheid, en de ruimte om haar gedachten de vrije loop te laten. 'Ik vind het zo lekker om de echte wereld achter me te laten na het startschot bij een wedstrijd. Je bent in een soort niemandsland. En helemaal in een flow. En dan dat gevoel wanneer je over de finish komt, zo uitgelaten.'

Misschien had het haar ouders niet moeten verbazen dat Frances ervoor koos om niet in Yorkshire te blijven, maar in Southampton te gaan studeren. Na haar scheikundestudie stapte Frances over op rechten in Manchester. Ze werd advocaat en verhuisde naar Leeds om bij een advocatenkantoor te gaan werken. Daar leerde ze haar man, Mark, kennen, die bij hetzelfde kantoor zat. 'Mark zegt altijd dat ik een rusteloze ziel ben. Tijdens een van onze eerste dates zijn we gaan abseilen (mijn idee), en vlak daarna haalde ik hem over om eens te gaan paragliden. Ik denk dat ik hem uit zijn comfortzone haalde, maar kennelijk vond hij dat leuk, want we zijn binnen anderhalf jaar getrouwd!'

Ze pasten een trektocht door Nepal en de marathon van Londen in hun drukke schema, maar toen moesten hun plannen voor nog meer avonturen de ijskast in, vanwege de geboorte van hun zoon Jay, in 2001, en die van zijn broer Jack, vlak daarna.

'Toen de jongens nog klein waren, gingen we vaak naar de bibliotheek en op een keer waren we in de Acomb Library in een buitenwijk van York, en kwam ik, terwijl zij prentenboeken uitkozen, het boek van Debra Veal tegen, *Rowing it Alone*. Het was het verhaal van een vrouw die solo de Atlantische Oceaan over roeide, nadat ze met haar man samen was vertrokken. Hij moest de boot verlaten omdat hij het leven op zee niet aankon. Ik las boeken van Anne Mustoe en Dervla Murphy – zo beleefde ik avonturen in mijn luie stoel. Ik las al die boeken en droomde weg en dacht: dat zou ik ooit ook weleens willen doen.'

In plaats daarvan stak ze al haar energie in haar carrière als jurist en het grootbrengen van haar kinderen. En terwijl de dagelijkse routines al haar vrije tijd in beslag namen, moest Frances' honger naar avontuur gestild worden door af en toe deel te nemen aan hardloop-, wielren- of langeafstandszwemwedstrijden. Maar terwijl ze die wedstrijden deed, droomde ze steeds over grotere avonturen.

En Janette? Nou, Bens vader had in het Franse Vreemdelingenlegioen gezeten. Hij was Marokkaans van geboorte en was opgegroeid in Parijs met zijn jonge vader en moeder. Toen hij pas vijftien was, besloot zijn vader om het gezin terug te verhuizen naar Marokko. Ben weigerde om mee te gaan, en koos ervoor om bij zijn oudere broer in Parijs te blijven, maar die gooide hem op straat toen zijn vriendin bij hem introk. Dus kwam hij in een seminarie terecht waar hij opgeleid werd tot katholiek priester – een roeping die hij gelukkig liet varen toen hij voor een oorspronkelijk korte vakantie in Yorkshire verbleef. Janette zegt altijd dat hij op precies het juiste moment in haar leven kwam. Hij zag er geweldig uit in zijn witte spijkerbroek, met cowboylaarzen, en danste zich haar leven in, in de zitkamer van haar zus – een weinig veelbelovende entree van een beschermengel die haar redde van een leven van liederlijkheid en feestvieren. Janettes zus, Maria, had een nogal sjiek huis in het centrum van Selby, waar veel feestjes werden gevierd. Dat leidde tot heel wat internationale relaties en zelfs huwelijken. Janettes andere zus, Jane, had haar Spaanse man daar leren kennen toen ze om de bank de samba dansten, en zodra Ben zijn mond opende en iets zei met zijn innemende accent wist Janette dat dit haar man was. Hij werd uitgenodigd voor de vijftigste verjaardag van haar vader (door Janettes zus); ze gingen samenwonen en trouwden twee jaar later.

Dus daar zaten we dan: vier compleet verschillende vrouwen, samengebracht door onze gedeelde liefde voor koekjes en avontuur bij een schoolroeiclub midden in York.

In het begin durfden we nog niet al te ver te roeien. We gingen richting Poppleton en weer terug, wat maar tien kilometer was – tien kilometer bloed, zweet en vloeken. Of we peddelden de Ouse over en genoten van de mooie bruggetjes en schitterende architectuur in York. Soms roeiden we in zuidelijke richting naar Bishopthorpe en terug, wat ook tien kilometer gezucht en gesteun was, en dan waren we zo uitgeput dat we wel naar The Grange wilden kruipen voor een grote latte macchiato en een bord met boterkoekjes.

Op een keer gingen we helemaal naar Newton-on-Ouse, zestien kilometer heen en zestien kilometer terug, maar gelukkig hadden we halverwege een flink lange lunch in een pub gepland. Los van ons vieren was er nog een klein groepje hardcore Fawkes-dames, onder wie Joan, Sally, Liz en een goede vriendin van ons, dokter Caroline Lennox. Al snel besloten we dat we er meer uit wilden halen, en dat we ons voor een paar wedstrijden moesten inschrijven.

Niet dat we iets gaven voor onze kansen. Eerlijk gezegd wisten we best dat we er niets van bakten, maar we dachten niet dat we zo slecht waren als we tijdens onze eerste race bleken te zijn.

Het was natuurlijk niet onze schuld, dat spreekt voor zich, en het was ook verstandiger geweest als we niet onze hele familie hadden uitgenodigd om aan de oever te komen staan en getuige te zijn van onze geweldige roeikunsten. Maar we wilden zo graag bewijzen dat we echt wel iets nuttigs deden op die zaterdagochtenden, en het was mooi weer, en de race was in York, bij onze roeiclub, dus het was voor iedereen dichtbij.

We arriveerden in de blauw-witte lycra roeipakken van de club, en voelden ons echte roeiers. Janette en Helen, die het spits afbeten met een acht, straalden zelfvertrouwen uit, tot ze hun stuurman zagen. Het was een forse kerel, met een vollere boezem dan wij allemaal – niet de gebruikelijke garnaal die je het liefst als stuur op je boot hebt.

'Waarom krijgen wij nou juist die dikke stuurman?' fluisterde Janette.

'Ik denk omdat we beginners zijn; niemand heeft zin om bij ons in de boot te stappen.'

'Ik hoop dat hij weet wat hij doet,' zei Janette.

Helaas bleek de stuurman even weinig verstand van roeien te hebben als wij, en we hadden ons achterwerk nog niet op ons zitje geplant en onze schoenen vast gestrikt, of we ploegden de boot regelrecht de oever in.

Het was uiteraard heel druk op de Ouse, met al die viertjes en achtjes die naar de startlijn wilden, dus het was lastig navigeren door al dat verkeer. Daar waren vaardigheid en inzicht voor nodig, en onze steeds heftiger transpirerende stuurman had geen van beide in huis.

'Nummer 48!' schreeuwde een scheidrechter die langs de oever kwam aanbenen door haar megafoon. 'Nummer 48! Kijk eens uit!'

'Zijn wij dat?' vroeg Janette terwijl we tegen een andere boot op botsten.

'Yep!' antwoordde Helen vlak achter haar.

'Nummer 48!' riep de vrouw nog eens toen we van de andere boot af stootten en in de oever terechtkwamen. 'Ik denk dat jullie beter uit het water kunnen komen.'

'Ik denk dat we beter uit het water kunnen komen,' herhaalde de stuur, hij keek verwoed om zich heen, bleek en bezweet.

Heen en weer schuivend in haar zitje en aan haar riem trekkend verklaarde Janette: 'Dit is onze eerste race ooit, en wij komen voor niemand, ik herhaal, voor niemand van de rivier af. Onze familie is speciaal komen kijken.' Ze wierp een blik over haar schouder naar de toeschouwers. 'We komen niet uit de boot!'

Toen hij de vastberaden blik op Janettes gezicht zag, raakte de stuurman in paniek. We raakten de zijkant van weer een andere boot, en zigzagden weer recht op de oever af.

'Nummer 48!' klaagde de megafoon. 'Jullie zijn een gevaar voor jezelf en alle anderen op het water! We sturen een reddingsboot naar jullie toe!'

En dat was dat. Voor de ogen van het hele publiek werden we van de rivier getrokken; we hinkten terug naar de loods terwijl onze mannen en kinderen toekeken, en de man van de reddingsboot bleef maar vragen wat er nu precies misging. Janette schoof de schuld op het besturingssysteem, en meed daarbij de blik van onze mollige stuurman.

'Nou ja,' verklaarde ze terwijl we onze voeten weer in onze rubberlaarzen staken, 'het heeft geen zin om die arme kerel de schuld te geven. Hij heeft ongeveer net zo veel verstand van roeien als wij!'

SCHEEPSLOG:

'Vier heel verschillende vrouwen vonden elkaar in hun liefde voor het roeien, terwijl geen van ons ooit had gedacht nog eens lid te worden van een roeiclub. Eens een keer iets nieuws proberen of een ander pad inslaan dan de weg die je normaal altijd neemt, kan je onvoorstelbaar mooie avonturen opleveren, en nieuwe vriendschappen om te koesteren.'
(Janette/schipper)

HOOFDSTUK 4

Het team

'Dat is wel wat verder dan Poppleton.'

DOKTER CAROLINE LENNOX

In de daaropvolgende maanden deden we aan nog een paar wedstrijden mee, waar we de start ook echt haalden. Het bleek dat wij het eerste 'senioren-damesteam' waren in de geschiedenis van de club dat deelnam aan wedstrijden. Niet dat er niet al veel moeders roeiden, maar die deden dat vooral recreatief en waren om sociale redenen bij de club gegaan – voor de gezelligheid, de barbecues en het bal. Vaders roeiden wedstrijden, en nu voegden wij ons bij hen. Vaak zaten we met hen in een boot.

Frances en Niki waren eerlijk gezegd een stuk beter dan Helen en Janette. Helen had de neiging om nogal veel te kletsen onder het roeien en Janette maakte zich niet druk om haar techniek; ze ging vaak op in haar eigen wereldje of, minder beleefd uitgedrukt: het boeide haar niet meer zo op de rivier. 'Ik vond het leuk om deel uit te maken van een team, en tegelijk toch met mijn eigen gedachten bezig te kunnen blijven.' Frances en Niki vatten het serieuzer op: Niki hield van de 'precisie' van de slagen en de techniek, terwijl Frances het vooral heerlijk vond om op het water te zijn, weg van kantoor, de telefoon en vergaderingen.

Er was een wedstrijd bij Shipley Glen, in Bradford, waar Niki en Frances met hun tweeën aan deelnamen, en nog eentje waar ze in een vier zaten met twee andere leden van de Guy Fawkes Boat Club, Charles en Nigel. De tweede wedstrijd was in York – de Head Race – en er verschenen honderden mensen aan de gefaseerde start. Het weer was mild toen ze met zijn vieren naar het beginpunt roeiden en daar wachtten op het startschot. Maar tijdens de drie kwartier dat ze lagen te wachten, zich vasthoudend aan een boom bij de oever, gingen de hemelsluizen open. 'Regen, hagel, rukwinden, de hele mikmak, en wij zaten daar maar doorweekt te worden met niks anders aan dan onze clubpakjes.'

Het was niet alleen het roeien waardoor we elkaar zo vaak zagen. Helen en Frances hadden die hele zomer elke maandagavond samen hardgelopen. Ze hadden allebei een kind bij York Athletics en ze moesten dan altijd een uur naar een atletiekbaan aan de andere kant van de stad rijden, 's avonds om zeven uur.

'Alle andere moeders bleven zitten kletsen met hun thermosflesjes koffie, maar Helen nam altijd de hond mee, en dan gingen wij hardlopen over het industrieterrein. We deden twee rondjes terwijl de kinderen hun atletiektraining hadden, en dan gingen we weer naar huis,' legde Frances uit. 'Ik bedoel, we hebben dat uur voor onszelf. Dan gaan we echt niet alleen maar zitten kijken naar die kids; dat is natuurlijk leuk en goed, maar wij dachten dat we die tijd nuttig konden besteden, en dus deden we dat. Ik ben graag bezig.'

In januari 2013 waren we dikke vriendinnen geworden, maar onze mannen hadden elkaar nog nauwelijks ontmoet. Als wij al een uiteenlopend groepje waren, dan gold dat voor onze echtgenoten nog meer.

In die tijd was Richard, Helens man, nog advocaat, terwijl Mark, Frances' wederhelft, zijn carrière in de advocatuur had opgegeven om thuis voor de kinderen te zorgen.

Mark werkte elk uur van de dag, en Frances, die officieel al om twee uur klaar was, ging meestal pas zo laat naar huis dat ze een kwartier te laat was om haar kinderen van school te halen.

'Ze zaten altijd bij de naschoolse opvang te wachten, en mochten pas om vijf uur weer naar huis,' zei Frances. 'Het lukte me nooit om op tijd te zijn; er moest echt iets gebeuren. Ik verdiende meer dan Mark, en Mark was vreselijk gedesillusioneerd over zijn werk, dus toen hebben we besloten dat ik zou blijven werken terwijl hij het huishouden ging doen. Onze jackadoodle, Daisy, wordt zeer uitgebreid uitgelaten, we hebben een veel gelukkiger gezin en een gepeperde pasta carbonara op het fornuis,' zei ze lachend.

'Mark kookt elke dag vers. Zelfs als ik gastvrouw ben van de boekenclub is hij degene die kookt. Ik doe niet eens meer of ik het zelf heb gefabriceerd. Vroeger was ik degene die alles deed. Om twee uur was ik klaar op mijn werk, ik pikte de kinderen op, gaf hun te eten, kookte later voor ons tweetjes, en dan ging ik weer aan het werk. 's Avonds deed ik nog iets voor kantoor, of ik sliep. We zagen elkaar bijna niet en het was allemaal wat vreugdeloos. Vaak kookte ik, maar was hij er nog niet om samen te eten. Hij werkte als jurist voor banken. De transacties vinden altijd laat plaats, en hij draaide belachelijk lange dagen. Vaak was hij pas om elf uur 's avonds thuis. We deden bijna nooit meer iets samen. En dan kwam hij vrijdag na de borrel thuis, en werd hij op zaterdag wakker met een kater. Dus dan denk je: daar gaat je zaterdag. Het werkte gewoon niet, en dus hebben we er iets aan gedaan. We hebben het roer omgegooid. Ik vind dat je dingen moet veranderen als ze niet werken.'

Janettes man, Ben, heeft informatietechnologie gestudeerd en werkt in de consultancy. Hij heeft wat vastgoed, en ook hij neemt de zorg voor de kinderen voor het grootste deel op zich. 'Hij kookt, hij maakt schoon, hij strijkt, alles doet hij. En hij kan het allemaal veel beter dan ik.'

Gareth runt samen met Niki een vermogensbeheerbedrijf. Hij werkte al als financieel adviseur, en had een eigen zaak, toen Niki met een vertrekregeling wegging bij Orange, waar ze als accountmanager had gewerkt voor de nationale en Indiase breedbandmarkt. Ze had al dat geld in Gareths bedrijf gestoken. 'We zijn elk voor een gelijk deel eigenaar.'

Het etentje van de St Peter's Boat Club in de Merchant Taylor's Hall, in januari 2013, was dus een gok geweest. Zouden de mannen wel met elkaar door één deur kunnen? Of zou het een beleefdheidsetentje worden? Zouden wij elkaars mannen eigenlijk wel mogen? Of werd het zo'n gênante avond waarbij er steeds stiltes vallen, iedereen te veel goedkope rode wijn drinkt om maar iets om handen te hebben?

Het eerste probleem was dat Niki ziek werd. Ze had pleuritis en omdat ze astmapatiënt is was ze die week het ziekenhuis in en uit geweest. Het draaide erop uit dat ze niet kon komen.

Ons tafeltje voor tien werd een tafeltje voor acht personen, met Caroline en haar man, Mike, en Janette en Ben, Frances en Mark en Richard en Helen, achter in de met eiken lambrisering beklede ruimte. Met zijn hoge plafonds en glinsterende kroonluchters was de Merchant Taylor's Hall een prachtige gelegenheid voor een black tie-benefietdiner voor de roeiclub van de school. Wij waren ervan uitgegaan dat het voor iedereen van de Guy Fawkes Boat Club bedoeld was, en daar waren zowel voormalige leerlingen lid van als ouders en vrienden van de school. Daarom waren we nogal verbaasd toen we achter in de zaal werden gezet, op enige afstand van de rest: allemaal leerlingen in hun feestkleren. Het diner was niet voor de hele club, maar diende om de roeiactiviteiten van de leerlingen op St Peter's School te sponsoren. Onze roeiclub was maar met drie tafels aanwezig, helemaal achterin, dus.

Voor het eten stond de captain van het schoolroeien op om een toespraak te houden, de gewonnen en verloren wedstrijden van dat jaar te bespreken en allerlei prestaties te roemen van de leden van het schoolteam.

'Niet te geloven hoeveel zelfvertrouwen die kids hebben,' zei Frances. 'Geweldig om te zien.'

Het diner ging verder, de champagne vloeide en gek genoeg vond iedereen elkaar heel leuk.

'Normaal vind ik Helens vriendinnen verschrikkelijk,' verkondigde Richard, terwijl hij nog maar wat champagne inschonk. 'Maar jullie zijn leuk.'

'Het is echt zo,' beaamde Helen. 'Hij vindt de meeste van mijn vriendinnen helemaal niks!'

Frances was al even eerlijk. 'Ik geloof niet dat we vriendinnen waren geweest toen we nog klein waren,' zei ze tegen Janette. 'We zijn zo ontzettend anders. We hadden ons in andere kringen bewogen, als we bij elkaar op school hadden gezeten. Ik was een nerd – ik werkte altijd keihard, op school.'

'En ik niet,' gaf Janette toe.

'Mijn moeder sloot me altijd buiten, om te voorkomen dat ik nog harder zou leren voor mijn examens.'

'En mijn moeder had juist de grootste moeite om me thuis te houden!'

'Maar als volwassenen kunnen we het heel goed met elkaar vinden,' zei Frances lachend. 'Naarmate je ouder wordt, kan het je, denk ik, niet meer zoveel schelen waar de ander vandaan komt, wat voor werk hij doet en al dat soort dingen. Mij niet, in elk geval. Het gaat erom of iemand gevoel voor humor heeft en... of je met iemand kunt lachen.'

We dronken nog een paar glazen wijn, en de avond werd nog gezelliger. Tegen de tijd dat ze de winnende lotnummers omriepen hadden we wat moeite om ons te concentreren. Ben was scherper dan de rest, en telkens als er een winnend lot werd genoemd, was hij degene die ons daarop wees.

'Frances, dat is jouw nummer. Janette, dat ben jij.'

Gênant genoeg wonnen we bijna alles, tot en met de kist met wijn die Janette zelf als prijs had ingebracht. Het was zo'n avond waarop alles mee zat; ook de kaartjes voor het ballet *The Great Gatsby* gingen naar onze tafel. We hadden het gezellig en we dronken lekker door. Het was geweldig. Het was dan ook niet raar dat Frances ineens met een voorstel kwam.

'Ik heb een idee,' zei ze. 'Waarom gaan we niet iets samen doen, een soort uitdaging? Laten we de Atlantische Oceaan over roeien!'

'Dat is wel wat verder dan Poppleton,' vond Caroline.

'Nee, ik meen het!' zei Frances weer. 'Ik heb over die race gelezen. Hij gaat van de Canarische Eilanden naar Antigua.'

'Antigua spreekt me wel aan,' zei Helen.

'In een roeiboot?' vroeg Janette.

'Ja.' Frances knikte.

'We gaan het doen,' zei Janette. 'Ook al redden we het nauwelijks tot de pub en weer terug.'

'Ik zou niet weten waarom we het niet zouden kunnen,' zei Frances. 'Ik heb over die race gelezen. De Talisker Whisky Atlantic, heet hij. Het lijkt me echt niet zo moeilijk. Het is maar roeien. Waarom doen we het niet gewoon? Om eens iets heel anders mee te maken? Ik heb wel zin in een uitdaging!'

'Je kent mij, daar ben ik altijd voor in,' zei Janette.

'Ik ook,' zei Helen.

'Ik ook,' zei Caroline.

'Ik droom hier al van sinds ik het boek van Debra Veal heb gelezen,' zei Frances vergenoegd en ze hief haar glas.

'Een droom?' zei Richard. 'Waar zouden we zijn als we allemaal steeds maar onze dromen najoegen?'

Maar niemand luisterde naar Richard, of naar Ben, of Mark of Mike. We gingen helemaal op in het idee. Waarom niet? Waarom zou een stelletje amateurroeiers dat alleen nog maar op de Ouse had gepeddeld de Atlantische Oceaan niet kunnen oversteken? Er gebeurden wel vreemdere dingen. We klonken met onze glazen en proostten op onze ambitie en Frances' idee. Geweldig! Wat een avontuur! Wat zou dat een fantastische reis zijn!

Die avond postte Helen enigszins aangeschoten op haar Facebook-pagina: Niet te geloven, maar ik heb net gezegd dat ik wel mee wil in een roeiboot de Atlantische Oceaan over!

En Frances sprak geanimeerd met Mark, toen ze naar huis liepen. 'Ongelofelijk dat ze allemaal mee willen! Dat is toch fantastisch!'

'Nee,' antwoordde hij. 'Dat is niet fantastisch. Dat is absoluut niet fantastisch.' Toen zweeg hij en keek haar aan. 'Maar als je echt wilt gaan en als je dit echt wilt doen, dan vind ik het goed. Ik sta zelf alleen niet te springen. Absoluut niet, zelfs.'

Misschien hadden onze mannen gehoopt dat we het zouden vergeten, dat het plan gewoon zou verdwijnen, zoals de meeste plannen die ontstaan na een paar flessen wijn. Ze hadden gedacht dat het met onze kater zou verdampen.

En dat was ook zo, een poosje. We hadden het de zaterdag erop bij de koffie in The Grange nog vaag over de mogelijkheid om een oceaan over te roeien. Helen vertelde het verhaal aan Niki, en we moesten er eens flink om lachen. Het was ook zo'n dom plan.

'De Atlantische Oceaan over in een roeiboot?' vroeg ze. 'Dat is best een eind.'

'Klopt!' zei Helen 'Dat zei Richard ook al!'

'We hadden wel flink wat op, hoor,' zei Caroline.

'Ben zit mij juist op te jutten om te gaan, de rotzak,' zei Janette.

Frances was de enige die stil bleef en nadacht. Het probleem is, als je zoiets zegt als: 'Ik wil een oceaan over roeien,' en verklaart dat dat je droom is, en je dus je diepste verlangen met anderen deelt, dan kun je het niet meer terugnemen. Zodra de geest dus uit de fles was, kon Frances nergens anders meer aan denken. Ze wilde per se gaan.

Het was wel duidelijk hoe Mark over het plan dacht, net als alle andere mannen, trouwens. Hun verbaasde, ongelovige gezichten die avond aan tafel spraken boekdelen. Vier moeders in een roeiboot de oceaan over? Dat was natuurlijk een idioot plan. En trouwens, wie moest dan de was doen?

Maar Frances bleef erover peinzen, en dagdromen. Ze googelde zich helemaal suf over de race, en stiekem wilde ze het idee niet loslaten. Ze begon er steeds weer over tegen Mark, om hem aan het idee te laten wennen.

'Ik dacht, als ik het erover blijf hebben, snapt hij wel dat ik het meen. Dat ik het écht zou willen doen. Dat het zaadje dat al is geplant door al die boeken die ik heb gelezen wortel heeft geschoten. Waarom zou ik niet een keer op avontuur mogen? Het feit dat je moeder bent, wil toch niet zeggen dat je niet meer mag dromen? Dat je niks meer voor jezelf mag hebben?'

Dus die vrijdagochtend in mei had ze er genoeg van. Ze stuurde iedereen een mailtje. Het kwam door dat grijze asfalt, die grijze pakken, alles wat zo grijs was, en ik wilde gewoon wat zon en een paar mooie herinneringen. Ik raakte steeds meer gefrustreerd en minder gewaardeerd op mijn werk. Ik dacht de hele tijd: Ga ik dit nog tien jaar doen en dan met pensioen? Is dit het dan? Is dit mijn hele leven?

Janette reageerde natuurlijk meteen. Maar de anderen niet. Het bleef stil, zo stil zelfs dat Frances begon te denken dat ze het helemaal verkeerd had opgevat. Het was per slot van rekening ook haar idee, haar midlifecrisis! Misschien wilden de anderen daar wel niets mee te maken hebben...

Maar goed, Janette had er zin in. Sterker nog, Janette had er zo veel zin in, dat ze die kerst al wilde roeien. Ze was een beetje teleurgesteld toen bleek dat ze niet al over zes maanden konden meedoen, maar nog twee jaar moest wachten.

'We moeten dit goed plannen, we moeten trainen, we moeten een boot regelen – dat krijgen we dit jaar nooit meer voor elkaar!' legde Frances uit toen ze met zijn tweeën op de website van Talisker zaten om te kijken hoe de inschrijving in zijn werk ging. Want ze schreven zich in. Met zijn tweetjes. Voor vijfhonderd euro elk. Ze waren de eersten die zich inschreven voor de race van 2015. Sterker nog, een hele poos lang waren ze de enigen die zich hadden ingeschreven. Wat er ook zou gebeuren, Frances en Janette gingen de oceaan over roeien. Ze hoefden alleen nog maar even te trainen en een boot regelen, maar ze waren al een eind op weg.

Janette schreef zich meteen in voor een vijfdaagse cursus 'Schipper op zee' in Spanje, die werd gegeven door de Royal Yachting Association. Uiteraard. 'Nou ja, ik zou nu echt zeker de Atlantische Oceaan gaan oversteken, dus ik dacht, dan kan ik me maar beter gaan voorbereiden. En we hadden al een zeilboot, dus we dachten dat het een goed idee was om wat professionele training te krijgen,' legde ze uit.

Zij en Ben vlogen naar Girona, waar zich een oudere heer uit Australië bij hen voegde die graag op een cruiseschip wilde werken en een jong meisje dat graag aan de slag wilde op een jacht, en dat was het. Vijf dagen lang leerden ze hoe ze moesten keren, wenden, zeilen, hijsen en strijken.

'Eerlijk gezegd bakte ik er niet veel van. Ben probeerde me te helpen, zodat ik het examen zou halen. Hij fluisterde me van alles in, en zei wat ik moest doen. Op een gegeven moment hadden we een man-overboord-situatie, waarbij ze een stootkussen in zee hadden gegooid bij wijze van lichaam, dat ik vervolgens kopje-onder hielp. De schipper was niet blij. "Janette," zei ze, "als dat een echt mens was geweest, zou die nu dus dood zijn." En ik stuurde dat schip regelrecht op de ponton af. Ik heb nog nooit iemand zo snel in actie zien komen toen ze zag dat ik de boot in het dok zou boren. Ze griste de joystick uit mijn hand en zetten hem meteen in zijn achteruit.'

Zowel Janette als Ben haalde hun internationaal vaarbewijs en nog een diploma voor radioverkeer op VHF (*very high frequency*).

'Het sloeg echt nergens op, want ik kon helemaal niks. Wat ik wel heb geleerd die week was de ongelofelijke kracht van de zee. Dat heeft mij echt de ogen geopend. Het gaf me een idee van waar de oceaan toe in staat zou zijn. Op een dag voeren we uit om te gaan oefenen, en moesten we weer terug omdat het zulk slecht weer was geworden en de golven ineens veel te hoog waren. Ik had geen idee hoe zwaar dat kon zijn. Ik had geen idee hoe sterk en machtig de oceaan eigenlijk was.'

Frances en Janette mochten dan helemaal in de ban zijn van het idee om de Atlantische Oceaan over te gaan steken, de rest was dat zeker niet.

'Heb je gehoord dat deze twee nog steeds van plan zijn om dat krankzinnige plan van hen uit te gaan voeren?' vroeg Richard toen ze eind juni bij Helen thuis waren voor een etentje. We vonden het benefietdiner zo'n succes, dat we hadden besloten om iedereen weer bij elkaar te halen voor een bord lasagne en een glas wijn. Dit was natuurlijk niet de reactie waar Frances en Janette op hadden gehoopt. 'Het is je reinste waanzin. Je kunt niet in een roeiboot de oceaan oversteken. Wie denken jullie eigenlijk dat je bent? Jullie zijn volkomen gestoord!'

'Klopt,' zei Janette, die naast Richard ging zitten en een hap lasagne nam. 'Volkomen.'

'Maar we gaan het toch doen,' vulde Frances aan.

'Laat je haar gaan?' vroeg Richard aan Mark, en hij wees naar Frances met zijn vork. 'Serieus?'

'Het is niet aan mij,' zei Mark. 'Het is altijd al haar droom geweest om dit te doen, om met een roeiboot de Atlantische Oceaan over te steken.'

'Ja, maar zoals ik al eerder zei,' zei Richard, 'waar blijven we als we allemaal onze dromen najagen?'

'Dan zouden we allemaal heel gelukkig zijn, Richard,' zei Mark.

'Het is toch volkomen geschift,' zei Richard hoofdschuddend.

'We zijn het er allemaal over eens dat het krankzinnig is,' zei Ben terwijl hij de wijn inschonk. 'Totaal krankzinnig. Maar wie ben ik om tussen mijn vrouw en haar dromen in te gaan staan?'

En het gesprek ging verder.

Maar toen gebeurde er iets heel wonderlijks. Helen is altijd op zoek naar voortekens, kleine aanwijzingen dat het pad dat je wilt inslaan of het idee dat je hebt bedacht het juiste is. En toen verscheen er precies op het juiste moment zo'n teken. Het was de eerste week van juli, tien dagen na dat etentje, en St Olave's, de onderbouw van St Peter's Senior School, had zijn jaarlijkse prijsuitreiking. Meestal komt er een of andere hoogwaardigheidsbekleder om een toespraak te houden zodat de ouders er ook nog iets aan hebben. Maar dit jaar hadden ze, tot onze verrassing, Alastair Humphreys uitgenodigd. Humphreys was een avonturier, blogger. Hij gaf zeer motiverende toespraken, en hij had juist een fietstocht van vier jaar om de wereld afgerond, was dwars door India gelopen, had de Marathon des Sables gelopen en was National Geographic Avonturier van het jaar geweest, maar hij was ook de Atlantische Oceaan overgestoken in een roeiboot.

We zaten die middag niet allemaal bij elkaar in de zaal, toen hij aan zijn praatje begon. We waren er zelfs niet allemaal bij. Maar degenen die er wel waren, zaten verspreid door de zaal. Frances zat bijna achterin, Janette ergens aan de zijkant, en Helen bevond zich meer vooraan. Humphreys begon zijn nieuwe project uit te leggen – microavonturen. Een baanbrekend project om mensen te stimuleren eropuit te trekken, hun comfortzone uit te gaan en ergens naartoe te gaan waar ze nog nooit zijn geweest. Hij was een enthousiaste spreker die het soort positiviteit uitstraalde waar Frances het altijd over had. Hij boeide de zaal met verhalen over zijn fietstocht rond de wereld, en hoe hij zijn voet had gebroken tijdens de Marathon des Sables. En toen, tussen alle verhalen over zijn reizen en ervaringen, zei hij iets wat ons hart deed overslaan.

'Als iemand je ooit vraagt om over een oceaan te roeien,' zei hij, 'aarzel dan niet. Denk er niet eens over na. Doe het gewoon. Het is de kans van je leven. Het is iets onvergetelijks.'

Janette draaide zich om, keek Frances aan en lachte. Frances lachte terug. En toen, in die zee van keurige kapsels en nette jasjes zag Frances dat Helen zich ook omdraaide. Ze straalde – ze knikte langzaam met een brede grijns op haar gezicht. Toen keek ze naar Janette, herhaalde het knikje. Heleen was overstag. Zij zou meegaan op die boot. Wat er ook gebeurde.

SCHEEPSLOG:

'Gewoon ja zeggen. Als iemand je de kans van je leven biedt, altijd gewoon ja zeggen. Dan zie je later wel hoe je het gaat aanpakken. Als je meteen nee zegt, gaat de kans aan je neus voorbij, en hij doet zich misschien niet nog eens voor.'
(Janette/schipper)

HOOFDSTUK 5

Geregel

'Als je het niet vraagt, luidt het antwoord sowieso nee. Als je geen stap zet, blijf je staan waar je staat.'

NORA ROBERTS, TRANEN VAN DE MAAN

Helen mocht dan overstag zijn gegaan, Richard zeer zeker niet. Hij was bezorgd, en dat kon je hem niet kwalijk nemen; bezorgd dat Helen haar baan zou moeten opgeven (het ziekenhuis zou haar vast nooit vier maanden vrijgeven); bezorgd over geld en bezorgd over wat er met de kinderen zou gebeuren als Helen door de oceaan verzwolgen zou worden.

Terwijl de mannen van Frances en Janette helemaal achter hen stonden, werd Helen thuis geconfronteerd met een muur van stilte. 'Hij wilde er gewoon niet over praten. Hij zei nee, en dat was het. Nee, je kunt je werk niet zomaar opgeven. Nee, je kunt niet weg bij de kinderen. Nee, het kan niet. Gewoon, nee. Hij was bang voor het verlies aan inkomsten. Dat we nooit alle rekeningen en de hypotheek zouden kunnen betalen. Het was heel normaal dat hij zich daar zo veel zorgen om maakte. Ik ben blij dat er tenminste iemand was die over die dingen nadacht!' rapporteerde ze.

Toch was ze ervan overtuigd dat haar beslissing goed was, en ze zag natuurlijk overal tekenen. 'Zelfs op tv. Ik weet nog dat ik zat te kijken naar

I'm a Celebrity... Get Me Out of Here! met Melanie Sykes, en die versloeg toen alle deelnemers die veel jonger waren dan zij. Ze is even oud als ik, en ik weet nog dat ik dacht: kijk dan, hoe geweldig zij is, en hoeveel vechtlust ze heeft. Ik zou ook weleens zo mijn grenzen willen opzoeken. Dat lijkt me fantastisch. En toen drong het tot me door dat dat de reden was waarom de race over de oceaan op mijn pad was gekomen. Ik had erom gevraagd en nu was de kans er, dus moest ik het gewoon doen. Ook al was Richard er niet blij mee.'

En dus gooide Helen het over de boeg van 'bekend maakt bemind'. In plaats van het op te geven, printte ze de informatie over de Atlantic Campaigns uit en liet die op de keukentafel liggen. En daar lag die dan, dagen-, weken-, maandenlang, als een enorme onbeantwoorde vraag of een stilzwijgende uitdaging. 'Telkens als ik erover begon, liep Richard de kamer uit, maar hij heeft die papierstapel nooit in de vuilnisbak gekieperd.'

Hoewel Niki en Gareth ook over de race waren begonnen, was het idee voor hen een beetje problematisch. 'We zijn heel close, en praten over alles. Ik geloof dat hij niet wilde dat ik zo lang weg zou zijn.'

Los van hun emotionele band hadden ze ook samen een bedrijf. 'Hij heeft een enorm sterk arbeidsethos, dus hij kon niet begrijpen dat ik zo lang uit het bedrijf wilde stappen. Hij vroeg zich af hoe hij het zonder mij moest redden.'

Bovendien waren Niki's kinderen jonger dan die van de rest. De kinderen van Janette konden zichzelf al aardig redden; ze stonden op eigen benen, maar Corby was elf en Aiden pas zeven. En ook al woonden Niki's ouders – Bunny en Pete – naast hen, toch was het de vraag hoe het dan moest met de opvang van de kinderen, wie ze naar school moest brengen, huiswerk met hen zou doen en voor hen zou koken. Maar zodra het idee er was, kon Niki het moeilijk loslaten.

‘Ik wilde de uitdaging echt heel graag aangaan. Volgens mij ben je in je leven veel verschillende mensen, afhankelijk van de rol die je hebt en het pad dat je inslaat,’ zei Niki. ‘Ik was het kind geweest, en toen de echtgenote, en ik was de carrièrevrouw geweest en de moeder. En dat waren allemaal verschillende mensen. Je gedraagt je in al die rollen anders. De professionele rol is heel anders dan die van moeder, en de rol van echtgenote is weer heel anders dan die ik was als kind. Ik denk dat het er mij vooral om ging om de echte Niki te leren kennen, los van al die verschillende lagen en rollen, en ik wilde gewoon weten wie ik nou was. Dus ik was niet van plan het idee meteen weer los te laten.’

Tegen het eind van die zomer, na veel gesprekken, hadden we een soort compromis bereikt. We waren het erover eens geworden dat Niki het thuis in York te druk had – ze had enorm veel verantwoordelijkheden en er waren te veel mensen afhankelijk van haar – en dus zou Niki meedoen, maar als grondpersoneel. Ze zou helpen met het voorbereiden van de reis, ze zou sponsors regelen, meehelpen zodat de anderen naar La Gomera konden, maar ze zou niet meegaan op de boot. Ze zou thuisblijven bij Gareth en de kinderen, haar bedrijf runnen, de kinderen naar school brengen en de rugbytassen inpakken.

In de laatste week van september 2013 nodigde Janette het team en de hulptroepen uit – het ging om Niki en dokter Caroline Lennox – om bij haar in de buurt van Perpignan te komen logeren. Het hele gebeuren was bedoeld als een reis met de meisjes, en het viel net in de tijd van de verjaardag van zowel Helen als Frances. Voor de lol had ze een week roeilessen geboekt op een meer in de buurt, bij een nogal chique roeiclub, Perpignan Aviron 66, waar blijkbaar ook een aantal olympische roeiers trainden.

‘Eerst olympische roeiers, en nu wij,’ verklaarde Janette toen we bij een schitterend water aankwamen, op ongeveer een uur rijden van het strandhuis dat Janette en Ben als bouwval hadden gekocht en dat ze tijdens de zomervakanties met het hele gezin stukje bij beetje hadden opgeknapt.

‘Die arme kinderen van mij hebben vaker de geur van de verfbrander opgesnoven dan zeelucht, en ze zaten vaker in de doe-het-zelfzaak dan aan het strand.’

We stonden in onze niet zo sportieve outfits bij de loods te wachten op de coach, toen er een ploegje gazelle-achtige vrouwen aan kwam. Het Franse viertal schreed langs zonder ons een blik waardig te keuren. De vrouwen hadden lange benen, waren beeldschoon en gingen gekleed in flatterende teamoutfits. Gebiologeerd keken we hoe ze naar hun aangemeerde boot liepen, zich zachtjes van de steiger duwden en gesynchroniseerd op een manier waar alleen het Bolsjojballet overheen kan, in de boot sprongen, en met een zwiep van de riemen en hun lange, glanzende paardenstaarten roeiden ze weg.

‘*Holy shit,*’ zei Janette. ‘Zoiets heb ik nog nooit gezien.’

Tien minuten later waren wij aan de beurt om bij de loods weg te varen. Het gehijg en gepuf, gespetter en gegil was heel gênant. We waren net een groep bejaarden die moeite had de bus uit te stappen.

‘Wacht! Rustig!’

‘Toe nou!’

‘Hou dit dan vast!’

‘Haal dat blad weg.’

‘Dat blád!’

‘Zo komt hij knel te zitten!’

‘We zitten zelf knel.’

'Jemig!'

'Au!'

'Was dat echt nodig?'

Het duurde een dik kwartier voor we bij de steiger weg konden. Geen wonder dat onze coach, François, dacht dat wij een stel halvezolen waren die geen idee hadden van waar ze mee bezig waren. Maar toen viel zijn oog op Helen. Of Hélène, zoals hij haar steeds noemde. Ze roeide met Caroline in een twee (hoewel je zou denken dat ze in haar eentje in die boot zat, te oordelen naar de hoeveelheid aandacht die zij kreeg van de woest aantrekkelijke coach).

'O, Hélène,' zei hij. 'Kijk, zo moet het.'

'O, Hélène, je haal moet kalmer, kijk.'

'O, Hélène, zo is het goed!'

'O, Hélène, geeft niks.'

'O, Hélène, kom, dan help ik je even.'

Ondertussen maakte Hélène de hele tijd incompetente kirgeluidjes. Ze giechelde, gooide haar haren naar achteren en knipperde met haar wimpers dat het een aard had. François hielp Hélène de boot in. Hij hielp Hélène de boot uit. Hij deed Hélène voor hoe je moet keren, en hij was *très* attent.

'Zeg, hoe zit dat?' vroeg Caroline op hoge toon toen hij Hélène weer aan het helpen was met een van haar probleempjes. 'Ben ik soms onzichtbaar?'

De volgende ochtend kwam Janette beneden in een wolk Chanel, uitgedost in een hemdje met een laag decolleté en een heel stevige, nauwelijks verholen push-upbeha.

'Zo,' zei ze terwijl ze haar boezem een duwtje gaf en aan haar behabandjes trok. 'Hij gaat vandaag niet meer alleen met Hélène praten!'

Maar zelfs Janettes indrukwekkende voorsteven kon de verliefde François niet afleiden, en Hélène kreeg de drie daaropvolgende dagen zijn onverdeelde aandacht. Het was een van de vele geintjes die we deelden tijdens die vier fantastische dagen. We kletsten, dronken wijn en probeerden een paar heel belangrijke knopen door te hakken over onze oceaantocht.

Bijvoorbeeld: wat zetten we op onze playlist? Janettes enigszins excentrieke idee was om er alleen Edith Piaf op te zetten. Als onze boot dan ten onder ging, was *Je ne regrette rien* het enige wat ze wilde horen in haar koptelefoontje. Frances ging voor oude folkmuziek, terwijl Helen, ook wel bekend als Hélène, het idee opperde om een paar audioboeken mee te nemen om de tijd te doden.

Een andere grote beslissing die nog genomen moest worden was hoe we ons team zouden noemen. Het is nooit een goed idee om te brainstormen als je al één of twee flessen wijn soldaat hebt gemaakt, maar dat weerhield ons er toch niet van. De vreselijkste ideeën vlogen over tafel. MAA bijvoorbeeld – Mums' Atlantic Adventure. Vreselijk. The Awesome Foursome. Nog erger. The Oarsome Foursome. Schrikbarend.

'Ik vind dat onze naam iets met Yorkshire te maken moet hebben,' vond Janette.

'Maar we moeten ons toch niet tot Yorkshire beperken?' zei Helen, die het altijd graag oneens was met Janette. Andersom gold trouwens hetzelfde. 'Dat is niet nationaal genoeg. Als we alleen maar Yorkshire zijn, houden we het veel te lokaal, en krijgen we nooit sponsors uit de rest van het land.'

'Maar we kómen toch uit Yorkshire? We wonen er allemaal. Het hele team. We moeten juist wel iets met Yorkshire doen. Het is iets om trots op te zijn.' Janette keek ons allemaal aan. 'Dat is toch zo! Mensen uit Yorkshire weten van aanpakken. We zeggen waar het op staat. Als iets groen is, is het groen. En niet *lime*, of zo. Snap je wat ik bedoel? Het is echt onze cultuur om heel direct en recht voor zijn raap te zijn. Doe maar gewoon. Volgens mij heeft Yorkshire echt een andere cultuur. En daar zijn we trots op! En nee, ik ben niet dronken!'

'Niet heel erg, tenminste,' zei Helen.

'We zijn echte werkbijen. Bij ons heb je geen kakkers... Tenminste, die zijn er wel, maar als streek zijn we niet bekakt, terwijl, als je bijvoorbeeld kijkt naar Sussex, of zo, dan zeg je: "Jemig, wat een kakkers hier," toch? Dat zou je over Birmingham nooit zeggen. En ook niet over Liverpool, en ook niet over Yorkshire.'

'Mensen uit Yorkshire zijn inderdaad wel bijzonder. We zijn anders. Daar mogen we inderdaad trots op zijn. We hebben een soort ijzeren volharding. Misschien komt het door de koude wind die van de Noordzee komt,' verklaarde Frances.

'Ik snap trouwens niet waar we ons druk om maken. We zijn nog maar met zijn drieën,' zei Helen, en iedereen keek naar Niki en Caroline. Een van hen zou mee moeten doen. Een van hen moest er echt alles aan doen om dat voor elkaar te krijgen. We konden niet met zijn drieën roeien – daar was geen categorie voor in de wedstrijd. Het was solo, twee of vier, en dus hadden we een vierde man nodig.

En zo ging het maar door. Tot diep in de nacht bespraken we de voors en tegens van Yorkshire en probeerden we te bedenken wat voor soort naam we aan de boot en aan het team wilden geven. Die belangrijke dingen moesten eerst worden afgekaart. Punt was alleen dat we geen boot hadden, en geen team.

En toen, bijna zodra we weer terug waren in Yorkshire, belde Caroline met Janette, om te zeggen dat het haar speet. Het was voor haar gewoon te complex om mee te kunnen op de oversteek; ze had thuis te veel te doen, en ze werkte als huisarts in de gevangenis. Dus bood ze haar diensten aan als onze teamarts. Ze wilde ook best helpen met de papierhandel. Het was een aanbod dat we dankbaar aanvaardden.

Nu waren alle ogen gericht op Niki. Kon zij Gareth overtuigen dat het toch echt een goed idee was als zij de oceaan op ging in een roeiboot?

Zij en Gareth hadden een weekendje weg gepland in het Lake District met de kinderen en Niki's ouders. De laatsten zouden op de kinderen passen als Niki en Gareth gingen wandelen. En tijdens een van die wandelingen hadden ze het over de race, die ze vanuit alle perspectieven bespraken.

'Het was een heet hangijzer,' zei Niki. 'Onze omstandigheden waren anders dan die van de rest. Mijn gezin was veel jonger en ik runde een zaak met mijn man. Als ik weg was, zorgde dat voor enorm veel problemen. Zowel Janette als Frances is thuis de hoofdkostwinner, dus hun mannen zijn eraan gewend om voor de kinderen te zorgen. Los van het feit dat Janette toch precies doet waar ze zin in heeft en Mark Frances niet zou weerhouden van iets wat ze echt wil doen. Hij mocht dan zelf niet gelukkig zijn met het feit dat ze de oceaan over wilde roeien, maar hij zou nooit zeggen dat ze niet mocht.

Ondanks haar vastberaden mededeling aan Frances dat zij zeker mee ging, was Helens positie ook nog steeds niet helemaal duidelijk. In plaats van het idee tegen het licht te houden, zoals Niki en Gareth deden, was het voor Richard nog steeds onbespreekbaar. Helen maakte uit zijn stilzwijgen op dat hij op het punt stond om overstag te gaan, en dat zij de strijd misschien al had gewonnen. Althans, de strijd die niet openlijk geleverd werd. De racegids en het registratieformulier lagen nog steeds op de keukentafel, en niet in de vuilnisbak of de open haard. Dus er was hoop, ook al waren de woorden 'Je mag gaan' nog niet uit Richards mond gerold. Helen had het inschrijfgeld van vijfhonderd euro nog niet betaald. Maar er speelde op dat moment ook van alles in haar huishouden.

'Het was gek, maar ik geloof dat het hele idee van de race mij echt veranderde,' zei Helen. 'Ik was op een middag bij toeval in Leeds – ik was naar een vergadering gestuurd om in te vallen voor een collega – en ik besloot om even bij Richard op kantoor langs te gaan. Het was een uur of halfvijf, en ik dacht dat het wel leuk zou zijn om samen een kop thee te drinken. Hij had me niet verwacht, en ik had ook gedacht dat hij er misschien niet zou zijn, omdat hij altijd in de rechtbank is, maar ik ging toch. Ik liep zijn kantoor in, en in plaats van dat hij blij was me te zien, zat hij daar heel erg down tussen de stapels papieren en dossiers. Ik trof hem op een persoonlijk dieptepunt. Hij zat daar maar voor zich uit te staren.

' "O, wat haat ik dit," zei hij en hij keek me aan. "Ik vind het echt zo verschrikkelijk."

'Normaal zou ik gezegd hebben dat hij maar gewoon zijn tanden op elkaar moest zetten, want dat zeg ik al zestien jaar – het leven is nu eenmaal niet alleen maar leuk – maar dit keer zei ik dat niet.

'Ik zei: "Moet je horen, je kunt toch gewoon iets anders gaan doen?" Ik voelde me heel erg positief en begon op hem in te praten. "Je hebt skills die je ook ergens anders kunt inzetten. Gooi het roer om. Ga eens praten met een recruiter, en zet die stap gewoon. Weet ik veel, je zou toch bijvoorbeeld ook bij het Openbaar Ministerie kunnen gaan werken, als directeur? Je bent slim, je hebt talent, je kunt van alles!"

'Hij luisterde niet echt naar me. "Doe niet zo stom. Dat soort banen komt nooit vrij," zei hij somber. "Er is er eentje in Londen, eentje in Schotland..."

'Maar dat was niet mijn punt, en ik probeerde het hem uit te leggen: "Ik bedoel ook niet precies die baan, ik noem maar een voorbeeld van wat je met jouw achtergrond zou kunnen doen. Er is zo veel! Je hoeft niet te blijven doen waar je geen zin in hebt. Je hebt je lot in eigen hand. En als je iets anders wilt, dan kan dat."

'Ik liep zijn kantoor uit en stapte in mijn auto. En toen ik op de weg zat, ging mijn telefoon. Het was Richard.

' "Dit raad je nooit," zei hij en hij klonk heel anders dan een paar minuten ervoor.

' "Wat dan?" vroeg ik.

' 'Ik ben meteen naar een website voor juristen gegaan, en weet je wat de eerste baan was die ik te zien kreeg? Directeur Openbaar Ministerie op Isle of Man."

'Het enige wat ik zei was: "O mijn god, dan is het zo voorbestemd." Want ik bedoelde helemaal niet dat hij precies voor die baan zou moeten gaan, ik noemde maar iets willekeurigs... Het moest echt zo zijn.

' "Ik heb ze net gebeld," zei hij, en ik hoorde dat hij totaal verbijsterd was. "En ze gaan me een sollicitatieformulier toesturen."

'Dus dat weekend vulde hij het formulier in en hij deed het op de bus, maar ik wist gewoon dat het goed zou komen – we wisten het allebei. Hij zou die baan krijgen. Het was alleen nog een kwestie van afwachten wanneer.'

Ondertussen was Frances in de avonduren lessen gaan volgen voor haar schippersbrevet van de RYA. Janette en Ben hadden geboekt om de start van de Talisker Challenge van 2013 bij te wonen, om te zien of ze daar nog tips konden krijgen, of advies of cruciale informatie waar we iets aan konden hebben. En Niki? Die wachtte af...

Niet lang voor Kerstmis gaf Gareth toe. Het was geen plotselinge bekering. Hij had niet ineens het licht gezien of een engelenkoor horen zingen. Het was een voorzichtig doorsijpelen van een inzicht. Hij zag wel in dat Niki dit echt heel graag wilde. Grondpersoneel zijn, bij Janette thuis vergaderen, meehelpen met geld inzamelen, sponsors zoeken – het project van de grond krijgen... Wat had al dat harde werk voor zin, dacht hij, als je niet mee roeit? Niki deed alleen maar de klusjes en zou het avontuur zelf niet meemaken.

Zodra Gareth ja had gezegd, wilde Niki ook graag de goedkeuring van haar ouders.

'Ik vertelde het mijn moeder als eerste, in de keuken,' zei Niki. 'Ik wilde heel zeker zijn dat ik ging, voor ik er iets over zou zeggen. Ze was aanvankelijk een beetje in shock. Ze trok wit weg. Het gebeurt je ook niet elke dag dat je dochter je komt vertellen dat ze de Atlantische Oceaan gaat oversteken in een roeiboot. Ze was niet wild enthousiast, maar ze wel heel positief. Ze bood aan om Gareth en de kinderen op alle mogelijk manieren te helpen. Dat luchtte me op. Maar ik zag ertegen op om het aan mijn vader te vertellen. Ik vroeg haar of zij dacht dat papa het goed zou vinden, en zij vond het beter dat ik het hem zelf zou zeggen. "Ik zal wel zeggen dat jij straks even langskomt om even met hem te praten," stelde ze voor.

'Die arme vader van me. Ze had tegen hem gezegd dat ik de volgende ochtend langs zou komen om iets met hem te bespreken, maar ze wilde niet zeggen waarover het ging. Die arme man. Hij had zich van alles in zijn hoofd gehaald. Dus toen ik het hem eindelijk vertelde, was hij zó opgelucht! Al die rampscenario's kon hij schrappen: dat ik terminaal ziek was, dat Gareth en ik uit elkaar gingen... Dat soort dingen. Hij was helemaal door het dolle heen en vond het geweldig. Hij staarde me eerst alleen maar aan en toen begon hij van oor tot oor te grijnzen. "Dat is fantastisch!" zei hij. "Echt fantastisch!" En toen omhelsde hij me.

'Later vertelde hij me dat hij die avond in zijn dagboek had geschreven dat het de mooiste dag van zijn leven was omdat ik hem had verteld dat ik de oceaan over wilde roeien.'

Niki ging mee! Eindelijk waren we met zijn vieren; het zag ernaar uit dat we echt zouden deelnemen aan de race. We hadden een team. Vier totaal verschillende vrouwen, ieder met een heel andere achtergrond, maar allemaal met hetzelfde doel voor ogen – om naar de andere kant van de Atlantische Oceaan te komen. Het voelde al als een hele presentatie dat we dit voor elkaar hadden gekregen.

'Het was een geweldig gevoel,' zei Janette. 'Ik weet nog hoe blij ik was toen ik dit nieuws hoorde. Niki had zo hard voor ons gewerkt, en het zou zo jammer zijn geweest als ze niet mee had gekund. Bovendien is Niki een geweldig mens, super lief en heel zorgzaam, en ik dacht bij mezelf: zo iemand kunnen we wel gebruiken op de boot. Zij zal voor ons zorgen als we zorg nodig hebben, en zij zorgt er wel voor dat alles goed komt. Je kunt haar alles vragen, en ze doet het meteen. Je kunt echt van haar op aan. Ik dacht altijd: allemachtig, waar haalt ze de tijd vandaan? Soms probeerde ik haar stiekem te vlug af te zijn (dat weet ze wel, denk ik), maar het had geen zin. Niki was altijd sneller.'

Iets waar we ons allemaal veel zorgen om maakten was hoe we aan onze kinderen moesten vertellen dat we gingen meedoen aan de race. We waren bang dat ons 'uitstapje' hun leven op zijn kop zou zetten, dus we probeerden het idee zo enthousiast mogelijk te brengen. We legden enorm veel nadruk op het feit dat ze naar Antigua mochten voor de finish, en dat ze naar de start op de Canarische Eilanden zouden gaan. We besteedden zo min mogelijk aandacht aan het feit dat we er niet zouden zijn met Kerstmis, en concentreerden ons op de positieve, vrolijke aspecten van het feit dat hun moeders de oceaan gingen oversteken.

De kinderen waren er heel kalm onder.

Janettes kinderen, Safiya en James, waren heel relaxed. 'Ze gaven geen krimp toen ik het hen vertelde,' zei ze. 'Het enige wat ze zeiden was: "Cool!" alsof het de gewoonste zaak van de wereld was. Zo van: ja, leuk, mam – wanneer ga je precies?'

'Ik vond het prima dat mijn moeder er niet zou zijn,' zei Jack, Frances' jongste zoon. 'Maar zou mijn vader het wel redden? Ik maakte me zorgen om hem, en dat hij mijn schooldas niet zou kunnen vinden.'

Corby, Niki's oudste, was wild enthousiast. 'Elke avond KFC!' juichte hij. 'Kan mij het schelen dat mijn kleren niet gewassen worden.'

Haar jongste, Aiden, was nog erger: 'Vier moeders in een roeiboot op de oceaan... Jullie waren vast heel dronken toen jullie dat bedachten.'

Het was de veertienjarige Lucy, de dochter van Helen, die het plan het best leek te begrijpen. 'Zo'n kans krijg je nooit meer, en als jullie het eenmaal hebben gedaan, pakt niemand het jullie meer af. Als jullie later oude besjes zijn, hebben jullie altijd nog het verhaal over die keer dat jullie de oceaan over geroeid hebben. En wie wil dat nou niet horen?'

SCHEEPSLOG:

'Communicatie: daar draait alles om. We hebben allemaal onze eigen dromen en doelen, en soms kunnen we die waarmaken door het er met andere mensen over te hebben. Hoe meer mensen je vertelt van je dromen, des te groter de kans dat ze uitkomen. Het vertellen werkt motiverend. Het is een katalysator.'

(Janette/schipper)

HOOFDSTUK 6

Een stap voorwaarts

'Vraag wat je nodig hebt, en houd er rekening mee dat je het dan ook krijgt.'

MAYA ANGELOU

Janette was degene die het nieuws bracht op de roeiclub. Zij en Frances hadden het er al een poos over om het aan de coach te vertellen, maar nu ze het team definitief bij elkaar hadden (al had Richard nog niet met zoveel woorden gezegd dat hij akkoord was), voelde dit als het juiste moment. En ze koos een verregende zaterdagochtend om het doen. Zij, Niki, Frances en een vrouw die Janette 'Perfecte Pam' had gedoopt (omdat ze de instructies altijd zo keurig opvolgde – heel anders dan wij) stonden als viertje ingeschreven, en omdat de verveling toesloeg bij het wachten tot de wedstrijd kon beginnen, vond Janette het wel een goed idee om de boel op te vrolijken door hun spannende nieuws met de coach te delen.

'Hé, coach,' zei ze. 'Je raadt nooit wat wij gaan doen.'

'Vertel.'

'We gaan meedoen aan een race. Je weet wel, zo'n sportieve uitdaging...'

'Eh...' Hij keek ons aan. 'Gaan jullie de Boston Marathon roeien?'

'Nee,' zei Janette stralend, en ze zwaaide met haar riem bij wijze van aanwijzing. 'Het is iets veel groters. En ook nog verder weg.'

'Gaan jullie roeien op de Middellandse Zee?'

'Nee, je moet groter denken. Zo groot als een oceaan. Een grote oceaan!'

'Gaan jullie op de oceaan roeien?' Nu was hij een en al oor.

'Op de Atlantische Oceaan. We doen mee aan de Talisker Atlantic Challenge.'

Hij keek van Janette naar Niki en Frances, en was duidelijk in zijn hoofd het sommetje aan het maken, met als uitkomst dat we samen ongeveer honderdachtentachtig moesten zijn. Toen keek hij nog eens goed, en wachtte duidelijk op de clou van deze vreemde grap. 'Wauw! Dat is inderdaad wat je noemt een uitdaging,' zei hij uiteindelijk.

'Ja toch?' Janette schonk hem een brede grijns. 'Het idee is om gewone vrouwen te inspireren om bijzondere dingen te doen.'

'Bijzonder is wel het woord,' beaamde hij.

'Helen Butters doet ook mee,' vertelde Janette enthousiast.

'Helen? Prinses Helen, die alleen maar zit te klagen als ze op de rivier zit? Dat meen je niet. Die houdt het toch nog geen middag uit op de oceaan?'

'O, op de oceaan is ze heel anders,' zei Janette zelfverzekerd. 'Dat garandeer ik je.'

'Misschien,' zei hij weifelend.

'Waar hebben jullie het over?' vroeg Perfecte Pam, die glimlachend bij de groep kwam staan.

'We gaan de Atlantische Oceaan over roeien,' flapte Janette eruit. Ze verheugde zich erop de negatieve reactie op Pams gezicht te zien. Maar Pam keek vooral verbaasd.

‘Ze willen gewone vrouwen inspireren om bijzondere dingen te doen,’ lichtte de coach toe.

‘O, maar dat is toch geweldig!’ riep Perfecte Pam uit, en ze keek ons lachend aan. ‘Ik ben diep onder de indruk. Serieus. Doen jullie het voor een goed doel? Zou ik wel doen. De Prince’s Trust, bijvoorbeeld? Die doen veel goede dingen voor kinderen. Ik ga even koffie halen, iemand anders ook zin?’

We sloegen allemaal beleefd af.

‘Jemig, die reageerde positief,’ zei Niki toen ze Pam de oever op zag lopen.

‘Nou, hè?’ Janette knikte. ‘Dat is ook weer een les. Je moet nooit iemand op zijn uiterlijk beoordelen. Niet te snel conclusies trekken.’

Het nieuws over ons plan ging als een lopend vuurtje. We kregen een mailtje van Julie, de captain van het damesteam van Guy Fawkes, die ons veel succes wenste. Ons verhaal was haar ter ore gekomen. Ze stond versteld van onze moed en kon niet geloven dat we zoiets van plan waren. Of we al een website hadden, vroeg ze.

Een website? Dat was misschien best een goed idee. Helen en Janette wilden er meteen mee aan de slag. Helen zei dat ze iemand op Facebook was tegengekomen die dit soort dingen deed. Ene Andy? Bij haar in het dorp, Cawood? Met het adres op zak en met kennis van de omgeving waar ze al vijftien jaar woonden, gingen ze te voet naar hem op zoek. Het kostte nogal wat tijd – een uur speuren in het donker, met allerlei omwegen over stoepen en modderige opritten en vruchteloze afslagen in doodlopende straten. Ze klopten bij een stuk of acht, negen mensen aan (bijna het hele dorp), hen storend bij het avondeten of tijdens een aflevering van *Coronation Street*, voor ze Andy eindelijk gevonden hadden. Ze wisten dat ze bij het goede adres waren toen een serieuze jongen met lang haar en een bleek gezicht opendeed. En hij was geweldig. Hij vond het meteen een goed plan en bood aan zo snel mogelijk een website op poten te zetten. Helen kwam met een lijst dingen die we erop wilden hebben, en Janette wist niet hoe ze het had; ze had nooit geweten dat Helen zo slagvaardig kon zijn! Terwijl Helen de lijst doornam, werd Janette steeds enthousiaster over het avontuur en de lijst met goede doelen waar ze naar aan het kijken waren.

Wat waren er veel liefdadigheidsorganisaties. Dat werd nog lastig kiezen. Maar Perfecte Pam had gelijk, we moesten er een of twee selecteren. Het was idioot om de moeite te nemen om een hele oceaan over te roeien zonder daarmee meteen geld op te halen voor een goed doel. We hadden een vergadering bij Janette thuis, die heel wat emotioneler werd dan we hadden voorzien.

Zowel Helen als Frances had een van hun ouders aan kanker verloren. De moeder van Frances was aan kanker overleden toen Frances achtentwintig was.

'Op mijn tiende werd bij haar voor het eerst borstkanker vastgesteld en toen ze na een lange, zware strijd uiteindelijk overleed op de afdeling oncologie van de Huddersfield Royal Infirmary, kon ik nergens terecht,' vertelde Frances. 'Er was geen hulp voor mij en niemand om mee te praten. Mijn vader deed zijn best, maar hij had zelf ook verdriet, en ook al was ik al achtentwintig, ik was nog niet echt volwassen. Dus toen ik via een ontbijtsessie op mijn werk een vrouw ontmoette van een kankersupportgroep genaamd Maggie's, was ik onder de indruk van hun verhaal. Het zou heel goed voor mij zijn geweest als die groep al had bestaan toen mijn moeder stierf. Ik vind het zo vreemd dat ze zo veel mist van wat er in mijn leven gebeurt. Ze heeft Mark en de kinderen nooit gekend. Mijn vader is twee jaar na haar overlijden hertrouwd, en dat was toen ook een enorme schok. Ik zat nog steeds met het gat dat mijn moeder had achtergelaten, maar mijn vader had de draad alweer opgepakt. Hij belde me een keer op mijn werk en zei plompverloren: "Ik heb geweldig nieuws. Ik ga trouwen." Ik had Audrey toen nog nooit ontmoet. Die dag drong het tot me door dat een partner vervangbaar is, maar een moeder niet. Mijn stiefmoeder, Audrey, is een geweldig mens. Ze is heel behulpzaam en lief, en een geweldige oma voor de kinderen. Voor mijn vader is ze ook super. Hij was natuurlijk heel erg eenzaam toen mijn moeder er niet meer was. Ik was blij voor hem dat hij niet meer alleen hoefde te zijn. Voor mijn gevoel staat mijn moeder nog altijd heel dicht bij me, en toen we op de oceaan zaten, was dat gevoel sterker dan ooit.'

Helens situatie was vergelijkbaar. Haar vader was ook aan de gevolgen van kanker overleden. 'Het was een enorme schok,' zei ze. 'De ene dag was hij er nog, en stond hij mijn zitkamer te behangen, en zes maanden later was hij dood. Ik weet nog dat ik hem bij mij thuis bezig zag en dat ik dacht: jeetje, wat zie je bleek. Hij ging naar zijn huisarts omdat hij de hele tijd zo moe was. Ze stuurden hem door voor een scan en er werd alvleesklierkanker bij hem vastgesteld. Dat is een van de ergste soorten kanker. Ik geloof niet dat mijn vader en moeder zich daarvan bewust waren. De zes maanden die erop volgden waren een kwelling. Ik was jarig en zij zouden langskomen, terwijl ik wist dat dit de laatste keer was dat hij mijn verjaardag zou vieren. Ik stond te huilen bij het aanrecht, en probeerde mijn tranen niet te laten zien, maar het was verschrikkelijk. Gelukkig werkte ik niet in die tijd, en kon ik veel tijd met hen doorbrengen. Dus dat deed ik ook.

'Op een dag belde mijn moeder op. Ze zei: "Het gaat echt niet goed met hem." Ik ging erheen. De communicatie tussen het ziekenhuis, de huisarts en ons was heel verwarrend, dus niemand wist wie we moesten bellen en wat we konden doen. Als we Maggie's toen hadden gehad, hadden wij zijn levenseinde veel beter kunnen doorstaan. Ik weet nog zo goed hoe het was om de laatste keer als gezin bij elkaar te zijn. Het overviel ons allemaal, mijn broer en zus, en mijn moeder en mij. We waren allemaal bij mijn ouders thuis voor we hem naar het ziekenhuis brachten, waar hij nooit meer uit zou komen.

'Ik wist dat ik al het mogelijke had gedaan, en tot het einde naast zijn bed had gezeten, dus ik kon er vrede mee hebben. De begrafenis regelen vond ik een rotklus, maar die namen mijn broer, Paul, en mijn zusje, Clare, voor hun rekening. Mij lukte het niet eens om aan het graf te gaan staan. De kerkdienst lukte me nog, maar naar het graf... Dat bracht ik niet op. En ik dacht: nou ja, dat zou papa niet uitmaken. Ik was er toen hij me nodig had, en ik zat in de kerk. Ik kwam erachter dat hij een document op zijn computer had opgeslagen waarin hij zijn gedachten over de zin van het leven had opgeschreven.

' "De volgende bladzijden bevatten zomaar wat gedachten van mij," stond er. "Vragen en overpeinzingen uit mijn lange leven. Iedereen stelt zich deze vragen van tijd tot tijd... Ik geloof dat je nooit een staat bereikt waarin je alle antwoorden weet, maar het zoeken ernaar is boeiend en het geeft ons iets om handen."

'Ik had het uitgeprint en meegegeven aan de mensen die op de begrafenis waren. Ik denk dat ik in die periode een paar belangrijke overlevingsstrategieën heb geleerd – toen ik mijn best deed om niet te huilen waar hij bij was en gewoon door te gaan met alles. Ik heb hem absoluut bij me gevoeld, op de boot. Hij gaf me een schop voor mijn kont op de momenten dat ik bang was en een zetje nodig had.'

We hadden allemaal met kanker te maken gehad. Niki's moeder had borstkanker gehad en leefde nog steeds, net als de moeder van Janette, die keelkanker had gehad. Maggie's was dan ook onze eerste keuze, omdat het een organisatie was die ons allemaal na aan het hart lag.

We zaten nog steeds aan Janettes keukentafel en vroegen ons af of we het bij één doel moesten laten of dat we er nog eentje aan toe moesten voegen.

'Waarom eigenlijk niet twee?' vroeg Niki.

'Ja, samen delen,' vond Helen.

'Dan gaan we twee keer zo hard aan de slag,' zei Frances.

'Dan vind ik wel dat we echt iets met Yorkshire moeten doen,' verklaarde Janette.

We zaten te discussiëren en pleegden research, en bespraken de voor- en nadelen van allerlei goede doelen.

'De Yorkshire Air Ambulance?' opperde Janette. 'Dat heeft met Yorkshire te maken. Twee van ons werken in de gezondheidszorg.' Ze knikte naar Helen. 'En ik heb een vriend die weleens door hen is gered.'

'Het is een populaire organisatie,' zei Helen, die daar als communicatiemedewerker wel wat van weet. 'En het is inderdaad dicht bij onze roots, en een heel goed doel om te steunen.'

En dus was de zaak beklonken. We zouden brieven schrijven aan Maggie's en aan Yorkshire Air Ambulance, en hun mededelen dat wij hen met onze race zouden ondersteunen. Daarnaast gingen we onze lijst met contacten langs om geld in te zamelen. Het is een duur grapje om met een roeiboot de Atlantische Oceaan over te gaan. We moesten op zoek naar een boot en naar alles wat we daar verder voor nodig hadden. Dus we moesten zo veel mogelijk sponsorgelden binnen zien te halen, zodat we de donaties die we kregen niet voor de reis hoefden te gebruiken. Alles wat we voor het goede doel ophaalden zou ook naar het goede doel gaan, daar waren we het roerend over eens. En waar de rest vandaan moest komen, tja, dat was de vraag.

Ondertussen gingen Ben en Janette naar La Gomera om de start van de race van 2013 bij te wonen – de race waar Janette zes maanden geleden nog dacht aan mee te kunnen doen. Ze boekten een kamer in hetzelfde hotel, de Parador, waar wij twee jaar later ook zouden slapen (met onze plastic tasjes met naadloze onderbroeken en tandenborstels), en brachten vier dagen door tussen de roeiers en de boten.

Hoewel ze voornamelijk gingen om een weekendje weg te zijn, bleek dit tripje van onschatbare waarde. Het was niet alleen nuttig voor het vinden van een accommodatie en bepalen hoe het land erbij lag voor als wij daar over twee jaar zouden arriveren, maar Janettes vertrouwen was ook enorm gegroeid toen ze terugkwamen.

Ten eerste hadden de roeiers die ze vertelde van ons voornemen om ook de oversteek te maken, haar volledig serieus genomen. 'Niemand lachte me in mijn gezicht uit. Er waren er wel een paar die me eens goed bekeken, want ik zie er natuurlijk niet topfit uit. Ik weeg 82 kilo, en ik ben totaal niet atletisch. Maar ze lachten niet en ze trokken geen rare gezichten.'

Ten tweede was ze bemoedigd door de diversiteit van de deelnemende teams, die niet allemaal bestonden uit professionele roeiers of beroepsavonturiers. Sterker nog, er was een team dat daarvoor bijna nog nooit had geroeid. Het was een groepje knappe jonge polospelers, die zo te zien net waren komen aanrennen, en nog even snel hun koptelefoontje van hun kamer hadden gegrist. De mannen waren vlak voor het startschot in hun boot gesprongen, met het glas champagne nog in hun hand. (En wat nog wonderbaarlijker was, Atlantic Polo roeide de Talisker Challenge niet alleen uit, maar won in de eigen klasse en bereikte als tweede boot Antigua.)

Ten derde kwamen Ben en Janette terug met het besef dat het moeilijkste deel van de race was om überhaupt op La Gomera te komen. We moesten nog zo veel dingen kopen, zo veel dingen organiseren. De kosten en de hoeveelheid energie die ervoor nodig waren leidden tot een gigantische operatie.

Iedereen die het maar horen wilde vertelden we over ons plan. Als je een van ons rond die tijd ergens tegenkwam op een kerstborrel, hoefde je maar een glas wijn of een flûte met bubbels te geven, of ze ging helemaal los over ons plan. We hadden steun nodig, we moesten zo veel mogelijk interesse zien te wekken.

De meeste mensen waren positief als we hun over ons idiote plan vertelden, maar ze konden niet geloven dat we zoiets wilden doen. Op onze leeftijd! Met onze verantwoordelijkheden! Hoe haalden we het in ons hoofd! Sommigen waren minder vriendelijk. Over het algemeen waren het dikke oude mannetjes met een drankkegel die zeiden dat we niet goed snik waren. 'Dat gaat jullie echt niet lukken,' zei een van die kerels. 'Jullie hebben alleen nog maar op een rivier geroeid. Wat weten jullie nou van de zee?'

En op het schoolplein was er een vrouw die Mark ook weleens tegenkwam als ze de honden uitliet. Zij zei dat ze niet snapte dat Frances haar kinderen zo lang alleen kon laten; zelf zou ze zoiets echt nooit doen! Waarop Mark antwoordde dat Frances haar kinderen niet alleen liet, maar bij hun vader. Misschien kon die uitleg er net mee door.

Frances haalde er haar schouders over op. Sommige mensen zouden het nooit begrijpen. Ze vinden het vreemd als anderen van de gebaande paden af gaan, en eens iets heel anders proberen.

'Zelfs mijn vader zei dat ik knettergek was,' zei Janette. 'Maar ik geloof dat hij zelf ook altijd zoiets had willen doen. Hij heeft veel gezeild, ook in behoorlijk slecht weer, dus hij weet hoe het is en hij vindt het doodeng. Hij begrijpt wat ik mezelf op de hals heb gehaald.'

Janette nodigde haar ouders en zusjes uit voor de lunch op zondag om hen over hun plannen te vertellen, voor ze het via de tamtam zouden horen.

'Je bent niet wijs!' verklaarde Maria.

'Gestoord,' beaamde Jane.

'Het is een idioot plan,' zei Joanne, 'maar het is wel echt iets voor jou.'

Janettes moeder was een beetje bezorgd. 'Wat als jullie gered moeten worden?'

'Voor zover ik weet halen de meeste boten de overkant wel,' zei Janette, wat niet erg hielp.

Haar moeder leek dan ook niet gerustgesteld door dit antwoord, maar berustte omdat ze wel wist dat Janette haar plannen hoe dan ook zou doorzetten.

'Ik zit al te wachten op iets als dit sinds je nog maar een klein kind was, Janette,' zei ze. 'Eerlijk gezegd had ik het al veel eerder verwacht. Tegen de tijd dat je veertig werd, dacht ik dat we misschien safe zaten. Je was altijd al zo vastberaden. Je gaf nooit op. En bazig dat je was! Je liet je door niemand de les lezen. Nooit. Wat jij in je kop had, gebeurde.'

'Moeders kennen hun eigen dochter als geen ander,' zei Janette. 'Ook de minder mooie trekjes.'

Tegen het einde van de lunch was iedereen om. Janettes vader was geïnteresseerd in de route, en ze drukten haar allemaal op het hart om heelhuids thuis te komen.

'Ik begreep hun zorgen wel,' zei Janette. 'Als mijn kinderen me zoiets zouden vertellen, zou ik precies zo reageren. Ik zou hen aanmoedigen en steunen, maar ik zou me ook veel zorgen maken.'

Er waren nog wel meer mensen die onze ambitie niet deelden. Een paar oudere dames noemden het een hersenspinsel. Het idee dat we meer uit het leven wilden halen dan ons werk, kinderen grootbrengen en goede echtgenotes zijn, was voor hen heel moeilijk te bevatten. Het was een kleine groep, maar die was heel uitgesproken. Misschien had het met de leeftijd te maken. Zij hadden zelf nooit mogen dromen, zij hadden nooit hun eigen pad mogen uitstippelen. Misschien waren ze jaloers omdat wij iets nieuws gingen doen, iets voor onszelf. Vaak kregen we te horen dat we egocentrisch waren. Soms werd dat op bezorgde toon geuit, maar het was een keiharde conclusie: een moeder hoort niet op zo'n soort reis te gaan. Dat moesten we aan mannen overlaten, en we moesten vooral tevreden zijn met wat we hadden.

Maar wat als wat we hebben niet genoeg is? Een huwelijk, een baan, kinderen – we hadden allemaal ontzettend veel geluk gehad, dat wisten we heus wel. We hadden trouwens ook heel hard gewerkt om te komen waar we waren, en toch… en toch… Was er niet meer? De wind in ons haar? De regen op ons gezicht? Hechte, diepgaande vriendschap? Een uitdaging? Risico? Avontuur? De mogelijkheid om onze absolute grenzen op te zoeken? Om te zien tot hoeveel we precies in staat waren? En boven alles: om te zien hoe we er aan de andere kant uit zouden komen? Het idee dat er een grotere, meer inspirerende wereld is, barstensvol mogelijkheden en opwindende ervaringen, was te sterk om te weerstaan. Het lag voor het grijpen.

In de woorden van de Amerikaanse langeafstandszwemmer Diana Nyad, die Frances zo graag mocht citeren: 'Wat het je oplevert als je je doel hebt gehaald is minder belangrijk dan wie je wordt door dat doel na te streven.'

Of, zoals Helen het uitdrukte: 'Het zijn maar drie maanden! Op een heel mensenleven stelt dat niets voor. Drie maanden niet naar kantoor, niet dag in dag uit van negen tot vijf op je werk zitten. Wie misgunt dat een ander? Kijk dan eens naar het grotere plaatje. Wie profiteert er niet van? De kinderen zien een ander aspect van het leven, een superpositief aspect ervan, iets wat ze nergens anders kunnen leren. Ze nemen het voor altijd met zich mee, het idee dat ze alles kunnen wat ze willen. Drie maanden, meer niet. Als ik mijn oren liet hangen naar de negatievelingen, zou ik thuis bij het aanrecht staan denken: wat een gemiste kans voor iedereen!'

Januari 2014

Toen het weer tijd was voor het diner van de roeiclub, in januari, waren we allemaal heel opgewonden. Het was de eerste verjaardag van ons besluit om deel te nemen aan de race, en we waren alle vier vastbesloten om ons in te schrijven en die drieduizend mijl te gaan roeien. Niki en Helen moesten hun inschrijfgeld nog betalen, maar Gareth was nu ook om, en Richard deed zijn best om aan het idee te wennen.

Gekleed in onze mooie jurken gingen we zitten aan onze vaste tafel achter in de zaal. Dit keer waren we met zijn achten, en iedereen verkeerde in een opperbest humeur. Het was ook een jaar geleden dat onze mannen elkaar voor het eerst hadden ontmoet, en in die twaalf maanden was er zo veel gebeurd dat het goed was om weer eens allemaal bij elkaar te zijn.

Ben schonk de wijn in, Janette vermaakte de tafel met verhalen over knappe polospelers op La Gomera, Frances en Helen hadden het over hun training, Richard en Mark bespraken hoe de kerstdagen waren geweest en Niki en Gareth genoten gewoon van hun eerste roeidiner.

We waren allemaal een tikje onrustig. Tijdens de borrel vooraf hadden we met andere ouders gepraat in de hoop daar sponsors of donaties aan over te houden, of gewoon wat aanmoediging. En die kregen we ook. Iedereen was zo enthousiast over het idee, en veel mensen van de club wisten er natuurlijk al van.

Dus tijdens het diner wachtten we op de toespraken. We luisterden aandachtig naar de opsomming van sportieve prestaties van de school. We wachtten gespannen af. Wij zouden een oceaan overroeien – gingen ze daar iets over zeggen? Zouden ze onze namen noemen? Op ons proosten, misschien? Zouden ze ons een behouden vaart wensen, zeggen dat ze het een mooi plan vonden en trots waren op onze onderneming? We hielden onze adem in, rekten onze halzen en tuurden om de andere kant van de zaal te kunnen zien. En toen waren de toespraken ineens voorbij.

We keken elkaar aan.

Niemand had iets gezegd. Niemand had ons genoemd. Niemand had met een woord over de race gerept.

Maar ja, waarom zouden ze ook? Het was een diner voor de roeiclub van school, en het draaide om de roeiende leerlingen. Ons avontuur was onze obsessie. De Guy Fawkes Boat Club is maar een afsplitsing van de eigenlijke roeiclub.

Maar toch... En toen we daar zo zaten met onze wijnglazen in de hand, drong het ineens tot ons door dat misschien niemand ons echt serieus nam. Men wilde liever niet te veel aandacht aan ons besteden, voor het geval alles zou mislukken. Misschien zouden we de start niet eens halen.

Dat jaar wonnen we niets bij de verloting en de avond eindigde nogal sombertjes. Het was een goede les. We zouden er het komende jaar flink aan moeten trekken; we hadden nog een heel eind te gaan.

SCHEEPSLOG:

'Laat je niet ontmoedigen; er zijn altijd mensen die aan je twijfelen. Je dromen najagen en hoge doelen stellen is nooit zonder risico. Elke stap voorwaarts is een stap in de juiste richting. Laat je er door niemand van weerhouden om die eerste stap te zetten.'
(Janette/schipper)

HOOFDSTUK 7

Rose

'Begin met wat nodig is, doe dan wat mogelijk is... en ineens doe je het onmogelijke.'

SINT FRANCISCUS VAN ASSISI

Het was begin 2014 en er stond precies nul pond op onze Atlantische bankrekening. Wel hadden we veel interesse weten te wekken. Iedereen (nou ja, bijna iedereen) was enthousiast. Maar we hadden nog niet één sponsor. Helemaal niemand. Helen, ons hoofd communicatie, had ideeën voor het aantrekken van sponsordeals. Er waren diverse opties waaruit kon worden gekozen, te beginnen met de Club van 250 Pond, wat inhield dat je naam op een bordje op de boot vermeld werd; je kreeg ook een profiel op de nog te bouwen website. Dan had je de Platinum Sponsordeal, voor tienduizend pond, waarvoor je naam op onze roeikleding kwam, en je logo en merk in alle media te zien zouden zijn, en je een nog wat grotere naamsvermelding op de boot zou krijgen. En dan was er nog een pakket 'op maat', waarover te onderhandelen viel, met meer zichtbaarheid van je merk dan je in je wildste dromen kon verzinnen. Er ontbrak eigenlijk maar één ding aan dit plan.

'We hebben geen boot,' zei Janette op een avond, toen ze peinzend met haar potlood speelde en van haar koffie nipte. 'En die hebben we wel nodig. Zonder boot beginnen we niks.'

'Ze heeft gelijk.' Frances knikte, achteroverleunend in haar stoel.

'Zonder boot krijgen we van niemand geld,' bevestigde Helen, terwijl ze alle sponsorformulieren en -ideeën nog eens doornam die Niki net had uitgeprint.

'Nou,' zei Janette handenwrijvend. 'Dan gaan we dus een boot regelen.'

'Hoe dan?'

'Ik koop er eentje.'

We keken allemaal naar Janette. Bood ze nu serieus aan om in haar eentje een oceaanwaardige roeiboot aan te schaffen? We wisten dat ze impulsief was. Ze was een keer met Ben naar de Boat Show in Londen geweest, en was thuisgekomen met een jacht van twaalf meter (de zes gratis kussens die ze erbij kreeg hadden het hem gedaan), en pas op de terugweg in de auto hadden ze bedacht hoe ze dat eigenlijk gingen betalen. En als Janette eenmaal in beweging is, gaat het heel snel. Ze is levendig, aardig en heel, heel gul. Ze is de ultieme positivo. Ze zegt altijd dat ze kijkt naar het worstcasescenario, en dat dan blijkt dat dat slechtste geval niet half zo slecht is als je denkt. Het gaat allemaal om buikgevoel – het zesde zintuig, noemt ze het. Ze vindt dat we allemaal moeten leren om daar wat vaker naar te luisteren en erop te vertrouwen.

'Wat nou?' zei ze toen ze van het ene geschokte gezicht naar het andere keek. 'Jullie betalen me heus wel terug. Ik ga jullie die boot niet cadeau doen, wat denken jullie wel! Het is een investering. We willen de Atlantische Oceaan over roeien, we hebben sponsors nodig, en dat kan alleen als we een boot hebben. Zo simpel is het. Geen boot, geen sponsors, en geen sponsors, geen race over de oceaan. Dus laten we nu die boot gaan kopen, dan betalen jullie me later maar terug.'

De prijzen van oceaanwaardige roeiboten beginnen bij vijfendertigduizend pond, en de enige reden waarom Janette zo veel geld kon doneren – pardon, lenen – aan ons goede doel, was omdat zij en Ben in de jaren dat ze hun bedrijf hadden opgebouwd geld opzij hadden gezet voor als het tegenzat.

Ben stond achter haar besluit, maar er waren ook mensen die vonden dat ze gek was om zo veel geld te stoppen in zo'n hachelijk project.

'Onze roeicoach op de club nam me apart. Hij maakte zich grote zorgen. Hij had gehoord dat ik hier heel veel geld in had gestoken. Ik weet niet wie hem dat wijs had gemaakt, maar op de roeiclub wordt natuurlijk gekletst. Hij zei dat hij bang was dat we de start niet eens zouden halen, en dan zat ik met een nutteloze aankoop; de anderen zouden misschien niet over de brug komen. Hij maakte zich vooral zorgen om Helen. Die arme Helen. In zijn ogen heb je niets aan haar. Ze maakt altijd veel misbaar op de rivier en gaat al gillen bij het minste golfje. Maar ik zei dat hij zich geen zorgen hoefde te maken. "Ze ziet eruit als een prinsesje, maar diep vanbinnen is ze dat helemaal niet. Als het moeilijk wordt, zet zij haar kiezen op elkaar," zei ik.'

We kochten de boot van Charlie Pitcher, de snelste soloroeier die ooit de Atlantische Oceaan was overgestoken. Hij had een zaak, Rannoch Adventure, in Burnham-on-Crouch, in Essex. Vreemd genoeg hadden we Charlie vlak voor kerst leren kennen tijdens een lunch bij financieringsbedrijf Brewin Dolphin, in Londen. Frances had dat georganiseerd toen ze bij een broodjeszaak iemand tegen het lijf gelopen was van dat bedrijf. Het was iemand met wie ze ooit had gewerkt, Martin. Ze waren aan de praat geraakt over roeien, en hij was zo aardig om ons alle vier uit te nodigen voor een lunch in Londen om de geweldige Sally Kettle te ontmoeten, die samen met haar moeder, Sarah, de oceaan over geroeid was.

Het was zo'n dag waarop alles eerst helemaal misliep, en het daarna toch nog goed kwam. We hadden Frances in Londen zullen zien, maar om de een of andere reden waren we op de verkeerde trein gestapt en belandden we in Hull. We hadden niet opgelet en vertrouwden op de anderen. En dat is nooit een goed idee. Het gaf niet, zeiden we, dan zijn we maar een beetje te laat. Het is toch gewoon zo'n lunch met heel veel mensen in een grote zaal; wij glippen vlug naar binnen, en niemand merkt er iets van. Het komt wel goed.

Het was tien over halftwee toen we een kleine eetkamer in slopen, op de bovenste verdieping van het gebouw, waar de lunch gedekt was voor maar twaalf mensen. Onze naamkaartjes stonden bij een paar lege stoelen. Het was gênant, want Sally Kettle had speciaal op ons gewacht met haar verhaal over de grote oversteek. We boden uitbundig onze excuses aan en gingen zo snel mogelijk zitten om te luisteren naar haar onvoorstelbare verhaal en haar ongelofelijk inspirerende woorden. Na de lunch dromden we om haar heen en vuurden allerlei vragen op haar af.

'Hoe koud was het?'

'Hoe hoog waren de golven?'

'Hoe gek werd je tijdens de hele onderneming?'

Het was heel bijzonder om een vrouw te ontmoeten die precies datgene had gedaan wat wij zo graag wilden doen. En ze was fantastisch. Ze stelde ons gerust, was positief en motiverend. Ze vertelde dat haar moeder, een vrouw van onze leeftijd, het wel moeilijk had gehad, legde uit waar hem dat precies in zat, en vroeg of we al een boot hadden.

'Jullie moeten eens met Charlie gaan praten.' Ze knikte naar een blonde jongen in de hoek. 'Hij is een wereldrecordhouder, en hij bouwt zelf boten.'

Dus stonden een paar van ons op een dag in februari belachelijk vroeg op en vertrokken naar Essex, waar we iets voor twaalven arriveerden.

Charlie heette iedereen welkom. Frances en Mark waren er met hun kinderen, Jay en Jack. Helen en Richard hadden Lucy en Henry meegenomen, en Janette en Ben waren er ook. Het was een zonnige ochtend en we hadden er allemaal zin in. We keken rond in het haventje, waar we werden voorgesteld aan de rest van het team van Rannoch Adventure in Charlies werkplaats. Vlak voor de lunch kwamen we bijeen in zijn kantoor, en hij nam met ons de plannen door voor het bouwen van de boot.

Al Charlies boten zijn met de hand gemaakt en precies afgestemd op de degenen die erin gaan roeien, en op het doel waar de boot voor bestemd is.

Het was voor het eerst dat we werden geconfronteerd met de realiteit van wat we precies van plan waren toen Charlie met ons de mogelijkheden doornam – hier moest een gps-systeem komen, daar een watermaker, er moest een cabine komen om in te slapen, en die moest waterdicht worden gemaakt voor het geval we zouden kapseizen, hoewel de boot zelfoprichtend zou worden en we ons daar geen zorgen om hoefden te maken. We zagen allemaal dat het idee nu echt vorm kreeg.

Gek genoeg was Richard het meest enthousiast van allemaal, daar op de werf van Rannoch Adventure.

‘Toen we daar waren, sloeg hij om als een blad aan een boom,’ zei Helen. ‘Hij was aanvankelijk de negatiefste over ons project, en ineens was hij positiever dan wie ook. Zo’n snelle omslag heb je in de geschiedenis nog niet eerder meegemaakt. Ik kon het niet geloven. De ene minuut vond hij het nog een belachelijk plan, en de volgende was het allemaal geweldig! Maar hij houdt nu eenmaal van feiten, en dit was tenminste iets tastbaars. Een boot. Ik denk ook dat hij eerst nog bang was voor wat mij zou kunnen overkomen, omdat het allemaal zo ontzettend gevaarlijk was. Maar toen hij met Charlie had gesproken, begon hij in te zien hoe zo'n boot werkt, en hoe die zichzelf weer opricht. Hij was gerustgesteld en was er ineens helemaal voor, kwam met ideeën en plannen, bood hulp aan om sponsors te zoeken. Bovendien trok Charlie tijdens ons bezoek aan hem geen enkele keer in twijfel of wij die oceaan wel over zouden komen. Hij wilde ons natuurlijk een boot verkopen, dus hij zou echt niet zeggen: "Wat, jullie? Wat weten jullie van roeien op een oceaan?" Maar hij deed het voorkomen alsof het prima te doen was: natuurlijk konden wij meedoen aan de Talisker Challenge. Waarom niet?'

Tegen het eind van die bijeenkomst hadden we een opzet voor een plan. We wilden een boot van net geen negen meter lang, met twee cabines, in totaal vier britsen (in de roeiwereld beter bekend als 'doodskisten'), waar we niet met uitgestrekte benen in konden liggen, maar eerder nogal intiem tegen elkaar zouden moeten kruipen. We zouden een ingebouwde watermaker krijgen, een gps-systeem, navigatieverlichting, accu's, elektrische bedrading, en zo veel moderne veiligheidssnufjes als er maar waren om de boot zo betrouwbaar en gemakkelijk bestuurbaar mogelijk te maken. Het was heel veel maatwerk voor zo'n klein bootje, maar we moesten straks op La Gomera afscheid nemen van acht kinderen, en de conclusie was dat als we ergens op zouden bezuinigen, we daar later veel spijt van zouden krijgen.

Wat het uiteindelijk kostte? De totale prijs was vijfenzeventigduizend pond. Janette tekende ter plekke grif voor de aanbetaling en voor zij en Ben weer terugreden naar York, en de rest van ons in de haven bleef om te lunchen, voelden wij ons een tikje misselijk, om eerlijk te zijn. De stemming was vrij bedrukt toen Frances, Mark, Jay en Jack met Helen, Richard, Henry en Lucy aan tafel gingen.

‘Het was een heleboel geld en het hing boven ons hoofd als het zwaard van Damocles,’ zei Helen. ‘Ik weet nog dat ik daar zat te spelen met mijn salade, en dat ik dacht: we moeten dus honderdduizend pond zien los te krijgen van sponsors, voor de boot, het materiaal, en tweeëntwintigduizend euro deelnamegeld voor de race zelf. Hoe moesten we in vredesnaam aan dat soort bedragen komen en dan ook nog geld binnenhalen voor het goede doel? Ik geloof niet dat Ben nog zo gecharmeerd was van het hele idee toen hij zijn vrouw zo’n dikke cheque zag uitschrijven! Ik was echt heel gespannen en gestrest. Het was zo’n zware verantwoordelijkheid. Frances was er heel koelbloedig onder, maar ja, dat is ze altijd. Ze bleef maar zeggen dat het allemaal wel goed zou komen, dat ze heel veel mensen kende die ons dolgraag wilden steunen. Ik weet nog dat ik toen onder het tafelblad mijn vingers gekruist heb en bad dat ze gelijk had.’

Maar we hadden tenminste een boot. Althans, er zou er eentje gebouwd worden. We waren nu iets geloofwaardiger dan toen we alleen in onze joggingbroek een kantoor binnen konden lopen om te zeggen: ‘Hallo, wij zijn vier moeders en we gaan meedoen aan een race. Geef ons eens een paar duizendjes?’ Als we een boot hadden, leek het alsof de kans bestond dat we naar La Gomera zouden gaan, en dat we tijdens een lastig gesprek met een mogelijke sponsor op zijn minst van alles konden vertellen over onze watermaker.

Nu Janette ineens niets meer op de bank had staan, moesten we echt aan de bak om geld in te gaan zamelen. Ze hield vol dat het geen enkel probleem was, en dat ze ook geld zou moeten betalen als ze lid van een golfclub had willen worden, maar ze roeide nu eenmaal, en dus had ze een boot nodig. Maar wij wilden haar niet teleurstellen. We zaten avond aan avond aan Niki’s keukentafel, of dronken koffie bij Helen, en schreven brieven aan bedrijven, en aan iedereen die iets te maken had met de roeiwereld, en iedereen die spullen kon leveren die je nodig had op een trans-Atlantische roeitocht om hen te vragen om financiële steun of steun in de vorm van spullen. Maar het leverde allemaal niets op. De meeste mensen reageerden helemaal niet, en de cheques stroomden bepaald niet binnen.

In april hadden we nog maar één lid voor de Club van 250 Pond: hij heette Geoff, en Helen en Janette hadden hem ontmoet tijdens een bijeenkomst in een heel chic hotel in de buurt van Wakefield. We hadden hem via een vriendin van Helen leren kennen, een van de moeders van St Peter's, en hij had een bedrijf dat Involved heette, en daarnaast was hij een semiprofessionele avonturier.

'We waren wat gespannen, want we hadden op dat moment nog nooit een echte avonturier ontmoet,' zei Janette. 'We vroegen hem het hemd van het lijf over hoe je zoiets voor elkaar kon krijgen, en toen bood hij aan om onze eerste sponsor te worden. Hij zei dat hij wel lid wilde worden van onze Club van 250 Pond. Dat was ontzettend aardig van hem. Ik had het gevoel dat hij een beetje medelijden met ons had.'

Het was een begin, besloten we. Het enige wat we moesten doen, was nog meer Geoffs vinden.

De bouw van de boot schoot goed op. Ze was van carbon gemaakt en afgewerkt, en terwijl wij wachtten tot ze zou zijn ingericht, nodigde Charlie ons uit voor een open dag bij Rannoch Adventure. Het was voor het eerst dat we andere oceaanroeiers zouden spreken, en dat waren heel andere mensen dat de rivierroeiers die we tot nu toe kenden. Een stuk wilder. Er is wat animositeit tussen riviermensen en oceaanmensen. Rivierroeiers vinden dat die oceaanlui niet kunnen roeien; ze vinden dat ze nul techniek hebben. Blijkbaar hoef je helemaal niet te kunnen roeien om de oceaan over te komen; je hoeft alleen maar door te bikkelen. Hoewel geen van ons die zienswijze zou willen voorhouden aan de mannen die er die dag rondliepen. Oceaanroeiers zijn inderdaad volkomen anders: heel internationaal georiënteerd, heel avontuurlijk om te zien, met haar dat stijf staat van het zoute water en een perkamenten huid van de zon, en ze hadden allemaal wel iets uitzonderlijks gedaan. Sommige gasten waren oude klanten van Charlie of mensen die aan eerdere races over de Atlantische Oceaan hadden meegedaan, en Angus, de neef van Charlie, had het erover om ook mee te doen aan de race waarvoor wij ons al aangemeld hadden. We liepen door de werkplaats, bekeken de voortgang van onze boot en spraken met zo veel mogelijk andere gasten, in de hoop flink wat nuttige informatie los te peuteren.

Rond het middaguur hielden ze een verloting, en gênant genoeg wonnen wij weer bijna alle prijzen. De sfeer in de zaal was ronduit ijzig geworden en mensen begonnen zich om te draaien; wij voelden ons zeer ongemakkelijk. Een van de prijzen was een dag trainen met Charlie, een heel zinvolle prijs. En we wonnen een stuurautomaat van Raymarine. Aangezien wij nooit verder hadden geroeid dan tot aan de pub hadden we geen idee hoe belangrijk dat ding was. Pas toen Charlie ons vroeg of hij hem terug kon kopen voor vierhonderd pond beseften we dat het een grote prijs was. Zijn dochter, Lottie, zei steeds dat we hem echt nodig zouden hebben op de oceaan, maar toch verkochten we hem aan Charlie. En een halfjaar later kochten we hem weer terug! Dat was een heel belangrijke dag voor ons.

Aanvankelijk hielden we onze vergaderingen over de roeitocht in The Grange. We roeiden elke zaterdagochtend, zoals gewoonlijk, en dan trokken we ons terug in de lounge, bij het haardvuur, met onze kopjes koffie en koekjes. Maar inmiddels zaten we vaker bij elkaar thuis, met onze stapels paperassen verspreid over de keukentafel, laptops erbij, en misschien een glaasje wijn. We gingen de lijst na met dingen die we hadden moeten regelen, of hadden geregeld sinds de laatste bijeenkomst. De Koningin der Administratie was Niki. Ze was supergeorganiseerd, en maakte letterlijk overal lijstjes voor. Als iemand iets wilde doen, uitzoeken, aanschaffen, controleren, nog eens controleren, in een Dropbox-file wilde stoppen, dan moest je Niki hebben. Hoewel Janette wat Dropbox betrof haar aartsrivaal was, want we kwamen er al snel achter dat Janette niets liever deed dan *bullet point*-lijstjes maken en dingen in een gloednieuwe file stoppen. De logica van de file en de lijst zelf deed er niet zo toe. Janette is dan ook iemand die de logica tart.

Helen ging over alle communicatie en pr. Zij was altijd bezig om onze zichtbaarheid te vergroten zodat we meer geld konden inzamelen. Ze besloot ook dat we ons meer moesten laten zien: mensen ontmoeten. De gesprekken over ons project en onze plannen moesten iets… inspirerender zijn.

Maar daar hadden we de boot voor nodig.

'Rose.'

We besloten haar Rose te noemen. We hadden een meisjesnaam nodig, natuurlijk, en aangezien we uit Yorkshire kwamen waren we het symbool van Yorkshire, de roos, al gaan gebruiken op onze marketing- en sponsorformulieren. Dus leek Rose een goede naam. Na een jaar brainstormen was Mark degene die eindelijk met de perfecte teamnaam kwam. Hij opperde Yorkshire Rows, toen hij een keer met Frances aan tafel zat. Het was een simpele maar slimme woordspeling die nauwelijks tot geen uitleg behoefde, en die we, nog belangrijker, allemaal leuk vonden. Zelfs Helen.

In oktober kregen we eindelijk het telefoontje van Charlie waar we al zo lang op wachtten. Rose was klaar om opgehaald te worden, en Charlie bood ons aan op een dag met haar op pad te gaan, wat immers ook een van de vele prijzen was die we op de open dag bij Rannoch hadden gewonnen.

Met zijn allen reden we in Janettes busje naar Burnham-on-Crouch, vol verwachting en een tikje gespannen. We kletsten aan een stuk door over hoe Rose eruit zou kunnen zien. Het was de eerste keer dat we haar zouden zien en in haar zouden roeien. Hoe zou het voelen? Zouden we haar wel aankunnen? Niemand van ons had immers ooit in een oceaanroeiboot gezeten. Wat nu als we niet met haar overweg konden? Wat als we niet goed genoeg zouden zijn? Wat als we een ontzettend stomme fout hadden gemaakt, en helemaal niet met haar konden roeien?

En er stond veel geld op het spel, voornamelijk van Janette. Los van ons huis had niemand van ons ooit zo veel geld aan een ding uitgegeven. Van dat idee werden we allemaal een beetje misselijk.

Toen we de werf bij Charlies werkplaats op reden, vielen we stil. We sloegen de hoek om, en daar was ze ineens, glimmend wit, op de trailer achter Charlies auto. Haar strakke, gladde belijning sprong direct in het oog.

'O mijn god, kijk dan!' verklaarde Janette, en ze greep naar haar borst toen ze uit de auto was gestapt. 'Wat is ze mooi!'

En dat was ze ook echt. Ze was groter dan we hadden gedacht, en zo ongelofelijk gestroomlijnd. Ze zag eruit alsof ze door de hoge golven zou glijden als een mes door de boter. Er zaten drie bewegende zitjes op, mocht het nodig zijn om met drie man tegelijk te roeien, en er was een dubbele cabine aan de ene kant van de boot, en een kleinere cabine aan de andere kant. De ene zat vol met navigatieapparatuur en werd het 'kantoortje' genoemd, terwijl de andere de 'luxe dubbele suite' was.

Het was voor ons allemaal liefde op het eerste gezicht; een heel emotioneel moment. Ze zag er pittig uit, vastberaden, maar toch ook schattig. Ze had veel karakter, en het was alsof we er een extra vriendin bij hadden.

'Hallo, Rose,' zei Helen, terwijl ze haar op haar achterste(ven) tikte. 'Welkom bij het team.'

'En, vinden jullie haar wat?' vroeg Charlie toen hij met een brede grijns zijn kantoor uit kwam.

Frances knikte. 'Ze is prachtig.'

'Zo mooi,' vond Niki.

'Ze is nog beter dan we hadden gehoopt,' bevestigde Janette met betraande ogen.

'Jullie zullen wel staan te springen om met haar het water op te gaan,' zei hij.

We keken elkaar nerveus aan. Het water op? Nu? Het was weliswaar de reden waarom we dat hele eind had gereden, maar toch voelde het onverwacht. Wat als we haar zouden beschadigen? Als we ergens tegenop roeiden? Of vastliepen op een zandbank? Ze zag er fonkelnieuw uit; we wilden niet dat ze schrammen opliep.

'Spring maar in de auto,' zei Charlie, die geen idee had van onze aarzeling.

We propten ons in Charlies wagen en hij reed vol zelfvertrouwen en verbazingwekkend hard met Rose achter zich aan door de smalle straatjes van Burnham-on-Crouch, regelrecht naar de parkeerplaats bij de Co-op.

'Stap maar uit.' Hij knikte naar de winkel. 'Ieder een wagentje moet genoeg zijn.'

'Ieder een wat?'

'Ieder een boodschappenwagentje met water,' zei hij. 'Dat is waarschijnlijk wel genoeg ballast.'

'Ballast?' vroeg Helen.

'Ze is van carbon gemaakt, dus ze is zo licht als een veertje. Als je haar zonder ballast op het water zet is ze net zo moeilijk onder controle te houden als een papieren bekertje in een orkaan. Dan stuitert ze alle kanten op en boor je je voor je het weet in de zijkant van een jacht. Plastic waterflesjes zijn goed zwaar, en ieder een boodschappenwagen vol moet genoeg zijn.'

'Maar ik ben in mijn eentje al goed voor een kar vol,' zei Janette.

Charlie keek naar haar. 'We hebben echt wel wat meer nodig.'

Misschien is de Co-op gewend aan troepjes vrouwen die veel dorst hebben en al hun bronwater opkopen, want het personeel deed alsof het de gewoonste zaak van de wereld was dat we bijna de hele voorraad opkochten. Toen we de supermarkt uit kwamen stond Charlie in het midden van onze boot klaar om het ene pak water na het andere in de hut te leggen.

'Kom maar door!' riep hij terwijl we hem de pakken toewierpen. 'We moeten zorgen dat ze netjes in het water blijft liggen.'

Ongeveer een halfuur later stonden we in onze laarzen op de botenhelling, klaar om haar te water te laten. Niki (wie anders) haalde een fles champagne uit haar ongelofelijk diepe handtas, zodat we ons meisje konden dopen.

'God behoede haar en haar hele bemanning!' verklaarde Frances. Ze liet de kurk knallen en gaf ons kindje een flink schuimbad.

We klapten en juichten. 'Op Rose!' riepen we. 'En op haar hele bemanning!'

Op de rivier voelde Rose veel groter dan alle andere boten waar we ooit mee hadden geroeid. Het was een heel vreemd gevoel, om de riemen ter hand te nemen, en daadwerkelijk aan ons avontuur te beginnen. Hier waren we – de Yorkshire Rows – eindelijk aan boord van de boot die ons naar de andere kant van de Atlantische Oceaan zou brengen. Maar de hemel trok dicht en het begon te regenen, en Charlie schreeuwde waarschuwingen om niet tegen een zeilboot aan te botsen. Hij vond dat we de haven uit moesten roeien, in de richting van de monding van de Crouch.

Goddank stond Charlie zelf aan het roer, aangezien wij geen van allen de verantwoordelijkheid op ons wilden nemen om Rose het open water op te loodsen. Ze trok naar links en naar rechts wanneer wij naar links en naar rechts trokken, en het kostte Charlie energie en kunde om haar op koers te houden.

Zodra we in het midden van de riviermonding waren aangekomen, zei hij dat we moesten stoppen met roeien. Eerst dachten we dat het was omdat we er niets van bakten, maar hij wilde dat we de boot aan het schommelen brachten, zodat we konden zien hoe ver we met haar konden gaan. Hij gaf ons opdracht om allemaal aan een kant te gaan staan en er alles aan te doen om de boot om te laten kiepen. Het was onmogelijk. Zelfs met ons hele gecombineerde gewicht lukte het niet haar om te laten slaan. Dit was andere koek, vergeleken met de smalle rivierbootjes waar wij aan gewend waren, waarin je maar aan je neus hoefde te krabben en je concentratie hoefde te verliezen omdat je dacht aan de lunch, of je lag al in het water. Rose was een stevige tante. Ondanks haar onvoorstelbaar lichte bouw was ze stevig en betrouwbaar – een boot waar je op kon bouwen.

En zo roeiden we de riviermonding door. We deden ontzettend ons best om een vast ritme aan te houden met zijn allen, in de hoop dat we indruk zouden maken op Charlie. Maar hij gaf geen krimp. Het goot van de regen, en hij hield zijn blik strak op de horizon gericht, op zoek naar de pub waar hij van plan was te stoppen voor de lunch. Terwijl de wind opstak, werden de golven op de rivier steeds hoger. Ondanks onze ballast stuiterden we nog steeds over de golven als een pingpongbal. We hadden best eens wat wind gevangen, thuis op de rivier, maar dat was niets vergeleken met wat we nu meemaakten.

'Doorroeien!' zei Charlie en hij zette koers naar een fraaie wit gestuukte pub, vlak aan de oever.

De fish-and-chips en gefrituurde scampi smaakten des te lekkerder na tweeënhalfuur roeien, net als het glas shandy.

'Zo, dan zie ik jullie straks wel weer,' zei Charlie toen hij weer met ons naar Rose liep. 'Ik wandel terug.'

'Dat meen je niet.' Helens stem klonk wat paniekerig.

'Het komt goed, hoor,' zei hij schouderophalend.

'Ga jij echt helemaal lopen?' vroeg Janette, die duidelijk het gevoel had dat ze zo ver had geroeid dat we al halverwege Frankrijk zaten.

'Ja,' zei hij, 'het is maar een paar kilometer. Het lukt jullie wel. Jullie weten waar je mee bezig bent.'

We waren van plan een oceaan over te steken; dan konden we dat peststukje naar Burnham-on-Crouch toch zeker ook wel aan?

'Ja, ja,' zei Frances, die zich erop verheugde dat we Rose helemaal voor onszelf zouden hebben.

'Tuurlijk,' beaamde Niki, 'komt goed, hoor.' En we vertrokken.

Met onze niet-matchende mutsen, hobbezakkerige leggings en omavesten zagen we er vast niet uit, toen we aan boord van Rose gingen. Maar met Janette aan het roer bewogen we onze riemen perfect tegelijk. Het voelde fantastisch om de baas te zijn van onze eigen boot. De snijdende wind mocht dan onze wangen rood blazen, en het snot mocht uit onze neuzen komen, we werkten samen, in perfecte harmonie. Onze riemen doken steeds het water in alsof ze door één iemand werden bewogen. Niet één misser, geen horten en stoten. We gleden soepel voort. Geconcentreerd. Rose was een onderdeel van ons team. En hoewel ze als vijfde lid de laatste was die zich bij ons voegde, maakte ze ons compleet.

'Zeg, jullie kunnen echt roeien!' riep Charlie naar ons over het loodgrijze water heen. 'Jullie kunnen het echt!'

'Ja, we kunnen het echt!' riep Janette terug. 'We kunnen het gewoon!'

SCHEEPSLOG:

'Het zijn de kleine stapjes in de goede richting die je bij de volgende mijlpaal tijdens je reis brengen. Soms wil je de moed opgeven, en dan kan de verleiding groot zijn om dat ook te doen. Maar je moet door, want je weet dat ondanks alle hobbels op de weg, het vanzelf weer gemakkelijk zal worden. En als dat gebeurt, dan voelt dat zo ontzettend goed.'
(Janette/schipper)

HOOFDSTUK 8

Thuis

> 'Ik had al lang door dat mensen die iets presteren bijna nooit rustig afwachten, maar eropuit trekken en tegen dingen aan lopen.'
>
> LEONARDO DA VINCI

Onze roeivaardigheid was misschien in orde, ons oriëntatievermogen was dat zeer zeker niet. Want binnen een halfuur waren we volledig de weg kwijt. Hoe is het mogelijk om te verdwalen op een recht stuk rivier, waar je alleen maar van A naar B hoeft? Geen idee, maar ons lukte dat. En toen begingen we uiteraard de fatale vergissing om onze mobieltjes tevoorschijn te halen om Google Maps te checken, wat sowieso geen goed idee is, midden in een drukke riviermonding. Stuk voor stuk waren we ervan overtuigd dat we precies wisten waar we naartoe moesten. We dachten alleen allemaal iets anders.

'Ik weet heel zeker dat ik dat huis daar net ook heb gezien,' zei Helen wijzend.

'Dat klopt anders helemaal niet met Google Maps,' zei Frances, starend op haar schermpje.

En zo ging dat maar door, terwijl we in kringetjes roeiden en probeerden te bepalen op welk haventje in die grote, snelstromende rivier we moesten mikken. Uiteindelijk, terwijl de regen loodrecht naar beneden kwam en het al een beetje donker begon te worden, besloten we dat elke haven beter was dan geen haven, en roeiden we de eerste beste haven in die we tegenkwamen, in de hoop dat we goed zaten. Dat was niet het geval. Maar we zaten er niet zo heel ver naast: het was wel de goede haven, maar het was de verkeerde aanlegsteiger. We hadden geen keus, want het was nu echt bijna donker, en we namen ons heil tot het eerste vrije plekje dat we zagen.

'Voorzichtig!' riep Janette toen we ons ertussen probeerden te wurmen. 'Dat daar lijkt me een heel dure boot.'

'Ahoy!' klonk het in het donker. We draaiden ons allemaal om. 'Hier!' We keken op.

Aan dek van de dure boot zagen we iemand met een fles zwaaien, een nogal joviaal uitziende kerel. 'Kom aan boord!' stelde hij voor. 'Dan drinken we een borrel.'

Dat leek ons wel een goed idee. Het bleek dat die joviale kerel hofleverancier in verf was; hij kon ons behoorlijk wat wijn en chips leveren. In zijn kajuit kregen we gezelschap van een echtpaar uit Burnham, en na wat glaasjes hadden ze alle drie beloofd om ons te sponsoren. Door onze opluchting over het vinden van een aanlegplek waren we helemaal vergeten om Charlie in te lichten, die te oordelen naar het aantal gemiste oproepen op al onze telefoons nogal bezorgd was, en vreesde dat we ergens op zee ronddobberden.

'Waar hangen jullie in godsnaam uit?' schreeuwde hij toen Janette hem eindelijk terugbelde.

'We zijn in de baai, ergens in de buurt van...' probeerde Janette uit te leggen aan een opgeluchte maar vrij boze Charlie.

Hij deed geïrriteerd toen hij ons eenmaal had gevonden op het chique jacht, maar ook hij kon onmogelijk weerstand bieden aan de hartelijke gastvrijheid van meneer Verf, die Charlie meteen op zijn lekker zachte bank plantte met een groot glas wijn.

Naarmate de avond vorderde, verhuisden we van de boot naar de pub waar we die avond zouden logeren. Meneer Verf en zijn kornuiten gingen met ons mee, en stonden erop ons nog een fles champagne te geven. Zijn verhalen waren al even groots en meeslepend als hijzelf, en na veel uitgeput gegeeuw bedankten we hem uitbundig en zeiden dat we nu echt naar bed moesten. Hoe hij zijn jacht weer wist te bereiken zonder in het water te vallen is ons nog altijd een groot raadsel.

Boven in de pub voelde Niki even aan de deur van haar slaapkamer. Ze houdt bijna evenveel van gadgets als van lijstjes, en zou zich echt moeten laten behandelen voor haar Amazon-verslaving. Met haar nieuwe tandenborstel, potjes gezichtscrème en een reisborstel had ze ook een speciaal laserbeveiligingsapparaatje meegenomen, waarmee je een laserstraal voor de deur kunt laten schijnen die een alarm in werking zet als er een indringer doorheen loopt.

'Niki,' zei Janette wat verbaasd. 'We zitten in Burham-on-Crouch, niet in Chicago, Washington of New York.'

'Je kunt nooit voorzichtig genoeg zijn,' vond Niki, die de gang nog eens doorkeek, voor ze de beveiliging inschakelde.

Dit was de eerste nacht dat we bij elkaar sliepen – in twee verschillende kamers met elk twee bedden – en we hadden al snel bepaald hoe we de groep zouden opdelen. Janette en Niki deelden een kamer omdat ze allebei in hun blootje sliepen en snurkten, terwijl Helen en Frances allebei een pyjama droegen en geluidloos sliepen. Dat was een simpel rekensommetje, waar we ons aan hielden zolang we nog aan land waren.

De volgende ochtend waren we blij te zien dat meneer Verf al weg was, dus die was kennelijk weer heelhuids aan boord van zijn boot gekomen, maar we vonden het jammer dat we Rose achter moesten laten. Charlie wilde nog wat kinderziektes oplossen die hij had bespeurd toen hij met haar op het water was, en bovendien moesten we nog een plek zien te vinden waar we met haar konden oefenen voor ze mee naar Yorkshire ging.

Janette bood aan om Rose bij haar op de boerderij te stallen, dus we wisten al dat ze ergens een plek had toen we weer in York kwamen. Het enige echte probleem was: waar konden we met haar trainen? Ze is een fors stuk groter dan alle boten waar we normaal mee roeien, dus de Guy Fawkes Boat Club was uitgesloten. Er was daar ook nergens een plek vanwaar je haar te water kon laten. We hadden een echte botenhelling nodig waar we haar vanaf de trailer in het water konden laten glijden, en een flinke plas om op te kunnen oefenen. Ze is gebouwd voor de open zee en golven van twaalf meter hoogte, en niet om mee over de Ouse heen en weer te peddelen tussen York en Poppleton.

Helen en Janette hadden de taak om op zoek te gaan naar zulke botenhellingen.

'We hadden hier helemaal niet bij stilgestaan,' zei Janette. 'We hadden niet bedacht waar we zouden gaan trainen. Dus stelden we een lijst op met havens en andere plekken in de buurt van York en Hull vanwaar je een boot te water kon laten.'

De eerste plek die ze vonden was een oude scheepswerf vlak buiten Goole, niet ver van Hull. Los van het feit dat het leek op een plek waar vakmanschap zich verzamelde om langzaam uit te sterven, was het te klein en te smal om Rose in het water te krijgen, en bovendien kwam het haventje uit in het stroomgebied van de Humber, waar sterke getijdenwisselingen zijn en waar het, dachten wij, vrij gevaarlijk zou zijn. Dat was vragen om ongelukken. De volgende plek was nog veel obscuurder. Helen en Janette slingerden over de smalle weggetjes en kwamen terecht in wat een woonwijk leek.

'We zijn hier kilometers van de zee verwijderd, en ik zie ook nergens iets van een rivier,' zei Janette, uit het raam turend.

'Weet je wel zeker dat je het goede adres hebt ingevoerd in het navigatiesysteem?'

'Ja, natuurlijk.'

'Waar moeten we hier een boot te water laten? We zitten midden tussen de huizen.'

'Misschien is er wel ergens een verborgen watertje?' opperde Janette. 'Daar, achterlangs...'

'Of misschien...' zei Helen, en ze keek op de website, 'is dit niet het adres van de boothelling. Als je goed had gekeken, had je gezien dat hier het huis is van de clubsecretaris.'

We besloten om de beste man niet te storen tijdens zijn lunch, en reden terug naar York, waar we na nog een paar weken onderhandelen een plek wisten te regelen voor Rose in de haven van York, met enige mazzel. Het was voor ons allemaal dichtbij genoeg en voor Rose was het er diep genoeg, en er stonden niet al te veel obstakels tussen ons en de rivier in.

We hoefden haar alleen nog maar op te halen.

Tijdens een van onze vele vergaderingen hadden we in onze oneindige wijsheid besloten dat we een feest zouden organiseren op de York Racecourse om geld op te halen voor Yorkshire Row. We vertelden het overal rond, verkochten rond de driehonderdvijftig kaarten, en wilden Rose per se op het feest laten zien. Zij was de hoofdattractie, samen met een presentator van het regionale BBC-nieuws, Harry Gration, die we hadden kunnen overhalen om de veiling te doen. Zijn kinderen gingen naar dezelfde school als die van ons en zijn vrouw zat bij ons in de leesclub. Maar hoe knap en getalenteerd hij ook was, het feest was geen feest als onze boot er niet bij was.

Janette wilde dat we haar met zijn allen zouden gaan halen – het was per slot van rekening haar reisje naar huis – maar Frances en Helen konden allebei niet, dus hadden Janette en Niki de eer.

De rit naar de werkplaats verliep gladjes. We tekenden de laatste papieren en cheques, waarmee Rose echt van ons was. Pas toen Janette de werf af reed, werd het lastig.

'Ik moest het smalste straatje van Burnham-on-Crouch door,' zei Janette. 'Ik dacht dat dat de juiste route was. Erger dan dat straatje kan het niet, als je voor het eerst met een boot op een trailer rijdt. De wielen raakten letterlijk de drempels. Ik moest heel langzaam rijden. Wat een stress. Ik transpireerde als een gek, maar ik bleef heel kalm en zei tegen mezelf: "Het komt goed, het komt goed. Het komt helemaal goed. We doen het gewoon heel kalm aan. Ze raakt niet beschadigd. Alles komt goed. Laat me maar. Niks aan de hand." Intussen reed ik alle melkflessen van de stoepen voor de huizen omver.'

En daar bleef het niet bij. Twee uur later, op de snelweg, moesten we tanken. Zo'n operatie hadden we geen van beiden ooit ondernomen. Hoe kregen we het busje met de aanhanger en de boot een pompstation in en uit? Maar het rode lampje van de benzinemeter knipperde, dus we hadden geen keuze. We moesten het eerste het beste pompstation in. Waarom hadden we daar nou niet over nagedacht voor we de boot gingen halen? En welke ingang moesten we nemen? Die voor vrachtwagens of die voor personenauto's? De benzinepompen voor vrachtwagens zijn hoger, dus kozen we die voor gewone auto's. Janette reed tergend langzaam over het terrein; ze had geen zin om verkeerd te rijden en dan achteruit te moeten steken met de boot. Ze stapte uit om te tanken en binnen een paar seconden stond er een hele groep mensen om ons heen.

'Wat is dat nou?'

'Waar gaan jullie heen met dat ding?'

'Wat is hier de bedoeling van?'

Voor ons was Rose duidelijk een boot, maar anderen dachten daar blijkbaar anders over. Er kwamen steeds meer toeschouwers, en er werd getoeterd omdat we de boel blokkeerden. De chauffeurs stonden met elkaar te kletsen en Janette ging snel betalen voor ze langzaam, en voor de ogen van een flink publiek, met Rose naar de snelweg terugreed.

Tegen de avond waren we allemaal op de boerderij. 'Ik heb haar heel voorzichtig geparkeerd en een groot blauw zeil over haar heen gegooid om haar te beschermen,' zei Janette. 'Ik was zo bang dat ze gestolen zou worden dat we haar naar de achtertuin hebben gesleept, voor het keukenraam, zodat ik haar kon zien. Ik keek uit het slaapkamerraam voor ik ging slapen, en toen ik opstond heb ik meteen weer gecheckt of ze er nog was.'

Gedurende de weken daarop werd Rose in een schuur van een boer in de buurt gestald, terwijl Ben een speciaal onderkomen voor haar zou bouwen. 'We waren zo bezorgd om haar,' zei Janette. 'Dat ze buiten moest staan en dat de wind haar zeil misschien weg zou blazen. We wilden haar uit de regen houden, want we kregen haar in oktober en de winter stond voor de deur, dus toen heeft Ben een schuur gebouwd. Het probleem met die schuur was dat hij niet hoog genoeg was voor de antenne die boven op de boot zat, dus die moest eraf. En het gebouw was iets te kort, dus de kont van onze boot stak naar buiten. Het was niet ideaal, maar ze had tenminste een eigen plekje waar ze beschermd was tegen wind en de regen.'

Rose mocht de schuur uit voor het bal op de York Racecourse, en na heel wat geschreeuw en achteruitrijden en mensen die ongevraagd hun mening gaven, stond ze eindelijk vol trots bij de ingang.

En we mochten het dan lastig vinden om door nauwe straatjes te laveren, met een goed feest geven hadden we aanzienlijk minder moeite. Er waren veel hulptroepen ingeroepen. Onze vriend Leigh, die bij een evenementenbureau werkt, had de hele logistiek voor sponsoring en de kaartjesverkoop geregeld. We werden bedolven onder de donaties voor de loterij. Charlie en zijn neef Angus kwamen over uit Essex om mee te helpen. Niki's zus Sharon maakte de bloemstukjes voor op de tafels; haar broer Steven nam foto's en haar ouders hadden het razend druk met de kaartverkoop. Frances putte uit haar lijst met contacten, verkocht tafeltjes en zamelde prijzen in. Helen regelde de pr en Janette stopte alles in een gigantische Dropbox-map.

Het was zo'n ontzettend leuke avond. Het voelde alsof we allemaal onze bruiloft nog eens overdeden – alle vier tegelijk! Onze vrienden, kinderen en andere familieleden... We hadden iedereen bij elkaar, en de sfeer was fantastisch.

Er was eerst een diner, aan tafeltjes die we toepasselijke namen hadden gegeven, zoals *Een uur in de wind*, *Het schip met geld* en *De boot is aan*. Helens vriendin Dawn deed auralezingen. Er stond een roeimachine waar je het tegen op kon nemen, en er was een pasfotohokje zodat iedereen een liederlijke foto kon meenemen voor thuis. We gaven boardingpasses uit in plaats van kaartjes, en als je die pas liet zien mocht je even aan boord van Rose, mits je eerst je schoenen uittrok.

Het was de eerste keer dat we echt als een team moesten samenwerken.

We hadden wel een paar wedstrijden geroeid, en samen aan een paar bomen gehangen aan de start van de race, maar we hadden nooit met z'n vieren iets georganiseerd. In de aanloop naar het feest werd duidelijk dat we ieder een andere kracht hadden: iemand had oog voor detail, een ander overzag meer het hele plaatje. Niki regelde veel concrete dingen, terwijl Frances vooral adviseerde en ons verzekerde 'dat het goed was'. Helen legde allerlei contacten en vroeg hen ons te helpen, en Janette was goed in uitbundig bedanken.

Maar het was vooral een kwestie van teamwork van ons en onze gezinnen en familie.

Toen iedereen was aangeschoven voor het diner en alle lichten uitgingen, werden er oceaangeluiden afgespeeld in de ruimte. Het idee was om iedereen het gevoel te geven dat ze bij ons op de boot zaten. Toen lieten we een korte film zien over de Talisker Challenge die het jaar ervoor was opgenomen. Het was een doodeng filmpje, dat liet zien met welke uitdagingen de deelnemers te maken hadden gekregen. Uit de zaal klonken veel o's en ahs, maar om te voorkomen dat men dacht dat we onszelf te serieus namen, verschenen we ineens in onze avondjurken op het toneel en probeerden we te roeien op de maat van *Rock the Boat.*

Niki begon de avond op wervelende wijze, door alle aanwezigen te bedanken voor hun komst. Frances vertelde hoe heerlijk het was om een emmer te mogen delen met de dames bij wijze van toilet, en nodigde onze gasten uit het ook eens te proberen. Helen bedankt alle mensen die hadden geholpen om dit alles voor elkaar te krijgen, en Janette adviseerde om 'te genieten van deze magische avond, mooie herinneringen te maken en ons onder te dompelen in vrolijkheid en vriendschap. Kom op, maak plezier, waag eens een dansje… alsof niemand kijkt!'

Toen we misschien wel iets te lang hadden gedanst, en iets te veel hadden genoten van onze eigen gastvrijheid, namen we afscheid van de gasten en drong het tot ons door dat we Rose ook weer uit het gebouw moesten halen voor de boel op slot kon. Met Ben achter het stuur gingen we allemaal achter Rose staan, onze mannen in hun smokings, om haar een zetje te geven. Een beetje naar links, een beetje naar rechts, en tillen! Een zware boot door een hal manoeuvreren en een helling op, en vervolgens door een smalle deuropening is niet iets wat we aanraden om te doen in je mooie glitterjurk en op hoge hakken. Maar met een laatste duwtje reed ze het maanlicht in. Dat was pas echt teamwork!

De avond leverde bijna vijfentwintigduizend pond op, en dat is niet slecht voor vier moeders die nooit eerder aan fondsenwerving hadden gedaan. Het feit dat we dat samen voor elkaar hadden gebokst, met steun van onze familie en vrienden, en met Rose als de ster van de show, was voor ons enorm belangrijk.

De volgende ochtend wenste een aantal van ons dat we wat rustiger aan hadden gedaan met de alcohol, maar veel tijd hadden we niet om rustig thee te drinken. Na ons enigszins traumatiserende tochtje in Burnham besloten we dat we zo veel mogelijk ervaring moesten opdoen met Rose. We zijn geen topfitte olympische roeiers die op kracht over gigantische golven en door woeste stormen konden komen, midden op de oceaan. Vertrouwen in onze boot en handigheid op het water zouden ons moeten redden wanneer we op zee zaten.

In de tweede week van december kwamen we samen bij Janette thuis om Rose op te halen. We reden met haar naar Hornsea Mere, het grootste zoetwatermeer in Yorkshire. Niki reed, dus het was voor het eerst dat we haar niet meesleepten met het busje van Ben en Janette. Ze tikte het adres van de roeiclub in haar tomtom, en daar gingen we. Het was een ijskoude ochtend, maar we verheugden ons erop haar weer te water te laten. We hadden het over het feest en hoe verrassend succesvol dat was geweest en dat we zo opgelucht waren over het aantal sponsors, toen Janette ineens vroeg: 'Zeg, rijden we zo wel goed?'

'Volgens de navigatie wel,' antwoordde Niki zelfverzekerd.

'Dan zal het wel goed zijn,' gaf Janette toe. 'Ik kan me alleen niet herinneren dat die weggetjes zo smal waren.'

En ze had het nog niet gezegd of de weg ging over in een wel heel smal laantje, met muren erlangs in plaats van heggen. Je kon er niet meer keren, en dus moesten we doorrijden. De muren kwamen steeds dichter naar elkaar toe, en de weg werd almaar smaller. Steeds moest iemand van ons zich uit de auto wurmen om Niki te helpen.

'Waarom leidt de navigatie ons deze kant op?' vroeg ze, haar stem een paar octaven hoger door de paniek.

Ineens reden we over een wildrooster, en voor we het wisten, reden we dwars over een golfbaan.

'Dit is een golfbaan!' riep iemand, al was ons dat allang duidelijk. De rest probeerde voor zich uit te staren, om elkaar maar niet aan te kijken.

'Shit!' zei Niki, terwijl ze de heuvel op reed, wat een stuk sneller ging nu we zo veel ruimte om ons heen hadden. Links er rechts reden golfkarretjes en keken licht verblufte heren naar ons alsof ze nog nooit een auto vol dames van middelbare leeftijd met een grote boot achter zich op de achtste green hadden gezien. Met hun clubs nog in de lucht en openhangende monden, zagen ze ons over het gras stuiteren, op weg naar het volgende wildrooster, onder aan de heuvel. Niki probeerde de rem in de trappen, maar het ijs op het gladde golfbuggypad werkte niet mee, en zo gleden we naar de grotere weg, waar we eigenlijk op hadden moeten zitten.

'Shiiit!' gilde Niki. We deden allemaal onze ogen dicht, en hoopten er maar het beste van. Goddank was er verder geen verkeer op de weg. We gleden eroverheen, en kwamen uiteindelijk tot stilstand, met boot en al.

'Dat was dus niet de bedoeling,' stelde Niki vast, voor het geval iemand daar nog aan twijfelde.

'Eh...' zei Janette terwijl ze over de bestuurdersstoel leunde. Ze keek door haar samengeknepen ogen naar de tomtom. 'Heb je dat ding wel op vrachtverkeer ingesteld?'

Het was min vier toen we bij Hornsea Mere aankwamen en het water zag er niet bepaald verleidelijk uit. Toen we Rose voorzichtig met de trailer aan de waterkant neerzetten, zagen we dat we publiek hadden. Een groepje van vier bejaarde mannen zat glimlachend te kijken naar ons geklungel. Dit was de eerste keer dat we Rose te water zouden laten zonder hulp van Charlie, en het viel nog niet mee.

'Hebben jullie soms hulp nodig?' vroeg een van de mannen.

'Nee, dank u!' antwoordde Frances. 'Het komt wel goed.'

'Voorzichtig!' riep een andere man.

'Ja, ja, bedankt,' zei Helen met een zuinig glimlachje.

'Laat ons dan op zijn minst het vlot voor jullie schoonmaken. Dat is nog gladder dan een ijsbaan, met al die ganzenpoep,' zei een van de oude mannen.

En voor we iets konden zeggen hadden ze al een paar bezems en schrapers gepakt en begonnen ze de poep van het dek te verwijderen. Ze waren natuurlijk niet in ons geïnteresseerd, maar in Rose, en na een paar minuten vroegen ze ons de oren van het hoofd. Waar kwam ze vandaan? Waar ging ze naartoe? Ze had duidelijk de allure van een bondgirl.

Toen we haar te water lieten, stonden de mannen versteld van haar strakke belijning.

'Wat een schoonheid,' fluisterde een van hen.

Het vroor, dus we hadden wel zo'n idee dat het water ijskoud was. Het was nog niet bevroren, maar in de modder lag een glinsterend laagje ijs. Het was zo koud dat er wolken adem te zien waren als we iets zeiden, en onze vingertoppen waren ijskoud.

'Oké,' zei Frances handenwrijvend. 'Weet iemand hoe dit precies moet?'

Ze knikte naar het roer dat aan Rose vastgemaakt moest worden toen ze in het water lag. Dit was geen klusje voor iemand met lieslaarzen aan. Er was een droogpak voor nodig, en dus was Frances de aangewezen persoon. Zij was zij de enige die er een bezat omdat ze weleens ging duiken langs de ijskoude kust van ons land. Maar ze was ook de enige die zin in dit klusje had.

Terwijl Frances zich verkleedde, gingen de bejaarde heren nog even door met hun vragenvuur. Hoe kwam het dat wij – vier vrouwen van middelbare leeftijd – in het bezit waren gekomen van zo'n schitterende boot? We vertelden ons verhaal en deden onze plannen uit de doeken, en ze waren enthousiast en gaven allerlei advies. Ze waren ervaren zeilers, en een van hen was duiker geweest bij de marine. Dus toen Frances terugkwam in haar pak was hij zeer behulpzaam. Hij gaf haar het roer aan toen ze zich onderdompelde in het ijzige water. Een roer onder water vastmaken is een lastige klus. Na een minuut of vijf waren Frances' handen vuurrood, en kon ze ze niet meer bewegen van de kou. Het was een heel stuk lastiger dan we dachten.

'Wacht even,' zei de marinier, en hij liep de loods in. Een paar minuten later kwam hij terug in een droogpak. Tot aan zijn nek in het koude water staand bevestigde hij het roer voor ons. 'Zo dan!' zei hij, en hij gaf Rose een klopje. 'Veel plezier ermee!'

We probeerden met evenveel zwier aan boord te stappen als die dames in Frankrijk, bedankten hen en namen de riemen ter hand en voeren weg. Helaas waren we niet naar de supermarkt geweest, en we hadden nauwelijks ballast aan boord, wat met de wind die er stond niet ging. Binnen een paar minuten werden we weer richting land geblazen met een snelheid en kracht waar niet tegenop te roeien viel. De ex-marinier zag het gebeuren en sprong in het water voor we bij het vlot waren.

'Het is een beetje winderig vandaag, dames,' zei hij, en hij gaf ons een forse duw. 'Probeer zo snel mogelijk bij het land weg te komen.'

'Ja, ja,' zei Janette, terwijl ze aan haar riem trok. 'Heel hartelijk dank!'

En daar gingen we weer. Dit keer gaven we echt alles wat we hadden. Niki zat aan het roer en vuurde ons aan. We hadden iets te bewijzen, dus we vermanden ons en zetten kracht. Maar Rose was als een kunstschaatser; bij elk zuchtje wind schoot ze een andere kant op. Hoe hard we ook roeiden, we konden haar niet in een rechte lijn houden. Na een minuut of twintig leunden we achterover voor een welverdiende pauze.

'Kopje koffie?' Niki haalde een thermosfles uit de tas-zonder-bodem. 'En een winegummetje?'

We zaten midden op het meer, dronken koffie en kauwden op onze winegum toen een flinke windvlaag Rose te pakken nam. Langzaam stevenden we op een biesveld af. We keken eerst naar elkaar, en toen naar de oever, in de hoop dat onze ridders ons weer te hulp zouden schieten. Maar ze waren weg. Verdorie! Een van ons zou zich weer in het droogpak moeten hijsen.

We hadden nog precies een jaar te gaan voor we naar La Gomera zouden vertrekken – nog maar twaalf maanden om dit onder de knie te krijgen!

SCHEEPSLOG:

'We waren een echt team aan het worden. We werden steeds hechter en kwamen erachter wat ieders sterke punten waren. In het begin was er veel te overwinnen. Het was allemaal niet gemakkelijk en we moesten van onze fouten leren. Fouten maken is goed – je leert er veel van, ook al is het niet zonder gevaren. Zodra je geen fouten meer maakt, leer je er ook niets nieuws meer bij.'
(Janette/schipper)

HOOFDSTUK 9

De Noordzee

'Niets is *impossible*. Het woord zegt het al: *I'm possible*.'

AUDREY HEPBURN

Na de kerst had Frances ontslag genomen. Ze trok haar *Groundhog Day*-leven niet meer.

'Het was tijd,' zei ze. 'Het was vreselijk op het werk, en ik wilde echt iets anders.' Dus in plaats van te blijven zitten waar ze zat, en het maar over zich heen te laten komen, bang om weer opnieuw te beginnen, bezorgd dat ze geen klanten zou kunnen aantrekken, was ze samen met een paar vrienden opgestapt om zelf een nieuw kantoor te beginnen. 'Ik zat in een tredmolen, en moest mijn oude patroon doorbreken.'

Om een jaar voor de race een eigen bedrijf te beginnen was een enorme gok voor Frances, maar ze zette haar schouders eronder.

'Ik ben altijd al onafhankelijk geweest. Mij maak je niet snel bang. Misschien komt het doordat mijn moeder overleed toen ik nog jong was, maar ik heb altijd voor mezelf gezorgd. Ik ben nooit financieel afhankelijk geweest van wie dan ook. En ik verdiende genoeg, zodat als Mark ooit bij me weg zou gaan, of als hij kwam te overlijden, het goed zou komen met me. Het is voor mij echt heel belangrijk om mezelf te kunnen redden. Ik heb veel respect voor Mark. Het is bewonderenswaardig dat hij zijn baan wilde opgeven om voor ons gezin te zorgen, dat zou ik nooit kunnen. Ik ben emotioneel van hem afhankelijk, maar financiële afhankelijkheid is voor mij echt een brug te ver.'

Dus nam ze de sprong, samen met haar vrienden en collega's Suzie, Martin en Simon. Ze begonnen hun bedrijf, Progeny Private Law, in Leeds, een advocatenkantoor gespecialiseerd in privaatrecht. Ze hoopte maar dat haar zelfvertrouwen niet misplaatst was.

Er was uiteraard een plan B. 'In de afgelopen vijf jaar had ik maandelijks een klein bedrag weggezet op een spaarrekening – mijn 'wegloopgeld', hoewel ik nooit van plan was geweest weg te lopen. Ik dacht: als ik straks maar een half maandloon krijg, als ik aan het roeien ben, is er tenminste iets om op terug te vallen.'

Helen was ook zo veel mogelijk geld aan het wegsluizen voor de tijd waarin ze weg zou zijn. Ze had een 'roeirekening' geopend en was meer uren gaan werken. 'Ik zou natuurlijk geen loon krijgen terwijl ik weg was, dus ben ik het jaar ervoor niet op vakantie gegaan. Ik had met mijn werk afgesproken dat ik het hele jaar beschikbaar was, en in november weg zou zijn, dan zou ik maar twee maanden salaris missen. De rest van het gezin ging wel op vakantie, naar vrienden in Frankrijk, maar ik bleef thuis en werkte door. Tegen het eind van november had ik acht weken vakantie opgespaard. Ik had wel gezegd op het werk dat ik veel overuren wilde draaien en dat vonden ze prima – "zolang het verantwoord blijft voor je gezondheid", werd erbij gezegd. Ze hebben me uiteindelijk een keer gedwongen twee dagen vrij te nemen omdat ik zo zat te geeuwen achter mijn bureau. "Nee, hoor, ik voel me prima!" zei ik steeds. Maar verder heb ik twaalf maanden aan een stuk door gewerkt.'

Geen wonder dat Helen in slaap viel tijdens de EHBO-cursus van de nationale zeilbond. Het ene moment zat ze voor zich uit te staren, het volgende moment lag ze zachtjes te ronken, met haar voorhoofd op het bureau.

Bij de cursus 'Overleven op zee', een paar weken later, was het minder makkelijk om de kantjes ervan af te lopen.

Het was halfnegen op een koude ochtend in februari toen we bij de HOTA aankwamen, een gespecialiseerd bedrijf op een industrieterrein in Hull.

Doordat we hadden lopen zoeken kwamen we te laat in het klaslokaal, waar twee rijen mannelijke gezichten ons aankeken. Ze varieerden in leeftijd, lengte en omvang, maar bijna allemaal hadden ze tatoeages en bijna allemaal staarden ze ons aan toen we binnenkwamen, met een blik van: 'Jullie zitten in het verkeerde lokaal.' We gingen zo zachtjes mogelijk zitten en de leraar, ook weer een voormalige marinier, deed een rondje door de klas om te vragen hoeveel jaar we al op zee zaten, en wanneer we voor het laatst een training 'Overleven op zee' hadden gedaan.

De eerste die antwoord gaf was een kale vent voor in de klas, die al twintig jaar als rigger werkte. Hij had de training om de drie of vier jaar gedaan, en hij snapte eigenlijk niet waarom hij nu alweer moest. En er was een jongen die op veerboten werkte en alleen maar was gekomen omdat hij het dan kon afkruisen en weer aan het werk kon. En zo ging het verder, het hele lokaal door. De een was een nog ergere zeebonk dan de ander, en allemaal waren ze onwillig en chagrijnig omdat ze hier moesten zijn. Toen mochten wij over onszelf vertellen, Janette als eerste.

'En?' vroeg de voormalige marineman licht verveeld. 'Hoeveel zee-ervaring hebben jullie?'

'Geen enkele,' antwoordde Janette.

'Oké...' Hij keek verwonderd, en de hele klas draaide zich om en keek naar ons. 'Waarom willen jullie deze training volgen?'

'Omdat we een oceaan over gaan roeien, en dan hebben we dit diploma nodig,' mompelde ze.

'Wat zeg je nou?'

'Omdat we een oceaan over gaan...'

'Wát gaan jullie doen?' Hij keek ons een voor een aan, alsof hij nog nooit zo'n stel gestoorde wijven bij elkaar had gezien.

'We gaan de Atlantische Oceaan over roeien, en daar hebben we dit diploma voor nodig.'

'Menen jullie dat nou?' vroeg hij.

'Heb je ooit weleens op zee gezeten, schat?' vroeg de rigger voor in de klas.

Iedereen schoot in de lach.

'Ja, hoor,' zei Janette. 'Ik ben weleens op een boot geweest.'

Weer werd er gelachen.

'Het is een woest stukje water, de Atlantische Oceaan, weten jullie dat wel?' zei hij.

'We hebben veel geoefend op de rivier,' zei Niki, tot groot vermaak van de mannen.

Het eerste deel van de ochtend was niet zo zinvol voor wie met zijn bemanning de oceaan over wil. Er werd veel uitgelegd over verzamelpunten op schepen, en hoe je moet zorgen dat mensen daarnaartoe komen, waar wij natuurlijk geen idee van hadden en wat de jongens van de veerboten wel konden dromen. Daarna leerden we over zeeziekte, en de voorrangsregels op zee – wie wie voor moet laten. Toen was er pauze, met koffie en niet zulke aanlokkelijke koekjes, en kwamen er een stuk of vijf van die zware jongens op ons af, die wilden weten of het echt waar was, en of we niet in werkelijkheid een stel kamermeisjes waren of zoiets.

'Dan zijn jullie echt heel dapper,' zei een van de mannen terwijl hij een hap van zijn biscuitje nam.

'Niet te geloven,' zei een ander.

'Jullie zijn knettergek,' zei een derde.

Er werd die dag veel gevloekt. Er was een groepje dat gespecialiseerd leek in stevige taal, wat alleen nog maar erger werd toen we in een gigantische tank vol koud water moesten springen.

Het grootste deel van de middag simuleerden we allerlei crisissituaties op zee. De eerste stap was oefenen met het aantrekken van de survivalpakken, wat een stuk eenvoudiger klinkt dan het is. Ze zijn geel en gemaakt van zwaar materiaal met een rubber coating, en er zitten een heleboel ritsen in en klipjes aan, en in een panieksituatie is het bijna onmogelijk om je erin te wurmen. En toen moesten we de 'zee' in springen terwijl iemand de lichten uitdeed.

Janette is niet dol op diep water, vooral niet als het in een ijskoude tank zit waar door een machine hevige golven in gemaakt worden. Dus hield ze haar neus dicht terwijl ze erin sprong en werd meteen afgeblaft door de instructeur omdat ze haar neus verkeerd vasthield. Maar dat kon Janette niets schelen, want ze was vooral bezig met de angst dat ze zou verdrinken. 'Het was heel hard werken, in het water met een zwaar pak, terwijl ze in het donker water naar je gooiden. Ik kreeg geen lucht meer. Ik dacht: dit red ik nooit.'

Zodra we allemaal in het water lagen moesten we het reddingsvlot opblazen, omdraaien en een menselijke keten vormen om iedereen op het vlot te trekken. We dobberden met een man of vijftien in het water en schreeuwden naar elkaar, terwijl we probeerden elkaar omhoog te hijsen.

'Een paar van de grotere kerels redden het bijna niet,' zei Janette. 'Ze hadden het echt heel moeilijk. Ze droegen allemaal zo'n pak, en ik denk dat sommigen niet meer aan sport hadden gedaan sinds de laatste keer dat ze deze training hadden gevolgd. Het is echt moeilijk om te proberen op een vlot te stappen als je een beetje een buik hebt en je schoenen vol met water zitten.'

Hoewel Niki en Frances het blijkbaar superleuk vonden, had Frances, toen we hijgend en puffend en doorweekt naast de tank stonden, een suggestie.

'Dit zouden we moeten doen met kinderfeestjes. Lachen.'

Gelukkig kon de rigger die naast haar stond haar geen klap geven. Hij had nog net genoeg lucht over voor een gesmoord lachje.

Om zes uur kregen we ons diploma uitgereikt, en strompelden we het gebouw uit. Een hele middag in en uit een tank springen om te proberen op een vlot te komen is echt dodelijk vermoeiend. Te oordelen naar hoe kapot we waren toen we eenmaal in de auto zaten en terugreden naar York, moesten we allemaal serieus aan onze conditie gaan werken. De wekelijkse CrossFit-les was duidelijk niet genoeg.

En we hadden ook nog zo veel geld nodig! We wilden onszelf graag nog meer op de kaart zetten, dus we waren dolblij toen het Helen lukte om wat publiciteit te krijgen op BBC Radio York. Uiteraard werden we aan de luisteraars voorgesteld op de melodie van *Rock the Boat*. Jonathan Cowap, de presentator van het programma, was heel charmant en hij vroeg Frances en Janette het hemd van het lijf. En terwijl zij gezellig zaten te kletsen en te lachen, dachten we: oké, nu weet iedereen het, dus nu moeten we wel! Nu kunnen we niet meer terug.

Behalve geld moesten we ook nog roei-ervaring op zee zien te krijgen. Elke zaterdag dat stukje naar Poppleton varen en één keer per week over Hornsea Mere geblazen worden is leuk en aardig, maar we moesten met Rose de zee op om precies te kunnen bepalen wat we allemaal nog niet wisten.

Dus toen Charlie ons uitnodigde naar Burnham-on-Crouch te komen voor de Europese Off-shore Ocean Rowing Series, grepen we die kans met beide handen aan. We legden Rose op de trailer, pakten onze lycra roeipakken in een weekendtas en reden naar de vertrouwde pub aan de kade. Helen en Frances, de stille pyjamadames, namen weer samen een kamer, tegenover die van de naakte snurkers, Janette en Niki, en Niki stelde haar laserbeveiliging weer in voor we samen gingen eten in de Yacht Club, waar Charlie alle teams, die de volgende dag aan de race-met-de-lange-naam zouden deelnemen, had uitgenodigd.

Toen we de zaal binnengingen, met een glas lauwe witte wijn in de hand, herkenden we een aantal van de roeiers nog van de open dag bij Rannoch, waar we onszelf gehaat hadden gemaakt door er met alle prijzen uit de loterij vandoor te gaan. Maar er waren ook anderen, die van veel verder waren gekomen. Team Beyond – Philip en Daley – waren ingevlogen uit Amerika, en Greg Maud, een avonturier (die, zoals we later zouden horen, een hele goede uitvoering van de titelsong van *Frozen* in huis had) kwam zelfs helemaal uit Zuid-Afrika. Charlies neef Angus deed mee met de Ocean Reunion (zijn talent was het eten van pindakaas uit een zakje) samen met een paar schoolvrienden, Joe, Jack en Gus. Maar de grootste en sterkste kerels waren een groep van vijf voormalige mariniers, Team Essence. De essentie van testosteron, welteverstaan. Een van hun teamleden was Jason Fox, die bekend was van een survivalprogramma op Channel 4. Ze torenden boven ons uit, met hun spierbundels. Niet te geloven dat we met hen dezelfde race zouden roeien. Al deze teams zouden we later weer zien op La Gomera, behalve Team Essence, omdat dat niet aan de Talisker Challenge mee mocht doen omdat het geen viertal, maar een vijftal was.

De volgende dag kwamen we bij elkaar in Charlies kantoor om te luisteren naar zijn uitleg van de spelregels van de drie verschillende races.

De eerste was een korte race, een soort hindernissenparcours, waar je verschillende boeien en mijlpalen moest aanraken om te winnen. Hier werden je wendbaarheid en de mate waarin je de boot onder controle had op de proef gesteld. Aangezien we nog maar heel weinig ervaring hadden met Rose op het open water zagen we ons daar niet aan meedoen. Ook niet aan de andere twee races, trouwens, die bestonden uit drie tot vier uur roeien, dan om een boei heen, en weer terug, en een veel langere race, namelijk een van acht uur, die de volgende dag zou plaatsvinden.

Tijdens de eerste wedstrijd, de hindernissenrace, wilden we geen van allen aan het roer gaan zitten. De vorige keer hadden we het allemaal al eens geprobeerd, en we hadden het er geen van allen goed vanaf gebracht. De minst slechte van iedereen was Janette, maar die had helemaal geen zin, omdat ze echt graag wilde roeien. Maar het kon niet anders, er was geen keus.

'Die andere drie bakten er al helemaal niks van,' zei Janette. 'Ik kon het ook niet echt, maar ik had tenminste nog een beetje gevoel voor de wind en de golven, dus moest ik dat hele weekend aan het roer zitten.'

En zo vertrokken we, vastbesloten om ons te bewijzen tegen zulke geduchte concurrenten. Maar helaas liep het anders. Ondanks een hele supermarkt aan bronwater onder in de boot werden we nog steeds uit de golven geblazen alsof we op een opblaasbedje zaten. Als we niet tegen andere boten op botsten, dan knalden we wel tegen boeien aan. Ergens tegen het eind van de race was Janette er volkomen van overtuigd dat een van de boeien losgeslagen was.

'Hij komt op ons af!' gilde ze. 'Waarom zit dat ding niet aan een ketting? Wat gebeurt er? Kijk dan, hij beweegt!'

Uiteraard waren wij degenen die bewogen, en uiteindelijk vlogen we er regelrecht tegenaan. Maar we konden er niets tegen doen: er stond een stevige wind, en Janette had nog niet uitgevogeld hoe ze de boot onder controle moest houden.

Bij de tweede race ging het gelukkig meer om het roeien, en iets minder om de stuurkunst, hoewel je je wel goed moest kunnen oriënteren. Dit was de race van drie tot vier uur in de riviermonding, de boei om, en weer terug. Het eerste stuk van de tocht was moeilijk, omdat je tegen het getij in moest, en we moest heel erg ons best doen om überhaupt vooruit te komen, maar na het debacle van die ochtend wilden we heel graag laten zien dat we niet zomaar een groepje huisvrouwen waren die maar wat aan klooiden op het water. Janette vond de juiste boei dankzij haar geweldige kaartleesvaardigheid, en tegen de tijd dat wij keerden, lagen we niet zo heel ver achter op de rest. Maar op terugweg gebeurde er iets. Misschien kwam het doordat Janette eindelijk door had hoe ze de boot moest sturen, of misschien hadden we gewoon mazzel met de stroming of wisten we beter hoe we met de golven moesten meegaan. Of misschien was het omdat we, vergeleken met de anderen, best aardig konden roeien. Twee jaar lang peddelen naar Poppleton maakt je weliswaar niet de sterkste roeiers ter wereld, maar je leert er wel degelijk wat techniek door. Genoeg om Team Beyond voorbij te gaan, de twee Amerikaanse jongens. En tot onze verbijstering lieten we zelfs Team Essence achter ons. Als we over onze schouder keken zagen we hun enorme schouderpartijen zwoegen met de riemen. We waren echt door het dolle. Janette gaf ons doorlopend commentaar.

'Kom op, meiden,' zweepte ze ons op.

Ineens drong het tot ons door: verdorie, we kunnen hier echt winnen. Dus begon Janette ons steeds feller aan te moedigen.

'Kom op, meiden! We hebben een kans! Geef alles wat je in je hebt! Nog twintig halen – een, twee, drie...'

We verzamelden alle energie die we in ons hadden en roeiden zoals we nog nooit hadden geroeid. We kwamen steeds dichter bij de finish. We hoorden Team Essence moeizaam puffen.

'Kom op!' riep Janette. 'Nog een keer flink ertegenaan!'

Alles brandde, onze dijen, onze handen, onze longen, elke spier. We kwamen steeds dichter bij de koplopers, we zagen hun uitgeputte, verbeten gezichten en ineens lieten we hen achter in ons kielzog. Het was ons gelukt! We hadden ze geklopt! De finish was al in zicht. Het enige wat nu nog moest gebeuren was dat Janette de boot snel om de laatste boei leidde, wat ze met veel elegantie voor elkaar kreeg. Niet te geloven, we hadden gewonnen!

Doodmoe en zwaar hijgend vielen we over onze riemen. Het bleek dat we niet eerste waren geworden, maar tweede achter Ocean Reunion, wat niet slecht was, aangezien Angus niet alleen zijn oom helpt bij het bouwen van boten, maar ook heel veel tijd doorbrengt op dit water. Tweede! Tweede! Een groep moeders van middelbare leeftijd uit Yorkshire! We waren stiekem door het dolle, al lieten we dat niet merken. Dus we waren helemaal zo slecht nog niet...

De reactie van Team Essence maakte onze overwinning des te zoeter.

'Goed gedaan, jongens!' riep Niki toen ze na een paar minuten over de finish kwamen. Haar toon klonk veel badinerender dan haar bedoeling was.

Ze legden aan, stapten uit de boot, beenden regelrecht naar hun auto's en reden weg. Ze zeiden geen woord tegen de anderen en maakten geen oogcontact, en we zagen hen pas de volgende ochtend weer, toen ze met opeengeklemde kaken verschenen, gefocust op het winnen van de volgende race.

Het was een zware wedstrijd: een tocht van acht uur de Noordzee op, en weer terug. We hadden er alle vertrouwen in toen we vertrokken. Zouden we ze een tweede keer achter ons kunnen laten? Misschien was dat wel wat te veel gevraagd. Op de heenweg gingen we gelijk op – niet slag voor slag, maar veel verschilde het niet. De terugweg verliep minder goed. De zee was ruw en Helen meldde dat ze zich niet zo lekker voelde.

'Ben je zeeziek?' vroeg Niki terwijl ze heen en weer gleed met haar zitje. 'Heb je ook last van autoziekte?'

Helen schudde haar hoofd.

'Zeeziek?' herhaalde Janette vanaf het roer. 'Dat schiet niet op als je van plan bent een oceaan over te roeien.'

'Het komt wel goed,' zei Helen stellig knikkend.

'Dat mag ik wel hopen,' zei Janette, van wie weinig medeleven uitging. 'Zo veel dood gewicht kunnen we ons niet veroorloven.'

Niet dat we die jongens nog een keer hadden kunnen inhalen. We roeiden tegen de stroom in, wat voelt alsof je een hele grote lepel door een bak stroop trekt, en zij waren gewoon veel sterker dan wij. Uiteindelijk klopten ze ons gruwelijk, en daar waren zij enorm mee in hun nopjes. Het was in elk geval goed voor hun gekrenkte trots. Maar dat vonden we niet erg; we hadden twee geweldige dagen gehad en we hadden enorm gelachen, en we eindigden niet als laatste. Het was eigenlijk prima gegaan.

'Hebben jullie zin om op de Noordzee te gaan roeien? Ik organiseer wat zeetrainingen voor de bemanningen die dit jaar meedoen aan de race,' zei Charlie toen we Rose op de trailer zetten. We hielden allemaal op met waar we mee bezig waren.

'De Noordzee?' vroeg Frances.

'Dat is een goede training voor de Atlantische Oceaan,' opperde hij.

'Maar het zal wel koud zijn,' zei Helen.

'Jullie zouden de eerste vrouwen zijn die meedoen...'

'Zeg dat nou niet waar Janette bij is!' zei Niki, en ze schudde langzaam haar hoofd. 'Die is dan meteen niet meer te houden.'

'De eerste?' Janette keek hem aan.

Hij knikte.

'Ooit?'

Weer knikte hij.

'Nu moeten we dit verdorie de hele terugreis horen,' zei Helen terwijl ze lachend achter in het busje stapte.

En dat was ook zo. Onder het rijden schoot het idee heen en weer.

'We moeten echt meer oefenen met Rose,' zei Janette.

'Maar op de Noordzee?' vroeg Helen.

'We moeten een keer aan boord overnachten,' vond Frances.

'En leren roeien in het donker,' beaamde Niki.

'We moeten een keer ergens roeien waar geen land meer te zien is. Dat moet toch echt een keer gebeuren voor we naar La Gomera gaan,' verklaarde Janette.

'En dit is een uitgelezen kans,' vulde Frances aan.

Tegen de tijd dat we bij de Midlands waren, waren we allemaal overtuigd. Het enige wat het vergde was wat georganiseer.

Vrij veel georganiseer, eigenlijk, vooral voor Helen. Richard had de baan als directeur van het Openbaar Ministerie op Isle of Man gekregen, zoals iedereen – vooral Helen – wel had gedacht. Ze had de afgelopen tijd meer nummerborden en andere symbolen van Isle of Man gezien dan ze tot nu toe in haar hele leven had gezien (en dat van Richard erbij). Het enige probleem was dat hij ervoor moest verhuizen. Hij kon geen leiding geven als hij niet daadwerkelijk op het eiland woonde. Dus zou Helen niet alleen drie maanden weg zijn om de oceaan over te roeien, Richard was er ook niet. Hoe moest dat dan met

Lucy en Henry? Wie zou er voor de kinderen zorgen? En voor de hond? Moesten ze allemaal op Isle of Man gaan wonen? Of zouden ze in York moeten blijven? Het maakte een toch al lastige situatie nog complexer.

Maar Helen wilde niet opgeven. Ze was al zo ver gekomen, dus het leek haar niet eerlijk dat de logistiek nu roet in het eten zou gooien. Lucy en Henry wilden ook niet dat ze op zou geven. Zelfs Richard, die eerst zo tegen het idee was geweest, wilde nu per se dat er een oplossing kwam. En toen meldde oma Pat zich, Richards moeder. Ze was oorspronkelijk verre van enthousiast over het idee dat haar schoondochter aan de race zou meedoen. Maar ze raakte overtuigd toen ze een toespraak van Sally Kettle had gehoord, op St Olave's School. Sally had gesproken over haar ervaringen tijdens haar eigen oversteek over de Atlantische Oceaan, samen met haar moeder, en ze had haar toespraak afgesloten door te vertellen dat ze wist dat vier moeders van de school zich op diezelfde oversteek aan het voorbereiden waren. Ze had ons allemaal gevraagd om op te staan, wat we deden, en er werd wat geklapt. Oma Pat was ineens best een beetje trots op Helen en haar idiote plan. Dus nu was ze zo lief om aan te bieden dat Henry, Lucy en de hond wel bij haar mochten komen wonen zolang Helen op de oceaan zat. Dat leek een goede oplossing en Helen was er heel erg blij mee, maar uiteindelijk was Richard toch bang dat de zorg voor twee pubers en een labrador wat te veel zou zijn voor zijn moeder. En dus vroegen ze aan St Peter's of de kinderen er parttime op kostschool mochten. Dan zouden ze in de weekenden bij hun oma logeren, en zou hun vader ook zo nu en dan overkomen om hen te zien. Het was een enorm offer. Hun hele leven werd op zijn kop gezet zodat hun moeder haar droom kon realiseren. En dat hadden ze gedaan zonder te klagen of moeilijk te doen. Dat stemde Helen nederig. Als iedereen zo zijn best deed, dan moest zij haar stinkende best doen om de overkant van de oceaan te halen!

Maar eerst zouden ze nog de Noordzee op.

Misschien hadden we het idee van een oversteek over de Noordzee wel niet zo serieus genomen. Vergeleken met de Atlantische Oceaan was het maar een klein stukje verder dan Poppleton. Alsof je een vijver oversteekt. Het leek een eitje. Sterker nog, we waren volkomen onvoorbereid toen we in Southwold in Suffolk aankwamen in onze roeipakken. Niet de pakken van de roeiclub, natuurlijk, maar het had wel veel weg van iets wat je aantrekt om aan je bekkenbodemspieren te werken in een dorpszaaltje. Het was mei, de zon scheen. Dit was echt een makkie, dachten we.

'Waar zijn jullie regenpakken?' vroeg Charlie toen we om zes uur 's ochtends in onze leggings op het strand stonden.

We keken elkaar aan. Iemand had vast wel een paar jasjes in de auto liggen?

'We hadden ook geen lijst gekregen, zoals voor de Talisker, want daar zijn ze heel streng over wat je allemaal bij je moet hebben,' legde Niki uit. 'Charlie stuurde ons alleen een paar mailtjes met wat suggesties voor wat we bij ons moesten hebben, maar hij had geen voorschriften. Het was in veel opzichten een eyeopener. We hadden het allemaal heel druk gehad en we hadden er verder niet zo over nagedacht. Maar ineens snapten we het: we hadden een reddingsvlot nodig, en een anker. Allemaal dingen die we niet bezaten, en die we ons niet konden veroorloven omdat we nog steeds aan het fondsenwerven waren. We leenden wat essentiële spullen van Angus en Charlie. Ik geloof dat ze ons dat vlot en een anker en nog wat spullen hebben geleend, maar die spullen zagen we dus pas voor het eerst daar in Southwold. En we hadden geen idee hoe we ze moesten gebruiken.'

Dus met nog maar een paar uur te gaan voor we zouden vertrekken, liepen we snel naar de plaatselijke zeilwinkel. 'We hadden de verkeerde zeekaart. En we hadden netten nodig,' zei Frances. 'We waren zo druk geweest met geld inzamelen, wat heel belangrijk was. We hadden eigenlijk af en toe een zaterdag op weer een of andere markt in Leeds of York, waar we dan steeds hooguit een paar honderd pond ophaalden, moeten laten schieten om een keer een dag bezig te zijn met wat we aan materialen nodig hadden. Want tot op dat moment wisten we daar maar heel weinig van.'

Hoe meer we in paniek raakten, des te roekelozer werden we. Dus werd Rose volgeladen met reddingsvesten, survival suits, hoofdlampen, slaapzakken, een getijdenalmanak, snackpacks, gedroogd voedsel en genoeg water om het mee te redden tot aan Gibraltar. Ze lag heel diep en laag in het water toen we klaar waren. De tocht zou maar achtenveertig uur duren, hooguit. We hadden dus net zo goed de helft op het strand achter kunnen laten, maar ja, we hadden er niet van tevoren over nagedacht, en dat is nooit een goed uitgangspunt.

'We hadden het er vaak over gehad, de roeitocht over de Noordzee. Het leek ons iets wat je wel even snel deed. Wat had je daar nu helemaal voor nodig?' zei Niki. 'Maar we hadden het geen van allen al eens gedaan.'

Het bleek dat de Noordzee ongelofelijk onvoorspelbaar is. Er zijn twee punten waar je hem kunt oversteken. Van Southwold in een rechte lijn naar Scheveningen, of zigzaggend met de getijden mee, die om de zes uur op en af gaan. En welke route je ook kiest, er is bijna altijd iets wat je in de weg ligt.

'Het lijkt wel een parcours met botsautootjes,' zei Niki.

Het Nauw van Calais is de drukste vaarroute ter wereld, met tussen de vijf- en zeshonderd oversteken per dag, en wij waren het kleinste bootje op zee. Een week eerder was Team Beyond – Philip en Daley – halverwege het Nauw van boord gegaan (tijdens een tocht die ze op tijd roeiden). De jongens hadden Janette de volgende dag gebeld om haar te zeggen dat we absoluut de Noordzee niet op moesten. Daar waren we goed van geschrokken.

'Ze hadden verschrikkelijke weeromstandigheden, en waren heel erg zeeziek, en voeren tussen de mammoettankers,' legde Janette uit. 'Ze stuurden me een foto vanaf hun gps, en er waren echt ontzettend veel boten om hen heen. Het hele schermpje was er bezaaid mee, als een zwaar gevalletje waterpokken. En ze zeiden: "Kijk dan! Zie dan hoe druk het hier is. Die schepen zijn echt overal, en ze zijn heel groot. Jullie moeten je echt nog maar eens achter de oren krabben of jullie dit wel echt willen." En dus hebben ze hun nieuwe boot midden op de Noordzee achtergelaten en hebben ze een lift gekregen van een vissersboot. Ik zei dat het voor ons geen probleem zou zijn. Zij hadden zwaar weer en waren heel ziek, en vergeet niet, ze waren nog nooit op zee geweest. Dus ik belde de andere drie en zei: "Ik heb al weleens op zee gevaren, het komt wel goed." Het feit dat ik alleen een beetje in Zuid-Frankrijk had rondgedobberd met een gin-tonic in mijn hand deed er verder niet toe. Ik had ervaring op zee, en daar ging het om.'

Tegen zeven uur waren alle familieleden er om ons uit te zwaaien. Allemaal, behalve Niki's vader, Pete, die zich had opgeworpen als vrijwilliger om met de trailer naar Scheveningen te gaan, om ons aan de andere kant op te pikken, en Janettes zus Jane, die een blik op de accommodatie in het nabijgelegen vakantiepark had geworpen en meteen haar biezen weer had gepakt en naar York teruggereden was. De maandag was een vrije dag, en we zaten aan zee, dus ze kon niet zo snel ergens anders terecht.

Al snel bleek dat het zelfs op dat vroege tijdstip druk was op het strand. We waren zo veel tijd kwijt aan het beantwoorden van vragen over wat wij daar gingen doen, en wat voor boot Rose eigenlijk was, dat we vergeten waren om de routepunten in te voeren in onze stuurautomaat. Maar wat nog veel erger was: we hadden nog geen tijd gehad om iets te eten. Onze pub serveerde natuurlijk nog geen ontbijt op dat vroege tijdstip, dus we besloten dat dit een mooi moment was om eens iets van het gedroogde eten te proberen dat we mee wilden nemen op de oceaan. We hadden ook onze Jetboil nog niet uitgeprobeerd – het fornuis – en dat was ook iets waar we mee moesten oefenen. Dus na de korte briefing van Charlie ging we zitten en kookten we een kom lauwe havermout met aardbeiensmaak, die niet te eten was. Het gerecht was mierzoet en lichtroze en had de textuur van behanglijm.

'Dit is echt zo smerig!' verklaarde Niki en ze gooide haar havermout in de prullenbak.

'Dit gaan we dus écht niet meenemen,' zei Frances.

'Dan ga ik nog liever met een lege maag de zee op,' vond Helen, en ze legde haar pakje boven op dat van Niki.

En dat was misschien juist haar probleem, gezien wat er later gebeurde.

'Wacht even!' zei Janette ineens, toen we naar Rose liepen. 'Heel even hoor, als jullie het niet erg vinden.'

We keken haar vragend aan terwijl zij een handvol zwarte kralen uit de jas van haar parka tevoorschijn haalde.

'Dat meen je niet,' zei Frances fronsend.

‘Een rozenkrans?’ vroeg Helen, die haar handen nog tegen haar maag gedrukt hield, en het effect van de aardbeienpap nog voelde.

‘Hij is van mijn petemoei geweest, mijn oudtante Rose,’ zie Janette terwijl ze ermee zwaaide voor onze ogen. ‘Mijn moeder heeft hem aan mij gegeven als geluksbrenger.’

‘Aha,’ zei Frances met een blik waaruit sprak dat zij niet in rozenkransen geloofde.

‘Ik vind dat we hem allemaal even moeten aanraken,’ zei Janette, ‘en dat we er dan iets bij moeten zeggen.’

‘Hoe bedoel je? Hardop?’ vroeg Frances.

‘Als het helpt, wil ik het best doen,’ zei Niki. Ze raakte de kralen aan en deed haar ogen dicht.

‘Zo is dat,’ vond Helen. ‘Lieve tante Rose, waak alstublieft over ons op deze oversteek...’ begon Helen met gesloten ogen en ze bad erop los. ‘Zorg voor een behouden vaart, en... Nou ja, heel hartelijk dank daarvoor. Amen.’

‘Amen,’ vonden Niki en Janette ook.

Helen deed een oog open en keek naar Frances. ‘Amen?’

‘Ja, ja, amen,’ verzuchtte Frances en ze raakte de kralen heel even aan met haar vingertoppen.

‘Zo,’ zei Helen toen ze haar ogen weer geopend had. ‘Dat is dan geregeld.’

‘Nu komt het allemaal goed,’ besloot Janette, en ze stak de kralen weer in haar zak.

‘Zeker weten,’ zei Frances. ‘Wat zou er ook mis kunnen gaan?’

We gingen een voor een van start. De andere trans-Atlantische teams, Ocean Reunion, Team Essence en Greg Maud (die met Perfecto Sanchez roeide, aangezien het te onveilig werd geacht om solo de Noordzee over te steken) gingen allemaal voor ons uit. In scherp contrast met onze lycra pakjes leek Team Essence gekleed voor een nieuwe bestorming van de Falklandeilanden, volledig in slechtweerkleding gestoken, plus zwemvesten, en voor het oog van een publiek dat voornamelijk bestond uit onze familieleden maakten ze nogal een potje van hun start. Niet alleen botsten ze tegen onze boot op, ze knalden ook de camera van de BBC omver die de start van de race aan het filmen was. Ons lukte het om onze familie niet teleur te stellen. In een snelle beweging sprongen we in de boot en we waren weg (net als onze inspiratiebron van toen – de Franse gazelles). Door de stroming zag het er extra goed uit. De zee was ruw, maar we hadden het getij mee, dus het leek alsof we de haven uit vlogen, met onze slavendrijfster aan het roer.

Maar we waren nog niet op open zee of Helen was al misselijk. De boot ging op en neer op de golven, en weer op, en weer neer, en langzaam maar zeker viel zij stil, om vervolgens groen en geel te worden, en dat was dat. Ze kon niet meer roeien, ze kon niet meer praten, en ze trok het alleen nog maar als ze in de piepkleine kajuit ging liggen. Ze was trouwens niet de enige. Frances had ook last van de bewegingen van de boot.

'Frances zat aan de riemen, en af en toe klom ze snel uit haar zitje, ging over haar nek over de zijkant van de boot, en een minuut later veegde ze haar mond af en roeide dan weer door,' legde Niki uit. 'Maar als Helen na een paar uur roeien ziek werd, kon ze alleen nog maar in de kajuit liggen. Ze kwam er wel af en toe uit, maar dan kroop ze toch weer naar binnen. Ze was zo ontzettend ziek. Ze had alleen die zeeziektepleister achter haar oor, en ze had niets gegeten. Ze was al misselijk van die stomme havermout, en ze had geen medicijnen in kunnen nemen. Later had ze toch een handvol achterovergeslagen, maar het werkt alleen als je het vooraf inneemt. Het was nogal een schok voor ons allemaal. Iedereen vroeg zich in stilte bezorgd af hoe dat dan straks moest, op de oceaan. Zelfs Helen had op dat punt serieuze twijfels. Ze kon zo niet de hele reis blijven, want ten eerste kon ze dan niet roeien en ten tweede zou ze dan doodgaan.'

Ons plan was om twee uur op en twee uur af te gaan met roeien, want er was ons verteld dat dat de minimale hoeveelheid tijd was die het lichaam nodig had om te herstellen. Maar met het land nog steeds in zicht moesten we dat plan laten varen. Nu we maar met zijn drieën waren, roeiden we steeds drie uur, met een halfuur pauze.

Het spreekt voor zich dat Janette niet erg meelevend was. 'Ik heb de hele tijd gevraagd of ze niks moest eten, en of ze niet even uit de kajuit wilde komen om het toch even te proberen aan de riemen. Het was net alsof ik een klein kind uit haar kamer wilde lokken.'

Maar naarmate de dag vorderde, kregen we nog grotere problemen.

'Er waren overal boten. Zodra we de haven uit waren, waren ze ineens overal om ons heen,' zei Niki. 'Er waren honderden kleinere plezierjachten, en verderop voeren vissersboten en tankers.' We hadden natuurlijk wel gedacht dat het druk zou zijn op de Noordzee en we wisten dat het er gevaarlijk en eng zou zijn – we hadden immers het gps-beeld van Team Beyond gezien – maar dat de tankers zo snel en zo gigantisch waren hadden we niet voorzien. Zodra we op open zee waren, werd het in de twee grote vaarroutes een spel van wie het eerst komt die het eerst maalt.

Er zijn voorrangsregels op het water – een makkelijker wendbaar vaartuig mag een minder wendbaar vaartuig niet in de weg varen, dus kleinere boten met motoren geven toegang aan zeilboten, tankers en mensen zoals wij – maar die tankers zijn zo gigantisch en zo snel dat er veel moet gebeuren voor zij hun koers veranderen. We roeiden maar gewoon door; twee knopen tegen hun veertien tot zestien knopen. Dus voor ons was het helemaal niet mogelijk om snel aan de kant te gaan. Daarom is het ook zo gevaarlijk. Ze konden dwars over ons heen varen zonder het zelfs maar te merken; we waren een luciferhoutje op het water.

Maar het werd nog erger. Die grote schepen bleken niet ons grootste probleem, want die konden we op de radar zien. Het grootste probleem waren de vissersboten.

Die hielden zich niet aan de diepe geulen. Die diepe geulen zijn handig. Je weet dat je eroverheen moet, dat het ongeveer vier uur gaat duren en je weet dat je alert moet blijven, en dat je je ogen altijd open moet houden. Maar die vissersboten zijn overal. En wij hadden dan wel een AIS (een Automatic Identification System), maar veel vissersboten hebben dat niet. En dat hield in dat wij hen niet konden zien, en zij ons niet. Bij daglicht gaat dat nog wel, maar als de avond valt is dat heel beangstigend. We begonnen te begrijpen waarom de mannen van Team Beyond van hun boot waren gestapt.

We besloten dat we hier alleen veilig doorheen konden komen als er iemand permanent op de uitkijk zat, op zoek naar lichten of andere tekenen van tegemoetkomend verkeer.

Maar Helen kon niet aan dek komen. Ondanks het feit dat Janette al haar overredingskracht had ingezet en Niki al haar vriendelijkheid en aanmoediging om iets te eten of drinken, bleef ze in de kajuit. Dus waren we maar met z'n drieën toen we de nacht in roeiden.

'Gek genoeg hou ik wel van een crisis,' zei Frances. 'Het feit dat Helen uitgeschakeld was, betekende dat wij met z'n drieën een andere manier van werken moesten ontwikkelen en dat we heel streng op onze timing moesten letten.'

Dus we roeiden door – een uur op, dertig minuten af. 'We schoten lekker op,' zei Frances. 'Het was zo'n nieuwe ervaring om daar te zitten en de lichten van die schepen te zien. Ik had er echt lol in.'

Hoewel niemand van ons lol had toen Frances rond drie uur 's nachts de kajuit uit kwam en zag dat er een enorme vissersboot recht op ons afstevende.

'Hoe lang vaart die daar al?' vroeg ze, starend naar de enorme netten aan weerszijden van de boot.

Niki en Janette hadden zo druk zitten kletsen dat ze het helemaal niet hadden gemerkt. We hadden zelfs een achteruitkijkspiegel op Rose laten monteren zodat we konden zien waar we naartoe gingen, maar niemand had de moeite genomen om daarin te kijken.

Het was zo donker, en de lichtjes waren zo verwarrend en het viel niet mee om ook nog elkaar in de gaten te houden. Op een gegeven moment struikelde Niki, waardoor ze over de zijkant van de boot viel.

'Ik hing ondersteboven langs de zijkant van de boot, met mijn haar in het water en mijn knieën over de veiligheidslijn gehaakt. Mijn hart zat in mijn keel terwijl ik probeerde omhoog te klauteren en mezelf weer aan dek te hijsen. Het gebeurde zo snel dat de anderen het niet eens doorhadden. Goddank voor de veiligheidslijnen, was het enige dat door mijn hoofd schoot.'

Het was trouwens niet de eerste keer dat ze bijna overboord sloeg. Doordat Helen de emmer in beslag had genomen, waren de anderen gedwongen een andere toiletgelegenheid te zoeken. Ze hadden nog twee methodes meegenomen om uit te testen voor op de oceaan. De eerste was een plastic po en de tweede een soort plaskoker. De po was zo ondiep dat onze billen in de plas hingen, zodat je drijfnat werd, en de tweede was volslagen onpraktisch. Je moest staand plassen met de plastic trechter tussen je benen en je broek naar beneden. Dus Niki koos voor een derde optie.

'Ze hadden tegen ons gezegd dat we maar gewoon onze billen buiten de boot moesten steken, en… gaan met die banaan. Maar toen ik dat

Met dokter Caroline Lennox op ons roeiweekend in Perpignan, Frankrijk, september 2013.

Onze eerste ontmoeting met *Rose* in Burnham-on-Crouch.

Ons eerste uitje met *Rose*, waarbij we proberen haar om te laten slaan.

Met Greg Maud, Ross Johnson, Oliver Bailey, Jason Fox en Perfecto Sanchez, die in mei 2005 de Noordzee overstaken in een roeiboot.

Bij *BBC Breakfast* met Naga Munchetty en Jon Kay na onze roeitocht over de Noordzee.

Vlak voor ons vertrek wachten Helens kinderen, Lucy en Henry, en Niki's kinderen, Aiden en Corby, tot ze ons uit kunnen zwaaien.

Met Mike Bushell van de BBC na onze eerste keer op de rode bank,
waar Helen Mike beetpakte en hem vertelde dat ze hem geweldig vindt!

Janette op haar verjaardag bij Caroline thuis aan het leren
hoe je een wond moet hechten.

Mooi geel is niet lelijk. We doen onze Survival at Sea-training in Hull.

Frances leert alles over het omdraaien van het reddingsvlot.

Met dominee Kate Bottley toen *Rose* gezegend werd.

Het team doet voor vertrek de kerstlichtjes aan, november 2015.

Op ons feest op de York Racecourse. v.l.n.r.: Lucy Butters, Mark Davies, Frances Davies, Henry Butters (vooraan), Richard Butters, Gareth Doeg, Helen Butters, Niki Doeg, Ben Benaddi, Janette Benaddi.

Janette voor vertrek met haar kinderen, James en Safiya, en haar man, Ben, op de boot in de haven van San Sebastián, La Gomera.

Niki, Helen en Frances ontspannen zich even op La Gomera.

De beuk erin tijdens onze training voor de Talisker race.

Serieuze golven tijdens onze training voor de reis van ons leven.

Kerstmis op zee, 5 dagen en 318 zeemijl onderweg.

Frances eet haar lunch.

Na ongeveer 2000 mijl, doet Janette net
of ze enorm uitkijkt naar weer een portie Ultrafuel.

Niki geniet van de mango-gin op haar verjaardag.

Niki druk bezig met het schoonmaken van de zonnepanelen – iets wat we iedere dag deden, tenzij het heel slecht weer was.

Onderweg – we genieten!

Ollie Verschoyle, de Director of Photography van de Vier vrouwen en een boot-docu voor National Geographic, filmt ons terwijl we, na 2 maanden op zee, Antigua naderen.

Zojuist aangekomen in de haven en onze lichtkogels afgevuurd.

We made it! Hoe we ons toen voelden is met geen pen te beschrijven.

Aankomst bij Antigua: het laatste stuk voor we Nelson's Dockyard, English Harbour op Antigua binnen voeren op 25 februari 2016.

Direct na de race worden we geïnterviewd door de BBC.

Frances – kijk hoe bruin ze is! – met haar man, Mark
en zoons, Jay en Jack, op Antigua.

Op Antigua met Jayne McCubbin en Brij Patel van de BBC, die ons vanaf het begin enorm gesteund hebben.

Backstage met de cast van *Mamma Mia!* in het Novello Theatre in Londen, waar we onze mooiste musicalmomenten op zee herbeleven.

Voor en na. Wat 2 maanden op zee met je doet!

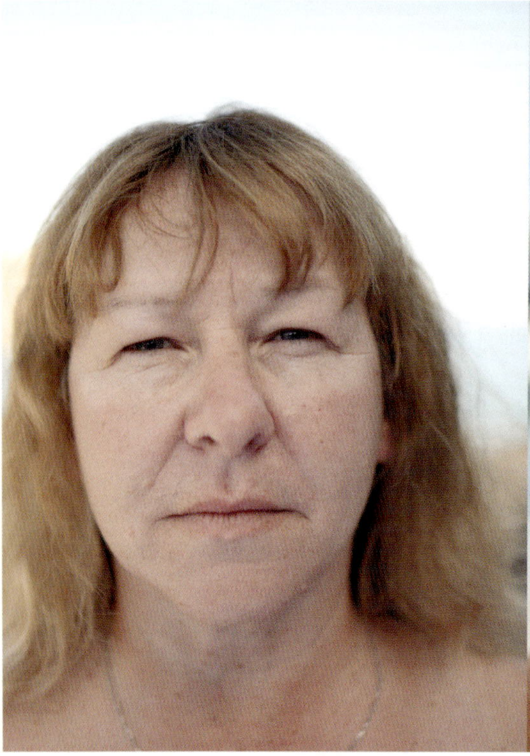

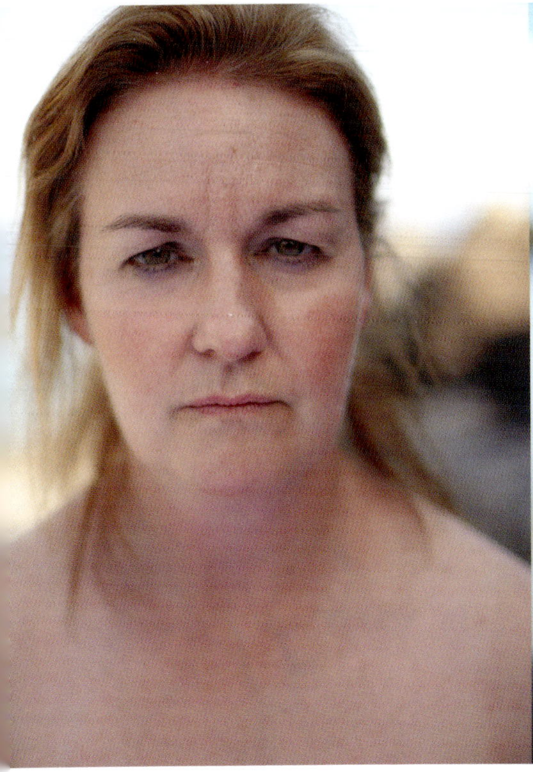

Voor en na. Wat 2 maanden op zee met je doet!

ber Estuary. As I watched her vanish over the horizon and out of my life, I was filled with sadness. But my sadness quickly turned to horror when I realised that amidst the previous evening's frantic throes of passion I had completely forgotten to switch the light on.

Fortunately, when I checked, no boats had run aground on the rocks overnight, so that was alright."

Preston's sex-filled first night on Loxley Head had certainly been an eventful one. But as he was to learn, it was hardly exceptional. The very next day, he had just heated up a box of microwave smokey fries when he heard a thundering clatter from the roof of his lighthouse.

manson

"I quickly bounded up the stairs and out onto the balcony just in time to see a bright orange helicopter settling down on the rooftop landing pad. I realised with relief that it was merely my monthly supplies being delivered. I waved to the pilots, and they clambered down from the cockpit and came inside. In the kitchen, as I made a brew and put another couple of boxes of chips in the microwave, they unzipped their bulky buoyancy suits and took off their helmets.

My jaw nearly hit the floor as I turned to talk to them. For standing there in the room were two of the most gorgeous, sexy women I'd ever seen. As they shook their heads to release their long golden tresses, allowing them to cascade across their shoulders in slow motion, they looked more like some of the voluptuous centrefolds in the magazines the previous keeper had left than helicopter pilots.

As we sat in the little round kitchen enjoying our tea and fries, we could hear the wind picking up outside. So much so that as night fell, as the girls got up to leave, there was a proper gale blowing outside. Up on the roof, their helicopter was rocking from side to side as the powerful gusts tore at its rotor blades. It was clear that it was now far too dangerous for them to take off back to the mainland.

temple

"There's only one thing for it, we'll just have to stay the night," said one of the sexy girls. "That's fine by me," I replied. "The only thing is, there's only one bed in the lighthouse."

"That's fine by us," the twins said in unison. I just remembered they were identical twins.

The next thing I knew, we were stripping off in my little round bedroom. Soon, their sexy lingerie lay strewn all over the floor along with my big jumper and boots, and we were all stark naked. Every five seconds, their nubile bodies were illuminated in blinding relief as the one million candle power beam of the Loxley Head light swept through the bedroom window, flashing out its warning of peril to nearby shipping. Suddenly, the twins stopped and sighed.

"We can only do it in the dark," they said. "Would it be okay to turn the light off?" I was thrown into a quandary. On the one hand, turning a lighthouse off at night is against every regulation in the Trinity House rulebook. It's the first thing they teach you on the lighthouse keeping course. But knowing that those two sexy helicopter pilots were lying naked in my bunk, just waiting for me to do them was too much of a temptation for a red-blooded man to resist. I reached out the side of the bed and flicked the switch. The light may have been turned off, but the twins were turned on alright. And it was electrifying.

TANKS A MILLION: Oil tanker crash could have cost Preston his job.

As darkness filled the room, the three of us began hungrily exploring each other's bodies in my little bed, frantically driving each other to ever greater heights of passion as the force ten gale raged outside.

bassey

Not being able to see seemed to intensify our other senses. The girls may have been unable to get their chopper up that night, but I had no such trouble, I can tell you. And as we reached a shattering simultaneous climax, I could have sworn the whole lighthouse shook on its foundations.

In the morning, I realised that the lighthouse had indeed shook on its foundations during the night. But it was nothing to do with my threesup. With the light switched off, a giant Panamanian oil tanker had run aground on the rocks, splitting its hull wide open. As I stood on the step and surveyed the damage, my heart sank. The sea was coated with thick, black slick of tarry crude dotted with dead and dying seals, gulls and puffins as far as the eye could see.

I got a proper roasting for that one, I can tell you."

williams

The oil tanker disaster had taught Preston a valuable lesson, and he vowed never again to let his sex life compromise his professional responsibilities. But that isn't to say that there weren't many more episodes when temptation was put in his way.

"I remember this one day, I had finished my dingbats book and I was just thinking about opening a couple of peperamis for tea when there was a knock at the door. Standing on the step were four women wearing rowing all-in-ones that left very little to the imagination. They were all attractive thirty-somethings - proper milfs who looked like they knew a trick or two. It was cold that day and I couldn't help noticing that their nipples were standing out through the sheer cloth. I asked them if they'd like to come in and have a cup of tea in the lighthouse.

They told me that they were four bored housewives from Yorkshire who had decided to row the Atlantic. However, they had got as far as Loxley Head before running out of supplies, and they had called in to see if I would sell them some food. I said that I could give them enough pot noodles, pop tarts and bags of Bombay mix to get them to Antigua. But I explained that money was of no use to me as there was nothing to spend it on on my solitary island home in the middle of the North Sea.

crabtree

The milfs had a quick confab. "Perhaps there's some other way we could pay you for our provisions," one of them said, winking at the others. Before I knew what was happening, they had taken their all-in-onesies off to reveal their sexy cougar bodies. There they stood, clad in their underwear, stockings and suspenders. Giggling, they began to drag me up the spiral stairs to my bedroom. I say drag me - to tell the truth I wasn't protesting too much.

Once inside, we got down to action. I'm too much of a gentleman to recount exactly what we got up to in there. Suffice to say, they may have arrived as a 'coxless four', but that all changed in my bedroom, I can tell you. Loxley Head lighthouse was designed to survive hundred foot waves crashing over it and we certainly tested its foundations to the limits that night.

thornley

The next morning, after a traditional hearty lighthouseman's breakfast of tea and cheesestrings, the milfs set off again, their boat filled to the gunwhales with all the provisions they would need to get them to the other side of the pond - jars of haribos and bombay mix, a big box of monster munch and a catering-size bag of marshmallows. They had certainly earned it, I thought, as I patted my flat knackers.

I couldn't have been more pleased when I heard those ladies eventually reached Antigua, after rowing nearly five thousand miles. But I had to chuckle to myself when, at their press conference, they claimed to have made the trip in one continuous row. They somehow omitted to mention their overnight stop-off at my lig house lovenest."

***NEXT WEEK,** Preston recalls the ti when a lifeboat full of Swedish stripp arrived at the door after their trav er was sunk by a Russian submari caught in its nets. "Two minutes la a container full of bacardi breez lost overboard from a Chinese car ship washed ashore, and it was party time at Loxley Rock."*

Een nogal brutaal artikel in Viz over ons en onze 'omweg' naar Loxley Head (ja hoor!)

deed, kapseisde de hele boot bijna! Misschien lukt het beter als je een man bent, maar voor ons kon het alleen als we simultaan plasten, ieder aan een kant van de boot.'

Iets anders wat ons onledig hield tijdens de oversteek was de radio.

'We waren er de hele tijd mee bezig,' zei Niki. 'Janette was toen nog de enige die haar radio-examen had gehaald, dus zij wist precies wat we moesten zeggen. Maar wij tweeën zaten gewoon een beetje met mensen te kletsen. Het verbaasde me dat we niet werden gearresteerd toen we in Nederland aankwamen, want wij gebruikten die radio gewoon voor de gezelligheid. "O, kijk, daar is weer een boot, laten we die eens even bellen." En dan zeiden we: "Hallo! Wij zitten op een oceaanroeiboot..." Janette had een protocol voor ons uitgeschreven, maar daar deden we niks mee. Pas als je op cursus gaat leer je waarom je de kanalen vrij moet houden in plaats van de boel te blokkeren met zinloos geklets. Ik was de grootste overtreder, want ik hou wel van een praatje. Ze willen alleen liever niet terugpraten, want grotere boten hebben zich aan het protocol te houden. Ze moeten alles vastleggen wat er op Kanaal 16 wordt gezegd. Dat is het belangrijkste kanaal. We deden het ook omdat we zeker wilden weten dat ze wisten dat wij er waren; dat ze ons hadden gezien. Hoewel daar waarschijnlijk een betere manier voor is dan de manier die wij gebruikten. Iedereen kon blijkbaar horen hoe wij met de andere boten aan het flirten waren. Ze hadden alle gesprekken gehoord, aan de overkant, en dus hadden ze ons een reprimande kunnen geven omdat we ons niet aan het protocol hadden gehouden. Ik snap niet waarom ze dat niet hebben gedaan.'

Maar zelfs het flirten met andere boten begon na een poosje zijn charme te verliezen en de uitputting van het voortdurende roeien zonder slaap was een heel vreemde cocktail.

'De zee speelt een spelletje met je,' zei Niki. 'Ik begon te hallucineren.

Dan stormde er een licht op me af, en zag ik mannen aan het werk. Mannen van rond het begin van de vorige eeuw. Ze hadden petten op, zoals die mensen die je wel met biervaten ziet rollen op oude foto's. Ze werkten op een boot of een enorme boei. En dan schoot het licht ineens weer weg, en had ik weer enig gevoel voor afstand. Dit overkwam me een paar keer. Ik denk dat het gewoon kwam door slaapgebrek, en door de zintuiglijke problemen 's nachts. Mijn hersenen kunnen de monotonie niet zo goed aan. Ik heb prikkels nodig. En er was daar gewoon helemaal niks te zien of te horen.'

Inmiddels begon het roeien echt zijn tol te eisen: onze ruggen waren aan gort, onze handen zaten onder de blaren en de adrenaline was helemaal op. En we hadden nog een uur of acht voor de boeg: een uur roeien, een halfuur rust. De vaargeulen waren inmiddels helemaal volgelopen, en tegen de tijd dat we Hoek van Holland gepasseerd waren en langs de haven van Rotterdam voeren, lagen er zo'n tien tankers te wachten tot ze het Kanaal in mochten en naar de haven konden doorvaren. We moesten goed timen wanneer we de vaargeul konden oversteken, omdat we anders overvaren werden.

Na een nacht op zee waren we eindelijk in het pikkedonker op weg naar de haven van Scheveningen. Het was al na middernacht, we zagen helemaal niks, en we hadden het getij bepaald niet mee.

'Het was echt heel erg zwaar, en we hadden geen idee waar die haven precies was. Als je zo uitgeput bent, kun je je niet concentreren. Frances en ik zaten op het navigatiescherm te kijken en we dachten: waar is het dan misgegaan? Waar is die haven?' zei Janette. 'Overal om ons heen waren boten, mijn hart sloeg als een bezetene en we hadden geen idee waar we waren. We zagen totaal niet welke kant we op gingen.'

Het werd duidelijk dat we in de drukte toen we weggingen uit Southwold en alle mensen die we daar te woord hadden gestaan, waren vergeten om ook het laatste routepunt in te voeren in de gps, en dus voeren we nu niet naar de haven van Scheveningen, maar stevenden we regelrecht op de kademuur af.

'We gingen echt recht op die muur af, en we hadden geen idee,' zei Niki.

'Ineens drong het tot me door wat we hadden gedaan,' zei Janette. 'Ik schreeuwde naar Helen: "Ik weet dat je ziek bent, maar je moet nu echt die kajuit uit en komen helpen. We zitten vlak bij de kademuur en we hebben het getij en de wind tegen. Er moeten nu echt drie mensen roeien, want wij zijn allemaal kapot. We halen die haven nooit als jij nu niet uit die kajuit komt." En eerlijk is eerlijk, ze kwam eruit en ze ging roeien.'

En we roeiden hard ook. Harder dan we ooit hadden geroeid. Elke spier in ons lichaam deed pijn, elke pees was aangespannen. 'Ik voelde dat ze het vertrouwen verloren,' zei Janette. 'Het was alsof ze niet meer geloofden dat we ooit nog aan zouden komen. Dus ik zei: "Oké, we gaan die vervloekte boot de haven in krijgen, meiden! Kom op. We kunnen dit! We halen het!" '

We roeiden alsof ons leven ervan afhing. Janette stond te schreeuwen, en wij zaten te vloeken. We hadden de pijngrens bereikt en we moesten eroverheen.

'Ik was er helemaal niet bij, want ik had veel te veel zeeziektetabletten ingenomen,' zei Helen. 'Ik had gewoon alles ingenomen in de hoop dat dat zou werken. En toen gilde Janette dat ik nodig was aan dek. Ik ben naar de riemen gekropen. Ik voelde me zo rot, en we roeiden en roeiden tegen de stroom in, om maar bij die haven te komen. Ik heb twee uur lang non-stop geroeid op een compleet lege maag. Maar ik wilde het per se halen.'

'Het laatste uur wisselden Janette en ik van plek,' zei Niki. 'Ik stuurde ons de haven in en het voelde letterlijk alsof je voor je leven aan het roeien was, tegen die stroming in, en dat ging urenlang zo door. Je kroop twee meter vooruit, en dan weer een meter achteruit, en weer twee meter naar voren. Het was verschrikkelijk.'

'Plotseling zag ik de jongens. Team Essence roeide de haven in. Ik kon hun boot nog net zien in het maanlicht en ik dacht: die rotzakken zijn ons voor. Ze lagen waarschijnlijk iets van een mijl op ons voor, misschien meer. Als we die navigatiefout niet hadden gemaakt hadden we ze kunnen verslaan, maar nu kwamen wij dus als laatste binnen,' zei Janette.

We voeren langzaam de haven in, volledig uitgeput. We hadden vijfenveertig uur aan een stuk geroeid op een overbevolkt stuk zee, maar we hadden het gehaald.

'Gefeliciteerd!' schreeuwde Charlie, die met nog een paar mensen en de tv-ploeg stond te applaudisseren. Ze stonden daar al sinds een uur of vier die ochtend. 'Ongelofelijk!' zei hij steeds toen we aan wal klommen. 'Jullie zijn de eerste vrouwen die ooit de Noordzee over geroeid zijn. Jullie hebben een wereldrecord! Hiep hiep hoera!' En op dat moment viel Janette tegen hem aan, zakte op de grond, en gaf over aan zijn voeten.

'Toen we aanmeerden was er niet genoeg ruimte voor de boot,' zei Frances. 'Er lagen nog vier boten voor ons, en daar moesten we overheen klimmen om op het vlot te komen, en terwijl we daarmee bezig waren, zagen we dat we allemaal onder het braaksel zaten – we stonken een uur in de wind. En Janette trekt de lucht van andermans braaksel echt helemaal niet – ook niet echt geruststellend voor iemand die ook verpleegkundige was! Enfin, ze rook het, ze zag het, en toen ging ze dus zelf over haar nek.'

'Het was ook wel echt heel erg,' zei Niki. 'Serieus, die mariniers, Team Essence, iedereen zat onder het braaksel. Hoewel het ergens ook wel geruststellend was dat niet alleen Helen en Frances er last van hadden, maar dat iedereen misselijk was geweest.'

De volgende dag trakteerden we ons nadat we uit bed gekropen waren op een warm bad en lieten we de roomservice van alles brengen, onder andere bekers warme chocolademelk, en kwamen we bij elkaar voor een vergadering.

'In dat hotel in Nederland hadden we een heel eerlijk gesprek met Helen over haar zeeziekte. We zeiden dat het opgelost moest worden, en dat we moesten kijken of er wel een oplossing was,' zei Niki. 'We zeiden niet dat Helen niet zou roeien. Maar dit was duidelijk een groot probleem.'

'Ze hadden helemaal gelijk,' zei Helen. 'Maar op de Noordzee heb ik wel een paar dingen geleerd. Ten eerste, als ik platlig, gaat het goed, dus ik wist dat het mogelijk was om bij te komen. Het zou niet de hele tijd zo vreselijk zijn. En als ik lag en iets at, ging het nog iets beter. Maar het was zeker een bron van zorg. Een vrij grote bron, zelfs.'

En toen we onze koffie op hadden, draaide Helen zich om, en zag een oude dame met een sjaaltje in een café zitten. 'Zal ik jullie eens wat zeggen?' zei ze. 'Toen ik gisternacht aan het roeien was zag ik op de boot een oud dametje met een sjaal om haar hoofd, precies zoals dat dametje daar. Ik was natuurlijk aan het hallucineren, maar ik was niet bang of zo. Ik weet niet of het kwam door het roeien of door de medicijnen, maar het dametje dat daar zo zat stelde me echt enorm gerust.'

'Hoe zag ze er dan precies uit?' vroeg Janette.

'Nou, klein, met een sjaal om haar hoofd gebonden,' zei Helen.

'Hoe klein?'

'Piepklein.'

'O mijn god, dat is tante Rose!' riep Janette uit, en ze zocht in haar zak naar haar rozenkrans. 'Die had ook altijd een sjaal om haar hoofd en ze was piepklein.'

'Nou,' zei Helen. 'Ik geloof persoonlijk dat tante Rose echt bij ons is.'

'Mijn moeder heeft gebeden dat zij ons zou helpen op de boot,' zei Janette.

'En ik heb haar gezien. Ze zat gewoon aan dek.'

Later die dag, toen we ons opmaakten om het hotel te verlaten en terug te gaan naar Engeland, hadden we nog een gesprek in de lobby. We liepen naar onze koffers, met spieren die zo pijnlijk en uitgeput waren dat we ons nauwelijks konden bewegen, en bespraken wie ons als kapitein over de oceaan zou leiden. De gebeurtenissen op de Noordzee hadden duidelijk gemaakt dat iemand van ons de leiding moest krijgen: we hadden niet alle routepunten ingevoerd, en verkeerden in grote verwarring over hoe we naar de haven moesten komen, We dachten altijd dat we de oceaan wel over zouden komen zonder schipper, maar de uren op de Noordzee hadden ons doen inzien dat dat een vergissing was.

'Ieder van ons kwam met argumenten waarom wij er niet geschikt voor waren,' zei Frances, 'want volgens mij wilde niemand de verantwoordelijkheid. Ik in elk geval niet, want ik was op mijn werk al de baas, en ik wilde buiten mijn werk niet ook de baas zijn. We waren het er allemaal over eens dat Helen het ook niet kon worden – inclusief Helen zelf. Helen heeft veel zelfvertrouwen op het gebied waar ze verstand van heeft, maar als ze uit haar comfortzone is, is ze niet zo zeker van zichzelf.'

'En Niki als schipper kon ook niet,' zei Janette, 'want ook al heeft ze graag de touwtjes in handen en is ze een heel goede manager op haar vakgebied, op zee was ze erg bezorgd en gespannen. Ze zei voortdurend dingen als: 'O god, dit of dat gaat gebeuren". Of: "Dit lukt nooit." Dat kan niet als je schipper bent. Dan moet je heel positief zijn. Helen wilde het sowieso niet, want ze vond dat ze niet genoeg van de zee afwist om de leiding te kunnen nemen. En Frances was volgens mij juist wat al te relaxed. En daarbij had ze geen zin in de verantwoordelijkheid. Ze deed dit juist om daarvanaf te zijn.'

Dus uiteindelijk besloten we unaniem dat Janette degene was die ons de Atlantische Oceaan over moest leiden. Frances vroeg het haar dringend. Janette was de enige met wat kennis over de zee, en ze had zich op de Noordzee echt bewezen. Ze had ons erdoor gesleept en zelfs Helen weer aan de riemen gekregen. Ze had ons er flink van langs gegeven om te zorgen dat we het zouden halen. Het sprak voor zich dat zij het moest worden.

Toen Janette die nacht op haar helft van het stapelbed lag op de veerboot die ook Rose terugbracht uit Nederland, staarde ze naar het plafond, want ze kon de slaap niet vatten. 'Ik wist dat het de juiste beslissing was,' zei ze. 'Dat wist ik echt wel, maar ik was er niet blij mee, omdat het zo'n grote verantwoordelijkheid was. Ik wist dat het een loden last op mijn schouders zou zijn, want ik was degene die drie moeders over de oceaan moest loodsen. En die hadden allemaal gezinnen, kinderen. Een misselijkmakende gedachte.'

SCHEEPSLOG:

'Als je een probleem of uitdaging op je pad vindt, zie het dan als een groot avontuur. Zo zagen wij de Noordzee. We beschouwden de zee niet als een probleem, maar als iets wat best kon. Het zou leuk worden en een geweldige oefening voor ons echte avontuur. Het hielp ons echt om dingen in perspectief te zien, ook al was het zo niet bedoeld. Ga de uitdaging aan. Zie het als een avontuur.

(Janette/schipper)

HOOFDSTUK 10

De final countdown

'Mijn fouten worden me nooit de baas als mijn wil om te slagen sterk genoeg is.'

OG MANDINO

Als je mensen wilt laten zien dat je echt graag een oceaan over wilt roeien, dan moet je een zee oversteken. Toen we weer thuis waren, was de reactie in Engeland ongelofelijk. 'We waren niet meer vier vrouwen die erover dachten om iets te gaan doen. We hádden al echt iets gedaan!' zei Helen. 'En daarmee groeide onze bekendheid.'

We gingen van kleine stukjes in de plaatselijke krant, via optredens op regionale radioprogramma's naar het landelijke ontbijtprogramma BBC *Breakfast*. We waren zo blij dat we daar waren uitgenodigd. Het was een echte boost voor ons en voor de goede doelen die we steunden. Het was niet te geloven dat ze juist ons wilden interviewen, van alle teams die zich op de Talisker Challenge aan het voorbereiden waren. Niki kreeg de dag van tevoren een mailtje met de vraag of we tijd hadden. Kennelijk was het Vrouwensportweek, en gelukkig waren wij allemaal vrouwen, en deden we iets aan sport, en we hadden tijd, wat heel belangrijk is als je je door de media wilt laten interviewen. We sprongen op de trein en sliepen die nacht in MediaCityUK, ieder in een eigen kamer; dat was weleens lekker, als je altijd in van die aftandse oorden verbleef. We deden de hele nacht bijna geen oog dicht.

Toen we de volgende ochtend bij de haar-en-make-up zaten in onze Yorkshire Rows-trainingspakken met gympen, bespraken we wat we zouden zeggen. We namen ons voor om niet in ons enthousiasme door elkaar heen te gaan kwekken. Frances zou beginnen met het verhaal over hoe het allemaal zo was gekomen. Dan zou Niki uitleggen dat we allemaal een man en kinderen hadden en dus heel goed waren in het sluiten van compromissen, en Janette zou zeggen dat zij de schipper was en Helen zou onze belevenissen op de Noordzee beschrijven en vertellen hoe verschrikkelijk ziek ze was geweest.

Het was voorbij voor we het wisten. Ze gebruikten wat dynamische beelden van de Talisker-race met dramatische muziek eronder, waardoor het er eerlijk gezegd vrij angstaanjagend uitzag, en ze toonden foto's van ons in onze strakke roeipakken, die er ook angstaanjagend uitzagen, en die we geen van allen zo nodig hoefden te zien. Maar we wilden onszelf niet voor schut zetten. De presentatoren waren superaardig. We vertelden dat we onze kinderen wilden inspireren, dat we moeders zichzelf in een ander licht wilden laten bezien, hen wilden uitdagen om uit hun comfortzone te komen en hun grenzen op te zoeken, en ineens voelde het allemaal heel echt. En dat niet alleen, de telefoon begon ook te rinkelen. Eindelijk. Na een periode waarin we echt moeite hadden gehad om geldschieters te vinden of mensen die ons wilden helpen, was het getij nu omgeslagen.

'Ik denk dat mensen geen steun wilden verlenen aan een project dat zeker zou mislukken,' legde Frances uit. 'En we hadden nog niks op onze naam staan. Niemand geloofde ook maar een seconde dat we het echt zouden doen. We waren gewoon een stel vrouwen met een droom, een idee, een plan dat was geboren onder invloed van een paar glazen wijn. Meer niet. We hadden zo veel mailtjes en brieven verstuurd, en dat had maar heel weinig opgeleverd. In het begin was wel duidelijk dat het via persoonlijke contacten zou moeten gebeuren. De enige mensen die ons daadwerkelijk geld gaven waren vrienden en familieleden. Maar na dat interview op de BBC namen mensen ons niet alleen serieuzer, er werd ook geld en ondersteuning aangeboden.'

Niet dat de sponsoraanbiedingen ons om de oren vlogen, maar we kregen wel een heleboel onderbroeken die niet schuurden, Holland & Barrett bood ons snackpacks aan, en Helen ontving talloze pillen en pleisters en apparaatjes om van haar chronische zeeziekte te genezen. Het was zo'n opluchting dat er eindelijk schot in zat. Tot dat moment had het wel iets weg van de haven van Scheveningen in roeien.

We waren maandenlang met Rose op tour door heel Yorkshire en daarbuiten, en het had bijna niets opgeleverd. 'Soms was het echt akelig,' zei Janette. 'We keken in de krant om te zien wat voor evenementen of beurzen er waren – een autobeurs in Harewood, iets bij de Selby Rugby Club, de Toulston Polo Club, een evenement in een winkelcentrum of op een racebaan. En dan belden we die mensen om te vragen of we mochten komen om geld in te zamelen. Meestal waren ze al volgeboekt, of vroegen ze ons een fortuin om überhaupt te mogen komen.'

'Het was heel hard werken, want je moest zorgen dat de boot ergens werd neergezet en Janette en ik waren de enigen die met haar konden rijden,' zei Niki. 'Maar we probeerden ook de anderen zo veel mogelijk mee te krijgen. Soms waren we er met zijn vieren, en vaak ging een van onze mannen mee om te helpen, met mensen te praten, en met de collectebus te rammelen. Of de kinderen gingen mee; die vonden het hartstikke leuk om met de pet rond te gaan. De mensen gaven eerder geld aan de kinderen, vooral aan de jonge kinderen. Het valt niet mee om een kind van onder de tien geld te weigeren als het een inzameling doet voor een ambulancedienst.'

Maar vaak was het een nogal deprimerende aangelegenheid. Hier haalden we dertig pond op, daar honderd. We waren heel duidelijk over de bestemming. Het geld dat werd opgehaald bij evenementen ging altijd naar de goede doelen. Wat we voor het roeien zelf nodig hadden kwam van sponsors.

Verschillende sponsors hadden gevraagd of we Rose tentoon wilde stellen, en bij zulke gelegenheden vonden we dingen om ons mee bezig te houden. Helen zag natuurlijk overal veertjes. Zelfs de ober die haar een keer koffie serveerde op een of ander industrieterrein in Leeds had een veermotief in de melk van haar cappuccino gemaakt: ze moest er van gillen, waardoor hij ook ging gillen, en zo gilden ze samen.

Ondertussen knoopte Janette een praatje aan met een lieve oude dame die kleine metalen engeltjes maakte. Ze gaf ons er een dat ze op dat moment droeg, voor geluk op de oceaan. We hebben engel Isabella meegenomen op onze oversteek – met onze rijke verzameling kruisjes, steentjes, Sint-Christoffels, rozenkransen en natuurlijk, de Maagd Maria die we op La Gomera ontvingen – vooral omdat we alles niet thuis durfden te laten!

Een week later, toen we in een vakantiepark waren op uitnodiging van een van onze sponsors, waar we druk stonden te rammelen met onze collectebussen, zag Helen ineens een vrouw staan. 'Ze had een schattig klein hondje bij zich, en ik wilde haar gewoon even spreken. Er was iets wat me naar haar toe trok. En terwijl ze stond te kletsen, besefte ik dat ze waarschijnlijk een beetje helderziend was. Ze zei eerst iets tegen Gareth waar hij het niet mee eens was, en toen zei ze tegen mij dat er "geweldige dingen te gebeuren stonden". Tegen Richard zei ze: "Jij moet sterk zijn." Waarop Gareth lachte en grapte: "Dus jullie gaan scheiden!" Mijn zoon Henry vond dat heel erg. Toen zei ze tegen Janette dat het haar zwaar zou vallen om schipper te zijn. En ze wist helemaal niet dat Janette de schipper was! Het was allemaal heel bijzonder. Ze zei: "Je moet een paar knopen doorhakken, en dat zal lastig worden, maar je moet voet bij stuk houden. Meer dan je ooit hebt gedaan." Ik geloof echt dat zij iets wist wat wij nog niet wisten. Ze beloofde dat ze aan ons zou denken als we de tocht gingen maken.'

Eerlijk gezegd maakten de ontmoetingen met mensen als Isabella en die spirituele vrouw deze dagen draaglijker, hoewel sommigen van ons beter waren in praten met het publiek dan anderen. Niki was misschien nog wel het best van ons allemaal.

'Ik kon er niks van,' zei Frances. 'De ergste evenementen waren die waar je de hele dag moest zijn, want tegen het eind van de dag was ik het zo zat dat mensen me steeds maar weer dezelfde vragen stelden dat het antwoord mij niet eens meer boeide. Terwijl Niki altijd maar enthousiast bleef. Ze was het nooit beu om antwoord te geven op vragen over de boot. Vaak zaten Helen of Janette en ik aan het eind van zo'n dag in een hoekje met een kop koffie, en dan stond Niki daar nog lekker te kletsen. Als we om tien uur 's ochtends begonnen was ik er tegen vieren helemaal klaar mee en wilde ik alleen nog maar naar huis. Maar Niki zei dan altijd: "Nee, we kunnen vast nog minstens veertig pond van iemand lospeuteren." Ik had er een grote bewondering voor.'

Helen wilde altijd graag een verlies omzetten in winst. Als we op een open dag van de Leeds Rhinos waren, zetten we Rose strategisch naast een van hun beste rugbyers neer, en terwijl de rij voor hem steeds langer werd (voor ons stond uiteraard niemand in de rij), nam Helen een heleboel foto's en zette die op onze Facebook-pagina met als bijschrift: MENSEN IN DE RIJ OM ROSE TE MOGEN BEKIJKEN.

Uiteindelijk zagen we wel in dat het aankwam op onszelf en onze geweldige gezinnen op wie we altijd konden rekenen. 'We hebben er veel eigen geld in gestoken,' zei Janette. 'Er werden materialen gedoneerd, en af en toe kregen we korting, maar veel van het geld kwam uit onze eigen portemonnee. Al onze trainingen, cursussen, al onze tripjes, de overtocht met de veerboot en al dat soort dingen. Af en toe konden we iets groots voor de uitrusting aanschaffen dankzij onze sponsors, maar het leeuwendeel van de dagelijkse dingetjes kwam uit onze eigen fondsen.'

Absoluut eenstemmig bepaalden we dat het geld dat we voor goede doelen inzamelden niet aangeraakt mocht worden, of het nou in een van onze rammelende collectebussen zat of was overgemaakt op de bijbehorende bankrekening. En even vastbesloten, hand op ons hart, besloten we dat we Janette terug zouden betalen.

Het was alleen de vraag wanneer.

De tijd tikte door en we hadden nog maar iets meer dan een halfjaar om te zorgen dat we in vorm kwamen. Sommigen vonden dat gemakkelijker dan anderen. Janette is waarschijnlijk degene die het minst te porren is voor welke vorm van lichaamsbeweging ook. Als je haar de keus geeft tussen de lift en de trap, gaat zij absoluut met de lift.

'Iemand had me een roeimachine geleend. Ik ging voor de tv zitten en keek al roeiend naar het nieuws terwijl Ben aan het koken was,' vertelde Janette. 'Het enige punt is dat die machines zo veel lawaai maken dat ik alleen kon roeien wanneer ik alleen was, en met de ondertiteling aan. Ben zei dat hij vond dat ik meer moest trainen. Ik zei dat ik al heel hard aan de slag was. Ik ben veel op reis en heb altijd mijn badpak bij me als ik naar een congres moet. Dan ben ik ook altijd vast van plan een paar baantjes te trekken, als het hotel een zwembad heeft, maar eerlijk gezegd heb ik dat badpak nog nooit uit mijn koffer gehaald. Ik heb ook zo'n rubberen fitnessband die je aan een deurhendel moet binden. Dan schenk ik een glas wijn in en denk ik: ik moet echt eens een halfuurtje met die band aan de slag, maar eerst ga ik mijn e-mails bekijken en uiteindelijk zit ik maar wat naar dat ding te staren.

'Ik heb ook nog een paar Boxercise-lesjes geprobeerd. Ik vond het niks, en ik was er heel slecht in. Ik volgde die lessen samen met Helen, en die was heel hard voor me. Ze schreeuwde steeds: "Je zweet niet eens, Janette!" Dus dat heb ik niet lang volgehouden. Sterker nog, als ik heel eerlijk ben, werkte ik totaal niet aan mijn conditie tot de race bijna voor de deur stond en ik echt aan de bak moest. Ik huurde een personal trainer in. Hij kwam twee keer per week langs. Mijn hemel, wat had ik er een spijt van. Ik weet nog dat ik dacht: waarom betaal je iemand in vredesnaam geld om je twintigduizend van die verdomde burpees te laten springen, en dan nog een miljoen vervloekte jumping jacks te laten doen? Ik zette wel door met die trainer, maar ik moet toegeven dat ik hem ook weleens heb afgezegd vanwege een vreselijke migraineaanval of een chronische verkoudheid, of welk ander slap smoesje ik ook zo snel wist te verzinnen. Ik was de schipper en als de rest van de bemanning wist hoe slecht mijn conditie was, zouden ze me waarschijnlijk niet eens bij zich in de boot willen hebben!'

Gelukkig was de rest een stuk consciëntieuzer.

Frances was al behoorlijk goed in vorm, ook al had ze drie glazen wijn op toen ze ons overhaalde om met haar de oceaan op te gaan. En ze had ook plezier in sport. Ze deed vroeger twee keer in de week aan fitness, omdat er tegenover haar kantoor een sportschool was, en dat deed ze een heel jaar lang, zonder ook maar een les te missen. Wat ze het allerliefste doet is met Queen in haar oren hardlopen langs de rivier, maar toen de race naderde, concentreerde ze zich op het roeien.

'Ik ben uiteindelijk gestopt met hardlopen, maar ik deed nog wel vijf keer per week een krachttraining,' legde ze uit. 'En ik probeerde ook een keer of vier, vijf per week op de roeimachine te gaan. Ik keek ook tv onder het roeien. Ik had een *Lewis*-obsessie, dat ik keek met het geluid uit en de ondertiteling aan.'

Helen werkte non-stop, zo veel uren als het ziekenhuis haar wilde geven, en de rest van de tijd zorgde ze voor Lucy en Henry, dus zij had helemaal geen tijd om naar de sportschool te gaan of om in het park te gaan hardlopen. Dus maakte ze van alles wat ze deed een work-out: in de keuken, onder het koken, bij het nakijken van het huiswerk van de kinderen, of onder het strijken. Haar motto was zoiets als: 'Er is altijd tijd om even snel te "planken".' Dus deed ze sit-ups in de keuken; terwijl ze wachtte tot het water voor de pasta kookte deed ze een paar jumping jacks; bij het ontbijt deed ze squats terwijl ze de toast besmeerde. En ze deed even snel een plank terwijl ze keek naar de kip in de oven. 'Ik deed aan multitasking, iets wat moeders al eeuwen doen. Als je geen tijd hebt, máák je tijd. Het is ongelofelijk wat er allemaal in een dag past.'

Ondertussen had Niki zich teruggetrokken in de garage. Tactvol als altijd wilde ze dat alle trainingen en cursussen zo min mogelijk impact hadden op het gezinsleven. Dus deed ze alle administratie voor de boot als Gareth een avond weg was, en wanneer ze moest trainen deed ze dat in de kleine fitnessruimte die ze voor zichzelf had ingericht in de garage. 'Ik deed het als hij er niet was, zodat hij niet het gevoel had dat het ons hele leven beheerste.' Hoewel Niki daar misschien iets te goed in slaagde.

'Hij zei steeds maar dat ik niet genoeg aan mijn conditie deed! Hij was van mening, zoals zoveel mensen, dat je een soort bovenmenselijke atleet moet zijn om de oceaan over te roeien, terwijl dat er eigenlijk niet echt zo toe doet. Het gaat erom dat je aan de start komt, en dus dat je al het papierwerk doet om aan het geld te komen. En het mentale aspect is veel belangrijker dan het fysieke aspect. Je ziet veel mensen opgeven omdat het zwaar is en je er mentaal aan onderdoor kunt gaan, maar niemand hoeft op te geven om fysieke redenen. Alle mensen die het hadden gedaan zeiden tegen ons dat je geen supermens hoeft te zijn, tenzij je echt een snelheidsrecord wilt neerzetten, en dat was nooit ons doel. Dus als mensen vragen hoe het met onze krachttraining zat, en wat ons slaggemiddelde was, dan was het antwoord dat je niet zo veel hoeft te doen als je zou denken.'

Met dat in gedachten stopten we ook bij de roeiclub. Het was jammer, maar we moesten hard zijn. We hadden nog maar zo weinig tijd voor de voorbereidingen op de race, en zo weinig tijd om doordeweeks iets te kunnen doen, dat alles wat geen directe bijdrage leverde stopgezet moest worden. We konden onze vrije momenten beter met Rose doorbrengen dan op de rivier.

En er was nog zo veel te doen.

Niki organiseerde een sessie met een vriendin van haar en Frances, Catherine Baker, die een consultancybedrijf heeft. Ze is zo aardig geweest om ons te helpen bij de geestelijke voorbereiding op de race.

Het idee was dat we zouden leren hoe we allemaal reageren onder druk, en hoe we in tijden van crisis het beste in elkaar naar boven konden halen. Het was een fascinerend proces, waarbij we op basis van meerkeuzevragen over gevoelens in alledaagse situaties inzicht kregen in hoe we zouden reageren in situaties met meer stress.

De uitkomsten waren heel nuttig.

Niki kwam erachter dat ze niet van conflicten houdt. Daarnaast heeft ze een enorme behoefte aan vrijheid. Ze blijkt betrouwbaar te zijn onder druk, maar als de druk te groot wordt, gooit ze de regels overboord en wordt ze rebels.

Helen was daarentegen al uit en te na geanalyseerd op basis van Myers-Briggs. 'Het was voor mij niet zo verbluffend, want er is al zo vaak een profiel van me gemaakt. Ik weet wel dat ik goed kan improviseren en dat ik altijd een oplossing weet. Maar het was heel nuttig voor mij om te weten hoe de anderen onder druk zouden opereren.'

Het verwonderde ons niet dat Frances niet graag wil dat een ander de baas over haar speelt. Als je haar een commando toebijt, weigert ze te doen wat je van haar vraagt, of zint ze op wraak. In elk geval gaan de hakken in het zand, en daar wordt de situatie alleen nog maar slechter van. De beste manier om dan met haar om te gaan is kennelijk om haar om hulp te vragen. Dus schreeuw niet tegen Frances; maar smeek haar om hulp en ze geeft het je maar al te graag.

Janette is dol op een crisis. Uit haar testresultaten bleek dat ze zich zonder de stress van het runnen van haar bedrijf helemaal suf verveelde. Ze heeft uitdaging nodig, druk en de noodzaak om heel veel beslissingen te nemen. Ze rent graag zo hard mogelijk (figuurlijk, uiteraard), en daardoor is ze zo succesvol. Ze vindt het vervelend om een vangnet te hebben en springt graag meteen in het diepe. Kortom, ze was bij uitstek geschikt om de oceaan over te roeien. Waarom had ze het eigenlijk niet allang een keer gedaan?

Nu onze mentale geschiktheid was getest, ondergingen we ook een medisch onderzoek bij een vriend van Niki, Maurice. Hij drong er enorm op aan dat we ons zouden laten onderzoeken en lardeerde zijn zinnen met gezellige uitdrukkingen als 'op jullie leeftijd' en 'je kunt wel dood neervallen'. Hij werkte als cardioloog in het ziekenhuis in Leeds en York. Hij liet ons een dag langskomen, en liet ons stresstests, ECG's en cardiogrammen ondergaan. Hij bleef maar namen noemen van voetballers die ineengezakt waren op het veld vanwege onbekende hartproblemen en zei dat we het maar beter nu al konden weten of er iets mis was met ons in plaats van als we op vijftienhonderd mijl van Antigua verwijderd waren.

Helen was bang. Tijdens haar zwangerschap van Henry was er hartruis bij haar vastgesteld, en ze was als de dood dat ze daardoor niet zou mogen roeien. Het zou zo'n teleurstelling zijn als ze zo ver was en nu te horen zou krijgen dat ze niet fit genoeg was voor de race.

Maar we kwamen er goed doorheen, en kregen allemaal een brief met de tekst: 'Geen afwijkingen vastgesteld. Behalve dan dat ze niet goed snik zijn.' We waren benieuwd wat de mensen van de verzekering daarvan zouden maken.

Medici staan bekend om hun wrange gevoel voor humor, zoals de geweldige dokter Caroline zou bewijzen toen ze eind oktober een verjaardagsfeestje gaf voor Janette, waar ze onze schipper een bord met rauwe karbonade voorschotelde.

'Ik was jarig en Ben was weg, dus nodigde zij ons allemaal uit, hoewel alleen Frances en ik konden komen,' zei Janette. 'Toen we aan tafel gingen, lag er op elk bord een roze karbonade, met een hele zwik chirurgische instrumenten. Ook lagen er allerlei verbanden en gaasjes, en alles wat je nodig hebt om een wond te hechten. Daarnaast had ze een geweldige chocoladetaart gebakken en ze had een fles bubbels gekocht.'

Caroline vond dat we moesten leren hoe we onszelf moesten hechten, voor het geval er een ongeluk gebeurde. Dus leerde ze ons hoe dat moest, terwijl we taart aten en champagne dronken. Ze leerde ons hoe we de handschoenen moesten aantrekken, wat Janette zich nog levendig herinnerde van haar verpleegstersopleiding. Frances was iets minder in voor dit klusje, aangezien het weer iets was dat ze moest leren, en ze zei steeds maar dat ze dit aan Janette zou overlaten, mocht het zover komen, aangezien zij daarvoor opgeleid was, en Frances zelf geen geduld had.

Naast het feit dat ze ons leerde hoe we een paar karbonades aan elkaar moesten naaien, liet Caroline ook zien hoe we subcutane vloeistof moesten toedienen. 'Ik weet nog dat ik Helen belde toen ik weer naar huis reed,' zei Janette. 'Ik zei: "Helen, het komt allemaal goed. Ik heb een infuus met zoutoplossing en zo gekregen van Caroline, dus als je uitgedroogd bent, stoppen we je weer helemaal vol met vocht. Ik hoef alleen maar een naald aan te brengen in je buik!" Ik geloof niet dat ze er veel vertrouwen in had.'

Maar Carolines gulheid stopte niet bij de chocoladetaart, waarmee ze trouwens zo mee kon doen aan *The Great British Bake Off*, en die paar karbonades. Ze nam ook de medicijndozen met ons door die we mee aan boord moesten nemen, en omdat zij die ongeschikt vond, schreef ze een reeks recepten voor ons uit samen met gedetailleerde voorschriften voor hoe we die moesten innemen.

'Ze wierp een blik op de medicijndozen die de organisatie van de race had samengesteld en verklaarde: "Hopeloos ontoereikend"', herinnerde Frances zich. 'Ze waarschuwde ons: "Jullie zijn daar helemaal alleen, meiden." Dus eindigde ze met een boodschappenlijstje voor de apotheek, dat er niet om loog. Ik zette het op onze creditcard.

'De medicijndoos kostte bijna achthonderd pond. Ik vraag me af wat die apotheker dacht toen hij het lijstje afwerkte. Maar Caroline was een heldin. Ze had allemaal kleine, geordende indexkaartjes gemaakt: DIT

ZIJN DE PIJNSTILLERS, DIT IS VOOR ZEEZIEKTE, DIT IS VOOR INFECTIES, DIT ZIJN JULLIE ANTIBIOTICA. Overal deed ze kleine briefjes bij. Ze heeft uren gestoken in research, het schrijven van die briefjes, het nummeren van de pijnstillers, op een sterkte van een tot vier – van paracetamol tot tramadol – afhankelijk van hoe hevig de pijn was.'

Haar hulp en geduld waren van onschatbare waarde, hoewel het nog maar de vraag was hoe goed we elkaars wonden konden hechten terwijl er met orkaankracht twaalf op ons ingebeukt werd.

Een ander heel belangrijk lid van ons ondersteunende team was Paul Cheung, die bijna twee jaar lang onze chiropractor was, en ons niet alleen op fysiek gebied heeft geholpen. Naast het feit dat hij ons om de twee tot drie weken in vorm kraakte, kwam hij ons ook uitzwaaien bij de Noordzee en op La Gomera (waar hij ook de helft van de andere teams behandelde, op de kademuren naast de boten).

Maar we lieten niet alles over aan de wetenschap.

En daar komt God om de hoek kijken. Tijdens een evenement in Leeds hadden we het goddelijke geluk gehad om aan dezelfde tafel te mogen zitten als dominee Kate Bottley, de onvoorstelbaar aardige en vermakelijke geestelijke die net zo goed cabaretier had kunnen worden, en haar mening deelt met de kijkers van het programma *Gogglebox*, waarbij mensen worden gefilmd als ze op hun eigen bank zitten en tv-kijken.

Tijdens dat evenement in Leeds vroeg ze ons de allerbrutaalste vraag die ons ooit is gesteld: hoe kwamen we seksueel aan onze trekken op zo'n piepklein bootje midden op de oceaan? We reageerden natuurlijk door haar te vragen om onze boot Rose te komen zegenen voor we op reis gingen. Ze wilde het graag doen, en op een frisse ochtend in oktober, vlak na Janettes verjaardag, gingen we allemaal in witte T-shirts en op gympen, vergezeld door een enorme groep vrienden, familie en supporters naar de doop van Rose.

Eerwaarde Bottley kwam met haar vriendin en collega-dominee Alicia, die de religieuze taken waarnam door hier en daar wat heilig water te druppelen. We gaven hun allebei een Yorkshire Rows-beker. Alicia doopte Rose en gaf ons nog een Sint-Christoffel voor onze uitdijende verzameling. Anne, Helens moeder, moest erom huilen.

Een van de leuke dingen die onze aanwezigheid op de bank bij BBC *Breakfast* ons opleverde, was dat we door Talisker werden uitgenodigd op hun distilleerderij op Isle of Skye, waar een deel van de promotievideo voor de Atlantic Race Challenge zou worden gefilmd. Het was een heel bijzonder aanbod. Ze hadden ons verkozen boven de knappe, jonge, fotogenieke bemanningen voor wat beelden bij de *loch* waar ze hun whisky brouwden. We hadden hun eerdere films gezien en waren oprecht in shock toen ze ons vroegen. Het was twee maanden voor de start van de race, en het was weer eens een goed excuus om een weekend te trainen met Rose. Een *road trip* met de meiden.

Maar na ongeveer acht uur rijden naar Skye drong het tot ons door hoe ver het eigenlijk was. De bochten waren krap en we hadden bijna geen benzine meer – echt gevaarlijk weinig benzine. We probeerden met de motor af van de heuvels te rollen, en we reden inmiddels echt alleen nog maar op benzinedamp.

'Er moet hier toch wel ergens een benzinestation zijn?' zei Janette voor de achttiende keer, uit het raam starend.

'Sorry, zei je "benzinestation"?' vroeg Frances, die ineens klaarwakker was. 'Daar zijn we een minuut of vijf geleden langsgereden.'

'Dat is echt typisch iets voor jou!' zei Niki, die het stuur stevig beetpakte en in het donker voor zich uit tuurde. 'Waarom zeg je dat niet wat eerder?'

Gelukkig haalden we onze bestemming, en toen we arriveerden in het kleine bed and breakfast waar we twee nachten zouden logeren, verbeterde onze teamspirit weer wat. Dat moest ook wel, want we moesten een badkamer delen met zijn vieren. Om zes uur 's avonds ging Helen in de roze badkuip zitten met naast zich haar laptop, om nog wat e-mails te beantwoorden voor Yorkshire Rows. De eerste die naar het toilet ging terwijl ze daar zat was Niki, al snel gevolgd door Janette.

'Jullie moeten allemaal even binnenkomen,' riep Helen vanuit het kleine roze bad. 'Jullie moeten me toch een keer in mijn nakie zien, en jullie moeten ook naar de plee kunnen waar iedereen bij is.'

'Ik hoef die ouwe doos van jou echt niet te zien, hoor,' verklaarde Janette vanaf de plee.

'O nee?' vroeg Helen, die haar computer opzij schoof en haar boezem liet zien. 'Daar zullen we toch echt aan moeten wennen. Als we op de boot zitten, zijn we sowieso bijna de hele tijd naakt.'

'Wat jij doet, moet jij weten,' mompelde Janette, en ze stond op.

'Ze heeft gelijk,' zei Frances, die zich bij de rest in de badkamer voegde. 'Mij lijkt het ook een goed idee. Ik denk dat we zo veel mogelijk naar de plee moeten waar de rest bij is.'

'Ik ben net al geweest,' zei Niki vanuit de slaapkamer.

Dus naast het filmen van de promotiefilm voor Talisker was het ons stilzwijgende doel voor dat weekendje op Skye om zo vaak publiekelijk te plassen dat we immuun werden voor elkaar lichaamsfuncties. Voor de rest lachten we veel en keken naar de naakte Helen, die de badkuip monopoliseerde.

'Ik kan niet leven zonder een bad!' verklaarde ze als ze erin sprong.

'Dat zal op de oceaan anders toch echt moeten,' reageerde Janette dan altijd.

Het filmen voor de promotiefilm was hard werken. Ten eerste kregen we een rondleiding door de fabriek van Talisker en een klein lesje in de geschiedenis van het destilleren, met een uitgebreide proefsessie! Ten tweede moesten we urenlang onze kunsten laten zien op de *loch*, in de ijskoude wind. Ze stuurden ons alsmaar op en neer over de wilde golven. Simon en Ollie, de regisseur en producent, commandeerde ons terwijl de dronebestuurders, Stef en Pete, probeerden om van bovenaf beelden van ons te schieten terwijl wij door het water kliefden. De lucht was blauw en de zon scheen, maar het was bitterkoud, en de verleiding om even op te kijken naar de voorbij scherende drone was ontzettend moeilijk te weerstaan. We mompelden de hele tijd bij onszelf: 'Niet naar de drone kijken, niet naar de drone kijken,' terwijl hij recht voor ons gezicht hing.

Een van de grote voordelen van meedoen aan die film was dat we veel mensen van het Talisker-team leerden kennen. Dus toen we twee maanden later op La Gomera arriveerden voor de start van de race, begroetten ze ons als oude vrienden, wat als je niet precies weet hoe alles moet en bijna bezwijkt van de zenuwen heel handig is. We gingen met de organisator, Carsten, naar de pub, waar we Simon en Ollie weer ontmoetten die op La Gomera aan het filmen waren, en iedereen kreeg het verhaal van de naakte Helen in het bad te horen.

Tegen de tijd dat we weer thuis waren, bij onze gezinnen in York, stonden we te trappelen om te gaan. Het enige waar we nog over konden praten of denken was de roeitocht. En over eten. We moesten eten alsof ons leven ervan afhing – althans, we zeggen 'we', maar het gold niet voor Janette. We hadden het advies gekregen om wat op te spekken voor we de oceaan op gingen, omdat we vrij veel zouden afvallen tijdens de race. Aangezien we allemaal toch al niet zo'n dikke vetlaag hadden, begonnen we zo veel mogelijk chips, frites, taart, koffiebroodjes, dingen met gesmolten kaas en chocola te eten als we maar konden.

'Ik schoof het naar binnen terwijl ik voor de tv zat,' zei Helen. 'En dan voelde ik me na afloop altijd spuugmisselijk. Het is iets heel raars, tegennatuurlijks om je best te doen om aan te komen. Voor mij was het helemaal niet leuk.'

'Ik vond het moeilijk,' zei Niki. 'Ik heb al mijn hele leven min of meer hetzelfde gewicht. Kilo's bij-eten viel me zwaar.'

'Het was gewoon een van de dingen op de lijst die we moesten doen,' zei Frances. 'Ik vond het niet fijn hoe ik me eronder voelde, en haatte het dat al mijn kleren te strak zaten. Maar we moesten praktisch denken. Er was ons verteld dat we op de oceaan een kilo of twaalf zouden kwijtraken.'

Inmiddels werd de druk voelbaar, en nu het vertrek steeds dichterbij kwam, begon Niki haar huis Yorkshire Rows-bestendig te maken.

'Ik ging helemaal los. Ik gaf Gareth nog net geen lijst waar alles op stond, maar ik probeerde wel om hem het leven iets gemakkelijker te maken. Het eerste wat ik deed was de vriezer vullen. Janette had het gemakkelijk, want Ben zorgde altijd al voor de kinderen, dus die hoefde alleen maar haar koffers te pakken en de deur achter zich dicht te trekken, maar ik wist dat Gareth lange dagen maakte. Dus ik kookte enorme pannen met stoofvlees, lamstajine en bolognesesaus, tot er echt helemaal niets meer bij kon in de vriezer.

'Daarna pakte ik de kleren van de kinderen aan. Ik plunderde de winkel met tweedehands schooluniformen, sloeg extra setjes voetbalkleren in, en nog meer rugbyshirts, sokken, sportbroekjes en reservekicks, en legde alles klaar in de logeerkamer. Dat deed ik zodat hij niet 's avonds laat van zijn werk zou komen en dan nog een was moest draaien – ik had alles dubbel, dus hij kon gewoon hun tassen inpakken en hoefde niet tot twee uur 's nachts bij de wasdroger te zitten. Ik schreef lijstjes met telefoonnummers en schema's van de clubs waar ze na school naartoe moesten, en maakte een huiswerkschema. Ik liet niets aan het toeval over.

'Ik wist best dat Gareth zich wel zou redden. Hij zou bedolven worden onder de maaltijden die bezorgde buren en vrienden voor hen hadden gekookt. Ik dacht aan alles wat ik nog moest regelen in plaats van te denken: weet je, Gareth, succes ermee. Ik zie je straks op Antigua. Maar ik maakte me zorgen. Misschien voelde ik me onmisbaar. Je wilt graag nuttig zijn, denken dat mensen je nodig hebben.'

Toen het huis onder de post-its zat, de vriezer vol lag met eten en in de logeerkamer genoeg schooluniformen lagen voor een heel weeshuis, begon Niki aan het project Kerstmis.

'Twee dagen voor ons vertrek had ik de boom versierd, dus dat was eind november, maar de kinderen vonden het altijd zo leuk om me te helpen met versieren. Dat is echt mijn ding. Ik had de boom neergezet, maar de ster die altijd bovenin gaat, en die Corby samen met Gareth had gemaakt toen hij drie was, kon ik nergens vinden. Het is een misvormd ding, met aluminiumfolie bekleed en er zit nog maar een heel klein beetje glitter op. Eigenlijk is het de lelijkste ster die je ooit hebt gezien, op een satéprikker, maar hij gaat elke kerst in de boom, en ik kon hem dus niet meer vinden. Ik was er verdrietig om; de boom is niet compleet zonder die ster. Ik had overal gezocht, maar er waren nog zo veel klussen. Misschien lag hij op de vliering, en kon ik hem daarom niet vinden. Ik moest in elk geval weg terwijl die boom geen ster had.'

Helen shopte zoals ze nog nooit had geshopt.

'Ik kocht alle kerstcadeaus, de kaarten en het cadeau voor Lucy's zestiende verjaardag, op 20 januari. Ik kocht een zilveren hangertje voor haar waar een geheime boodschap in gegraveerd was. Maar los daarvan hoefde ik niet zo veel meer te doen. Ik had geen lijst gemaakt van telefoonnummers, en hoefde niks te kopen voor school. Ik heb de deur gewoon achter me dichtgetrokken en ben gegaan, waaruit je wel kunt opmaken hoe goed zij zich zonder mij kunnen redden. Ik had het gevoel dat ik niet zo veel hoefde te regelen, behalve die cadeaus.'

Janette en Frances deden helemaal niets.

'Nee. Ja, ik heb wel wat kerstinkopen gedaan,' zei Frances. 'Cadeautjes voor mijn gezin. En ook nog wat voor vrienden en vriendinnen. En ik heb, heel romantisch, Mark gemachtigd om mijn belastingaangifte te mogen doen in januari en de heffing te betalen wanneer ik weg ben. Ik heb de kerstboom opgezet, maar ik heb niet gekookt en niemand had nieuwe kleren nodig, of zo.'

'Dat heb ik niet eens gedaan,' zei Janette. 'Ik deed helemaal niks. Ik heb het allemaal aan Ben overgelaten. Nee wacht, ik heb m'n testament aangepast. En ik heb natuurlijk cadeaus gekocht voor Ben, Safiya en James. Ze krijgen allemaal hetzelfde: een Apple Watch.'

Naarmate de dagen voorbijvlogen, moesten we ons concentreren op wat er nog allemaal nodig was voor de race. We moesten onze materialen controleren, uitzoeken en inpakken. Gelukkig kregen we daarbij hulp van Lee Fudge, die zelf ook de oceaan overgestoken was. Hij ging over de veiligheid bij de Talisker Challenge en hij had ons geholpen bij het plannen en trainen voor de race. Hij had talloze avonden aan Niki's keukentafel gezeten om de tactiek door te nemen. Hij hielp ons bij het uitstippelen van onze route, en gaf ons allerhande tips om dat wat de Atlantische Oceaan zoal onze kant op gooide te overleven. Maar wat vooral zo goed was: hij was de enige die had gezien dat onze survivalpakken niet helemaal deugden.

'We hadden ze geleend van de HOTA,' zei Janette. 'Om aan te schaffen zijn die pakken ontzettend duur, dus om kosten te besparen hadden we het centrum gevraagd of ze ons iets konden lenen. We beloofden dat we de pakken weer netjes terug zouden brengen. Helaas, of gelukkig, controleerde Lee de pakken en las toen op het etiket de woorden: ALLEEN VOOR GEBRUIK IN EEN ZWEMBAD. De pakken waren geschikt voor demonstratiedoeleinden. Ze zaten vol met gaten en zouden ons leven nooit kunnen redden op zee. Maar dan ook helemaal niet. Zodra we wisten dat we ons daarin hadden vergist, werd Niki eropuit gestuurd om vier geheel oceaanbestendige pakken te halen. Ze kostten een fortuin, zo rond de achthonderd pond per stuk, maar ja, we hadden geen keus. Gelukkig was Gareths bedrijf, Stanford Rhodes Wealth Management, een van onze sponsors. Hij betaalde de pakken voor ons.'

Een paar dagen later organiseerde Helen bij haar thuis een belangrijke voorbereiding op de race: een engelenreading door haar vriendin Dawn. Hoewel niemand verder in engelen geloofde, vonden we het, dankzij de verschijning van tante Rose op de boot toen op de Noordzee en dankzij de toenemende spanning over de race, toch een heel goed idee. En als je midden op de oceaan zit, duizenden kilometers verwijderd van wat dan ook, op een bootje van acht en een halve meter lang, dan sla je wat goddelijke hulp niet snel af. Hoewel, zoals Frances stelde, de wetenschap dat je een wisse dood tegemoet roeit op dag drieëntwintig van de race ons er waarschijnlijk allemaal van zou weerhouden om überhaupt op La Gomera te verschijnen.

Gelukkig had Dawn niet dat soort nieuws voor ons. Bij een bord *shepherd's pie* en een glas prosecco kozen we ieder een kristal uit de door haar meegebrachte verzameling, en gingen toen naar Helens door kaarsen verlichte zitkamer voor onze reading. We zouden het halen, zei ze. Poeh, dat was een opluchting! Het zou zwaar worden, voor ons allemaal, en er zouden momenten komen waarop we er heel erg doorheen zaten, momenten waarop we onze gezinnen zouden missen, momenten waarop we dolgraag van de boot af zouden willen, maar we zouden het allemaal redden. Het zou goed komen, en we zouden de race helemaal uitroeien tot Antigua! Gesterkt door haar positieve voorspellingen namen we nog een glaasje prosecco en proostten op onze gegarandeerde toekomstige succes.

Met nog twee weken te gaan voor we naar La Gomera zouden vertrekken, hadden we een van onze laatste Yorkshire Rows-vergaderingen bij Janette thuis, en daar werd besloten dat we pas aan boord de rollen zouden verdelen, maar we formuleerden ook een paar gedeelde visies en normen. Als we wilden samenwerken als een succesvol team tijdens de aanstaande beproeving moesten we het over bepaalde dingen eens worden.

Dit is wat we opschreven:

ROSE – NORMEN EN WAARDEN AAN BOORD

We zorgen altijd voor onze medebemanningsleden, en stellen hun behoeften voor de onze.
We delen onze gevoelens en gedachten met de rest van het team.
We geven op een positieve manier kritiek als we dat nodig achten.
We houden rekening met andere bemanningsleden als zij het moeilijk hebben.
We nemen altijd ons deel van de taken op en helpen altijd mee.
We luisteren naar elkaar en respecteren elkaars standpunt, ook al zien we het zelf anders.

We vieren onze successen tijdens de reis.
We genieten van de tocht en maken plezier.
We doen ons best bij alles wat we aan boord ondernemen.
We zijn altijd op tijd voor onze shift.

Heel belangrijk: de kracht van ons team bestaat uit elk individueel teamlid. De kracht van elk teamlid is ons team. Dit is geen kwestie van 'ik'. Wij = power.

Ons veilige woord, mocht dat ooit nodig zijn, is *peanuts*.

Peanuts? We weten ook niet meer precies waarom we dat woord kozen of wie er mee kwam (niemand wil de verantwoordelijkheid opeisen). We weten niet eens waarom we überhaupt een veilig woord nodig hadden. Een paar van ons hadden *Vijftig tinten grijs* gelezen, dat was wel duidelijk... Maar goed, het woord was dus 'peanuts'. We hoopten vooral dat niemand het ooit hoefde te gebruiken (en dat bleek ook inderdaad niet nodig).

Deel van de laatste voorbereidingen was een heel belangrijk tripje naar Maggie's Centre in Newcastle. Het was heel jammer dat uitgerekend Frances, die met het geweldige idee was gekomen om dit goede doel uit te kiezen, niet mee kon. Heel jammer dat ze niet zelf kon zien wat voor geweldig werk ze daar doen.

De anderen vonden het een nederig en positief stemmende ervaring om alle medewerkers te ontmoeten en hen in actie te zien. En toen we een rondleiding kregen door het gebouw waar ze praktische en emotionele 'keukentafel'- en 'lotgenoten'-steun boden, hadden we het geluk een geweldige man te ontmoeten, Matt, die zijn been was kwijtgeraakt door kanker. Hij was een positief ingestelde en inspirerende jongeman, die zo gegrepen werd door ons verhaal dat hij zelf ook de Atlantische Oceaan over wilde roeien. We vonden het geweldig om hem te leren kennen; hij was een lichtend voorbeeld van de kracht van positief denken en zijn onvoorstelbare energie was iets wat we nooit zullen vergeten.

Net toen we het centrum uit liepen, kreeg Janette een telefoontje waar ze ontzettend van schrok. Het was haar moeder, en ze had slecht nieuws. Ze vroeg Janette even te gaan zitten. Bij haar tante Kay was een vergevorderd stadium van longkanker vastgesteld.

'Het was alsof iemand me een klap in mijn maag had gegeven,' zei Janette. 'Ik zat op een muurtje en luisterde naar mijn moeder, maar mijn hoofd gonsde, en de wereld draaide voor mijn ogen. Mijn tante was zo levenslustig, en ze was net hertrouwd. Het was een enorme schok.'

'Ze zou hier kunnen komen,' zei Helen, terwijl ze Janette een knuffel gaf.

'Ja,' zei Janette, vechtend tegen de tranen. 'Dan weten we nu dus waarom we graag een Maggie's centrum in Leeds willen hebben. Iedereen moet zo'n centrum in de buurt hebben.'

Met nog geen week te gaan hielden we een afscheidsfeestje – of een 'Bon Voyage'-feest zoals Janette het had genoemd (aangezien zij met een Franstalige man getrouwd was) – in Barmbyfields Barns, vlak buiten York. Het was niet bedoeld om fondsen te werven, maar om al onze vrienden en familie te bedanken voor hun inzet, de afgelopen twee jaar.

Vlak voor we naar het feest zouden gaan, gingen we naar Janettes dorp, waar wij de eer hadden om de kerstverlichting van het dorp aan te doen. Het was niet alleen ontroerend dat ze ons daarvoor hadden gevraagd, maar we traden daarmee ook in de voetsporen van Yorkshire-legende Jean

Alexander, de ster uit *Coronation Street*, Mr. Yorkshire Harry Gration, en de toneelgrootheid en schrijfster Berwick Kayler. We werden verrast met een gigantische gouden sleutel en een oorkonde voor de hele groep. Ze benoemden ons tot sportambassadeurs van het dorp, gaven ons een gouden roeiriem en zeiden dat ze van plan waren om de lichtjes te laten branden tot wij weer veilig thuis waren. Wanneer dat ook mocht zijn…

Toen we in de auto stapten om naar ons feest te rijden, zaten we er stilletjes bij, omdat het ineens tot ons doordrong dat we nu toch echt zouden gaan.

Het dansfeest werd een krankzinnige, emotionele avond met veel geproost en hotdogs en diep doorvoelde toespraken. Corby, Aiden, Henry, Lucy en Helens neefje en nichtje, Ella en James, stonden om een nogal krakende microfoon en gaven een speech over hun trots, omdat hun moeders over een oceaan gingen roeien. Die speech ging ongeveer zo:

Aiden: 'Zoals iedereen weet zijn we hier bij elkaar om Yorkshire Rows te steunen voor ze op hun geweldige reis gaan, namelijk over de Atlantische Oceaan.'

Lucy: 'We gaan hen heel erg missen maar we zijn zo trots op wat ze nu al allemaal voor elkaar hebben gekregen, en wat ze allemaal nog zullen bereiken in de toekomst.'

Corby: 'Het is zo inspirerend om mijn moeder hiermee bezig te zien, en het geeft me het gevoel dat ik zelf ook alles zou kunnen bereiken.'

Henry: 'Ik had nooit gedacht dat mijn moeder ooit nog eens de Atlantische Oceaan over zou roeien, maar ik zal altijd honderd procent achter haar staan. Ik kan niet wachten tot ze weer terugkomt.'

'Het was zo ontzettend lief om hen allemaal op dat podium te zien staan. Ik moest er echt om huilen,' zei Helen.

Iedereen danste en praatte en dronk wijn en kocht kaartjes voor de loterij. Mark Brocklehurst, een vriend van Frances, die aan een van de vorige Atlantic Challenges had deelgenomen, sprak ieder van ons aan om ons te vertellen wat voor geweldige reis het zou zijn. Het was het beste en het vreselijkste dat hij ooit had gedaan.

'Jullie gaan het fantastisch vinden,' zei hij. 'En jullie gaan het haten. Maar het zal je nooit onverschillig laten. Je gaat echt je grenzen over.'

Janette zat gezellig te kletsen met tante Kay, die op het feest was met haar man, Tony. Ondanks haar diagnose maakte ze allerlei grappen over Janettes reis. Tony en Kay zeiden dat ze heel trots waren dat ze zoiets bijzonders ging doen. Toen Janette haar tante omhelsde bij het afscheid kon ze niet weten dat dit de laatste keer was dat ze Kay zou zien. Kay overleed helaas twee weken later.

Om twee uur 's nachts, toen we eindelijk met z'n vieren en met onze mannen bij elkaar waren, brachten we (niet voor het eerst) een toost uit: 'Op Rose en al haar bemanningsleden!'

'Veel succes en *bon voyage*. Ik moet eerlijk zeggen dat ik nooit had gedacht dat jullie zo ver zouden komen,' zei Richard. 'Ik ben ontzettend trots op jullie. Het leven is maar zo kort, en de meeste mensen doen gewone dingen, werken-slapen-werken-slapen, en wat onze vrouwen nu doen is iets heel bijzonders, en dat vind ik echt geweldig.'

'Jullie zijn allemaal volkomen gestoord,' voegde Ben daaraan toe. 'Maar ik geloof dat jullie het kunnen. Er is niks dat jullie niet kunnen, meiden.'

'Vier moeders die vierentwintig uur per dag door roeien. Dat is een spectaculaire prestatie, een enorm wapenfeit. En er zijn geen zwakke schakels,' zei Richard, terwijl hij zijn glas hief.

Gareth keek Niki lachend aan. 'Ik weet dat je dit kunt. En ik zal elke avond aan je denken.'

'Ik maak me over jou geen zorgen. Het komt wel goed,' zei Mark, en hij keek naar Frances, die aan de andere kant van de tafel zat. 'Ik maak me alleen zorgen omdat je dit avontuur aangaat zonder mij. We hebben altijd samen dingen gedaan. En nu kun je niet zeggen: "Weet je nog? Weet je nog toen met de dolfijnen? Weet je nog met die walvis?" Ik heb dat allemaal niet meegemaakt. Wanneer je terugkomt, zul je een ander mens zijn.' Hij glimlachte.

'Een ander mens wordt ze zeker,' zei Richard.

'Hoop je daarop?' vroeg Gareth.

'Wanneer ze terugkomen zijn ze allemaal een beter mens,' beweerde Richard.

'Hoezo? Zijn het dan blondines geworden?' Gareth lachte.

'Nee, gewoon beter,' herhaalde Richard. 'Ik denk dat we hier allemaal... beter van worden.'

SCHEEPSLOG:
'Je dromen waarmaken en je doelen bereiken is geen eenvoudige zaak; het vergt volharding, hard werken, leren, opoffering en passie.'
(Janette/schipper)

HOOFDSTUK 11

De roeitocht

> 'Ik kan de windrichting niet veranderen, maar ik kan wel mijn zeil verzetten om mijn bestemming te bereiken.'
>
> JAMES DEAN

We waren drie dagen aan het roeien en Niki had haar stuitje gebroken. Niet dat we op dat moment wisten hoe ernstig de breuk was, anders hadden we wel wat meer medeleven getoond. Om de vier uur nam ze haar 'diclofuckits' in. Gelukkig kon ze de steeds groter wordende blauwe plek die haar achterwerk in beslag nam zelf niet zien. Haar kont werd zelfs zwart, met allerlei tinten paars, blauw en geel erdoorheen. Alsof Turner een zonsondergang over haar ruggengraat had geschilderd. Maar ze weigerde het te erkennen. Sterker nog, ze deed alsof het niet bestond en roeide haar shifts op één bil, met haar been omhoog. Ze leek een beetje op een kikker als ze zo zat. We zeiden steeds dat zij niet hoefde te roeien, dat ze moest rusten, gaan liggen, maar ze negeerde ons gewoon, slikte nog een paar 'fuckits' en nam weer plaats aan de riemen.

'Ik heb nooit gezegd hoeveel pijn ik had, want ik wilde niet dat zij dachten dat ik onder het werk uit probeerde te komen,' zei Niki. 'Ik wilde niet de boeken in gaan als de deelnemer die al op dag drie gewond raakte.

En ik houd niet van gedoe. Ik denk dat ik de pijn verdroeg door er niet over te praten. Thuis kan ik wel zeuren tegen Gareth, want met hem bespreek ik alles, maar bij een ander doe ik dat hoogstzelden, zelfs niet bij mijn ouders. Ik zou nooit tegen hen zeggen: "Ik heb het even helemaal niet zo leuk." Maar het deed verschrikkelijk veel pijn en ik had geen uitlaatklep, dus probeerde ik er maar gewoon mee te leven. Ik wilde de anderen niet onder druk zetten.'

Onze adrenaline en vastbeslotenheid waren immens toen we aan de race begonnen. We hadden ons per slot van rekening twee jaar lang hierop voorbereid – al die donkere dagen waarop we met Rose hadden geleurd in vakantieparken, de vele uren van brieven schrijven, en de kilometers die we hadden afgelegd op de roeimachine, kijkend naar *Lewis* zonder geluid. Niemand wilde nu de zwakke schakel zijn. We waren een team, en als team zouden we het gaan halen.

Zelfs Helen, die nog steeds zeeziek was, roeide koppig door.

De eerste paar dagen zei Helen letterlijk geen woord. Ze roeide en gaf over, en ze lag in de kajuit, waar ze probeerde de paar slokjes Ultra Fuel weg te krijgen die Niki vol liefde en toewijding voor haar klaarmaakte. We hadden altijd al geweten dat die eerste paar dagen vreselijk zouden worden voor Helen. We hadden gezien hoe lamgeslagen ze op de Noordzee was geweest. Daar hadden we over gepraat. We hadden het verwacht. Ze had veel Stugeron en Queezibics ingeslagen, maar de oogpleisters wilde ze niet meer gebruiken. We hadden alleen geen idee dat haar ellende zo lang zou aanhouden.

'Ik voelde me zo beroerd. Elk halfuur moest ik overgeven. Maar de Ultra Fuel hield me op de been. Ik wilde per se zelf roeien, na het debacle op de Noordzee. En dat deed ik, ik ging gewoon door. Ik trok geen andere kleren aan, ik borstelde mijn haar niet, ik poetste mijn tanden niet. Ik roeide alleen en ging liggen, stond op, en ging weer roeien. Ik zorgde totaal niet voor mezelf, daar had ik de energie niet voor. Ik roeide en was misselijk. Als het tijd voor de wisseling van de wacht was, klopte ik op het luikje, wachtte tot Niki de kajuit uit kwam terwijl ik zat te braken, en dan ging ik snel liggen. Dan was ik niet meer misselijk. Het bood troost te weten dat de misselijkheid ophield zodra ik lag.'

Helens zeeziekte duurde vier dagen. Voor vertrek had ze het er met Ben over gehad, die ook zo chronisch zeeziek was geweest op een tocht een jaar ervoor. Hij moest in Spanje in een ziekenhuis aan het infuus tot hij weer voldoende was hersteld om terug te mogen naar de boot en door te zeilen.

'Ik had Bens stem in mijn hoofd, die zei: "Je geeft over tot je echt niets meer in je hebt, en dan krijg je langzaamaan weer trek, en dan eet je weer wat, en dan eet je nog wat, en dan voel je je weer normaal." En het enige wat ik dacht was: maar het punt van niks-meer-in-me heb ik toch allang bereikt? Nu moet het toch onderhand wel klaar zijn? Janette wees naar een paar dolfijnen die met de boot mee zwommen, maar het deed me niks. Ik dacht: die dolfijnen interesseren me echt geen moer.

'Gek genoeg kwam Bens voorspelling toch uit. Het gebeurde precies zoals hij had gezegd: ik kreeg weer een beetje trek, en had zin in witte bonen in tomatensaus. Niet in de worst met witte bonen en tomatensaus die Niki had gekocht, maar alleen in de bonen. Dus ik at wat en toen wist ik dat het goed zou komen. Ik zag het licht aan het eind van een heel lange, heel donkere tunnel. Het was zo'n opluchting.'

Voor de anderen was het ook een enorme opluchting. Toen Helen op de boeg stond, met haar dat alle kanten op stond en een T-shirt dat stijf stond van het braaksel, en zachtjes zei dat ze 'best een beetje trek' had, stompte Janette in de lucht en slaakte Frances een vreugdekreet. Niki had misschien geapplaudisseerd als ze het had gehoord boven de brekende golven uit, en als ze niet knock-out was geweest van de diclofenac.

Als een bedreven serveerster noemde Janette de lijst culinaire verwennerijen op die we aan boord hadden, van kip curry tot runderstoof, van macaroni met kaas tot shepherd's pie. Maar Helen vond het allemaal niks. Ze verlangde alleen naar witte bonen.

Warm of koud? Janette wilde deze wonderbaarlijke genezing maar al te graag een handje helpen, en ze raasde de boot over, zette de Jetboil aan, en doorzocht de stapels voorverpakte etenswaren die ze onder dek hadden opgeslagen.

Helen wilde graag koude bonen.

'We hadden zo veel eten bij ons,' zei Janette. 'Charlie had ons op onze kop gegeven omdat de boot zo laag in het water lag toen we uit La Gomera vertrokken. Hij zei dat we vast een belachelijke hoop voedsel aan boord hadden, want de boot kwam maar net boven de waterlijn uit. Hij zei dat we dat ding wel de hele oceaan over moesten zien te krijgen, en dat we absoluut te veel bij ons hadden. Dus ik wilde graag wat eten kwijt.'

Ondertussen ging het aan de andere kant van de boot, in wat wij eufemistisch 'het kantoor' noemden – een hokje van anderhalf bij krap een meter met een plafond van nog geen meter hoog, waar al onze navigatie- en communicatieapparatuur was opgesteld – wat beter. Janette en Frances maakten het prima.

'Ik was heel relaxed,' zei Frances. 'Ik had een paar stressvolle jaren achter de rug op het werk, voor ik aan de race begon. Op de boot voelde het volkomen stressvrij. Het was alsof er een enorme last van mijn schouders was gevallen, want het enige wat ik nog hoefde te doen was eten, slapen, roeien en voor de drie andere vrouwen zorgen. Ik hoefde niet in te zitten over mijn werk of beslissingen die genomen moesten worden. Ik hoefde me niet druk te maken over Mark of de kinderen. Ik was echt volkomen ontspannen.'

Als kapitein was Janette iets minder relaxed en zorgeloos, want ze was steeds bezig de kaarten te checken; tenslotte moest zij zorgen dat we de goede kant op roeiden.

Zoals een paar andere teams voor ons ook hadden gedaan, besloten we om vanaf La Gomera eerst in zuidelijke richting te roeien voor we rechts zouden afbuigen en een westelijke koers zouden kiezen naar Antigua. Op die manier hoopten we een paar gunstige getijden mee te pakken en met wind in de rug onze overtocht te versnellen. De hele tocht zou in zeemijlen langer zijn, maar hopelijk wat gemakkelijker worden.

Tijdens die eerste paar dagen zat Janette gebogen over alle apparatuur in het kantoor, wanneer ze niet aan het roeien was. Ze berekende onze snelheid, volgde de voortgang en sprak dagelijks met Ben, die het weer voor ons in de gaten hield. Via Yellow Brick keek hij hoe we het deden. In feite kon hij alle Talisker-boten volgen, met hun actuele positie in lengte- en breedtegraden en hun snelheid. Yellow Brick was een goed instrument om te voorspellen wanneer we op Antigua zouden arriveren.

'Ik was de enige die mijn man dagelijks te spreken kreeg,' zei Janette. 'Elke dag nam ik contact op om te zien hoe het met het weer stond. Van hem kreeg ik te horen hoe het ons verging in de race. En het feit dat ik de enige was die haar echtgenoot dagelijks mocht spreken was iets waar ik me terdege van bewust was. De anderen hadden het misschien ook gekund, maar ze deden het niet. Ben was degene die ons aan het landteam verbond en hij was de contactpersoon voor iedereen. Voor alle andere echtgenoten, kinderen en familie. Maar ik was ook heel voorzichtig als ik met hem sprak. Ik was altijd vrolijk en gezellig. Ik wilde niet dat hij zich zorgen zou maken. Ik was uiterst positief. Dus onze gesprekken duurden maar heel kort. Het ging alleen over het weer en hoe we ervoor lagen in de race.'

Niet dat dat laatste ons iets kon schelen. Tegen het eind van de eerste dag raakten we onze aanvankelijke voorsprong al kwijt. Ook hadden we steeds minder land in zicht, al ging dat niet zo snel als we hadden gehoopt. Het duurde twee volle dagen voor het uitzicht verdwenen was. We bleven de vulkaan op Tenerife zien, en dat was wel een beetje irritant. We hadden het gevoel dat we ons twee etmalen suf geroeid hadden en dat we nog geen steek opgeschoten waren. Maar toen was het land toch echt niet meer te zien.

'Ineens was het weg,' zei Janette. 'En we zaten er niet echt mee. Op de Noordzee waren we ook al alleen geweest, dus we raakten niet in paniek, zoals sommige anderen. Waar je je op de oceaan wel en niet druk om maakt, valt niet te voorspellen. Je bent bang voor heel andere dingen dan je had gedacht. Sterker nog, níks is zoals je had gedacht.'

We dachten dat we de zee ondertussen wel een beetje doorhadden, nu we de Noordzee overgestoken waren, maar de wind en de golven en het voortdurend bewegen van de boot waren anders dan we hadden verwacht.

We wisten dat de Atlantische Oceaan groot was en dat we af en toe in een storm terecht zouden komen, maar die eerste paar dagen waren genadeloos. Er kwam geen eind aan de hoge golven; de boot schommelde veel erger dan we hadden gedacht en we schoten voor geen meter op.

'De eerste les die we leerden was dat we geduld moesten hebben,' zei Niki. 'Het idee dat je kon multitasken, dat je een kop thee voor jezelf kon zetten terwijl je ondertussen je regenkleding aantrok en ondertussen ook nog even de snelheid van de boot in de gaten hield was een lachertje. Je kon maar één ding tegelijk doen, en dat duurde ook nog eens drie keer zo lang als je dacht. We liepen als krabben, met de benen wijd, ons vastgrijpend aan de zijkant van de boot, en we zetten hele kleine stapjes.'

Het grootste deel van de dag probeerden we te roeien, maar bijna altijd als we een riem in de oceaan staken, werd hij uit onze handen getrokken of sloeg hij met brute kracht terug en raakte hij ons op een zeer pijnlijke plek. In de ergste nachtshifts probeerden we niet eens meer te roeien. We zaten op wacht, van top tot teen gekleed in onze regenpakken, klappertandend, en kregen non-stop ijskoud zeewater over ons heen.

'Alles was nat,' zei Frances. 'We trokken onze natte kleren uit, kropen naakt in onze slaapzak, en dan trokken we de natte spullen twee uur later gewoon weer aan. We klopten tien minuten voor de volgende persoon aan de beurt was op de kajuit, en die tien minuten waren echt naar. Dan lag ik daar te denken: ik wil niet opstaan, ik wil niet roeien, ik wil hier alleen nog maar liggen en slapen.'

Niet dat we veel slaap kregen. Als we onze regenkleding eenmaal uit hadden, wat hadden gegeten en in de claustrofobische kajuit gekropen waren, was het al bijna weer tijd om eruit te komen. En we hadden de raarste dromen.

'Ik droomde heel vaak dat ik in een auto zat,' zei Janette. 'Dan reed ik over een extreem hobbelige weg, en telkens wanneer ik wakker werd, was ik zo teleurgesteld dat ik op die koude, natte boot zat.'

Maar het werd pas echt erg als iemand naar de wc moest. We hadden allemaal al wel geplast op de Noordzee, maar voor de rest hadden we alles opgehouden tot we in het hotel waren. Dus de eerste keer dat iemand moest poepen waar de rest bij was, was op de Atlantische Oceaan. De eerste paar keer was dat super gênant, want je zat bijna op schoot bij degene die aan het roeien was. Tel daar de enorme golven bij op, en je ziet het drama zo voor je. De emmer viel heel vaak om, en anders klotste de inhoud over de rand. Uiteindelijk stopten we even met roeien als iemand naar de plee moest. Frances zat altijd op de emmer met haar armen om iemand anders heen, zodat ze bleef zitten. Zodra Helen weer kon praten, kregen we uitgebreide informatie over de staat van haar ontlasting. Niki staarde altijd strak naar de horizon. En Janette? Nou, hoe minder we daarover vertellen, hoe beter. Om kort te gaan, intiemer dan dat kon het niet worden. En 's nachts was het het ergst.

'Dan zat ik in het kantoortje,' zei Frances, 'in mijn regenkleding, en dan moest ik heel nodig plassen, maar dan wist ik dat ik de hele boot over moest, dat er golven over me heen zouden slaan, dat ik mijn salopette uit moest trekken, moest gaan zitten en me stevig vasthouden met mijn achterste op de koude emmer, dan plassen, afvegen met een biologisch afbreekbaar doekje in de hoop dat dat niet weg zou waaien of dat er niet nog een golf over me heen zou komen, en dan snel weer die salopette omhoog en terug naar de andere kant van de boot. Geen wonder dat ik 's nachts zo min mogelijk naar de wc ging.'

En die arme Niki moest dat dus allemaal doen met haar gebroken stuitje. Je snapt wel waarom ze zo veel pijnstillers nam.

Maar het duurde niet lang of we vochten allemaal om die pillen. Al na een paar dagen sloegen de zweren en de blaren toe. Ze hadden ons gewaarschuwd: we hadden het niet-schurende ondergoed en heel veel potten zinkzalf bij ons. Maar de combinatie van twee uur lang zitten en roeien, natte kleren en zeewater is verschrikkelijk voor je huid.

Niki was de eerste die een zweer kreeg. Ze zat er zo vreemd bij dat zich een drukzweer op haar achterste had gevormd.

'Ik leunde maar op een bil, dus de wrijving werd al gauw ondraaglijk. Dat ontwikkelde zich tot een grote open wond waar elke dag gaas en verband op moest.'

Wat niet zo erg lijkt als je het op papier ziet staan. Maar in het echt was het een onwaardige nachtmerrie, waarbij Niki (met haar gebroken stuitje) haar broek uit moest doen, zich voorover moest buigen en haar wond door een van ons moest laten verzorgen, terwijl de golven de boot deden schommelen. We zaten in feite op een enorme wipwap. De anderen werden al snel getroffen door hetzelfde lot, en dus moesten we als we van onze shift kwamen eerst ons achterwerk met desinfecterende vloeistof schoonmaken en er een hele kwak Sudocrem op smeren. Het enige probleem was het gegil als die vloeistof ergens anders terechtkwam dan op onze billen. 'Als ik dan zo met mijn kont naar achteren stond te kauwen op een Peperami dacht ik: dit ziet er vast heel vreemd uit. Je zult een heel eigenaardige website moeten zien te vinden voor dit soort plaatjes,' zei Helen.

Maar het waren niet alleen onze voor- en achterbipsen die te lijden hadden; onze handen en voeten zaten ook onder de wonden. We hadden de ene na de andere blaar op onze handen, en onze voeten waren altijd zo nat en koud dat de huid steeds scheurde en brak. En we zaten nog maar een week op zee.

SCHEEPSLOG:

'Een ding waar we heel goed in waren op de boot was ons niet druk maken als er iets misging, als iets niet lukte of als we bepaalde apparatuur niet aan de praat kregen. We zochten altijd naar een alternatief, probeerden iets nieuws, en we gaven niet op. We werden steeds een beetje beter; we waren werk in uitvoering. En dat was altijd goed genoeg.'
(Janette/schipper)

HOOFDSTUK 12

Kerst

'Toen zij de ster zagen, verheugden zij zich met zeer grote vreugde.'

MATTHEÜS 2:10

24 december 2015

Het was kerstavond, en we zouden worden gebeld door BBC *Breakfast*. Het programma had blijkbaar gepland om onze mannen en kinderen bij Niki thuis op de bank te zetten om ons als verrassing een fijne kerst te wensen. Dus het was zo geweldig toen ze ons inderdaad belden, de ochtend van de vierentwintigste en heel hard 'Verrassing!' riepen.

'Hallo!' klonken alle kinderstemmen door de satelliettelefoon terwijl we ons verdrongen in het kantoortje. Er was hooguit ruimte voor twee mensen, dus we zaten letterlijk boven op elkaar geperst.

'Hallo!' klonk het weer. 'Fijne kerst, mama!'

We misten hen zo verschrikkelijk, en Niki schoot meteen vol. Wat waren we graag bij hen geweest. Ze hadden ongetwijfeld hun mooie kleren aan, en zaten daar op de bank te lachen. Het was een vreemd gevoel om zo ver bij onze familie vandaan te zijn, helemaal doorweekt en onder de blaren, terwijl we ook daar met hen kerst hadden kunnen vieren, en ons helemaal vol hadden kunnen proppen met lekkere dingen.

Die arme Helen trok het niet. Ze voelde zich zo ziek in de kajuit; haar hoofd tolde en haar mond was droog als schuurpapier terwijl ze haar best deed om niet over ons heen te braken.

'Ik moet gaan,' zei ze terwijl ze haar hand voor haar mond sloeg en snel naar het dek vluchtte.

De rest bleef maar vragen afvuren.

'Hoe gaat het met jullie?' vroeg Janette.

'Wat zijn jullie allemaal aan het doen?' wilde Frances weten.

'Wat eten jullie morgen?' vroeg Niki.

De antwoorden klonken vervormd, iedereen praatte door elkaar heen, en er was veel vertraging op de lijn. Dus er werd vooral veel 'Ik hou van je, mam!' en 'Fijne kerst!' geroepen.

'Ik voelde me zo akelig,' zei Helen. 'Ik was de enige die niet met haar kinderen had gepraat. Zelfs nu vind ik het nog moeilijk om eraan te denken dat ze daar zaten, op die bank, te wachten tot ze mij zouden horen, terwijl ik geen woord kon uitbrengen. Ik was zo ziek, het enige waar ik me toe in staat voelde, was overgeven.'

Na dat telefoontje waren we allemaal heel down. Wat ons juist had moeten opmonteren, onderstreepte alleen hoe eenzaam en geïsoleerd we waren, midden op die genadeloze oceaan. We wisten dat Ocean Reunion een flink eind voor lag op de rest van het veld, terwijl wij alles gaven.

Eerste kerstdag was pas op dag vijf van de race, en er viel niet bepaald veel te vieren. De zee was nog altijd heel onvriendelijk, ruw en verwarrend, en we kwamen bijna niet vooruit. Maar Helen at in elk geval weer wat vast voedsel en we lagen momenteel blijkbaar op de zevende plaats in de wedstrijd. Dat was tenminste iets, en dus vierden we toch feest.

Op onze paklijst stond naast '1 lepel, 2 waterflessen, 1 bikini, 1 hoofdlamp, 2 niet-schurende onderbroeken, haarband, elastiekjes o.i.d.,' ook 'een cadeautje van maximaal £5' dat niet meer mocht wegen dan een veertje – instructies van Janette.

Dus toen de dag aanbrak, begon een oefening in uitgestelde bevrediging. We gingen door met onze shifts, en wensten elkaar een fijne kerst als we elkaar brak afwisselden.

'Het voelt nu al als nieuwjaarsdag,' zei Frances, toen ze Janette voor ongeveer de zesde keer die dag een fijne kerst wenste. 'En nog steeds geen cadeau te bekennen!'

We hadden besloten dat we zouden wachten tot de middag voor we onze surprises zouden uitwisselen. Precies om vier uur legden we onze riemen neer, zette onze kerstmutsen, rendiergeweien of feestbrillen op en deelden de cadeautjes rond – een paar sokken van Helen, speelkaarten met zeedieren van National Geographic van Frances, een roeibeker van Janette en een handdoekje van Niki. Janette kreeg de speelkaarten, Frances de beker, Helen het handdoekje en Niki de sokken. Helen zat te springen om die sokken en Niki wilde eigenlijk liever haar eigen handdoekje, dus zij ruilden meteen. Janette verklaarde dat zij sowieso niks wilde. Daardoor was Frances spekkoper: ze sleepte zowel de beker als de kaarten in de wacht.

En toen we niks leuks meer te zeggen hadden over sokken, speelkaarten en handdoekjes, en we aanstalten maakten om maar weer achter de roeiriemen plaats te nemen, vroeg Janette ons nog even te blijven zitten.

'Nou, zeg,' zei ze, terwijl ze in haar tas rommelde. 'Volgens mij is de postbode langsgekomen.'

'De postbode?' vroeg Niki. 'Hier, op zee?'

'Jazeker,' vervolgde Janette. 'Hij heeft dezelfde magische krachten als de Kerstman. Kijk eens,' zei ze, en ze gaf ons ieder een envelop. 'Fijne kerst!'

'Voor we vertrokken, vroeg ik me af: als ze er straks echt doorheen zitten op de boot, wat moet ik dan doen?' zei Janette. 'Als er iets naars gebeurt, hoe krijg ik hen er dan weer bovenop? Dus toen heb ik alle mannen een mailtje gestuurd.'

Van: Janette Benaddi
Verzonden: 11 september 2015, 12:23
Betreft: Iets om over na te denken

Hoi Mark, Gareth en Richard,

Ik heb jullie hulp nodig, en misschien is dit iets waar jullie zelf ook al over hebben nagedacht. Jullie moeten ons er in de donkere uurtjes – en die zullen er vast zijn – doorheen slepen, daar op de oceaan. Hopelijk is het niet nodig, maar een plan voor noodgevallen hebben kan helemaal geen kwaad. Daarom wil ik jullie vragen een verrassingsbrief te schrijven samen met iedereen die de meiden na aan het hart ligt. Die kan ik meenemen op de boot. Als het dan zwaar wordt, kunnen ze die brief lezen. Denk er maar even over na: ik kan de brieven meenemen en ze uitdelen wanneer ze het echt nodig hebben, of, als jullie dat liever willen, kunnen jullie de brief ook zelf geven. Jullie weten zelf het beste wat werkt voor jullie geliefde. Mij lijkt het de meeste impact hebben als de brieven echt een verrassing zijn. Jullie kunnen je geliefde altijd zelf nog een extra

brief meegeven. Ik weet zeker dat er van alles is wat jullie hun zouden willen sturen!
Ik heb een aantal situaties bedacht waarin geruststellende woorden, een spreuk, of een brief echt zouden kunnen helpen. Jullie kunnen hun naam op een envelop zetten en het moment waarop ze die moeten openen. Dus bijvoorbeeld:

NAAM – VOOR ALS JE ECHT IN DE SHIT ZIT.

NAAM – VOOR ALS JE HET EVEN NIET MEER ZIET ZITTEN.

NAAM – VOOR ALS JE BANG BENT.

NAAM – VOOR ALS JE ONS MIST.

NAAM – VOOR ALS JE VAN DE BOOT AF WILT.

NAAM – VOOR ALS JE OP WILT GEVEN.

Misschien kunnen jullie nog andere situaties bedenken, en misschien wil je andere leden van het gezin ook vragen om iets te doen. Wat je in die brieven schrijft is geheel aan jullie. Het gaat erom dat je je vrouw steunt en ervoor zorgt dat ze op Antigua komt. Jullie weten zelf welke woorden je daarvoor moet gebruiken. Misschien moeten jullie er nog even over nadenken, en misschien weten jullie meteen al wat je moet zeggen. Het zou goed zijn als jullie hier binnenkort aan kunnen beginnen. Als jullie het anders willen aanpakken, is dat ook prima. Ik wil alleen zeker weten dat we alles straks bij ons hebben wat we nodig hebben, op de boot naar Antigua.
Atlantic Campaigns maakt een soort gidsje voor de achterblijvers. Ik zal de meisjes wel zeggen dat ze die aan jullie moeten laten zien – het is een heel nuttig boekje.
Jullie zijn even belangrijk als de bemanning om de overkant te halen. Willen jullie me nog spreken? Dan trek ik mijn agenda. Atlantic

Campaigns biedt veel steun aan familie en vrienden. Mijn taak als schipper is ervoor zorgen dat we zo veel mogelijk genieten aan boord en de tocht kunnen afmaken. Jullie delen in die taak en samen vormen we het beste waar ik ooit deel van uitgemaakt heb. Wie weet winnen we nog ook! Vooral met jullie hulp en steun.
Heel erg veel dank. Laat me weten wat jullie ervan vinden en wat volgens jullie het beste werkt, ook als jullie iets (kleins en lichts!) mee willen geven voor op eerste kerstdag. Dan smokkel ik dat mee aan boord. Lever het aan voor 24 oktober, zodat het nog mee kan.
Janette Benaddi

Janette vond het fascinerend hoe verschillend de drie mannen op haar verzoek reageerden.

'Helens man, Richard, schreef één brief, en zijn zoon en dochter en Helens moeder schreven er ook ieder eentje. Op de envelop stond alleen: HELEN. Mark, de man van Frances, had zich heel precies aan de instructies gehouden. Hij gaf me een stapeltje enveloppen, met op de voorkant: VOOR ALS JE IN DE SHIT ZIT, VOOR ALS JE JE MAN MIST, VOOR ALS JE DE KINDEREN MIST. Hij had precies gedaan wat ik had gevraagd. Gareth had een heleboel brieven geschreven, dus Niki kreeg er veruit de meeste. Hij had zelf veel geschreven, de kinderen aan het werk gezet en ze tekeningen laten maken. Het was heel strak geregeld.'

Janettes gezin deed niet mee aan het postbodeplan, maar Janette had wel een kerstkaart gekregen van haar gezin en nog een paar van goede vrienden, en er was een kaartje voor de hele bemanning van een vriendin van Niki en Frances, dat Jeannette op eerste kerstdag uit de envelop haalde. 'Ze kende me niet, maar toch had ze me geschreven,' zei Janette. 'Het was hilarisch. Dit stond er: "We hebben elkaar vast ontmoet op de tennisclub in Poppleton." En ik zat op de boot en zei: "Ik ken dat hele mens niet! Ik heb nog nooit van mijn leven getennist in Poppleton!" Maar het vrolijkte me wel enorm op.'

Helen reageerde heel nuchter op haar post: 'Ik wist dat ze me steunden. Dat hoefde ik niet te lezen. Ik vond het prima om maar één brief van Lucy, Henry en Richard te krijgen. Richard en ik hebben niet zo'n soort relatie. Maar Niki en Frances kregen geweldige brieven. En Mark kreeg de titel van "meest romantische echtgenoot".'

'Er zat een brief bij,' zei Frances, 'die echt geweldig was. Hij vertelt erin hoe trots hij is en dat het net is alsof de Frances die hij ooit leerde kennen weer terug is na de stress van het kinderen krijgen, carrière maken, en dat ik nu weer precies was zoals toen ik eind twintig was.'

Voor Frances

Hallo lieveling. Je bent inmiddels duizenden kilometers bij mij vandaan, en zit midden in een ruwe, natte woestijn. De gedachte alleen al maakte me misselijk van bezorgdheid om jou en de andere meiden, maar ik weet dat niemand daar iets aan heeft, dus ik zal die gedachten van me afzetten.
Je weet dat ik niet zo van de romantische kaartjes, liefdesbrieven en dat soort dingen ben. Maar voor alles is er een eerste keer, en ik kan me geen betere situatie bedenken om dit nu te schrijven! Toen we pas verkering hadden, vond ik je al een licht gestoorde avonturenchick, met al dat duiken, paragliden, bergbeklimmen, marathonlopen en die vakanties naar exotische oorden als Nepal. Ik weet nog dat ik dacht: man, met haar krijg je geen gewoon leven. Haal diep adem en hou je goed vast!
Nou, dat was in veel opzichten ook inderdaad het geval, in ons huwelijk en met de jongens die zo vlak op elkaar kwamen, en met alle plezier die we in al die jaren

hebben gehad. En toch gaat het dagelijks leven in de weg staan van je eigen ambities en dromen, en ergens onderweg moest je voorrang geven aan je werk en werd je de liefhebbende moeder van Jay en Jack... Maar voor alles is een tijd, en ik ben trots dat je de beslissing hebt genomen om mee te doen aan de Talisker-race. Het commitment dat je hebt laten zien toen je dat besluit had genomen was ongelofelijk. Hoe iemand in staat is jouw werk te doen, dan thuis te komen om te trainen en ook nog moeder te zijn voor de jongens en mijn vrouw te zijn, is iets wat ik nooit zal begrijpen. En toch heb ik altijd geweten: als iemand het kon, dan was jij het wel. Je bent weer de Frances geworden die ik ooit heb leren kennen: die gestoorde kom-op-chick, die iets bedenkt en er dan voor gaat, die over de hindernissen die ze onderweg tegenkomt heen stapt, en die altijd denkt dat het wel kan.

Ik weet dat jij dit kunt. Hoe moeilijk de race ook is, hoe zwaar de omstandigheden ook zullen worden, en wat voor uitdagingen je ook tegenkomt, een ding mag je nooit vergeten: ik hou zo veel van je dat er niet eens woorden voor zijn. Ik hou van je, ik mis je, ik ben belachelijk trots op je, en ik kan niet wachten om je over die finish te zien komen. Hou je haaks.

Alle liefs,

Mark

Het werd Niki allemaal een beetje te veel. Niet alleen had Gareth in een emotionele brief geschreven hoeveel hij van haar hield en hoe hij haar miste, maar hij had er ook foto's van de kinderen bij gedaan en een kerstkaart van haar ouders. En er was nog iets: een klein pakje. In het pakje zat in een waterdicht zakje de kerstster waar ze als een bezetene naar had gezocht op de avond voor haar vertrek. De ster die Corby had gemaakt. De ster die thuis altijd boven in de kerstboom hing.

'Daar was hij dus.' Niki lachte en huilde tegelijk. Ze draaide het gehavende stukje met aluminiumfolie steeds maar om in haar handen. 'Geen wonder dat ik hem niet kon vinden.' En toen begon ze keihard te snikken en ze hield niet meer op.

We zaten op de boot met onze kerstmutsen, een klein kerstslingertje op de deur van beide kajuiten geplakt, en we lazen steeds onze brieven over (terwijl Janette zat te peinzen over waar ze wel en niet had getennist), en we hadden ontzettend met onszelf te doen. Het was niet bepaald de opkikker die Janette voor zich had gezien.

Dus of we konden weer achter de riemen gaan zitten en doen alsof het helemaal geen kerstfeest was, of...

'Zullen we wat muziek opzetten?' opperde Janette. 'En laten we de mango-gin openmaken!'

Dus dat deden we. We hadden mango-gin meegenomen (zelfgemaakt door Rachel en Ruth – veel dank) voor noodgevallen, en dit was er een. We kregen ieder een heel klein beetje, een vingerhoedje slechts, maar het was heerlijk: zoet en alcoholisch, een ware traktatie. In combinatie met *The Best Christmas Album in the World... Ever* zou zelfs Scrooge nog in feeststemming raken. Slade, Wham!, Wizard, Cliff, Bowie, Bing. En toen ook nog ABBA – altijd ABBA. (Hoe vaak hebben we niet naar *Mamma Mia!* geluisterd, daar op de oceaan!) We zongen alsof niemand ons kon horen, en we dansten alsof niemand ons kon zien – wat ook zo was. We lachten en zongen en kwetterden anderhalf uur lang onze longen uit ons lijf.

Later kregen we een partje van de Terry' s Chocolate Orange die Niki's moeder ons had gestuurd. Het was het lekkerste wat we ooit hadden geproefd! Ieder een partje, niet meer. We lieten het langzaam smelten op onze tong. De rest bewaarden we voor noodgevallen. En zo werd het een kerst die we niet snel zullen vergeten.

Tweede kerstdag was een heel ander verhaal. Er stak een storm op, en de golven werden hoger. De boot werd alle kanten op geslagen. Geweien en feestbrillen hadden we veilig opgeborgen in het ruim, en ineens moesten we vechten tegen alle elementen die de oceaan tegen je kan gebruiken. Het goot van de regen en de stroming stuurde Rose de verkeerde kant op. Helen had twee uur aan de riemen gezeten, roeiend door zwaar water, zo taai als stroop, en moest nu toch echt naar de emmer. Ze moest al anderhalf uur zo nodig, maar ze had het uit weten te stellen tot het eind van haar shift. Maar toen de ene na de andere golf ineens tegen de boot begon te beuken, werd Rose de verkeerde kant op geslingerd en zag het ernaar uit alsof ze zou omrollen, of, in het ergste geval, zou kapseizen. Niki en Frances vochten aan de riemen en probeerden de boot naar rechts te trekken, terwijl Janette zwoegde aan het roer.

'Helen!' gilde ze. 'Je moet weer gaan zitten! We moeten de boot keren!'

'Maar ik heb er net twee uur op zitten!' schreeuwde Helen terug, en ze trok haar salopette omlaag. 'Ik ga niet meer terug.'

'Ga weer zitten!'

'Ik moet plassen!'

'Kan me niet schelen!'

'Ik moet echt plassen!'

'Jij gaat verdomme niet plassen, jij gaat roeien. Zitten, en heel gauw!'

'Ik ga PLASSEN!' riep ze terug, 'en als je me tegenhoudt, pies ik de hele boot onder!'

'Jij gaat zitten. Nu!' schreeuwde Janette terug. 'En jij gaat roeien!'

Uiteindelijk deed Helen toch haar plas. Ze strompelde terug naar haar riemen, en samen lukte het ons om Rose te keren en een enorme ramp te voorkomen. Maar de relatie tussen Helen en Janette was op zijn zachtst gezegd bekoeld. De rest van die dag zeiden ze geen woord meer tegen elkaar, wat gegeven de kleine ruimte niet meeviel, vooral niet aangezien Janette zichzelf had ingedeeld om die verdere week met Helen te roeien. En als het op koppigheid aankomt, zijn ze aan elkaar gewaagd. Ze zijn allebei competitief vechtlustig, en niet snel geneigd hun excuses aan te bieden. Dus zette Helen stug haar koptelefoontje op om te luisteren naar een of andere biografie op haar iPod, terwijl Janette strak naar de horizon bleef kijken.

Uiteindelijk was Janette degene die sorry zei. 'Ik had niet zo tegen je moeten schreeuwen en ik had niet moeten vloeken. Ik geloof dat jij niet helemaal door had hoe gevaarlijk onze situatie was, en dat had ik beter over moeten brengen. Dus ik heb erover nagedacht, en als we weer in zo'n acuut gevaar terechtkomen, zal ik "Alle hens aan dek!" roepen. En dan laat iedereen alles uit handen vallen, waar ze ook mee bezig is, en hoe laat het ook is.' Later bedacht Janette nog iets anders: 'Ik denk dat dit het moment was waar die helderziende in het vakantiepark het over had toen ze zei dat ik meteen vanaf het begin mijn gezag moest laten gelden om te zorgen dat iedereen in noodgevallen meewerkt.'

'Daar hebben we van geleerd,' zei Helen. 'Ik heb ervan opgestoken dat ik niet zo rebels moest zijn. Waarschijnlijk had ik moeten uitleggen dat ik, als ik aan het roeien ben, nergens meer voor uit mijn zitje kom en dat ik er net twee uur op had zitten en dat ik heel nodig moest en dat het roeien heel zwaar was geweest. Ik ben een taaie, en als je me kwaad maakt, vecht ik terug. Als ik aan de riemen zat deed ik wat ik moest doen: niet eten, niet drinken, alleen maar roeien. Iedereen vindt me altijd zo'n prinsesje, maar dat ben ik niet. En ik huil niet. Niet dat er iets mis is met huilen. Maar als je die video's op YouTube ziet van Ben Fogle en James Cracknell tijdens hun tocht over de Atlantische Oceaan, die deden niks anders dan janken. Ik dacht: ik ga niet huilen. Niet één keer. Dus dat heb ik ook niet gedaan.'

Ons andere probleem, dat zich een stuk minder gemakkelijk liet oplossen, was het feit dat we bijna geen stroom meer hadden. Het bleek dat ons feestje met kerst – anderhalf uur zingen en pogingen tot dansen op een behoorlijk onstabiele ondergrond en het gebruik van de stuurautomaat terwijl wij ons met andere dingen bezighielden – een zware aanslag op de inhoud van onze accu had gedaan.

Toen we Rose bij Charlie ophaalden en met Ben op La Gomera waren, hadden we uren aan accu-onderhoud besteed. We leerden hoe we de batterij weer konden opladen en lieten ons uitleggen welke systemen de meeste stroom vraten. Zodra de accu onder de twaalf volt zakt, gaat er een hard alarm af, en verschijnt de boodschap SCHEEPSACCU BIJNA LEEG op de monitor; het gps-systeem, de stuurautomaat en de watermaker vereisen minimaal elf volt. Als je onder de twaalf volt gezakt bent, is het heel moeilijk om nog iets aan de praat te krijgen. Wat dan ook. En nu waren we in die situatie beland. Het alarm loeide, en onze stuurautomaat hield ermee op, wat betekende dat er altijd iemand aan het roer moest staan. Maar erger nog: ook de waterpomp staakte zijn dienst.

Dit was het soort ramp dat andere teams in het verleden had opgebroken. Al het water dat we nodig hadden moest voortaan met de hand worden gepompt – drie kwartier pompen voor één liter water, dus je snapt wat voor nachtmerrie dat is; elk van ons had vier liter water per dag nodig. De pomp moest dus zestien keer per dag drie kwartier lang in actie zijn. We moesten twee uur roeien en dan drie kwartier pompen, en dan konden we nog één uur in onze kajuit hangen voordat we weer moesten roeien.

'We konden niet genoeg stroom maken om de pomp weer te laten werken,' zei Janette. 'En voor het gps-systeem en de stuurautomaat gold hetzelfde. Als onze telefoons en iPods leeg waren, konden we ze niet opnieuw opladen. Ik liet mijn telefoon maar uit, zodat we met Ben en de organisatie van de race konden blijven communiceren, want anders hadden we geen idee waar we waren of waar we naartoe moesten.'

Naarmate tweede kerstdag vorderde werd het allemaal nog veel erger. Janette en Helen praatten niet met elkaar, en de rest was uitgeput en woedend dat we zo dom waren geweest om onze reis in het honderd te laten lopen voor een uurtje zingen en dansen.

'Ik wist dat we ook zonder stroom door konden, maar het was een vreselijke situatie. We hadden het al moeilijk, maar nu werd het nog twee keer zo zwaar,' zei Helen. 'Ik geloof niet dat ik ooit in mijn leven zo down ben geweest. Het was echt zo waardeloos.'

Dus nu moesten we de hele dag eten, slapen, pompen en roeien, en we schoten totaal niet op. Het leek wel alsof de oceaan ons afstrafte omdat we even lol hadden getrapt, alsof hij ons een lesje wilde leren. We hadden geen respect getoond. We hadden dom gedaan en staan dansen op ABBA. Dat werd ons nu betaald gezet.

Het was vroeg in de avond en de boot werd weer richting La Gomera geduwd. Hoe hard we ook roeiden, we kregen Rose niet de goede kant op. Dus belde Janette met Lee Fudge, die vierentwintig uur per dag te bereiken was voor noodgevallen, en hij opperde om ons para-anker te gebruiken, de gigantische parachute die daar speciaal voor bedoeld is.

'Iedereen heeft hem al uit,' zei hij. 'Jullie zijn het laatste team dat nog doorroeit. De stroming en de wind zijn gewoon te sterk. Gooi dat anker nu maar uit, anders sloven jullie je uit zonder dat het jullie ergens brengt.'

'Dus die avond hebben we dat anker voor het eerst uitgegooid,' zei Frances. 'Het was de eerste keer dat de snelheid van de oceaan ons tegenhield en we nergens naartoe konden.'

Het was een vreemd gevoel om te horen dat we mochten stoppen. We gooiden het anker uit en zaten maar wat naar elkaar te staren. Het was niet alleen heel moeilijk om het ding het water in te krijgen, met al die ingewikkelde touwen, het was ook een heel akelig gevoel om nergens heen te gaan. Het maakte ons gespannen en geïrriteerd. We vonden dat we tijd verspilden. Uren. Zonder iets te doen. Aan een para-anker hangen was zoiets als op een parkeerterrein staan, alleen was Rose de auto en bevonden we ons midden op de oceaan en dobberden we maar wat op en neer. Hoewel het natuurlijk niet echt dobberen is. Je voelt elke golfslag en wordt omhooggetild en weer neergesmeten. Het is als een heel beroerd ingeregelde achtbaan, en het is ook ongeveer even leuk.

'We kunnen beter in het kantoortje gaan zitten,' zei Frances. Dat was het dichtst bij het anker; de slaapkajuit stuiterde te veel op en neer.

Doordat we niets anders te doen hadden dan wachten tot het tij gekeerd was en de wind en golven waren gaan liggen, vielen we in slaap. Allemaal. We hadden eigenlijk om vier uur 's nachts moeten opstaan om de boot te controleren en onze posities weer in te nemen, maar we versliepen ons. Pas toen Niki ons om halfvijf wakker maakte, kropen we uit onze warme, benauwde kajuit. We hadden de slaap duidelijk nodig gehad, maar Janette was er niet blij mee, en ze stond erop dat als we ooit nog een keer 's nachts het para-anker uit moesten gooien, dat geen excuus was om slaap in te halen; dan moesten we nog steeds de wacht houden, want 'er kon wel van alles gebeuren'.

'Maar er is toch niets gebeurd?' zei Frances.

'Het had gekund,' beweerde Janette.

De rest zei niets. Ze had natuurlijk gelijk. We hadden nog maar net genoeg stroom om ons navigatielicht te laten branden, en het SEE ME-baken te laten flitsen, maar als er zelfs maar tien minuten niemand op de brug was, had een grote tanker die op de automatische piloot door de oceaan stoomde op weg naar Argentinië of Brazilië ons zo kunnen scheppen.

'Of,' voegde ze eraan toe, 'we hadden moeten controleren of de omstandigheden al verbeterd waren, en dan hadden we het anker moeten inhalen en doorroeien.'

Ze zat op ons schuldgevoel in te spelen. 'Wie zou er in vredesnaam om drie uur 's nachts een para-anker inhalen om weer te gaan roeien? Janette, dus. We zeiden maar niet hoe heerlijk het was geweest om een keertje langer dan anderhalf uur te kunnen slapen.

We waren het erover eens dat we op dat moment het anker weer moesten inhalen en weer door moesten roeien, maar we kwamen er ook achter dat we nu inmiddels echt nul stroom meer hadden en dat we onmogelijk in het pikkedonker konden gaan varen, aangezien we zonder werkend gps-systeem geen idee hadden welke kant we op gingen. In ons uitgeruste enthousiasme hadden we anders zo weer koers gezet naar de Canarische Eilanden.

En dus zaten we tijdens ons ontbijt op de golven te dobberen, wachtend tot de zon weer zou gaan schijnen, want die hadden we nodig. De zon zou onze zonnepanelen weer moeten opladen. We waren heel zuinig met het piepkleine beetje stroom dat we nog hadden. We mochten het licht in de kajuit alleen aandoen als we naar binnen gingen, en Janette schold ons uit als we het een keer vergaten uit te doen.

In de tussentijd stuurden we overdag met de hand. Zonne-energie bewaarden we voor de stuurautomaat die we 's nachts gebruikten. We maakten zo veel mogelijk gebruik van de handpomp, en zetten de watermaker elke dag maar maximaal veertig minuten aan. Maar de accu was al bijna even koppig als Janette, en het duurde een volle week voor hij zelfs maar op twintig procent stond, al deden we nog zo zuinig.

‘We belden Charlie en hij opperde dat we het navigatielicht uit moesten doen om energie te sparen. Het idee om in het pikkedonker te zijn beangstigde me de eerste paar nachten,’ zei Frances. ‘Maar toen wenden we eraan, en hadden het licht niet eens meer nodig. We hadden de maan en de sterren. Het kwam wel goed.’

Ondanks ons gebrek aan stroom en de noodzaak om de hele tijd handmatig water te pompen ontwikkelden we een bepaalde routine. ‘Er waren heerlijke avonden waarop we alleen maar roeiden en naar muziek luisterden,’ zei Frances. ‘Helen had haar luisterboeken op de iPod en zat vaak te giechelen. Ik geloof dat alle iPods op dat moment nog werkten, dus we hadden allemaal onze eigen muziek nog. ’s Nachts zeiden we niet veel. We luisterden naar muziek en ik denk dat Niki gewoon alleen maar wat zat te filosoferen.

SCHEEPSLOG:

‘Op de boot waren een paar stressvolle situaties die het slechtste in ons naar boven haalden. We hebben allemaal zulke momenten gehad, dat is zeker. Het valt ook niet te vermijden als je drieduizend mijl over een oceaan roeit, al ben je nog zo’n geweldig iemand. Waar het om ging, was hoe je omging met die situaties. Onze normen hielden ons op het goede spoor. Het is zo belangrijk om normen te stellen waar je in gelooft en waar je op terug kunt grijpen als het moeilijk wordt. Onze belangrijkste norm was dat we ons best zouden doen, en dat we iedereen op de boot voor onszelf zouden stellen. Probeer je in te leven in de ander, en je leert snel genoeg om wat genadiger te zijn.’
(Janette/schipper)

HOOFDSTUK 13

Orkaan

> 'En zodra de storm weer is gaan liggen, weet je niet meer hoe je er ooit doorheen kon komen, hoe je hem hebt overleefd. Je weet niet eens of hij wel echt voorbij is. Maar één ding staat vast: als je erdoorheen bent, ben je niet meer degene die je was toen je erin liep. Dat is het punt met een storm.'
>
> HARUKI MURAKAMI

Oudejaarsavond kwam en ging weer voorbij, met als enige hoogtepunt het feit dat Helen met Mike Bushell van BBC *Breakfast* mocht kletsen, op wie ze heel erg verliefd is. Het giechelen en met haar haren schudden werd alleen overtroefd door haar blijdschap met de Peperami die ze kreeg om het te vieren, en daar moesten we zelfs zo vroeg in de race al van watertanden.

'Ik was de enige met Peperami's. We hadden allemaal snackpacks met een groot pak gedroogd rundvlees, dat tweehonderdvijftig pond had gekost. Maar ik was de enige met Peperami, en ik had maar zo'n vijf snackpacks waar dat in zat. Telkens wanneer ik een snackpack opende waar er eentje in zat, was ik zo blij. Dan zei Niki: "Mag ik een van je Peperami's?" En dan zei ik: "Nou, vooruit." Maar ik gaf ze liever niet weg, want ik vond ze zo ontzettend lekker. Maar goed, de dag dat ik met Mike Bushell had gesproken was een geweldige dag, want ik was aan de beurt om BBC *Breakfast* bij te praten en Mike Bushell, die ik heel leuk vind, was die dag de presentator, en ik had ook nog eens een Peperami in mijn snackpack. Het was echt een topdag!'

Het is heel wonderlijk hoe snel eten belangrijk wordt. Los van de monotonie van nat en droog voedsel dat we aan boord hadden meegenomen, lag onze aandacht sterk bij de snackpacks; we hadden ons vooraf nooit gerealiseerd hoe goed die zouden zijn voor het moreel.

'Een week of vijf voor de race zaten we allemaal bij Janette thuis,' vertelde Helen, 'waar een grote levering van Holland & Barrett was aangekomen. Dat bedrijf heeft heel veel gratis voedsel gedoneerd, en bij Janette thuis stonden alle dozen voor de snackpacks. Die snackpacks maakten we door gewoon van alles in zakjes te stoppen: noten, bananenchips, mueslirepen, kleine zakjes snoep. Mijn buurvrouw hielp mee, want het duurde eeuwig. We vulden lukraak een stuk of zestig zakjes de man.'

De individuele snackpacks werden weggeborgen onder de luiken. Onze namen stonden erop, en elke dag kreeg je een van je snackpacks, waar je het dan die dag mee moest doen. Janette mikte alles weg, want ze vond niks lekker, behalve Marsen. Alle noten en al het gedroogd fruit gingen weg, inclusief het zakje met 'poeder' (elektrolytpoeder was dat). We probeerden het weg te gieten, maar de wind blies het vaak over ons heen.'

'Als ik het nog eens over zou doen, zou ik mijn eigen snackpacks inpakken,' zei Helen, 'en er alleen maar dingen in stoppen die ik lekker vind en waar ik blij van word. Je hebt geen idee hoe belangrijk dat is. Ik had een Marsje per dag, en dat bewaarde ik voor de nachtshift. 's Nachts nam ik een pauze om het op te eten, en daar verheugde ik me echt heel erg op. De mueslireep deed ik bij het ontbijt; die was echt enorm. Om de een of andere reden vond ik de mueslirepen met chocola niet lekker. Ik had liever die zonder verdere toevoegingen, maar telkens als ik een snackpack kreeg zat er weer eentje met chocola in!'

'Niki was vast heel teleurgesteld,' vervolgde Helen. 'Ze had zo veel research gedaan en er zo veel tijd in gestoken. Maar veel van de snacks vonden we gewoon niet zo lekker. Dat was onze eigen schuld, want we hadden ons er zelf meer mee bezig moeten houden. En de snacks waren ook zo zwaar. De snackpacks van andere deelnemers wogen bijna niets, wat ook de reden was waarom Janette zo veel overboord kiepte. Ze wilde van het gewicht af. Niki's snackpacks waren enorm omdat zij dol op eten is. In die van haar zat heel veel snoep. Maar helaas niet één Peperami.'

'Je vraagt mensen wel wat ze willen eten, maar als ze steeds niet reageren, houdt het op. Ik bracht het diverse keren ter sprake, maar niemand luisterde. Ik weet nu dat we eigenlijk vooral veel chocola hadden moeten meenemen, en niet zo veel gezonde sportrepen, maar ik bedoelde het goed,' zei Niki.

En we hadden ook wel andere dingen om ons druk over te maken.

Ben vertelde ons dat er een storm aan zat te komen; een storm die al snel aanzwol tot een orkaan. Orkaan Alex. Het was de eerste orkaan die op de Atlantische Oceaan gevormd werd sinds 1955, de eerste januari-orkaan sinds 1938 en de eerste orkaan die wij allemaal ooit hadden meegemaakt, laat staan dat we wisten hoe dat zou zijn midden op de oceaan in een klein bootje van kunststof dat bijna niets meer in de accu had.

'Jullie zullen gewoon door moeten roeien,' adviseerde Ben behulpzaam.

Hoe sneller we in zuidelijke richting roeiden, des te minder last we zouden krijgen van de storm – nee, sorry, orkaan.

Die arme Ben. Hij bleef het maar zeggen, maar de eerste drie dagen luisterden we helemaal niet naar hem. We maakten hem ongetwijfeld wanhopig. Hij zag dat beeld van die enorme wervelstorm op zijn apparatuur verschijnen, maar wij konden niks zien. We waren doof voor zijn smeekbedes. Maar toen kregen we inderdaad de bevestiging dat er iets aankwam wat behoorlijk serieus was. En vreemd genoeg kwamen we Greg tegen, net toen we een draai in zuidelijke richting maakten. We zagen hem in de verte. Hij roeide in zijn eentje.

Janette ging meteen naar de radio. 'Er komt een storm aan! Ga naar het zuiden! We moeten allemaal naar het zuiden!' Hij kon niet geloven dat we zo dicht bij hem waren, en was heel blij met de informatie. Dus bedankte hij ons, en daar ging hij weer.

Zelf roeiden we zo snel mogelijk naar het zuiden voor de storm ons zou bereiken. We moesten ook zo veel water pompen als we maar konden, want we wisten dat we urenlang in de kajuit vast kwamen te zitten als de storm echt zou toeslaan, mogelijk zelfs dagenlang, en we hadden genoeg water nodig om in leven te blijven terwijl de zee om ons heen woedde. Een orkaan hadden we allemaal nog nooit meegemaakt, maar aan de telefoon wilden we onze families niet verontrusten, en dus spraken we af dat we het woord 'orkaan' niet zouden laten vallen. We hadden het erover dat er 'ruw weer' aankwam, of noemden het 'gewoon snertweer'. Sterker nog, door het nieuws over Alex te bagatelliseren raakten we er zelf ook van overtuigd dat het maar een klein, lokaal dingetje was, verder niks bijzonders.

En toen sloeg hij toe.

Als je 'orkaankracht' opzoekt op de schaal van Beaufort, krijg je behoorlijk verontrustende cijfers te zien, die verder gaan dan stormen, zware stormen en 'ernstige schade'.

Orkaankracht 12.
Effecten aan land: zeer gevaarlijke tropische wervelwinden
Snelheid: 117 km/u
Effect op zee: fenomenaal

Fenomenaal? Gelukkig had niemand van ons dat gelezen toen de lucht donker kleurde op de ochtend van twaalf januari. Toen we ons para-anker weer uitpakten, en daarbij zelf drijfnat werden, zagen we de bliksemschichten en slagregens al naderen. Overal om ons heen begon de oceaan zich te roeren, en toch was er een moment waarop hij, net als wij, even zijn adem leek in te houden tot Alex zich zou laten gelden. En dat deed hij, met een brute kracht twaalf.

We hadden de luiken dichtgedaan – Frances en Janette zaten in het kantoortje, Niki en Helen in de 'Eerste Klasse' – en we hoopten dat Charlie de boot echt zelf-oprichtend had gemaakt. Als ze zou omkiepen, kwam ze dan wel echt weer vanzelf omhoog? De zwaarste test waar we Rose aan hadden onderworpen was toen we haar heen en weer hadden geschommeld op de rivier bij Burnham-on-Crouch.

De eerste golven waren angstaanjagend. Rose werd opgetild uit het water en vervolgens van grote hoogte neergesmakt, steeds maar weer, en we vlogen uit onze kleine bedjes en werden rondgeslingerd als sokken in een wasmachine. Soms gingen we zo ver omhoog en weer omlaag dat onze hoofden het plafond van de kajuit raakten voor we weer op ons bed of de grond werden gesmeten, boven op een of ander apparaat. Alles wat niet vastgespijkerd, -gebonden of opgeborgen was, vloog door de kajuit. Het was net alsof een exorcist er een feestje aan het vieren was. We probeerden om via de satelliettelefoon contact te houden met Lee en de rest van het ondersteunende team, maar het bood weinig troost te weten dat alle andere teams ook in de orkaan gevangenzaten. Het was ons gelukt iets verder zuidwaarts te roeien dan de rest, dus terwijl sommige boten in het oog van de orkaan terechtgekomen waren, kregen wij alleen de uitlopers mee – en die waren nog heftig genoeg.

De wind jankte, de bliksem schoot door de lucht en de donder klonk alsof er zich een vrachtwagen in de boot boorde. En wij konden alleen maar proberen te blijven liggen, ons vastgrijpend aan de zijkanten van onze bedden.

Het duurde eindeloos. Bij zo'n gruwelijke kermisattractie kun je tenminste een keer uitstappen, en even op adem komen voor je je weer laat opsluiten in zo'n benauwd hokje waarin je je door elkaar laat rammelen. Die luxe hadden wij niet. We zaten zeventig uur opgesloten in onze kajuiten, twee nachten en drie dagen lang. Het was de hel.

'Je zit opgesloten. Je kunt niet weg. Nergens heen. Je moet het uitzitten en afwachten,' zei Janette. 'In de eerste paar uur maak je allerlei emoties door. Ik begrijp nog steeds niet dat we erdoor zijn gekomen, echt niet. Frances en ik kregen allebei verschrikkelijke hoofdpijn door uitdroging en gebrek aan zuurstof. We wilden zo graag wat lucht het kantoortje binnenlaten, en dus deden we het hokje van het roer even open. Heel even maar. Dat hokje is afgesloten en heeft een opening naar de zee, dus er hoort eigenlijk geen lucht in te komen, maar doordat de boot over het water stuiterde kwam er toch een klein beetje zuurstof in, en meer hadden we niet nodig. Maar de golven beukten zo hard tegen de kajuitdeur en er liep al water naar binnen. Op het laatst was alles doornat.'

Frances en Janette probeerden de tijd te doden met een spelletje kaart, maar de kaarten vlogen steeds alle kanten op. Ze deden Ik-zie-ik-zie-wat-jij-niet-ziet, maar er viel niet zoveel te zien. Ze probeerden een film te kijken op een iPhone, maar de batterij was al snel leeg. Ze probeerden te dutten, maar telkens als ze indommelden, sloeg er weer een golf tegen de zijkant van de boot en vlogen ze zelf door de kajuit. Ze hadden zo weinig ruimte dat ze allemaal maar pijnstillers begonnen te slikken tegen kramp en rugpijn.

En toen werd het warm. Heel erg warm. Na ongeveer tien uur in eenzame opsluiting deden ze al hun kleren uit.

'Ik raakte eraan gewend dat ik Frances' kont en boezem in mijn gezicht kreeg,' zei Janette. 'Ik weet nog dat ik een van haar borsten pakte, in de waan dat het een kussen was, dat ik probeerde weg te duwen.'

De tijd werd een waas. De dag ging over in de nacht en werd weer dag. En al die tijd zaten we opgesloten in die doodskistkajuiten. Frances en Janette braken hun snackpacks aan en begonnen de chocola te rantsoeneren. Op een gegeven moment vonden ze zelfs de Chocolate Orange van Niki's moeder! Een glimmende bol verrukkelijkheid. Zouden ze? Konden ze dat maken? We hadden per slot van rekening ieder nog maar één partje van de chocoladesinaasappel gehad, op eerste kerstdag. Ze aten hem op. Binnen vier minuten.

Maar het echte probleem was water. Nu ze bijna door de voorraad water heen waren en ze geen nieuw water meer konden bij maken omdat je onmogelijk aan dek kon gaan om de handpomp te gebruiken, nam Janette het besluit om de ballast aan te breken. Zoals ze ook bij Burnham-on-Crouch flessen water hadden gebruikt om Rose in het water te houden, hadden we ook nu flessen drinkwater onder het dek. De regels van de race schrijven voor dat je die flessen, zodra je ze aanbreekt, meteen weer moet vullen met zeewater, opdat je boot niet lichter wordt, want dan heb je een oneerlijk voordeel op de rest van de deelnemers. Janette wist dat we de flessen niet meteen weer konden vullen vanwege de woedende storm, maar ze hadden heel hard drinkwater nodig. En dus plunderden we de flessen met mineraalwater toen de vaten met drinkwater leeg waren.

'We hadden geen keus,' zei Janette. 'We zaten zo lang opgesloten.'

En toen sloeg de gekte toe. Janette en Frances kregen 'kajuitkoorts'. Pas als je drie dagen in je kajuit opgesloten hebt gezeten begrijp je wat dat voor een aandoening is. Ze begonnen hysterisch te lachen om van alles.

'Chocola eten, boeren, winden laten... We vonden alles echt ontzettend grappig,' zei Frances. 'Janette liet gruwelijke winden, en dan zei ik steeds: "Was dat nou echt nodig?" En dan huilden we van het lachen.'

Aan de andere kant van de boot, in de 'Eerste Klasse', was het ook de hel. Niki kon er niet tegen om zo lang opgesloten te zitten. Ze werd knettergek van de claustrofobie. Ondanks de donder, de bliksem, de slagregens en de enorme golven, wilde zij aan dek blijven.

'Ook al was onze kajuit iets groter, toch stuiterden wij nog erger door de ruimte, doordat wij op de boeg zaten. De hitte en het gebrek aan frisse lucht gaven me het gevoel dat ik stikte; het was alsof je in een oven zat. Ik wilde er alleen nog maar uit. Dan werd ik nog liever gegeseld door de wind en de golven.'

En dus sloeg ze door. Terwijl Helen tegen haar schreeuwde dat ze binnen moest blijven, deed Niki de deur open.

'Blijf binnen, Niki!' gilde Helen boven het lawaai van de golven uit.

'Ik moet hier uit!' riep Niki terug.

'Maar je overleeft het daar niet!'

'Ik heb al het gevoel dat ik dood ben!' riep Niki.

'Niet gaan!'

'Ik moet!'

'Clip jezelf dan vast!' zei Helen nog, en Niki verdween door het kleine deurtje van de kajuit.

'Ja, tuurlijk!' zei Niki grijnzend en ze stak haar duimen naar Helen op.

Aan dek waren de golven en deining ongelofelijk. De wind huilde en de regen kwam in een hoek van vijfenveertig graden omlaag en sloeg tegen de zijkant van Rose als miljoenen scherpe naalden. In haar reddingsvest en vastgemaakt aan veiligheidskabel met dubbele clip, zat Niki aan dek, zich uit alle macht vast te houden terwijl de ene na de andere golf tegen of over de boot sloeg.

'Toch voelde ik me daar zo veel beter. Het was echt heel verschrikkelijk in die luchtdichte hut – het voelde als een doodskist. Ik wilde alleen nog maar aan dek. Daar vond ik het prettig. De woeste golven en de wind vond ik niet erg; ik vond het juist wel spannend. Ik genoot van de vrijheid die je daar voelde. Ik trok het juist niet om opgesloten te zitten.'

'Niki!' gilde Janette vanaf het andere eind van de boot. 'Ga je kajuit weer in!' Janettes stem werd meegevoerd door de wind. 'Niki!' probeerde ze nog eens. 'Niki! NIKI!

Uiteindelijk draaide Niki zich om. Ze was doorweekt, haar gezicht zag roze van de striemende wind, en haar ogen waren groot door een mengeling van opwinding en angst.

'Het gaat wel!' riep ze.

'Nee, het gaat niet!'

'Het gaat goed!'

'Ga naar binnen!'

'Kan niet!'

'Dat kan wel. Ga. Nu!'

Niki stond naar Janette te staren terwijl de golven over de boot sloegen.

'Ga weer naar binnen, Niki! Dat is een bevel, als het zo moet.'

'Ik moest heel streng zijn,' zei Janette. 'Ik moest tegen de wind en regen in krijsen, maar ze verrekte het. Als schipper ga ik over de veiligheid van iedereen aan boord, en ik was er niet blij mee dat zij had besloten om aan dek te gaan. Ik wist dat ze het heel moeilijk had, en dat begreep ik ook wel – ik ben zelf ook niet kapot van kleine ruimtes – maar dat ze zich dan maar aan dek waagde, was niet de juiste beslissing.'

Nadat Janette nog wat had geschreeuwd en gecommandeerd dat ze weer benedendeks moest gaan, gaf Niki eindelijk toe.

Uiteindelijk gingen we allemaal af en toe aan dek, de storm trotserend om op de emmer te kunnen. We hadden dan ons reddingsvest aan en zaten stevig vast aan een dubbel veiligheidskoord. Meestal hadden we verder niks aan, en stond er een partner op de uitkijk voor het geval je overboord sloeg.

'Ik denk dat wij het totaal anders ervoeren dan Janette en Frances,' zei Helen. 'Niki vond het echt verschrikkelijk en had het heel moeilijk, en mijn iPod deed het niet, dus ik had niks anders dan de verhalen in mijn hoofd. Ik probeerde aan heel fijne dingen te denken – mijn huis inrichten, wat dan ook – en ik nam ook de gelegenheid te baat om te slapen. Ik sliep zo veel mogelijk. En ik at mijn snackpacks leeg. Het enige goede van het feit dat Niki zo veel aan dek zat, was dat ik mijn armen en benen kon spreiden in de kajuit. Maar het lawaai was onvoorstelbaar – de golven, de donder, de wind, de bliksem – het was echt van Bijbelse proporties. Ik vond het ongelofelijk dat Niki überhaupt aan dek wilde. Het was wel het laatste waar ik zin in zou hebben. Ik dronk niet eens water, omdat ik niet aan dek wilde om te gaan plassen. Het was niet te doen om naar buiten te gaan, je kleren uit te trekken, op de emmer te gaan en dan de inhoud overboord te gooien zonder van de boot geblazen te worden of door een gigantische golf te worden gegrepen.'

En toen trok de storm heel langzaam verder. Er was niet één moment waarop de lucht ineens opklaarde en de zon doorkwam, de zee weer helder werd, en kalm en vlak; er was gewoon een moment waarop we dachten dat we wel weer door konden roeien en de regen minder heftig was. En eerlijk gezegd trokken we het geen van allen om nog een nacht in de kajuit opgesloten te zitten.

'Het was niet zo dat we knipperend tegen het zonlicht onze kajuit uitstapten,' zei Janette. 'We schreeuwden gewoon naar de overkant dat we het wel weer konden proberen. Tegen die tijd hadden we elkaar al drie dagen niet meer echt gesproken. Ik belde met Ben en de dienstdoende medewerker van de race om te zien of de anderen al doorgeroeid waren en het para-anker hadden ingehaald, en ik dacht: we gaan er gewoon weer voor.'

We pakten onze riemen en begonnen te roeien. Het was een geweldig gevoel om onze bladen weer in het water te dopen, en iets van de twintig verloren mijlen goed te maken. We zeiden niet zo veel, en we bespraken niet echt wat er was gebeurd – we pakten de draad gewoon weer op. Er was werk aan de winkel. We hadden een orkaan doorstaan en we moesten naar Antigua.

'We leefden in een soort bubbel, op die boot,' zei Janette. 'Het was onze kleine bubbel en we hebben ons nooit echt gericht op het gevaar waarin we verkeerden. We zetten het gewoon van ons af. Het komt wel goed, dat was ons motto. We hebben nooit één moment gedacht: we zitten hier alleen, midden op de oceaan, en het duurt een dag voor er hulp kan komen. We namen elke dag zoals hij kwam. Onze uitdaging was steeds de volgende shift. Dat heeft ons in leven gehouden.'

SCHEEPSLOG:
'Zelfs al is het soms heel zwaar, er zijn altijd momenten waarop je echt je best moet doen om de wereld om je heen anders te zien dan hij is om erdoorheen te komen. Het was niet leuk in die kajuiten, tijdens de storm. Afleiding kan je echt redden, maar daar moet je je wel voor inspannen.' (Janette/schipper)

HOOFDSTUK 14

Flow

'Soms ben je in *the middle of nowhere*, en dat is precies de plek waar je jezelf vindt.'

ANONIEM

Het overleven van de orkaan was een enorme stimulans voor ons zelfvertrouwen. Het leek alsof de oceaan alles naar Rose toe had gegooid wat hij maar in huis had; hij had zich echt misdragen en een vreselijke driftbui getoond, maar wij hadden ons erdoorheen geslagen. We hadden de storm uitgezeten en nu waren we weer aan het roeien. Drie dagen eenzame opsluiting hadden ons een nieuw ontzag voor de Atlantische Oceaan bijgebracht. We wisten nu waartoe hij in staat was, en eerlijk gezegd waren we een beetje verliefd geworden. Het was alsof hij tegen ons praatte, ons iets wilde leren. We hoefden alleen maar te luisteren.

'We raakten zelfs een beetje geobsedeerd door de zee,' zei Helen. 'Uren-, dagenlang probeerden we het ritme van de oceaan uit te vogelen. 's Ochtends was hij altijd wat ruw en onvoorspelbaar, dan kwamen de golven van alle kanten op je af. Rond het middaguur werd het water stroperiger en 's avonds had je van die golven die de boot wilden grijpen. Je hoorde ze aankomen en tilde snel je blad op, zodat ze onder de boot door spoelden en je het gevoel had dat je vloog.'

'De oceaan had zo veel te geven,' zei Janette. 'Ik vond het geweldig. Rust en vrede vond ik, en ik leerde echt in het moment te leven. Er was geen enkele afleiding. Het is vreemd, want de zee maakt eigenlijk altijd geluid, maar heel soms werd hij heel stil en dan was er geen enkel geluid, en dan dacht je: hè, wat is het stil? Maar meestal hoorde je het klotsen of breken van de golven. Het is fantastisch, daar op zee. Echt fantastisch.'

'De ochtenden en zonsondergangen waren het mooist,' zei Helen. 'Vooral als je in het donker begon aan de ochtendshift en je de zon zag opkomen, dan zat je daar op de boot en dan dacht je: oké, wat heb jij vandaag voor me in petto? Kom maar op.'

Hoe langer we op zee zaten, hoe beter we werden in het lezen van de golven, en hoe meer we in het ritme kwamen. We hadden nog steeds problemen met de stuurautomaat, ons roer werkte niet naar behoren en we moesten met de hand water pompen omdat de accu niet fatsoenlijk wilde opladen. Maar nu de zon begon te schijnen, kregen de zonnepanelen er ook weer zin in. We waren bijna op de helft van de reis. En Frances verscheen ineens aan dek in bikini!

'Wat er ook gebeurt,' zei ze. 'Ik ben van plan om superbruin te worden.'

Ze zag er geweldig uit in haar stippenbikini. Ze had een strakke buik, was behoorlijk wat afgevallen, en er lag een brede grijns op haar gezicht.

'Oké! Nou is het genoeg!' verklaarde Janette, en ze liet haar riemen vallen. 'Ik ga mijn korte broek proberen.'

Ze kwam terug met de turkooizen shorts met het groene fluorescerende bandje voor een inwurmceremonie. We hielden onze adem in en hielden onze vingers gekruist terwijl Janette hijgde en pufte en trok. En uiteindelijk kwam het broekje over haar dijen heen, en een paar centimeter over haar billen.

'Tadaaa!' riep ze, en ze probeerde over de boot te paraderen. 'Ik ben er bijna!'

'Nog een klein stukje,' zei Niki bemoedigend.

'Niet slecht,' vond Helen.

'Gelukkig hebben we nog vijftienhonderd mijl te gaan,' merkte Frances op.

Inmiddels hadden we een routine ontwikkeld die verderging dan alleen eten, slapen en roeien. Rond halfeen 's middags hadden we het hoogtepunt van elke dag: Scores on the Doors. Alles werd stilgelegd, en we pauzeerden tot Janette of Helen (meestal Helen) het kantoortje uit kwam met de allure van een quizmaster, al had ze weinig anders aan dan een stinkend T-shirtje, en dan speelden we Scores on the Doors. Helens quizje had niet veel om het lijf, maar we verheugden er ons toch elke dag weer op. We moesten eigenlijk alleen raden hoever we de dag ervoor hadden geroeid en hoeveel mijl we nog moesten. Dat was alles. Maar het werd gepresenteerd met zo veel mogelijk showballet en getrompetter, gejoel en geklap als we konden opbrengen boven op een tien meter hoge golf. We gokten er altijd driftig op los – Vijfentwintig mijl? Veertig mijl? Vijfenzestig mijl? – en we riepen 'oe' en 'ah' en 'neeee'. Wat de prijs was voor degene die er het dichtstbij zat? Een fijn potje zelfingenomenheid omdat ze het goed had, meer niet. Was het aantal mijlen bedroevend laag, dan luidde de algemene reactie: 'Nou ja, we roeien tenminste de goede kant op.'

We bedachten honderden spelletjes tegen de verveling. Zo was er de Fame Game, waarbij we de namen van beroemde mensen moesten raden. Helen was hier heel goed in, als fervent lezeres van roddelblaadjes, en Janette bakte er helemaal niets van. Haar excuus was dat ze te weinig tv-keek, maar ze speelde het spelletje ook gewoon niet zo handig. In plaats van goede ja-neevragen te stellen – bijvoorbeeld: 'Is het een vrouw?' – smeet Janette met namen: 'Is het Richard Gere?'

Opvallend was dat ze het wel heel goed deed bij de Name Game. Zo noemden we het spelletje waarbij je namen moest verzinnen met een vaste beginletter. Jane, John, Jericho, Juliet, Janet, Jimmy... Later kwamen we erachter dat ze dat spel urenlang met haar kinderen had gespeeld wanneer ze in de auto door Frankrijk reden, en zo een behoorlijke voorsprong op de rest had opgebouwd.

Ook genoten we erg van Helens gave om altijd van alles kwijt te raken. Het gebeurde elke dag wel een keer. Minstens een keer per dag blijft ze even stil, en dan komt de vraag: 'Heeft iemand mijn dit-of-dat soms ergens gezien?'

Niemand snapte hoe het mogelijk was dat ze zo veel spullen kwijt kon raken op zo'n klein bootje. Uiteindelijk ging ze ons maar voor de grap van diefstal beschuldigen, terwijl wij niets anders deden dan opruimen.

Verder hadden we nog een spelletje dat we 'Jacht? Tanker? Vogel?' noemden, waarbij we de horizon afspeurden op zoek naar van alles. Niki was er heel goed in. De eerste die iets zag mocht het op de wand onderdeks noteren als 'vangst van de dag'.

De muren waren kleine oases van vreugde, want we hadden vrienden, familie en zelfs andere roeiers op La Gomera gevraagd om er berichtjes voor ons op te schrijven. Op stille momenten als we wel wat goede moed konden gebruiken, gingen we in het kantoortje liggen om de motiverende krabbeltjes van geliefden en andere deelnemers te lezen.

We bedachten zelfs manieren om onze saaie voedselpakketten wat op te leuken. Janette deed altijd alsof ze een treurig afhaalrestaurant runde, en ze herhaalde keihard onze bestellingen als we vroegen om pizza of nasi of kip korma. En dan kregen we runderstoof, als altijd, en deden wij alsof we genoten van onze 'bestelling'.

Zulke spelletjes waren goed voor urenlang vermaak, en we lachten tot de tranen ons over de wangen liepen. Het is verbluffend hoe weinig je nodig hebt als je met mensen bent van wie je houdt.

Hoe verder we in zuidwestelijke richting roeiden, des te beter het weer werd. Hoewel we weinig aan onze accu hadden, konden we 's middags toch muziek luisteren, want als de zon warm genoeg was, hielden we nog genoeg stroom over voor de nachtshift. We discussieerden urenlang over onze muziekkeuze, maar onvermijdelijk werd het steeds weer de soundtrack van *Mamma Mia!*, die we allemaal mee konden zingen.

Maar wat een verschil maakten die twee uurtjes. Daar zaten we dan: de zon op ons gezicht, vliegend over de golven, keihard meeblèrend met ABBA-liedjes. Doorroeien, aan de riemen trekken op de maat van de muziek, wiebelen in onze zitjes, het gaf een geweldig gevoel en leverde genoeg op voor een glimlach.

De zon bracht echter ook zo zijn problemen met zich mee. Het wedstrijdreglement schreef voor dat je geen doek over het dek mocht spannen dat als zeil zou kunnen fungeren en zo de overtocht zou kunnen bespoedigen. We hadden dus geen schaduw. Daardoor zweetten we als otters; het was kokendheet aan dek, en aan weerszijden lagen twee nog veel hetere kajuiten. Midden op de dag roeien was een bezoeking. De zon verbrandde dan twee uur lang ons gezicht, onze lippen, neus en schouders, ondanks de enorme hoeveelheden zonnecrème waar we ons mee insmeerden. De vele sneetjes, wondjes en korstjes deden ook erg pijn door het roosteren in de zon. Het voorste zitje in de boot was het ergst; dat was echt een soort koekenpan. Halverwege onze race was er een heel akelig moment omdat Janette bijna buiten westen raakte door een zonnesteek en we haar naar een al even warme, zweterige kajuit moesten brengen om haar uit de zon te leggen en haar snel twee liter water te laten drinken.

Maar de nevelige dagen, of de dagen met hier en daar wat wolken, waren hemels. Aan kleding deden we inmiddels bijna niet meer. Helens ondergoed was al vrij snel door een windvlaag meegenomen, en de anderen begonnen ook steeds meer uit te trekken. We werden gekweld door wrijvingszweren op ons achterwerk, onze handen en de binnenkant van onze dijen, maar los daarvan was het ook gewoon veel gemakkelijker om geen kleren aan te hebben, want dan hoefden we ze niet te drogen nadat er weer zo'n monstergolf over ons heen geslagen was.

'Je zag ze vaak niet aankomen,' zei Niki. 'Ze sloegen onder de boot door, zodat ze je niet konden raken, maar soms kwamen ze over de boot en sloegen je ineens in je gezicht.'

'Het leek wel alsof er ineens iemand een emmer water over je heen gooide,' vertelde Helen. 'En de zee scheen te weten wanneer mijn shift erop zat. Dan was ik klaar met mijn twee uurtjes, en wilde ik naar bed, deed de deur van de cabine open... en hop, daar kwam een golf. Dan was ik drijfnat, maar ik niet alleen, ook mijn bed! 's Nachts was het het ergst, want dan zag je geen hand voor ogen en had je er geen enkele kijk op.'

Monstergolven waren gevaarlijk, want ze slingerden ons de hele boot over. Op een nacht werd Frances, toen ze klaar was met haar shift en naar haar kajuit wilde gaan, door een golf gegrepen.

'Ik vloog over de boot, werd gewurgd door het veiligheidskoord, en sloeg vervolgens met mijn hoofd tegen de achterkant van de boot. Toen ik landde kon ik niets meer zien. Het was net een tekenfilm, met van die sterretjes die boven mijn hoofd cirkelden. Ik was blind, het was donker, en ik zag alleen wat zilverkleurig licht. Verder helemaal niks.'

Janette en Niki reageerden pijlsnel en sleuren haar de kajuit in, waar ze stil bleef liggen en naar het plafond staarde zonder iets te zien. 'Het was doodeng. Ik zag het gebeuren en mijn hart zat in mijn keel. Ik dacht dat ze er geweest was, want het touw zat ter hoogte van haar halsslagader om haar nek,' zei Janette.

Maar Frances was koelbloedig als altijd, en maakte totaal geen drukte. Ze nam alleen wat glucosetabletten en bleef liggen. Haar zicht kwam langzaam terug, en twee uur later zat we weer aan de riemen.

Helen had iets minder mazzel. Ze klaagde verschrikkelijk dat ze haar haren niet kon wassen, en als ze de kans kreeg zat ze er demonstratief aan te krabben. Het was nu een maand geleden sinds de laatste wasbeurt, en dat was een persoonlijk record. Overigens ook voor de rest van ons. Helen werd er knettergek van. Borstelen deed ze allang niet meer. Het zwarte elastiekje waar ze de boel altijd mee opstak was zoekgeraakt in het vogelnest achter op haar hoofd, en in plaats van het eens goed te ontwarren, stopte ze het hele zwikje weg onder een sjaal, als de kristallen bol van een waarzegster.

De monstergolf nam Helen te grazen toen ze achter de riemen vandaan stapte en had haar niet op een slechter moment kunnen treffen. Ze had niets om zich aan vast te grijpen, en vloog naar de zijkant van de boot. Een scherpe schroef gleed over haar schedel, wat resulteerde in een wond van bijna tien centimeter. In haar haar sijpelde bloed. Helen gilde niet. Ze maakte eigenlijk nauwelijks geluid. Ze zat daar maar op de bodem van de boot en hield de zijkant van haar hoofd vast terwijl haar sjaal langzaam helderrood kleurde.

'Tja,' zei ze, terwijl ze ons een voor een verbijsterd aankeek. 'Nu moet ik toch echt mijn haar een keer wassen.'

'Dat zou ik niet te hard zeggen,' zei Janette, die de tas met medische spullen pakte en de jaap in Helens hoofdhuid bekeek.

'O nee,' zei Helen, terwijl ze haar bebloede sjaaltje afdeed. 'Jij gaat het echt niet als een rollade bij elkaar naaien.'

Uiteindelijk besloot Janette dat het onmogelijk was om op zee te hechten op zo'n klein bootje dat alle kanten op stuiterde – en het laatste wat ze wilde was Helen met een naald in haar hoofd prikken – dus waste ze de snee en plakte ze de boel aan elkaar met wat hechtpleisters.

We begonnen het fysiek zwaar te krijgen. De lange dagen, de zware omstandigheden, de zweren, de wonden, de blauwe plekken van het voortdurende beuken van de boot en de zee, en het weer begonnen hun tol te eisen. Onze handen waren een kwelling. Ze zaten onder het eelt, de kloven en de blaren, waar steeds bloed en vocht uitkwamen. Niki's nagelbed was zo gezwollen van de pus dat er niets anders op zat dan dat Janette er een kerf in maakte met een mes en dat Niki wat supersterke antibiotica nam.

'Volgens mij vond ze het wel lekker om te doen,' zei Niki. 'Maar het moest, anders was ik die vinger kwijtgeraakt.'

Helens voeten zagen er net zo uit als onze achterwerken, doordat ze per se zonder schoenen wilde roeien. Ze beweerde dat ze blaren kreeg van haar schoenen, maar blaren waren niets vergeleken met wat er nu met haar hielen gebeurde: ze zaten onder de kloven en de lappen huid hingen erbij. Maar Helen hield vol in haar kerstsokken en met een paar pantoffels van gevoerde schapenvacht die Niki uit haar Mary Poppins-tas tevoorschijn had getoverd. Het waren pantoffels die voor oudere mensen worden gebruikt om doorligplekken te voorkomen, en Niki had ze meteen aan het begin van de reis al aan Helen gegeven. Helen vond ze fijn, want ze waren lekker zacht en ze pasten bij de schapenvachtjes die we op onze zitjes legden tegen het schuren. Hoewel daar eigenlijk geen kruid tegen gewassen was. Pijnlijke achterwerken en gezwollen handen (zo erg zelfs dat we onze trouwringen af moesten doen) en dikke gewrichten waren ongemakken die we wel hadden voorzien, maar de kleine, verschrompelde kuitspiertjes niet. Hoe konden we nou weten dat zes weken niet lopen zo'n effect op je benen zou hebben? Onze dijen waren sterk, maar onze kuiten waren zo goed als verdwenen.

Het was begin februari; de nieuwigheid van de oceaan was er wel zo'n beetje vanaf. Toen het getij ons weer vertraging opleverde, kregen we het gevoel dat we Antigua nooit zouden bereiken. We hadden nog een kleine duizend mijl te gaan, en we telden elke dag af, wat nooit een goed teken is. We hoorden dat Ocean Reunion (met Charlies neef Angus aan boord) de race al in een recordtijd had gewonnen. Row Like a Girl was ook op Antigua aangekomen, als tweede, tegen alle voorspellingen in. Atlantic Challenge, Atlantic Drifters, Oarsome Buoys, All Beans No Monkeys, Team Beyond en Row2Recovery waren ook allemaal al gefinisht. We hadden visioenen van onze familie die daar maar zat te wachten, starend naar de horizon tot ons kleine bootje zou verschijnen.

Het tevreden gevoel dat we de orkaan hadden overleefd en stug doorgingen begon af te brokkelen. We vonden het zwaar, en het kostte veel moeite om op koers te blijven, daar hielp geen lieve *Mamma Mia!* aan. Onze stuurautomaat werkte nog steeds niet en we moesten met de hand de ruwe zee over sturen, in shifts van elk een kwartier, omdat bleek dat aan het roer staan veel zwaarder was dan roeien.

Depressie overspoelde de boot. We hielden een vergadering om onze gevoelens bespreekbaar te maken. Sinds we uit La Gomera vertrokken hadden we al een paar van dat soort sessies gehad, maar die gingen meestal over eten en in welke kajuiten we zouden liggen. Dit was een stuk serieuzer. We hadden er allemaal genoeg van. Er moest nu iets gebeuren, anders zouden we echt heel erg depressief worden.

Janettes strijdmiddel tegen de somberheid en de eenzaamheid en het desolate gevoel was harder roeien, langer achter de riemen zitten. Met drie man, in plaats van twee.

Die suggestie werd niet warm ontvangen.

'Ik wil het halen, en ik denk dat we meer moeten roeien. Wat vinden jullie?' vroeg ze.

'Ik denk dat we niet nog meer kúnnen roeien,' zei Helen. Zij was altijd de eerste die reageerde. 'Er wordt al voortdurend geroeid. De boot wordt nooit níét geroeid. Hoe zouden we dan nog meer kunnen roeien?'

'Maar als we drie uur roeien, zijn we er sneller, denk ik,' meende Janette.

'Sneller?'

'Zoals jij het nu brengt, lijkt het net alsof je ons lui vindt,' zei Helen.

'Helemaal niet.'

'Jawel, en we zijn niet lui. We zijn fysiek gewoon niet tot meer in staat.'

'En als je dan langer blijft roeien als je daar zin in hebt? Als je nog wel eventjes door kan? Overdag, niet 's nachts. Dat ga je gewoon aan de riemen, en dan roei je als je zin hebt,' opperde Janette.

'Mijn gevoel zegt dat we aankomen wanneer we zouden moeten aankomen,' zei Frances.

'Als we er maar komen,' zei Niki.

We keken haar allemaal aan. De afgelopen weken hadden we ons zorgen gemaakt om Niki. Ze was steeds minder spraakzaam geworden, vooral 's avonds, als we ofwel roeiden met muziek op, of zaten te kletsen. Maar Niki kletste niet meer. Ze verdween uren aan een stuk in haar eigen hoofd. En dan begon ze te klagen over het lawaai dat wij maakten. Het was bijna alsof ze het gevoel had dat ze in een situatie zat waar ze geen controle over had, en ze probeerde om weer wat zeggenschap te krijgen. Duidelijk was wel dat we het allemaal zwaar vonden om zo op elkaars lip te zitten.

'Ze klaagde steeds dat mijn muziek te hard stond. Dat ze het door mijn koptelefoontje kon horen,' zei Helen. 'En 's avonds wilde ze absoluut geen geluid.'

'Helens koptelefoontje stond ook zó hard!' vond Niki.

'Ze wilde ook niet dat wij praatten tijdens de nachtshift.'

'Ik probeerde te slapen,' legde Niki uit.

'Janette en ik besloten om onszelf te oefenen in virtueel praten,' vervolgde Helen. 'Dan zei ze: "Neem een kleur in gedachten." En dan vroeg ze aan welke kleur ik dacht, en dan antwoordde ik: "Groen." Waarop zij begon te gillen: "Groen! Dat is precies wat ik dacht!" Ik geloof niet dat Niki de enige was die een beetje aan het doordraaien was.'

We zouden eigenlijk rouleren met de kajuiten, om de luxueuze 'Eerste Klasse' te delen, waar je je net wat meer kon uitrekken en geen pijnstiller nodig had om de extra uren door te komen als het para-anker uit moest. Maar na een paar weken zei Niki dat ze daar echt niet meer naar binnen wilde.

'Ik had moeite met de kajuiten,' legde ze uit. 'Ik wist niet dat ik zo claustrofobisch was. Het had te maken met de hitte. Ik heb heel erg last van astma, als gevolg van hooikoorts. Als tiener moest ik vaak worden opgenomen in het ziekenhuis, en dan lag ik in zo'n zuurstoftent. Ik heb altijd last van mijn luchtwegen gehad, maar alleen in de zomer. Toen ik op de boot zat, ging het 's nachts wel, als het koeler was, maar hoe warmer het werd – plus het feit dat je opgesloten lag in van die kleine hokjes, zonder frisse lucht… Zoiets had ik nog nooit meegemaakt. Tegen het eind van de reis kreeg ik steeds hartkloppingen als ik de kajuit in ging – bijna een paniekaanval. Het was vreselijk. Ik probeerde zo veel mogelijk aan dek te blijven, en overdag sliep ik niet, maar bleef ik liever achter op het dek staan, om maar buiten te kunnen blijven. Uiteindelijk hadden we de stilzwijgende afspraak dat ik de deur van de kajuit waar ik sliep een piepklein beetje open mocht laten, om nog wat lucht binnen te laten. Dan lag ik met mijn gezicht pal naast de deur, en probeerde ik zo snel mogelijk in slaap te vallen. Later kwamen de meiden om de deur dicht te doen.'

Niki trok het niet om in het kantoortje te slapen, en dus bood Janette aan om daar het grootste deel van de reis te blijven. 'Hoewel het best lekker was geweest om wat extra beenruimte te hebben. Als schipper voelde ik me verantwoordelijk. Ik wilde Niki in een kajuit houden, welke kajuit dan ook. Zelf had ik niet zo'n last van benauwdheid, en de navigatiemiddelen stonden in het kantoortje,' zei Janette. 'De enige met wie ik geen hut wilde delen was Helen, want die maakte altijd zo'n troep! Ze waste zich met luierdoekjes en liet die doekjes dan op bed liggen. Ze wilde ze per se nog een keer gebruiken als toiletpapier, aangezien we onszelf op een rantsoen van zes doekjes per dag hadden gezet, voor alles. Maar uiteindelijk werd zelfs Helen heel netjes. Ze vroeg ook nooit meer aan ons: "Waar is dit of dat?" en ze hield haar opslagnetten keurig netjes bij haar bedje.'

Naarmate de tijd vorderde, raakte Niki geobsedeerd door de snelheid van de boot.

'Ze vroeg om de minuut vanaf het achterste zitje hoe hard we gingen,' zei Frances. 'Iedereen zat daar het liefst, vanwege de beschutting, en de plee was er vlak naast. Maar je was er ook afhankelijk van degene voor je, want die kon de snelheidsmeter zien. En dus vroeg ze de hele tijd: "Hoe hard gaan we nu? En nu, hoe hard gaan we nu?" Op het laatst zeiden we gewoon: "Geen idee, ik kan het niet zien." Niki was intens verdrietig, ze miste haar gezin. Ik geloof niet dat ze zich realiseerde wat voor effect dat op de rest had. Het was heel zwaar. Ik zei altijd: "We komen er vanzelf. Maak je nou maar niet druk." Maar ze vond dat een volkomen belachelijke reactie.'

'Ik miste mijn gezin zo verschrikkelijk,' zei Niki. 'Mijn kinderen zijn wat jonger dan die van de anderen, en misschien had ik het gevoel dat ze me echt nodig hadden. Ik was depressief, en ik denk dat hoe meer mensen tegen je zeggen dat je iets niet moet doen, des te liever je dat juist wilt. Dus de andere drie zeiden steeds maar: "We komen er vanzelf. Je hoeft niet steeds te berekenen wanneer we bij de finish zijn." Terwijl ik daar uren aan besteedde. Ik vond het heel fijn, eerlijk gezegd. Ik denk dat ik door de pijn van die idiote stuitbreuk en die verschrikkelijke claustrofobie in de kajuiten heel graag ergens anders mee bezig wilde zijn. Ik wilde niet denken aan opgesloten zitten in een hokje zonder lucht, en dus begon ik te rekenen met de mijlen die we al hadden afgelegd en de mijlen die we nog moesten. Steeds deed ik een sommetje, zo van: oké, vandaag hebben we dus zoveel mijl afgelegd, dus als dit ons gemiddelde is, dan zijn we rond die datum op Antigua. Het gaf me iets te doen. Iets om mijn hersenen mee bezig te houden. En het was zoiets als schaapjes tellen. Waarschijnlijk was ik een beetje gefrustreerd. Verder maakte niemand op de boot zich druk om hoelang het zou duren. *Go with the flow*, zeiden ze. Terwijl al die andere boten meer waren zoals ik. Die berekenden hun geschatte aankomsttijd en werkten hard om die te halen. Ik deed het niet omdat ik per se een bepaalde plek in het klassement wilde. Ik wilde gewoon naar mijn gezin terug.'

Helen stelde voor dat Niki vaker naar Gareth belde. Janette sprak dagelijks met Ben, al was het nog zo kort, maar de rest had maar spaarzaam contact met thuis, deels omdat het zo duur was, maar deels ook omdat veel van die gesprekken niet zo succesvol verliepen. Janettes kinderen waren bijna nooit thuis als ze hen belde; die van Helen zaten op kostschool en hadden zelf een heel nieuw leven. Eén keer had Helen een gedenkwaardig gesprek van een kwartier met haar moeder over shampoo. Dat ging ongeveer zo:

Helen: 'Mam, wil je leave-in conditioner voor me kopen?'

Moeder: 'Je lievelingsconditioner?'

Helen: 'Nee, dat heet zo, leave-in conditioner.'

Moeder: 'Dus je lievelings?'

Helen: 'Nee, leave-in. Conditioner die je niet uitwast.'

Moeder: 'Hoezo niet uitwast?'

Helen: 'Aaaargh.'

En toen werd de verbinding verbroken.

Nee, bellen was niet gemakkelijk. De kinderen van Frances hadden het te druk met hun vrienden en een van Niki's zoontjes gaf de telefoon weer terug aan Gareth omdat hij nu niet kon praten, anders werden zijn cornflakes zo papperig. En zo hoort dat ook, natuurlijk. Het laatste wat we wilden was dat onze kinderen thuis huilend bij de telefoon zaten. Wij misten hen meer dan zij ons. Onze echtgenoten waren altijd positief en vrolijk, maar als jij verder niks te melden hebt dan dat je de mueslirepen te groot vindt en dat er een vliegende vis tegen je gezicht is gevlogen, dan valt het niet mee om een gesprek gaande te houden.

Toch hielpen de extra telefoontjes met Gareth nauwelijks, en algauw was Niki niet alleen geobsedeerd door onze snelheid, maar ook door eten. ‘Ze was bang dat het op zou raken,’ zei Frances. ‘Ze begon te rantsoeneren, ook al had ze wel voedsel nodig.’

‘Ik begon al mijn noten en gedroogd fruit te hamsteren, en schold iedereen uit die eten weggooide. ‘Nee! Geef aan mij!’ Ik was een soort eekhoorn; ik had overal voorraadjes liggen,’ zei Niki. ‘Iedereen werd er gek van, maar ik deed het waarschijnlijk alleen om weer ergens controle over te hebben.’

En inmiddels was ze niet de enige met problemen. Op een avond toen we ons klaarmaakten voor onze avondroutine zat Frances er ineens helemaal doorheen. ‘Het was een week of drie voor onze aankomst. Ik had wat moeite met sommige avondshifts, omdat het dan lastiger was om koers te houden dan overdag. Om de een of andere reden duurde het in het donker altijd langer om de boot weer te keren als je uit koers was geraakt. De avond dat ik zo down was, was niet eens een zware avond.’

‘Gek genoeg hadden we allemaal wel iets wat we verschrikkelijk vonden,’ zei Niki. ‘Ik trok de kajuiten niet, en zowel Helen als Frances vond het vreselijk als de boot midden in de nacht van opzij werd geraakt door hoge golven.’

‘Er was niks dramatisch, die avond,’ zei Frances. ‘Maar ineens bekroop me het idee dat we misschien zo’n golf zouden krijgen, en dat de veiligheidslijnen dan zouden breken, en we niet meer aan boord zouden kunnen klimmen. Ik had het gevoel dat ik mijn leven op het spel zette, en voor mijn kinderen moest ik toch op zijn minst proberen om in leven te blijven tot ze volwassen waren. Ik zag de krantenkoppen al voor me over ons onverantwoorde gedrag. Toen ik klaar was met mijn shift heb ik met mijn zonnebril op zitten huilen. Janette gaf me een dikke knuffel en een kus en zei tegen me dat het allemaal goed zou komen.

'Toen ben ik in de kajuit gaan liggen en probeerde te slapen, maar dat lukte niet. Dus toen heb ik wat muziek geluisterd tot het weer tijd was om te roeien. Toen ik twee uur later weer aan de riemen ging zitten, was het over. Het lijkt nu bijna irrationeel, maar ik maakte me na die avond steeds minder zorgen, hoe langer we op de oceaan zaten. Want ik vertrouwde op Rose, en haar vermogen om rechtop te blijven, hoe de zee zich ook gedroeg.

'Helen was ook heel stellig dat we Antigua zouden halen, want dat wist ze van haar engelenkaarten. Ze had zo'n volledig vertrouwen dat er niets was om je zorgen om te maken. Maar in die twee uur sloeg de twijfel toe. Ik was mijn hele leven verantwoordelijk geweest en ik had altijd gedaan wat mensen van me verwachtten; mijn deelname aan de race en eens iets ongewoons doen was een behoorlijk sprong in het diepe geweest voor mij.'

Janettes manier om met de stress aan boord om te gaan was hysterisch lachen.

'Dat heb ik een paar keer gedaan, maniakaal lachen. Eerlijk gezegd was ik toen helemaal doorgeslagen. Ik weet nog dat ik een keer op een avond voorop roeide, met Niki achter me, en dat ik toen heb zitten lachen om Helens benen omdat die er zo raar uitzagen. Van die magere pootjes met sokken aan het eind. Het leken net mussenpootjes. Ik begon te lachen en ik kon niet meer stoppen. Ik kon gewoon niet meer roeien, zo hard moest ik lachen. Ik was buiten mezelf, en ik wist dat Niki achter me zat, en dat zij heel verdrietig was en er schoon genoeg van had, maar zelfs daar moest ik om lachen. Niki had daar niet veel aan. Zit je daar met je ellende, begint een ander hysterisch te lachen. Maar lachen was mijn uitlaatklep, terwijl huilen Niki's manier was om stoom af te blazen. Zo hadden we allemaal wel wat.'

'Ik huilde en zij lachte,' zei Niki. 'Ik zat daar in mijn eigen wereldje weg te dromen, en ineens begon Janette zomaar te lachen, een uur lang, zo erg dat ze niet meer kon roeien. Ze speelde het zelfs niet klaar om in haar zitje te blijven zitten. Het was niet echt lachen. Ze werd overvallen door hysterie. Het overkwam haar een paar keer. Als je Frances en Janette vraagt waar ze het mentaal moeilijk mee hadden op de boot, dan zeggen ze dat ze het nergens moeilijk mee hadden. Maar beiden gedroegen ze zich als studenten; ze zaten te giebelen en te geinen. En Helen en ik zaten erbij en keken ernaar. Ze hadden die lachbuien nodig om met hun stress om te gaan.'

De enige die geestelijk normaal bleef was Helen. Op het droge is ze waarschijnlijk de vaagste van ons allemaal, maar op het water was ze juist het meest in balans. Haar strategie, voor zover ze er eentje had, was: rustig blijven en stug doorgaan. Ze was vastberaden, gefocust en week niet van haar plannen af.

'Een vrouw van staal,' zei Janette. 'Een soort robot!'

'Een van de mensen van de organisatie, Ian Couch, zei dat je iemands ware aard leert kennen op zo'n boot. De ware aard komt boven, en hun sterke en zwakke kanten. Je ziet iemand zoals hij echt is,' zei Helen. 'Ik heb altijd geweten dat we de overkant zouden halen. Daar heb ik nooit een seconde aan getwijfeld. Misschien dat ik daardoor nooit ben ingestort.'

'Helen is mentaal een stuk sterker dan je zou denken,' zegt Frances. 'Ik denk omdat we allebei een ouder hebben verloren, en we van nabij hebben meegemaakt wat ziekte met iemand doet. Daar zijn we taaier van geworden. Je beseft dat je het leven niet in de hand hebt. Erger kan het niet worden. We weten niet hoe het verhaal eindigt, maar als we positief blijven denken, zal de afloop gunstig zijn. Dit was gewoon iets waar we doorheen moesten.'

En dat deden we. We moesten ons hoofd erbij houden en elkaar helpen, anders zouden we verliezen wat we juist hadden willen vinden, midden op de Atlantische Oceaan. Dus bleven we ook bij onze positieven. Samen.

De kracht van ons team bestaat uit elk individueel teamlid. De kracht van elk teamlid is ons team.

'Op een middag,' vertelt Janette, 'toen Frances en ik samen roeiden, hadden we het over Niki. We vroegen ons af waarom ze zo down was en probeerden te bedenken hoe we haar erdoorheen konden slepen. Ik had zo'n medelijden met haar. Het leek me vreselijk om je zo te voelen op dat kleine bootje, met zo weinig ruimte.'

'Is er iets aan de hand?' vroeg Niki, terwijl ze haar hoofd uit de kajuit stak.

'Wat?' vroeg Frances.

'Ik hoorde dat jullie het over mij hadden,' zei Niki.

'Ja, nu je er zelf over begint,' zei Frances. 'Ik wil graag iets tegen je zeggen.'

'Ze praatten veel te hard,' zei Niki later. 'Het was onmogelijk om hen niet te verstaan.'

'Gelukkig was Frances degene die vlak naast haar zat, achterin, want volgens mij is Frances heel goed in dit soort situaties,' zei Janette.

Er volgde een stevige, eerlijke discussie over de invloed van Niki's stemming op de groep, en Niki gaf toe dat ze echt onze hulp nodig had omdat ze anders te veel aan Gareth en haar gezin dacht. Halverwege het gesprek schoot Helens hoofd overeind als een stokstaartje, maar Janette gebaarde stilletjes dat ze moest opduvelen.

'Niki was heel dapper,' zei Frances. 'Ze barstte niet in tranen uit. Ze zei dat ze het zwaar had en vroeg of ik haar kon helpen. Ze gaf toe dat ze iemand was die graag de touwtjes in handen had, en dat ze op dit moment het gevoel had dat ze nergens meer controle over had. Ze had het vooral moeilijk met de onzekerheid over hoelang we nog op de oceaan zouden zitten. Ze vond het heel akelig om het idee te hebben dat we doelloos ronddobberden en zie dat ze zich heel geïsoleerd was gaan voelen.'

'De enige problemen aan boord,' zei Helen, 'kwamen doordat we niet meer met elkaar praatten wanneer we ons opsloten in onze eigen ruimte met onze eigen gedachten. Dus besloten we om meer praatsessies te houden en onze gevoelens te delen. En we liepen eerdere gesprekken na, en zeiden: "Toen je dat tegen me zei, voelde ik me gekwetst. Ik wil graag dat je naar me luistert als ik je zoiets vertel." '

We hadden dus vaker een gesprek, en gaven elkaar carte blanche om dingen op tafel te leggen. Als iemand iets had gezegd of gedaan – je mocht het allemaal van je af praten. We waren pijnlijk eerlijk tegen elkaar en we voerden een antipruilbeleid door. Anders zouden dingen maar door etteren. We woonden samen in een heel kleine ruimte, met nul privacy, zonder mogelijkheid eraan te ontsnappen. We waren het er allemaal over eens dat we, als de feedback iets te fel was, we er aan het eind van de zin aan toe zouden voegen: 'Nou ja, dat vind ik dus,' (op zangerige toon) om het venijn uit de staart te halen.

Er was een zinnetje dat we in aanloop naar de race vaak gebruikten. 'Het komt goed,' hoorden we onszelf steeds weer zeggen. 'Het komt goed,' ook al hebben we nu nog niet bepaald al het sponsorgeld bij elkaar. 'Het komt goed,' ook al hebben we deze week maar vijf uur kunnen trainen. Maar toen we zo heel alleen op de oceaan waren, achtervolgd door onze eigen demonen, besloten we dat 'Het komt goed' misschien niet positief genoeg was, en leenden we (op Niki's aandringen) een paar woorden uit de film *Pollyanna*. We speelden net als de hoofdrolspeelster het Ik-ben-blij-spel.

'Als er iets rottigs gebeurt, moet je een reden verzinnen waarom je toch blij bent dat het gebeurt,' legde Niki uit. 'In de film en het boek is het hele verhaal opgebouwd rondom dat spelletje. Het Ik-ben-blij-spel. En dus gingen we dat spelen. "Ik ben blij dat de waterpomp kapot is, want nu kan ik iets langer aan dek blijven om met mijn vriendinnen te praten." Dat soort dingen. Het was een uitdaging. Hoe lastiger het probleem, des te leuker om te bedenken waarom je er toch blij mee was, en hoe vaker je het deed, hoe beter we erin werden om "blije" dingen te bedenken.'

We waren blij dat er alleen nog maar proteïnesnacks in onze snackpacks zaten, blij dat we elk babydoekje minstens twee keer moest hergebruiken voor we het in de toiletemmer mochten gooien, blij dat we geen stuurautomaat hadden, blij dat er 's nachts geen verlichting aan kon, blij dat Niki Helen moest leren hoe je moest sturen, blij dat ze 's nachts niet aan het roer stond, omdat ze nachtblind was, blij dat we nog maar vijfhonderd mijl te gaan hadden, blij dat we ons haar al tweeënhalve maand niet hadden gewassen, blij dat we geen kuitspieren meer over hadden, blij dat ons speciale ondergoed overboord gevlogen was.

Al was Janette met dat laatste niet echt blij. 'Ik heb nog nooit van mijn leven zo veel poezen voorbij zien komen!' zei ze. 'Er was er eentje voor me, eentje achter me, eentje recht in mijn gezicht, eentje boven mijn hoofd, overal poezen! En ze waren spuuglelijk! Ik snap niet wat mijn man erin ziet.'

Het probleem was niet de naaktheid, maar dat het allemaal zo recht onder haar neus gebeurde.

'Op een gegeven moment zei Janette klaaglijk: "Helen, haal alsjeblieft je vulva uit mijn gezicht!" Ik stond voorovergebogen om pleisters op mijn voeten te plakken, dus ze had een punt. En overal waren poezen, dat klopte. Soms deed je je kajuitdeur open, en had je ineens de kont in je gezicht van iemand die desinfecteervloeistof op haar billen had gesmeerd en de boel aan de lucht wilde laten drogen.'

'Het ergste was dat je je als een krab over de boot moest voortbewegen, met je benen wijd,' vertelde Janette. 'Dan kwam er een golf, en iemand tuimelde plotseling op je af, en je kreeg zo'n poes in je gezicht. Om de een of andere reden was Helen het ergst van allemaal. Die kwam met haar benen wijd voorbijlopen terwijl je zat te roeien, en je kon geen kant op. Ik heb meer van haar gezien dat haar gynaecoloog. Om je de waarheid te zeggen heb ik daar op de Atlantische Oceaan genoeg poezen gezien voor de rest van mijn leven.'

En het was niet het enige wat we te zien kregen. Net als toen we die twee nachten op de Noordzee aan het roeien waren, gingen we allemaal op enig moment hallucineren, hoewel het nu wat langer duurde voor de visioenen opdoemden. Maar ze waren minstens even levendig, en zeer persoonlijk en diep. Misschien komt het door de eenzaamheid van de zee dat je hersenen een spelletje met je spelen en allerlei details voor je gaan invullen, om de verveling te bestrijden. Of misschien heb je in al die rust de tijd voor reflectie, de ruimte om je gevoelens te verkennen of je gedachten verder uit te diepen.

'Ik zat te roeien en dacht: wat doen al die huizen hier?' zei Janette. 'Ik zag een hele rij huizen en een telefooncel. Maar ik was op de oceaan aan het roeien, dus hoe konden die hier nou staan? En er waren een hoop flyovers. Of ik roeide weg van een brug. En bomen. Ik heb een heleboel bomen gezien als ik 's nachts aan het roeien was. Dat zag ik echt heel duidelijk. En dus heel veel huizen. Ik zag de bakstenen, de ramen, de gazonnetjes in de voortuinen die naar me toe rolden.'

'Ik hoorde een koor,' zei Helen. 'Janette zag een engel. Ze zei steeds maar tegen me: "Kijk dan, Helen, een engel." Volgens haar was er een engelenfiguur, heel klein, bij de navigatielichten. Maar ik hoorde de eerste twee weken alleen steeds een koor zingen in mijn hoofd.'

'Er is een link tussen de dood, donkere luchten en sterren,' zei Frances. 'Mijn moeders naam stond op de boot, ik roeide voor haar, voor Maggie's. Ik dacht: ze is altijd bij me. Vooral 's nachts. Overdag niet echt. Overdag dacht ik niet zo veel aan haar, maar 's nachts voelde ik haar aanwezigheid – dan was ze daar echt, en keek ze op me neer. Het was een vreemd gevoel, want ik ben helemaal niet zo sentimenteel. Maar ik voelde haar echt, en het was een enorme troost.'

'Ik heb mijn vader daar altijd gevoeld. Zijn naam stond ook op de boot,' zei Helen. 'Ik had altijd het gevoel dat er iemand achter me stond. Ik keek steeds achterom, in de hoop dat ik hem zou zien. Ik weet nog dat ik in de kajuit lag toen ik zo ziek was, en dat ik hem vroeg om bij me te blijven. Ik voelde zijn aanwezigheid, zijn steun. Het was alsof hij over me waakte. Nadat ik Janettes oudtante Rose had gezien op de Noordzee, hadden we het daar veel over als we 's nachts samen roeiden. Dan zei Janette dat ze eieren met spek kon ruiken. Ze zei dat er iemand bij ons was die van gebakken eieren met spek hield. Ze voelde dat er iemand bij ons was. En dan zei ik: "Nou, mijn vader mocht graag eieren met spel eten als ontbijt, maar zo'n grote fan was hij er nou ook weer niet van." We probeerden te bedenken wie het kon zijn, en om de een of andere reden kwamen we uit bij Frances' tante Edith. Die helaas nooit heeft bestaan. En dan zei Janette: "Er is iemand bij ons die dol is op bloemetjespantoffels. Kent iemand haar? Een overleden persoon met een voorkeur voor bloemetjespantoffels?" We piekerden ons suf wie dat zou kunnen zijn. Wat hebben we gelachen.'

Maar hoe meer we het ritme van de zee aanvoelden, en ons overgaven aan zijn macht, zijn charme, hoe meer we in een flow kwamen.

'Ik had momenten dat ik mijn verantwoordelijkheden totaal vergat, want dat doet de zee met je,' zei Janette. 'Als je zo naar al die sterren kijkt, dan verdwijnen je gedachten. In je hoofd kom je op plaatsen waar je nog nooit bent geweest. Tenminste, ík was er nog nooit geweest. Het heeft wel iets weg van meditatie. De nachten waren geweldig; mooier dan de dagen, wat mij betrof. Of de zee nu ruw of kalm was, de nacht was schitterend, want je zag al die sterren, en als de maan erbij kwam vond ik het helemaal prachtig. Soms kon je 's nachts de vissen horen en zien. Toen Niki een keer 's nachts dienst had, was er een enorme school dolfijnen. Zij zag ze het eerst. Ze is heel goed in het spotten van dieren. Ze was altijd de eerste die iets zag. Dus er was een gigantische school dolfijnen, en we stopten met roeien om ernaar te kijken. Ze maakten prachtige sprongen door de lucht, in het maanlicht.'

'Als we dieren zagen, staakten we ons werk,' zei Frances. 'Dan stonden we allemaal op, ook omdat we ze geen kwaad wilden doen. We trokken de riemen in en zaten te kijken naar een schildpad of dolfijn.'

'Op een avond zou de zon bijna ondergaan,' vertelde Janette. 'Niki en ik zaten te roeien en toen zagen we ineens een walvis op ons afstomen, heel dichtbij, alsof hij op een missie was. Hij ging er echt voor. Normaal gesproken stopten ze en cirkelden ze een poosje om ons heen. Ze zwommen gewoon een paar rondjes om de boot tot ze hadden bepaald wat we waren. De avonden en nachten waren spectaculair. Dan roeide je onder een koepel vol sterren. Vaak dacht ik dat het boten waren, omdat ze zo laag hingen. Het leek alsof ze aan de horizon hingen. De heldere nachten waren het mooist.'

We zeiden altijd dat de maan ons nachtlampje was en we wachtten elke avond tot hij opkwam. Niet te geloven wat een verschil dat maakte. We konden lezen bij het licht van de maan. We konden elkaar zien, en de oceaan. Zonder de maan was de wereld behoorlijk zwart. De maancyclus was fascinerend. De volle maan zag er adembenemend uit, met al dat glinsterende water. We roeiden op de maan af, hielden hem aan een kant van de boot. Je merkte het altijd als iemand aan de helmstok in slaap gevallen was (meestal Janette) omdat de maan dan ineens aan de andere kant van de boot verscheen.

'Er was een nacht dat ik alleen maar achterom heb zitten kijken. De zee was heel kalm en het leek alsof er een pad van kerstlichtjes door de lucht liep,' zei Helen. 'Ik vroeg aan Frances: "Zie ik weer dingen? Of zie jij ze ook?" En ze zei: "Ja, ik zie precies wat jij ook ziet." '

'Het was fosforescentie,' verklaarde Frances.

'Een voetpad van twinkelende lichtjes,' legde Helen uit. 'Zoals het gele pad in *De tovenaar van Oz*. Ik weet nog dat ik dacht: ziet het er nu echt zo magisch uit, of ben ik weer aan het hallucineren? We voelden ons heel dicht bij de ruimte, de sterren. De maan was onze vriend. We konden niet wachten tot hij opkwam, want dan hadden we licht. Het is onvoorstelbaar hoeveel je bij maanlicht kunt zien. Dat waren echt de mooiste momenten. Dat, en die walvissen van dichtbij zien. Maar soms waren er dagenlang alleen rare vogels. We vroegen ons af waar die in vredesnaam vandaan kwamen, want we waren duizenden mijlen van het land verwijderd. Die vogels zagen eruit als minidinosaurussen. Die vogels namen dan steeds een snoekduik. Ik weet nog dat Niki tegen me riep: "Helen, een teken! Kijk, een hele kluit veren, daar!" '

Maar de walvissen, daar waren we echt dol op. Ze hadden ons gewaarschuwd dat ze gevaarlijk konden zijn: een klap van hun staart en de hele boot kon zinken. Toch waren we nooit bang, wat waarschijnlijk vrij dom van ons was. We voelden ons erg bevoorrecht dat we zoiets schitterends in het wild konden zien. Vooral die keer dat we bezoek kregen van een moeder en haar jong. Ze was enorm groot en grijs. En toen dook ineens de baby op, pal naast de boot. Hij tilde zijn kop op en blies. Dat was een heel bijzonder moment, omdat we met allemaal moeders aan boord zaten, en we het gevoel hadden dat die walvis ons vertrouwde, in de buurt van haar kind, omdat ze wist dat wij precies zo waren als zij. Dat wij haar kind nooit iets zouden aandoen. Het was een heel belangrijk moment.

'Soms was het alsof de oceaan onze gedachten kon lezen. Eerder, toen Niki een infectie aan haar vinger had, bestond de kans dat ze de boot moest verlaten. We hadden Caroline gebeld. En Thor. We belden met iedereen over die vinger. Het was heel precair, en als het zo door zou gaan, zou Niki ernstig in de problemen komen. Toen namen we de beslissing om een snee in de vinger te maken. Niki ging naar de kajuit, Janette pakte een scalpel en zette een snee in die huid en duwde een straal pus uit die vinger, en precies op dat moment verscheen die school dolfijnen. We hadden de hele dag enorm hoge golven gehad en waren allemaal zo moe, en Niki had pijn, maar toen zagen we ineens al die dolfijnen door de lucht vliegen. Het was alsof de dieren naar ons toe kwamen op het moment dat we ze het hardst nodig hadden...'

Hoe langer we op zee waren, des te meer waardering kregen we voor de grillen van het weer. We zaten bijvoorbeeld te kijken naar een bui die zich verderop ontwikkelde. Als uit het niets verscheen er een kleine zwarte wolk die op ons afstevende. We roeiden in de felle zon en wachtten tot de bui ons zou bereiken. Als het zover was deden we onze ogen dicht tot de bui op ons losgelaten werd. In een paar tellen maakte zo'n bui ons drijfnat, en dan vertrok hij weer, met een prachtige regenboog in zijn kielzog.

'De regenbogen liepen van het ene eind van de horizon naar het andere,' zei Niki. 'En ze waren schitterend. Het voelde als een beloning voor het overleven van een storm.'

En dan had je natuurlijk nog de zonsondergangen.

'Roze met grijze wolken,' vertelde Frances. 'Bij bewolkt weer was de zonsondergang op zijn mooist, met roze en oranje reflectie van de lucht. Het licht was heel bijzonder.'

'Het is daar echt ontzettend mooi,' vond Niki.

'Ik had het gevoel alsof ik op een andere planeet was,' zei Janette.

'Het was net een gigantische tafel, met ons als bloemstukje in het midden. En de wolken reisden met ons mee,' voegde Frances eraan toe. 'Het was een voorrecht om zo veel schoonheid te mogen zien. Het was iets wat niemand van ons ooit zal vergeten. Alsof we een poosje te gast waren in een andere wereld.'

SCHEEPSLOG:

'Soms zijn de zwaarste momenten in je leven ook de mooiste – als je geest en lichaam tot het uiterste worden getart, je de uitdaging aangaat en in een flow komt. Tijdens onze reis waren er vaak momenten waarin we helemaal opgingen in een activiteit. Dat waar we mee bezig waren had onze volledige aandacht. We verzamelden onze krachten om dingen te bereiken die we ons nooit hadden kunnen voorstellen.'
(Janette/schipper)

HOOFDSTUK 15

Antigua

'Opgeven is onze grootste zwakte. Als je wilt slagen, is de kans daarop het grootst wanneer je het nog een keer probeert.'

THOMAS A. EDISON

Pas toen we het tweede jacht zagen, beseften we hoe eenzaam we waren geweest. We hadden al negen weken geen enkel ander gezicht, geen enkel ander mens gezien. We hadden zo opgesloten gezeten in ons eigen kleine wereldje dat het bijna een openbaring was te zien dat er überhaupt nog andere mensen bestonden. We waren zo gewend aan onze routine – roeien, slapen, eten, warm water maken (Helen), de zonnepanelen en het toilet schoonmaken (Frances), checken of de boot water maakte, wieltjes bij de zittingen vervangen en het ruim opruimen (Niki) en rotzooi opruimen (Janette) naast het eindeloze roeien – dat we, toen Manfred Tennstedt (de schipper van het jacht van de raceorganisatie) over de radio meldde dat ze kwamen checken hoe het met ons ging en om wat beelden te maken voor een documentaire, hysterisch uitgelaten werden.

Helen stond op de uitkijk. Ze scande de horizon terwijl ze de boot over vloog, op zoek naar andere tekenen van leven dan vliegende vissen en dino-vogels.

In dit stadium van de race roeiden we steeds met zijn drieën tegelijk. Een zat aan het roer – de hoop dat we de stuurautomaat nog konden repareren hadden we allang opgegeven. Het was uitputtend en we waren dan ook kapot, maar we hadden geen keus. Onze voortgang werd gehinderd door buien en stromingen die ons uit koers wilden slaan, en dus hadden we tijdens een van onze besprekingen besloten nog één keer alles te geven om voor eind februari aan te komen.

'Ik had het getal 22 in mijn hoofd,' zei Helen. 'Ik was er zo van overtuigd dat we er 22 februari zouden zijn. Iemand had dat tegen me gezegd. Ik had het gevoel dat het zo zou zijn. Niki zei altijd: "We halen het nooit. We halen steeds maar twee knopen of anderhalve knoop." Maar ik zei: "Niki, dat weten we helemaal niet." Het schijnt dat je vanaf een bepaald punt de wind en de stroming mee krijgt, dus ik wist dat we op zeker moment sneller zouden gaan. Dat punt leek alleen nooit te komen. Onze gezinnen zaten te wachten tot ze hun vlucht konden boeken. Ik zei steeds maar dat we er op 22 februari zouden zijn, dat we wel snelheid zouden maken, maar we roeiden maar negenentwintig of dertig mijl per dag, en we hadden nog tweehonderd mijl te gaan. Gareth en Mark vroegen wanneer ze hun vlucht naar Antigua moesten boeken, en Carsten had hun gezegd dat het wel maart zou worden. Maar ik had nog steeds 22 in mijn hoofd. Enfin, naarmate we dichter bij die datum kwamen, wist ik zelf ook wel dat we dat niet zouden halen, en onze gezinnen wisten het ook. Ze moesten allemaal omboeken.'

Dus toen Manfred in de vroege morgen van 23 februari aan kwam varen, had hij echt geen beter moment kunnen uitkiezen. We liepen op ons tandvlees. We hadden echt al onze reserves aan wilskracht, energie en karakter uitgeput. We wisten dat onze families op ons wachtten, maar we waren nog een week van English Harbour op Antigua verwijderd. De zon scheen genadeloos en de golven waren kalm terwijl we doorroeiden.

'Wanneer zeiden ze dat ze zouden komen?' vroeg Frances.

'Vandaag,' antwoordde Janette. 'Ze zeiden vandaag.'

'Zullen we ze even oproepen via de radio?' vroeg Helen.

'We geven ze nog even,' zei Janette.

'Maar ze zeiden toch vandaag?' hield Niki vol.

Met het uur werd de spanning groter. Wat zouden we aan Manfred vragen? Wat wilde hij van ons weten? Het was enorm opwindend dat we bezoek zouden krijgen op de oceaan!

'Daar zul je hem hebben!' riep Helen, wijzend naar de horizon.

'Waar dan?' vroeg Janette terwijl ze haar ogen tot spleetjes kneep.

'Daar. Dat stipje.'

'Weet je het zeker?'

'Het is natuurlijk een schildpad,' zei Frances, die door bleef roeien.

'Of weer een vliegende vis die me dadelijk een klap in mijn gezicht komt geven,' zei Niki.

Niki werd de hele tijd in haar gezicht geslagen door vliegende vissen. We snapten ook niet hoe dat kwam, maar zij was gewoon altijd de sigaar. Ze belaagden haar in het donker, als kamikazepiloten, en volkomen onverwacht kreeg ze weer een pets tegen haar wangen. Daarna zette Helen het tien minuten lang op een krijsen omdat die vis in het donker lag te spartelen en we hem te pakken moesten zien te krijgen om weer overboord te kunnen gooien. Soms lukte het niet. Dan lag het beest dagenlang te rotten voor we de bron van die ranzige lucht gevonden hadden.

'Nee! Echt,' bezwoer Helen. 'Het is een boot!'

Een boot die er een eeuwigheid over deed om bij ons te komen. We zaten urenlang op de uitkijk voordat *Skye*, de hulpboot van Talisker, met Manfred en zijn vriendin, Jemma, aan het roer, dicht genoeg bij ons was om contact te kunnen leggen. Eerst waren we op zwaaiafstand, maar al snel konden we naar hen roepen, toen schreeuwen, en vervolgens zwaaien en schreeuwen en roepen tegelijk. Er werden over en weer vragen afgevuurd. Hoe ging het met ons? Hoe ging het met hen? Hadden ze nog sappige verhalen? Wie waren er allemaal al gefinisht? Iedereen, blijkbaar. Van de zesentwintig teams waren er achttien alweer naar huis. Hoe was Antigua? Fantastisch. Hoe was de sfeer daar? Vol spanning. Waren er veel mensen? Het was er stampvol. We moesten er maar van genieten als we daar waren. Rustig de tijd nemen. Langzaam binnen komen varen. Elke seconde op ons in laten werken.

Ze haalden hun camera's tevoorschijn en begonnen te filmen hoe wij roeiden, voor een documentaire over de race.

'Hij zit niet in zijn harnas,' zei Frances, met een blik op de boot.

'Nee,' zei Helen, die ook keek hoe Manfred over de zijkant van zijn boot hing met zijn camera in zijn hand. 'Echt verschrikkelijk gevaarlijk. Een misstap...' Toen begon ze te gillen.

Manfred was van zijn boot gesprongen en kwam op ons afzwemmen. Hij was kennelijk niet onder de indruk van het feit dat hij zo weggeslagen kon worden door een monstergolf; een golf die hem richting Guadeloupe of Venezuela zou kunnen slaan.

'Goeiemorgen,' zei hij toen hij door de golven zwom.

'Hij lijkt wel een zeemeerman,' zei Helen. 'Eentje die onder de tatoeages zit.'

We waren zwaar onder de indruk van zijn zwemkunst. En van het feit dat hij zo rustig in het water lag. Die mannelijke, eenarmige borstcrawl, met zijn camera in de andere hand. We waren überhaupt al onder de indruk van het feit dat hij er was. We hadden zo veel te zeggen, zo veel vragen, we struikelden over onze eigen woorden. We waren ontzettend hongerig naar gezelschap, hongerig naar informatie. We moesten lachen om alles wat hij zei, en we vonden alles even fascinerend. Wat was er allemaal aan de hand in de buitenwereld?

Het was vreemd. We hadden negen weken in een bubbel geleefd. En we hielden van onze bubbel. We hadden hem expres zo gecreëerd. Hij bood bescherming. Het was onze manier om om te gaan met de omvang van wat we aan het doen waren: drieduizend mijl over de meest onvoorspelbare oceaan ter wereld roeien. Onze wereld was uit onze boot en onszelf gaan bestaan. De ruimte was nog het dichtst bij, voor ons gevoel (dus de tweet die de astronaut Tim Peake ons stuurde was ons heel dierbaar). Na zo veel dagen op zee (drieënzestig op dat moment), hadden we het gevoel dat we met dolfijnen, walvissen en vliegende vissen deel uitmaakten van de oceaan. We waren zeebewoners geworden. We begrepen de zee beter. We hadden er meer respect voor gekregen. We waren er verliefd op geworden. We botsten minder vaak tegen dingen op naarmate we de golven beter leerden lezen. We zagen een zijdelingse monstergolf al van een mijl afstand aankomen, en dan waren we er klaar voor. We zagen ministormpjes aankomen, konden snel onze regenkleding aantrekken en zongen hardop als de regen op ons neerkletterde. Het was alsof we een vijand hadden bevochten en na wekenlange uitputtende manoeuvres – met aanvallen en tegenaanvallen – de strijd moe waren en aan elkaars gezelschap gewend waren geraakt. We hadden een soort harmonieuze overeenkomst gesloten, in elk geval tot we Antigua zouden bereiken.

Maar die bubbel had ons gered, door de bubbel hadden we nergens anders meer aan gedacht dan aan de overkant halen. De bubbel gaf ons focus en bood veiligheid.

En Manfred prikte die bubbel door toen hij in het water sprong. Toch leek niemand van ons er bezwaar tegen te hebben. Sterker nog, we vonden het geweldig. Dit was waar we al die tijd naar op zoek waren geweest in de golven. We hadden het gevonden. Onze tijd zat erop. We moesten de haven in.

'Dus het idee is,' zei Manfred terwijl hij om Rose heen zwom, 'dat ik jullie film terwijl jullie de onderkant van de boot schoonmaken.'

'De onderkant van de boot schoonmaken?' vroeg Janette.

'Ja.' Hij knikte en wierp een snelle blik op Rose. 'Hoe vaak hebben jullie dat al gedaan?'

Nog nooit, dus. We hadden Rose niet één keer schoongemaakt. Ze hadden wel tegen ons gezegd dat we de pokken af en toe van de bodem moesten weghalen, maar de golven waren altijd zo groot en de stroming zo sterk dat we geen van allen ooit zelfs maar een teen buiten boord hadden durven steken. We waren in al die negen weken niet één keer het water in geweest om te zwemmen of wat dan ook. We waren in de zone – de *eat, sleep, row, repeat*-zone. We hadden de oceaan bewonderd, waren er echt van gaan houden, maar we hadden ons er nooit in ondergedompeld. Misschien hadden we het te druk gehad met de oversteek.

'Echt niet?' Manfred keek verbaasd. 'Row Like a Girl heeft de boot drie keer schoongemaakt. Je gaat er echt ontzettend veel sneller door. En dan ben je minstens een dag eerder op Antigua.'

Dus maakten Frances en Niki zich vast aan lange veiligheidslijnen. Ze sprongen overboord en begonnen met borstels de pokken, zeeslakken en het zeewier weg te schrobben die zich aan Rose' romp hadden gehecht. Onze boot was intens smerig – er had zich een onvoorstelbare hoeveelheid beestjes aan ons vastgemaakt voor een gratis tochtje over de oceaan.

'Dit is fantastisch!' joelde Niki al spartelend en duikend. 'Ik voel echt elke spier in mijn lichaam tot ontspanning komen!'

'Zalig,' beaamde Frances terwijl ze onder de boot door zwom.

'Waarom hebben we dit niet al veel eerder gedaan?' vroeg Niki.

'Vanwege de haaien!' riep Janette.

'We hebben al minstens een uur geen haai gezien,' zei Niki lachend. 'En dit is echt geweldig.'

Het was voor Niki en Frances een van de hoogtepunten van de tocht, alsof ze te gast waren in een magische wereld – rondzwemmend in een aquarium, omringd door nieuwsgierige visjes en grotere dorades, die dankbaar de pokken opaten die zij van de boot schraapten. Het was een relaxed en blij moment, waarbij ze zich een met de natuur en de omgeving voelden, en genoten van Manfreds gezelschap. Niet alleen was het een fantastisch gevoel om in het water te zijn, het was ook heel bijzonder om die ervaring te delen met iemand anders, die naast hen meezwom.

Niki klom weer aan boord met de elegantie van een gazelle, terwijl Frances wat hulp nodig had. Veel hulp, eigenlijk.

Helen had de hele magische, unieke, niet te evenaren ervaring gefilmd, maar helaas haar vinger voor de lens gehouden. Mooi werk, Helen!

Ben en Carsten hadden ons heel vaak gezegd dat we de onderkant van de boot moesten schoonmaken.

'Het maakt echt uit,' hadden ze gezegd. 'Het moet beslist gebeuren.'

En of het uitmaakte!

'We hadden gewoon geen idee dat het zo'n impact zou hebben,' zei Helen. 'Ongelofelijk dat een paar pokken voor zo veel vertraging konden zorgen! Maar vanaf dat moment konden we twee keer zo veel knopen roeien. Janette beweert altijd dat de wind op dat moment omsloeg en de stroming veranderde, maar zodra Niki en Frances die boot schoongemaakt hadden en Janette en ik weer gingen roeien, wisten we niet hoe we het hadden. We gingen van twee naar vier knopen per slag. Je zag met het blote oog dat we een stuk harder gingen.

'Ian Couch, de veiligheidsfunctionaris van de race, belde ons op en vroeg: "Hebben jullie je boot soms schoongemaakt?" Hij zei dat hij dat kon zien, omdat we ineens veel sneller gingen. Als we de onderkant van de boot eerder schoongemaakt hadden, waren we er een week eerder geweest. Zo veel verschil maakt het.'

Dus toen de zon onderging en we Manfred en zijn bemanning uitzwaaiden zetten we keihard *Mamma Mia!* op, voor de vijfenzeventigste keer die reis, en we roeiden al dansend en zingend verder. Rose ging als een mes door de boter, en we konden het land bijna ruiken. We stelden ons de lichtjes voor, het lawaai, het warme welkom in de haven, de omhelzingen van onze familie en vrienden. We legden wel achtenvijftig mijl af op één dag! En de volgende dag negenenzestig. Het was moeilijk te geloven dat het eind nu echt in zicht was.

We begonnen erover te praten, erover te fantaseren; we waren de mijlen aan het aftellen. Elke keer dat er eentje af ging, riepen we hard: 'Ketsjing!'

'Nog vijfenvijftig mijl te gaan!' schreeuwde Niki.

'Denk je dat je bij aankomst erg emotioneel zult zijn?' vroeg Janette aan Frances.

'Emotioneel?' antwoordde Frances. 'Dat zou ik wel denken. Ik ben sowieso al de hele tijd bijna in tranen. Als ik eraan denk, voel ik tranen branden.'

'En besef je wel dat we een wereldrecord gaan vestigen als we daar aankomen?' vroeg Janette.

'Een wereldrecord.' Frances knikte.

'De oudste vrouwen die ooit de Atlantische Oceaan overgestoken hebben,' verklaarde Janette.

'Ketsjing!' joelde Niki vanaf het dek. 'Nog vierenvijftig mijl te gaan!'

'En dat gaan we vieren met rum en chocola,' ging Janette verder.

‘Is er nog iets over van die mango-gin?’ vroeg Helen.

‘Volgens mij hebben we alleen nog cognac,’ zei Janette.

‘Hadden we cognac?’ vroeg Frances.

‘Ja, die heb ik bewaard voor noodgevallen.’

‘En die hebben we niet gehad, wou je zeggen?’ informeerde Frances.

‘Er is meer,’ zei Janette, terwijl ze met een groots gebaar iets van achter haar rug tevoorschijn toverde. ‘Namelijk… OLIJVEN!’

Dit veroorzaakte een uitbarsting van vreugde op de boot. We hadden al tweeënhalve maand niet meer zoiets exotisch gegeten. De meest culinaire ervaring op de boot had Helen, die achter Niki’s snackpack een loslopende verpakking *shepherd’s pie* had gevonden en de duizend calorieën tellende portie in één keer naar binnen had gewerkt.

‘Op de verpakking stond dat hij voor twee personen bedoeld was. Maar ik dacht: ze kunnen de pot op. Duizend calorieën? Dat is precies wat ik nu nodig heb. En het was heerlijk. Ik geloof niet dat ik ooit in mijn leven zo vol en verzadigd ben geweest.’

En dus kwamen we allemaal bij elkaar aan dek voor de ceremoniële opening van het blikje olijven dat Janette in Frankrijk had gekocht en mee aan boord had genomen als traktatie voor haar bemanning.

‘Tadaaa!’ zei ze, en ze trok het blikje open.

Maar toen bleek dat Janettes Frans even goed was als haar fysieke voorbereidingen op de race.

‘Verdomme!’ zei ze, met een blik op de inhoud. ‘Wat is dit in vredesnaam? Makreel?’ Ze snoof. ‘Shit, het is makreel in olijfolie. Wat een drama!’ Ze zette het blikje vol walging neer. ‘Hoe had ik dat uit dat plaatje kunnen opmaken?’

De rest was dolblij. Makreel? Het smaakte als godenspijs. Het was vet en hartig, en we kregen elk drie stukjes, die we elkaar met veel aplomb overhandigden. We verslonden ons deel, en kreunden er extatisch bij, alsof we nog nooit zoiets lekkers hadden geproefd. Negen weken voorverpakte maaltijden hadden kennelijk hun tol geëist, want het was duidelijk dat onze lichamen hiernaar snakten. Vitamines. Omega 3. Olie. We werden bijna high van die vis.

Iets anders wat onze lichamen wel konden gebruiken was een douche of een wasbeurt. We hadden ons tijdens de hele tocht schoongepoetst met babydoekjes die we ook als toiletpapier gebruikten, omdat echt toiletpapier meteen drijfnat werd aan boord. En we waren aan de allerlaatste doekjes toe. Dus nam Janette een besluit: we mochten de noodtassen openmaken. Noodtassen zijn de tassen die je mee grijpt als het schip vergaat. Het zijn voorverpakte noodrantsoenen die je in leven moeten houden als je op de oceaan dobbert in afwachting van hulp. Ze bevatten eten, een zaklamp, vuurpijlen en vooral: drinkwater.

'We hadden ieder twee sponsjes, die we doormidden knipten,' zei Helen. 'We hadden een emmer en een piepklein beetje douchegel. We schoren onze benen en oksels en smeerden ons helemaal in met de douchegel. Ik geloof niet dat ik me ooit zo heerlijk heb gevoeld als na die wasbeurt. Ik weet nog dat ik dacht: waarom heb ik dit niet veel eerder gedaan? Als ik ooit nog eens meedoe aan de race, was ik me één keer per week, echt, gewoon omdat het me zo'n goed gevoel geeft. Hoewel je soms het toppunt van smerigheid moet bereiken om te beseffen hoe fijn het is om schoon te zijn.'

In een klein plastic zakje met een Duits etiket zat *Wasser*-spoeling voor hoofdhaar, en dat veranderde echt alles.

'De opwinding steeg,' zei Frances. 'We waren zo gefocust op onze aankomst dat we niet eens doorhadden dat er een gigantisch vrachtschip op ons afkwam. We grepen natuurlijk meteen de radio om met hen te kletsen. We riepen steeds: "Rose, Rose, Rose..." in een poging contact te maken. Maar ze negeerden ons, alsof ze wilden zeggen: "Ga weg, sneue ouwe wijven, praat maar lekker met elkaar." '

Ketsjing! We hadden nog dertig mijl te gaan toen we ineens een schijnbaar enorme wolk boven de oceaan zagen drijven. Het was een verre witte gloed op de zee. Een halo.

'Het was als de wederopstanding, het enige wat er nog aan ontbrak was een engelenkoor. We hadden geen van allen een idee wat het was,' zei Janette. 'En toen sperde Frances ineens haar ogen wijd open en zei: "Dat is de lichtvervuiling van Antigua!" '

Het zag eruit als een champignon van licht die boven de zee dreef. Het was schitterend, want het hield in dat we er bijna waren. We hadden bijna land in zicht. We waren safe. Als er nu nog iets gebeurde, zouden we ons nog kunnen redden. Maar terwijl we stopten met roeien om ernaar te kijken, drong het tot ons door waar we vandaan kwamen. We hadden een van de laatste ongerepte stukken natuur op aarde doorkruist. Op onze reis hadden we helemaal niets gezien dat door mensenhanden was gemaakt – geen plastic, geen vervuiling, helemaal niets. We hadden ons er volkomen thuis gevoeld, een met de natuur. We hadden een frisse huid, onze longen ademden al maanden alleen maar frisse lucht in. En daar zou nu snel een eind aan komen.

'Plotseling drong het tot ons door,' zei Frances. 'Ik voelde me ontzettend verdrietig – ik werd er echt door overmand. Na al die tijd en al die voorbereidingen, na deze geweldige ervaring, waren dit de allerlaatste uren dat we zouden roeien. Onze laatste paar uur op Rose. Ik dacht: we gaan nooit meer met haar een oceaan op. We gaan nooit meer een oceaan op. Dit is het eind van een ongelofelijk mooie tijd. Het eind van onze droom. Ik was in de rouw.'

‘Ook ik was heel verdrietig dat er een eind aan kwam,’ zei Niki, ‘al was ik nog zo bang geweest dat we het nooit zouden halen. Het was niet alleen de tocht; het was alles bij elkaar. We waren er zo lang mee bezig geweest en we hadden samen zo veel beleefd – zo veel ontzettend leuke dingen – en we hadden er zo veel van geleerd. Het was het gevoel dat dit het was.’

We zetten ons schrap. En toen belde Janette met Ben voor een weerbericht.

‘Hij zei: “Het weer is fantastisch. Als jullie dit tempo volhouden, dan zijn jullie met donker binnen.” De hele reis hadden we zitten hopen en bidden dat de wind uit de goede hoek zou komen, en juist op het moment dat we dat niet wilden, gebeurde het. Het getij was zoals we het hebben moesten. We hadden de boot schoongemaakt en alles klopte, en toch waren we daar niet blij mee. Ben zei: “Jullie moeten even goed nadenken over wat jullie gaan doen. Gooi je anker uit en vaar pas binnen wanneer het licht is. In het donker is het te gevaarlijk.” Ik hing op, keek de rest aan, en schudde mijn hoofd.’

We wisten allemaal dat we niet ’s nachts een onbekende haven binnen moesten varen. We hadden het op de Noordzee ook gedaan, en toen hadden we onszelf bijna in de kademuur geboord. Het was levensgevaarlijk.

Dus we moesten een knoop doorhakken. Als je nog maar twintig mijl te gaan hebt, kun je je niet meer bedenken; dan moet je de havenmeester melden dat je eraan komt, en de ABSAR inlichten (Antigua and Barbuda Search and Rescue). We bespraken het, en we waren het er allemaal over eens dat we het para-anker zouden uitgooien om de nacht uit te zitten. We waren zo dichtbij, en toch was het nog zo ver weg. De beslissing ging tegen onze intuïtie in. We hadden ons zo lang kapot geroeid, waren door onze eigen grenzen heen gegaan, en ineens lagen we stil. Voor sommigen van ons was dat extreem deprimerend.

'Ik was woest,' zei Helen. 'Ik kon het bijna niet meer aan. Ik wilde naar de haven toe, en van de boot af. Als een kind dat wacht op eerste kerstdag. Weet je nog hoe dat was? Ik had het niet meer. Ik was er zo ongelofelijk klaar mee.'

'Een van de rotste avonden van mijn leven,' beaamde Frances. 'We wisten dat ons de volgende dag geweldige dingen te wachten stonden, maar ik wilde niet dat ons avontuur ten einde zou komen. We waren zo gewend aan elkaars gezelschap en we hadden ook best genoeg van elkaar. Er zouden allerlei nieuwe dingen onze bubbel in komen. Daarom vond ik het ook niet erg om er nog één nachtje in te blijven zitten.'

We braken ons laatste restje alcohol aan, wat neerkwam op elk drie slokjes cognac uit een heel klein flesje dat Sam, een van de grootvaders van de school van de kinderen, ons had meegegeven. We aten de laatste noodvoorraad Marsen op en bereidden ons voor op het uitzitten van de nacht. Maar de golven waren enorm hoog en er stond een sterke stroming. Twee van ons moesten aan dek blijven om de wacht te houden. We hadden twintig meter touw buiten boord hangen, en als er een zeilboot tussen ons en het anker door zeilde, zouden we kapseizen. De ironie van de mogelijkheid dat we zo ver gekomen waren en Rose twintig mijl voor de kust zouden verliezen, ontging ons niet.

'We waren erg gestrest,' zei Helen. 'Het was een heel oncomfortabele nacht. We stuiterden op en neer, en vanwege een zeilrace zaten we de hele nacht aan de radio te proberen om contact te krijgen met die boten om hen te waarschuwen voor ons anker.

'Op een gegeven moment was ik aan dek en was er een zeilboot die niet reageerde over de radio, dus toen zijn we met onze zaklampen aan dek gaan staan zwaaien, en maar roepen: "Wij zijn hier, en we hebben een anker uitgegooid!" Uiteindelijk veranderde de boot van koers, maar er is nooit op ons gereageerd.'

Ondertussen had Janette nog steeds contact met Ben, die hun voortgang in de gaten hield. Het was een ruwe nacht op zee, en we hadden wel ons anker uitgegooid, maar werden toch nog richting Antigua getrokken. Om een uur of drie besloten we het anker in te halen en aan het laatste stuk van onze tocht te beginnen. Een paar seconden nadat Niki en Frances het anker binnengehaald hadden, sloeg er een enorme golf over de boot heen, en Janette, die aan het roer stond, zag tot haar grote schrik dat we met veertien knopen vooruitschoten. Goddank was ze in staat om de neus van Rose tegen de golf in te houden. Als die golf ons van opzij had geraakt, zou de race heel anders geëindigd zijn.

De hele nacht zagen we de lichtjes van Antigua tijdens onze twee-man-op-twee-man-af-shifts. We zouden de volgende dag ook nog een stuk moeten roeien. Het zou geen snelle finish worden, want we hadden nog drie tot vier uur roeien te gaan tot English Harbour. Janette stond erop dat we nog wat zouden rusten en proberen wat te slapen. Maar geen van ons kon nog slapen; los van de gespannen afwachting en de zeilboten die overal om ons heel voeren, hadden we ineens weer signaal op onze telefoons. We waren de drempel over gestapt en zaten alweer half in de beschaving.

Gedurende de reis hadden we een blog bijgehouden, maar het was heel lastig om dat online te krijgen. Janette en Niki hadden op La Gomera geleerd hoe je het live mailsysteem moest gebruiken, met datacompressie, speciaal bedoeld voor boten. De data werden via Janettes laptop verstuurd, via de satelliettelefoon, die verbinding zocht met een soort heel oud modemsysteem. Maar de stukjes kwamen alleen door als de boot genoeg stroom had, volgens Janette. 'Voorwaarde was dat de satelliettelefoon verbinding hield. Wanneer de verbinding werd verbroken, moest je weer van voren af aan beginnen – heel frustrerend. Het was een drama en het kostte eindeloos veel tijd in dat zweterige kantoortje.'

Janette schreef de eerste stukjes, maar na verloop van tijd leverden we allemaal bijdragen. Niet alles kwam meteen door. Het stuk dat Frances op eerste kerstdag had geschreven werd vertraagd door stroomproblemen, en kwam pas begin februari door, en tegen die tijd moest het herschreven worden, omdat de informatie achterhaald was.

En nu stonden we ineens weer in verbinding met de wereld! Frances was de eerste die het merkte. 'Ik kreeg ineens allemaal sms'jes binnen,' zei ze. 'Op de Atlantische Oceaan hadden we alleen de satelliettelefoon gehad, en nu kreeg ik plotseling berichtjes om ons succes te wensen die al maanden in de ether hadden gehangen! We begonnen ze aan elkaar voor te lezen.'

'Ze waren zo positief,' zei Niki. 'Het was heel emotioneel. We hebben wel een traantje gelaten toen we lazen wat mensen ons allemaal hadden geschreven. En toen kwamen ook de Facebook-berichtjes binnen, en sommige daarvan waren echt heel bijzonder. We konden niet meer ophouden met huilen toen we ze hardop aan elkaar voorlazen.'

Dames... jullie zijn een inspiratie voor alle werkende moeders. Jezelf een doel stellen, hard trainen en samenwerken als team, met een goed gevoel voor humor, zelfs als het heel erg tegenzit. De beste wensen voor jullie allemaal vanuit een zonnig maar koud Hampshire. X

Goed gedaan, allemaal. Een ongelofelijke prestatie. Jullie zijn geweldig en een inspiratie voor gewone mensen, zoals wij. Echt goed gedaan, en blijf je grenzen verleggen. Hartelijks.

Nadat ik jullie post om tien over halfeen had gelezen, was ik zo geïnspireerd. Het was de schop onder mijn kont die ik nodig had om de pijn te verbijten. Hij is niets vergeleken met de moed die jullie allemaal tonen door te blijven roeien. Dank jullie wel.

In een van de meest depressieve en sombere periodes van mijn leven is wat ik las over jullie, geweldige dames, het enige waar ik nog om kon glimlachen. Dank jullie dat jullie een voortdurende bron van hoop en inspiratie voor me zijn geweest.

Echt fantastisch. Een vriend van ons is door jullie geïnspireerd om dit te doen voor zijn veertigste verjaardag, letterlijk omdat hij jullie verhaal had gelezen en er zo van onder de indruk was! Wat een prestatie. Hou je haaks, blijf dapper, blijf een team.

Ik heb geen enkele slechte dag zolang jullie daar op zee zitten! Zorg goed voor jezelf, *keep smiling* en blijf roeien. Jullie zijn mijn heldinnen.

Het is zwaar zolang je ermee bezig bent, zoals bij elke enorme prestatie, maar ooit zullen jullie hierop terugkijken en mag je de rest van je leven trots op jezelf zijn. Ik wens jullie allemaal een geweldige tocht. Dit is waar het om gaat in het leven. Jullie zijn zo'n stimulans voor zo veel anderen om een beter leven te leven, met meer vervulling dan jullie ooit zullen weten. Ik hoop dat het weer jullie gunstig gezind is. *Keep smiling.*

Fantastisch blog. Jullie avontuur heeft mij gestimuleerd om ook eens iets gestoords te doen :-). Misschien niet zoiets avontuurlijks als wat jullie aan het doen zijn, maar toch iets bijzonders :-). Ga zo door, dames. Iedereen is heel trots op jullie en ik vertel alle mensen in Australië over jullie.

Het is geweldig om te horen wat jullie allemaal meemaken, jullie zijn fantastisch. Ik had vanavond geen zin om te gaan hardlopen (winderig, nat, gewoon geen zin), maar nu ik aan jullie denk en aan wat jullie neerzetten is mijn houding omgeslagen. Ik heb mezelf naar buiten gesleurd. Hou je haaks. Moge er een gunstige wind waaien richting Antigua!

Super om jullie blog te lezen. Ik ben verslaafd aan jullie voortgang! Nog voor ik de honden uitlaat, check ik jullie snelheid en positie, en dat blijf ik de hele dag door doen. Goed gedaan, meiden. Jullie doen het geweldig. Zo trots op jullie.

Ga zo door, dames! Jullie hebben geen idee wat voor effect jullie op ons allemaal hebben. Zo inspirerend voor alle vrouwen. We denken aan jullie allemaal! Hou vol. De prosecco staat koud! Veel liefs – Jeannie. Eat, sleep, row, repeat! Xxx

Geweldige, inspirerende, sterke groep vrouwen. Jullie zijn fantastische rolmodellen voor mijn puberdochter. Goed gedaan, uit Leeds, Yorkshire. #thisgirlcan

Heel inspirerend om jullie allemaal te zien. Ik reis niet graag alleen, maar nu ik zie hoeveel jullie hebben overwonnen helpt me dat enorm. Gewoon niet zo veel zelfmedelijden hebben, en vooruit met de geit. Goed gedaan. Ongelofelijk. Veel succes met jullie volgende uitdaging, wat die ook mag zijn.

Meiden, jullie zijn super!!! Jullie hebben me geïnspireerd... Ik heb me ingeschreven voor een beginnerscursus bij een roeiclub. Pas maar op – dat record van jullie gaat eraan!

Zo veel steun stemde ons nederig, en we hadden er geen idee van!

'Een vriendin van mij stuurde me een sms: "Ik kan jullie zien op Yellow Brick, jullie zijn nog maar een paar mijl uit de kust. Dit bericht zal wel nooit aankomen," ' zei Frances, 'dus ik reageerde meteen: "O, nu zit ik dus te huilen!" Het was echt heel lief.'

'Ik sms'te Lucy, omdat Lucy en Henry niet op Antigua waren,' zei Helen. 'Dus ik stuurde een berichtje om te zeggen dat wij er 's ochtends zouden aankomen, zodat ze dat niet al van iemand anders zouden horen. Ik wilde hun laten weten dat we het gehaald hadden en dat we veilig waren. Lucy had net Frans toen ze het berichtje kreeg. Ze antwoordde dat ze heel trots op me was en dat ze ontzettend blij was dat we het allemaal heelhuids hadden overleefd. Ze zei dat zij het wel tegen Henry zou zeggen. Toen kreeg ik een berichtje van de moeder van de jongen naast wie Lucy zit, bij Frans. Hij had het nieuws klaarblijkelijk doorgegeven. Ze was in tranen, zo blij was ze dat we het hadden gehaald. Het was een heel bijzonder moment. Ik was enorm onder de indruk van de manier waarop mijn kinderen waren omgegaan met die enorme verandering in hun leven. Zij waren mijn inspiratie. Allebei hun ouders waren tegelijk weggegaan, en dat was nooit het plan geweest, maar ze hadden nooit geklaagd of gezeurd, of wat dan ook. Ze hadden het allemaal heel positief ondergaan. Ik was ongelofelijk trots op hen. En ik kon niet wachten om hen weer te zien als ik straks weer thuis was.' Later hoorde Helen dat een van Henry's leraren zeer ontroerd was geweest te lezen wat Helen over haar kinderen had geblogd – toevallig net toen hij Henry's proefwerk aan het nakijken was.

Bij zonsopkomst zagen we voor het eerst in tweeënhalve maand weer land.

'Het lijkt niet echt,' zei Janette terwijl ze ernaar stond te staren. 'Het lijkt net alsof iemand een stuk land heeft laten vallen, midden in de oceaan. Het lijkt daar helemaal niet te horen liggen. Het verstoort de horizon.'

We hadden nog tien mijl te gaan toen we al onze spullen inpakten en Rose nog een keer aan kant maakten. Haar publiek zou haar te zien krijgen, en we wilden dat ze er op haar voordeligst uitzag. Verder deden we ons best onszelf bezig te houden terwijl we wachtten op het loodsbootje dat ons zou begeleiden. Helen was aan het proberen om de mensen van ABSAR wakker te krijgen over de radio. We hadden gehoord hoe ze met allerlei andere boten had zitten flirten via noodkanaal 16. Het was goed te horen dat ze haar streken na negen weken op de Atlantische Oceaan nog niet was verleerd.

En toen zagen we haar: de reddingsboot die aan de horizon op ons afkwam.

'Daar zijn ze!' Janettes stem brak. 'Daar!'

'O mijn god!' Niki stond op het dek met haar handen voor haar mond geslagen. Het was niet te geloven dat het nu echt bijna voorbij was. We zagen een paar mensen zwaaien aan dek. Het zou niet lang meer duren. Onze boordradio kraakte beneden in het kantoortje. Frances dook erbovenop.

'Hallo dames,' zei Carsten over de radio. 'Gefeliciteerd. Welkom op Antigua! Jullie zijn wereldrecordhouders. Jullie zijn de oudste vrouwelijke bemanning die ooit de Atlantische Oceaan over geroeid is. Hoe voelt dat?'

Hij was degene die ons al die weken geleden op La Gomera van de wal af had geduwd. En nu was hij de eerste echte stem van thuis die we te horen kregen.

We waren buiten zinnen. We sprongen over de boot, omhelsden en zoenden elkaar. We hadden het geflikt! Tegen alle verwachtingen in, ondanks alle twijfel, waren wij nu officieel de oudste vrouwen die de oceaan overgestoken waren in een roeiboot. Het was heel bijzonder.

'Jullie zijn het tweeëntwintigste team dat binnenkomt!' riep Carsten uit.

'Het tweeëntwintigste?' vroeg Helen.

'Ja, goed gedaan.'

'Ik wist wel dat er iets was met tweeëntwintig,' zei Helen. 'Het was dus niet de datum, maar onze positie op de ranglijst.'

We giechelden, we trilden, we huilden, we vielen elkaar om de hals. Het was ons gelukt! We waren heelhuids aan de overkant gekomen. Nou ja, bijna... We moesten natuurlijk wel eerst nog even de haven zien te bereiken.

Dus gaven we nog een keer alles wat we in ons hadden. Met onze schipper Janette aan het roer, zetten we koers naar de haven. We hadden geen idee wat ons te wachten stond.

'Toen we op zee zaten, waren we bang dat er niemand zou zijn om ons binnen te halen,' zei Helen. 'Ik had gedroomd dat we een soort industriële binnenhaven zouden in varen waar geen kip stond.'

Nog drie mijl te gaan... nog twee mijl. We roeiden nu met z'n drieën, want we konden niet wachten tot we er zouden zijn. Carsten begeleidde ons met aanmoedigingen via de radio, en voer naast ons. Toen we bijna bij de haven waren, was de zee ineens vergeven van de kleine bootjes. Aan boord stonden mensen ons te filmen, foto's te nemen, te roepen en te zwaaien.

De officiële finish van de race was een punt vlak voor de ingang van de haven, dat gemarkeerd werd met boeien. De misthoorn klonk toen we daaroverheen roeiden, en er werd gejuicht op bootjes om ons heen toen wij opstonden en elkaar omhelsden. We kregen champagne aangereikt, de vlag van Yorkshire en een enorm bord waarop stond: WE HEBBEN ZOJUIST DE ATLANTISCHE OCEAAN OVER GEROEID! En toen staken we vuurpijlen aan en poseerden we voor de fotografen.

'Het was aangrijpend,' zei Janette.

'Ineens drong het allemaal tot ons door,' zei Frances. 'We beseften... shít! Onze handen stonden in brand.'

Letterlijk in brand. Dat kwam door de vuurpijlen die we vasthielden – helemaal verkeerd, want op zijn kop (de gebruiksaanwijzing was dan ook in het Spaans geschreven).

'We waren zo emotioneel en blij dat we het eerst helemaal niet voelden,' zei Janette. 'En toen deed het me toch ineens pijn! Je voelde je handen letterlijk in brand staan.'

Ze lieten de vuurpijlen snel in het water vallen, en Niki sprong naar de verbandtrommel en haalde de brandwondencrème tevoorschijn, die ze snel Janettes kant op gooide. Zij en Frances smeerden hun handen in, voor we weer aan de riemen gingen zitten. We moesten tenslotte de haven nog in. Hoewel de halve bemanning droop van de Flamazine, sloegen we de hoek om en roeiden zo snel als vier moeders van middelbare leeftijd, die net een oceaan over geroeid hadden, dat konden. Het geluid was ongehoord. Allemaal schetterende toeters, en het geluid van de juichende menigte. En toen klonk vanaf een van de aangemeerde superjachten: *Here Come the Girls, Don't Stop Me Now* en *Ladies' Night* knalhard over de stereo. We hoorden mensen onze namen roepen, en we zagen al die gezichten. Het was fantastisch en desoriënterend tegelijk.

'Al die kleine bootjes die op ons afkwamen met mensen erin. Al die gezichten, waar je maar keek. Allemaal lachen, allemaal juichen,' zei Janette.

Er waren zo veel kleine bootjes die om ons heen dromden, en zo veel mensen die naar ons riepen en zwaaiden. Het was overweldigend. Al dat getoeter, al die juichende mensen aan dek van die enorme jachten. We wisten niet waar we moesten kijken, naar wie we moesten zwaaien.

'In een van die kleine bootjes zaten mijn zus Jane en haar man Ricardo. Ik had hen helemaal niet gezien,' zei Janette. 'En in datzelfde bootje een stel dat we op La Gomera hadden leren kennen, Ruth en John, maar ook hen hebben we helemaal niet gezien. Het was allemaal heel surrealistisch.'

We voeren heel langzaam de haven in, en manoeuvreerden langs al die kleine bootjes, met die muur van geluid om ons heen. Janette stond nog steeds aan het roer, breed grijnzend. Op de kade stond onze familie te zwaaien en te roepen, gewapend met spandoeken en T-shirts met de tekst YORKSHIRE ROWS erop. We wilden dolgraag naar onze geliefden toe.

Toen we eindelijk stilhielden naast de kade, gooide Janette de trossen aan wal. Niemand weet meer wie die toen opving. We waren allemaal zo overweldigd; we hadden aangelegd en zouden eindelijk weer aan land gaan.

'We wilden allemaal dolgraag van boord,' zei Frances, 'maar we moesten blijven zitten omdat mensen de hele tijd foto's maakten. Pas daarna mochten we gaan.'

Niki en Frances waren als eersten de boot af.

'Ik zag Mark en de kinderen op de kade, en had al oogcontact met hen gemaakt toen we de haven in roeiden,' zei Frances. 'Toen ik van boord ging, gaf Mark me een dikke knuffel. En toen waren de kinderen aan de beurt. Ze hadden erover gediscussieerd voordat ik aankwam. "Wie gaat ze het eerst knuffelen, denk je?" Om geen van hen tekort te doen nam ik ze allebei tegelijk in mijn armen.'

'Ik was zo gedesoriënteerd,' zei Niki. 'Als een konijn in de koplampen. Ik was ontzettend blij om Gareth en de jongens weer te zien, maar ik kon geen woord uitbrengen. Ik wilde hen alleen nog maar omhelzen. Ik had de hele reis gedroomd van dit moment, dat we weer bij elkaar zouden zijn. Maar ik was helemaal de kluts kwijt door al die aandacht. Het was bijna te veel voor de zintuigen.'

Janette was de volgende die van boord ging. 'Ik kon bijna niet lopen. Ben kwam naar me toe, hij sloeg zijn armen om me heen, en ik klampte me aan hem vast alsof ik hem nooit meer los wilde laten. Ik huilde tranen met tuiten, en stond helemaal te shaken, en hij zei steeds maar: "Het is oké, je bent er, je bent er, het is oké."

'Toen ik hem eindelijk een beetje losliet, zei hij: "En kijk eens wie er nog meer zijn!" En daar stonden mijn zus Jane en haar man Ricardo. Ik had geen idee. Ik liet Ben los, gooide mijn armen om mijn zus Jane heen, en zei: "Niet te geloven dat je hier bent. O mijn god, bedankt. Bedankt dat je gekomen bent." Ik kon niet meer op mijn benen staan; Jane en Ben moesten me overeind houden.'

'Het was heel indrukwekkend om te zien,' zei Helen. 'Ik stond nog steeds op de boot, en ik kon niet geloven wat ik zag: een huilende Janette. Ik heb nog nooit iemand zo hard zien huilen.'

'Ik was zo ongelofelijk opgelucht,' zei Janette. 'Ik heb het gered. Ik had hen allemaal weer veilig thuisgebracht. Het voelde alsof er een ongelofelijk zware last van mijn schouders viel. Ik was verantwoordelijk geweest voor andermans moeder en vrouw, en dat had zwaar op me gedrukt. Als we het niet hadden gered, was dat mijn schuld geweest. Maar we hadden het gered. De meiden waren veilig. Dat was mijn enige doel. Als het niet was gelukt, als er iets misgegaan was, dan was ik de schipper, en zou ik met het schip vergaan. Ik was degene die steeds bij zinnen moest blijven.'

En dus huilde Janette alsof ze nooit meer zou stoppen met huilen. 'Volgens mij stond mijn zus er wel een beetje van te kijken.'

Toen kwam Helen van boord.

'Mijn man en kinderen waren er niet,' zei ze. 'Richard zat op Isle of Man voor zijn nieuwe baan en mijn kinderen hadden examens – Lucy was bezig met haar oefenexamen – dus mijn moeder was zo lief om in haar eentje te komen. Het was geweldig om haar te zien. Ze is eenentachtig!' Voor Helen was er geen grote hereniging. 'Dat was vreemd. Ik kwam van de boot en begon gewoon met allerlei mensen te kletsen. Ik maakte een praatje met Bella en Olivia van Row Like a Girl. Ik moet toegeven dat ik wel wat jaloers was op degenen die hun kinderen nu weer zagen, maar Lucy's opleiding is belangrijker. Ik zou hen allemaal snel genoeg weer zien, en het was heerlijk om wat tijd door te brengen met mijn moeder. Uiteindelijk maakte dat die laatste paar dagen misschien een stukje gemakkelijker.'

De volgende dagen waren echt heel vreemd. We werden meteen meegenomen voor foto's en interviews. We konden geen van allen normaal lopen. Onze kuiten waren zo dun geworden en we waren zo uit ons evenwicht na al die dagen op zee, dat we rond hopsten als vier dronkenlappen op een vrijgezellenfeestje. Carsten en de andere mensen van de race moesten ons ondersteunen, en ons overeind houden tijdens het lopen. Bij ons eerste interview zie je onze verwarde gezichten en onze verstijfde glimlach terwijl we ons aan elkaar vastgrijpen en van links naar rechts zwaaien. Janette en Frances kregen in al die chaos ijsklontjes aangereikt voor hun verbrande handen.

De verwarring en drukte duurden een poosje voort; er waren honderden mensen die ons om een foto vroegen en die ons een schouderklopje wilden geven. Overal waren mensen uit Yorkshire. 'Ha! Wij komen uit York!' hoorden we. 'Wij komen uit Bradford! We wachten hier al dagen op jullie aankomst!'

En nadat we tegen een eindeloze hoeveelheid camera's gepraat hadden, en steeds weer dezelfde vragen hadden beantwoord – Waren we trots? Was het niet gek dat we het echt hadden gehaald? En zouden we het nog een keer doen? – werden Janette en Frances meegenomen naar de medische post om hun handen in het verband te laten wikkelen. Janette stortte er prompt in.

'Ik stond zo te wiebelen,' zei ze. 'Mijn benen wilden niet meer, en ik viel bijna flauw. Het was de shock van het finishen, het bevrijd zijn van de verantwoordelijkheid en misschien ook wel de pijn aan mijn verbrande handen.'

Terwijl Frances en Janette werden verpleegd, zaten Helen en Niki met zijn tweeën aan de lunch in een restaurant aan de haven, aan een gedekte tafel met heuse servetten, messen en vorken en kleine kussentjes op de stoelen.

Het enige wat we wilden drinken was cola; die mengeling van bubbels en suiker was precies wat we nodig hadden. En dus kregen we cola! Een paar ontzettend attente vrienden van Frances kwamen naar de kade met een enorme koelemmer vol met champagne (plus flûtes), bier en liters ijskoude cola. Heerlijk. Precies waar je als trans-Atlantische roeier naar snakt.

We wilden ook dolgraag in bad en wat tijd voor onszelf. Plotseling weer terug zijn in de echte wereld bleek een stuk moeilijker dan we hadden gedacht. Het lawaai en de snelheid van alles was heel erg desoriënterend. We hadden niet gedacht dat er zo veel belangstelling voor onze prestatie zou zijn. We wisten niet dat zo veel mensen iets van ons wilden, en hoeveel vragen we op ons afgevuurd zouden krijgen. We moesten de hele tijd commentaar leveren op dingen die we zelf nog niet eens hadden verwerkt.

'Eigenlijk wilde ik nog met niemand praten over de tocht,' zei Niki. 'Er schoten zo veel dingen door mijn hoofd, en er waren zo veel emoties die ik een plek moest geven. Ik vond het heel moeilijk om dat duidelijk te maken. Ik wilde vooral horen wat Gareth en de kinderen hadden gedaan; het leek al zo lang geleden dat we elkaar voor het laatst echt hadden gesproken.'

Het was dat eeuwenoude probleem dat we allemaal zo goed kennen: je speelt een hoop verschillende rollen, en uiteindelijk raak je erdoor verscheurd.

Terwijl Janette en Ben zo verstandig waren geweest om een hotelletje te boeken in English Harbour, waar alle actie was en waar we moesten zijn voor onze mediaverplichtingen, zat de rest in een all-inclusive resort aan de andere kant van het eiland.

'Toen we in het hotel aankwamen, wist iedereen wie we waren,' zei Niki. 'Onze gezinnen zaten er al een week, en dus wilde iedereen even kletsen en op de foto. Ik wilde mijn ouders zien, mijn kinderen en mijn lieve man, en het was allemaal zo overweldigend.'

'We waren allemaal een beetje down en een beetje raar,' zei Helen, 'en eerlijk gezegd niet zo in ons hum. Zelf wilde ik vooral heel graag in bad, en mijn haren wassen.'

We gingen allemaal naar onze eigen luxebadkamers. Frances verfde haar haren, Janette gaf die van haar een maskertje, Niki liet haar haren föhnen en Helen stond onder de douche en liet kokosolie over haar keiharde haarklomp stromen, in de hoop dat ze de warboel weer uit elkaar zou krijgen.

Helens haar was echt een ramp. 'Op de boot kon ik alles aan, golven van tien meter, de orkaan, twee uur slaap en alles, maar wat er met mijn haar gebeurde vond ik verschrikkelijk.'

Op dag twee van de tocht had Helen een fatale fout gemaakt. De anderen droegen hun haar in vlechtjes en hadden het ondanks de viezigheid toch steeds uitgeborsteld en opnieuw ingevlochten, maar Helen, die vies was van haar eigen haardos, had alles in een knotje gebonden en het zo maar gelaten.

'Dat was blijkbaar een heel domme fout. Als je met echte zeilers praat, dan zullen die zeggen dat je echt alleen maar een elastiek aan het eind van een vlecht moet dragen. Een domme beginnersfout! Ik had mijn haar verpest. De anderen waren allemaal onder de douche gestapt en zagen er weer fantastisch uit, terwijl ik nog steeds een hoofddoek droeg over die klittenboel en dacht: wat heb ik nou toch gedaan? Iedereen zei dat ik naar de kapper moest. Een van de mensen van BBC *Breakfast* zei dat een kort Audrey Hepburn-kapsel me vast goed zou staan, want het was wel duidelijk dat het er allemaal af zou moeten. Die eerste avond voelde ik me waardeloos, want ik zag er niet uit. Al om negen uur ging ik slapen. Dat vond mijn moeder wel een beetje irritant; zij had haar zinnen op een feestje gezet. Op haar leeftijd!'

We wenden allemaal schijnbaar gemakkelijk aan slapen in een gewoon bed. De verhalen die we hadden gehoord van andere roeiers die in hun slaap bleven roeien, of die de hele nacht lagen te huilen of steeds koortsachtig wakker werden om aan hun shift te beginnen, waren op ons niet van toepassing. Frances droomde wel over roeien. Niki was vooral opgelucht dat ze weer normaal kon ademhalen, en Helen en Janette sliepen als een blok na maar één glas wijn. De enige echte problemen waren zere billen, opgezwollen handen (we konden onze trouwringen nog steeds niet om) en het onvermogen om te lopen. We moesten ons stevig vasthouden aan het toilet, telkens als we moesten plassen. Hoewel we daar natuurlijk ook aan gewend waren geraakt.

De volgende dag werden we om drie uur 's nachts wakker voor een interview met BBC *Breakfast*.

'Ik weet nog dat ik dacht: niet te geloven dat ik zevenenzestig dagen op die boot heb gezeten, met steeds maar anderhalf uur slaap, en dat ik dan meteen alweer om drie uur op moet,' zei Helen. 'Ik geloof dat Mark licht geïrriteerd was... Hij vond het maar niks dat ze ons dat hadden gevraagd, maar ik snapte het wel, want hun reporter was speciaal naar Antigua overgevlogen en het programma had ons zo gesteund tijdens het hele proces. Dus we moesten – en we wilden het ook. Ze waren altijd zo aardig voor ons geweest.'

De dagen die volgden waren heel druk, en het lukte ons bijna niet om er voor onze kinderen te zijn en ook nog aan al onze verplichtingen te voldoen.

'Mijn kinderen hadden er schoon genoeg van dat ik steeds van alles te doen had,' zei Frances. 'Het was de duurste vakantie die we ooit hebben gehad,' zei Frances, 'en wat mijn kinderen betrof de stomste.'

'Ik had dat probleem niet, omdat mijn kinderen er niet waren,' zei Janette. 'Maar ik zag wel dat de rest verscheurd was. Al die roeiers, de organisatoren van de race, de tv-producenten, al die mensen die we de afgelopen jaren hadden leren kennen, waren bij elkaar op Antigua, en iedereen wilde een borrel met ons drinken.'

De tweede avond was het moeilijkst. Er was een feest voor iedereen die bij de challenge betrokken was geweest en er was een brandende vraag: zouden de mannen ook meegaan? Of zouden die in het hotel bij de kinderen blijven?

Uiteindelijk ging Gareth mee, en hij liet de kinderen achter bij Niki's ouders, Bunny en Pete. Maar Mark bleef thuis.

'Mark zei tegen me: "Dit is jouw ding, jouw feestje, dus ga maar en geniet ervan," ' zei Frances. 'Hij kende niet veel mensen die er die avond zouden zijn, en hij wilde niet dat ik het gevoel zou hebben dat ik te veel op hem moest letten als ik eigenlijk feest hoorde te vieren met andere teams en de mensen van de organisatie. En er was natuurlijk ook niemand om bij de jongens te blijven.'

'Ik wilde echt heel graag dat Gareth bij me was,' zei Niki. 'Dus ging hij mee.'

'Bens situatie was net iets anders,' zei Janette. 'Hij was er elke dag bij geweest, dus hij kende inmiddels veel mensen van de race. Voor de andere echtgenoten lag dat anders. We hadden dezelfde dingen meegemaakt; dat schiep een band. We waren een stelletje zeebonken bij elkaar, en we gingen uit ons dak. Tenminste, de meesten van ons.'

Maar laten we het nog even over Helens haar hebben.

'Bella, van Row Like a Girl, zei dat er in English Harbour een heel goede kapper zat, en daar ben ik naartoe gegaan. Naast mij zat een jongen in de stoel die zei: "Ik heb een dreadlock, ik heb een dreadlock!" En ik zei: "Da's nog niks, man!" Hij zei: "Getver!" De kapster was allerliefst, ze goot een lading kokosolie op mijn hoofd en toen ik in de stoel ging zitten heeft ze de kluit haar met een naald uit elkaar gepeuterd, haar voor haar. Desondanks hoorde je haar denken: dit wordt niks. Ik heb acht uur bij haar gezeten.

'Naast me zat een superaardig mens: een Amerikaanse, Jessica, maar iedereen noemde haar Gassy. Zij vroeg: "Ben jij een van die vrouwen uit Yorkshire?" Dat beaamde ik, en toen legde ik uit hoe het zat met mijn haar. Ze zei: "Ik ga je helpen om weer steil haar te krijgen." Want de andere drie, mijn lieve vriendinnen met wie ik net de oceaan overgestoken was, hadden absoluut geen zin om mij met mijn haar te helpen. Mijn moeder kan er niks mee, en in mijn eentje lukte het me ook niet. Dus Gassy, die er was om highlights te laten zetten, stond op uit haar stoel, haar haar vol met stukjes aluminiumfolie, en ging aan de slag. Ze belde haar vriendin Jackie, en zei: "Ik zit hier met een van die dames uit Yorkshire en we kunnen je hulp gebruiken, want ze heeft een gigantische dreadlock in haar haar." Gassy was geweldig. Toen ik uit de kapsalon getrokken werd voor een interview met National Geographic, zei Jessica: "Kom morgen terug, dan regelen we het."

'Ze was een engel. Het was net alsof mijn gebed werd verhoord. De volgende dag nam ik samen met mijn moeder een taxi op zoek naar Jessica, en toen bleek dat zij kok was op zo'n superjacht. Helaas kwam mijn moeder de loopplank niet op, en dus zaten we op een bankje in de haven, waar Jessica mijn haar ontwarde met een vleesprikker, want dat was het dunste, scherpste stukje metaal dat ze in haar keuken kon vinden. We kletsten een eind weg en leerden elkaar ondertussen heel goed kennen. Dat was dag twee.

'Op dag drie gingen mijn moeder en ik terug naar Jessica. Ik ging weer zitten, en die keer waren Jackie en ene Jane, die op Antigua woonde, er ook bij, en zij deden ook wat ze konden. Ik nam een hele zwik paracetamol in, want het deed zo langzamerhand flink pijn. Op de boot was mijn haar een keiharde klont geweest, en daardoor voelde ik niks, maar hoe dichter ze bij mijn schedel kwamen, des te pijnlijker het werd. Janette kwam op een gegeven moment voorbijlopen, en begon keihard te lachen. Ze zei dat het typisch iets voor mij was om zo veel mensen aan het werk te zetten. Ik was weer gewoon de prinses met personeel!'

Maar uiteindelijk was de dreadlock verdwenen; Helen ging opnieuw naar de kapster, wier mond verbijsterd openviel.

'Ik had een afspraak gemaakt voor wassen, verven en knippen, en het was fantastisch. Ik had mijn haar weer terug. Het was in een vreselijke staat, maar het hoefde tenminste niet afgeschoren te worden. Tegenwoordig mail ik met Jessica en we kletsen heel wat af. Ik weet niet wat ik zonder haar had gemoeten. Ik ben zó blij dat dat met mijn haar is gebeurd, want nu heb ik een geweldige vrouw leren kennen, met wie ik waarschijnlijk mijn leven lang bevriend zal blijven.'

We rondden de interviews af en begonnen afscheid te nemen en ons op te maken voor onze terugkeer naar huis.

'We wilden het niet loslaten,' zei Frances, 'maar we moesten verder.'

De avond voordat we vertrokken, zaten we bij elkaar in Janettes slaapkamer, met uitzicht op English Harbour. Er was even sprake van dat we zouden blijven wachten op een van de laatste twee boten die nog binnen moesten komen: Rowing for Rascals. Maar eerlijk gezegd konden we het niet meer aan. We hadden Coventry Five-O en Thrift Atlantic Energy een paar dagen ervoor al binnengehaald, en zowel Janette als Frances was helemaal ingestort.

'Ik heb niet gehuild toen we zelf over de finish kwamen, maar toen ik Coventry Five-O zag binnenkomen was ik helemaal in tranen,' zei Frances.

'De dochters van Thrift Atlantic waren overgekomen,' legde Janette uit. 'Zijn kleine meisjes. Ze holden juichend op hem af. Het was zo emotioneel.'

Dus zaten we daar in Janettes kamer, dronken een laatste glas wijn en bekeken de bijzondere foto's die voor en na de race waren genomen.

'De "ervoor"-foto's waren gemaakt op La Gomera,' vertelde Niki. 'Ze waren van heel dichtbij genomen, en je zag alleen onze mollige, gestreste, vermoeide gezichten. De "erna"-foto's werden gemaakt meteen toen we op Antigua aangekomen waren. We leken allemaal vijf jaar jonger en zagen er volkomen anders uit. Geen wallen, geen kwabben – we straalden. En allemaal leken we ontzettend gelukkig.'

Elk van ons was tussen de tien en de twaalf kilo afgevallen. Het scheelde minstens een hele kledingmaat.

'Raad eens?' vroeg Janette terwijl ze in de deuropening van haar badkamer verscheen.

'Nou?' Frances draaide zich om en aanschouwde het wonder.

'Ik kan die vervloekte korte broek aan!'

Het was zo. De turkoois met groene broek zat keurig om haar heupen en taille. Nog wel een beetje strak om de dijen, maar wat maakte het uit? Hij paste, daar ging het om.

'Nou,' zei Frances, en ze hief haar glas. 'Op de echte reden waarom we de oceaan zijn overgestoken.'

SCHEEPSLOG:

'Als je iets bereikt waar je heel erg naar hebt uitgezien, voelt dat onvoorstelbaar goed, en als je het bereikt met drie andere sterke, fantastische vrouwen is niets tegen dat girlpower-gevoel opgewassen. Je prestaties kan niemand je ooit afnemen. Die vergezellen je de rest van je leven.'
(Janette/schipper)

HOOFDSTUK 16

Terug

'De enige keer dat je ooit achterom mag kijken, is om te zien hoe ver je bent gekomen.'

ANONIEM

Bij alle boeken die we hadden gelezen, alle mensen die we hadden gesproken en alle adviezen die we hadden ingewonnen, hadden we er nooit bij stilgestaan hoe het zou zijn om weer thuis te komen. Onze focus lag helemaal bij de race, hoe we naar La Gomera moesten komen, en vervolgens hoe we de eindstreep zouden halen; we hadden nooit nagedacht over hoe het daarna zou gaan.

'We hadden gepland tot Antigua,' zei Helen. 'Het was voor ons allemaal vreemd om weer thuis te zijn, en we hadden allemaal een behoorlijk communicatieprobleem. Tegen andere teams zou ik willen zeggen: maak een plan voor als je weer van de boot af komt en wees voorzichtig. Veel oceaanroeiers krijgen na hun race bonje met teamgenoten.'

De snelheid, het lawaai, de stemmen en de drukte waren allemaal zo onverwacht. Plotseling werden we gevraagd voor interviews, waren we te gast op de radio en in een paar tv-programma's, en niet iedereen had er evenveel zin in om dat te doen, maar we hadden sponsorverplichtingen, en we wilden geld inzamelen voor onze goede doelen, en dan moet je jezelf op de kaart zetten.

Hoewel de manier waarop Helen op de kaart werd gezet in BBC *Breakfast* misschien niet precies was wat zij had voorzien – en het programma ook niet trouwens. Die arme Helen. Niemand weet precies hoe het zo kon gebeuren, maar toen we op de bank zaten voor een interview met de presentatoren van het programma, en we zaten te kletsen over onze tocht, toonden ze wat beelden van ons tijdens het roeien. Helen had op dat moment haar antischaafonderbroek even niet aan. Geschokte reacties van de kijkers en foto's met Helens onderkant in pixels kwamen breeduit in de krant.

'Dat moest mij natuurlijk weer overkomen! Niet dat ik er zelf zo mee zat, maar voor mijn kinderen was het heel vervelend. Het werd trending topic op Twitter; mijn zoon kreeg het te zien toen hij op weg was naar zijn huiswerkklas. Ik had eigenlijk ook te doen met de editor. Mensen maken nu eenmaal fouten. Die arme jongen heeft wel honderd keer zijn excuses aangeboden. Ik heb hem gezegd dat het wel goed was.'

We gingen van het ene naar het andere tv-programma. De eerste paar weken terug in Engeland hebben we geen seconde rust gehad. Het was een soort wervelstorm, waar we ook wel van genoten, maar we leerden voor eens en voor altijd om enorm op onze woorden te letten. Want wat jij zelf een leuk grapje vindt, pakt een ander totaal verkeerd op. Tijdens die eerste paar dagen waren er momenten waarop sommigen van ons, met name Helen, heel erg verdrietig waren. Heel, heel erg verdrietig, zelfs.

Het was niet echt iemands schuld. We waren nog niet eens thuis geweest, en sinds we in Londen aangekomen waren, hadden we het verschrikkelijk druk gehad met alles. Helens edele delen waren trending op

Twitter, en daar zou iedereen zich op zijn minst een tikje kwetsbaar door voelen, en toen maakte Frances een grap tijdens een persconferentie – een domme grap over Helens nachtelijke stuurmanskunsten.

'Het was een heel suf geintje, maar wat een goede les in wat je vooral niet tegen journalisten moet zeggen!' zei Frances.

De volgende dag stond haar lichtzinnige opmerking in de krant, totaal uit zijn verband gerukt en beroofd van het juiste humoristische tintje.

'Frances had me voor schut gezet. Ik zou ons bijna allemaal de dood in gejaagd hebben met mijn beroerde stuurmanskunsten. Het was een grapje, maar in de krant kwam het heel anders over. We zaten in een hotelkamer, en de volgende dag zouden we in een ochtendprogramma verschijnen; ik kreeg het onder ogen terwijl ik in bad zat. Frances en ik deelden een kamer. Op dat moment was ik er helemaal klaar mee.'

'Ik vond het verschrikkelijk,' zei Frances. 'Het laatste wat ik voor ogen heb is een van mijn vrienden opzettelijk kwetsen. Helen wilde niet meer met me praten. Haar boze bui duurde tot de volgende dag. Het was een ontzettend lange nacht.'

De volgende ochtend ontbeten we met z'n allen voor we naar de tv-studio moesten. En bij een croissantje en een kop koffie hebben we het uitgepraat. Niet alleen die opmerking over de nachtelijke stuurmanskunsten, maar alle dingen die waren gezegd waar een ander last van had gehad. Uiteindelijk waren we allemaal in tranen, en zeiden we hoeveel we van elkaar hielden.

'Het was voor mij het dieptepunt van de hele ervaring,' zei Frances. 'Ironisch genoeg was dat dus helemaal niet op de boot, maar pas toen we de race hadden volbracht en weer thuis waren in Engeland.'

'We zaten allemaal te janken aan die ontbijttafel. Op de boot wisten we onze kalmte te bewaren, maar eenmaal aan land begonnen de problemen. We zijn er wel sterker uitgekomen,' zei Helen. 'We zijn nu meer als zusjes. Ik geloof niet dat ik zo met hen had durven bekvechten als we niet zo close waren geweest. Samen hebben we het hele spectrum aan emoties meegemaakt, en die speciale band zal altijd blijven. Altijd.'

'Ze zijn nu als familie voor me,' zei Niki. 'Met veel vrienden heb je nooit eens echt ruzie gehad, en dan heb je niet zo'n diepe relatie opgebouwd. Maar wij hebben in de afgelopen drie jaar zo veel meegemaakt – goede tijden en slechte tijden. We hebben strijd geleverd en zijn er weer uitgekomen. Ik denk dat je daarmee je je relatie echt verdiept: als je dat allemaal overleeft en elkaar nog steeds wilt zien. Het is eigenlijk wel fijn als het niet perfect is. Je deelt je ervaringen en weet je er samen doorheen te slaan. Het ging niet alleen om de oceaan, het moeilijkste was de weg ernaartoe. Dat was de echte beproeving. De Atlantische Oceaan is voor iedereen een uitdaging. Iedereen maakt daar zo'n beetje dezelfde dingen door, maar de tijd daarvoor, om zover te komen, dat was het allermoeilijkste.'

Nu we zo lang als viertal hadden geleefd, waren we zo gewend geraakt aan elkaars gezelschap dat we er allemaal veel last van hadden toen we weer thuis waren.

'Ik werd meteen bij hen weggehaald, omdat Ben en ik een fijn hotel op Antigua hadden geboekt, voor ons tweetjes,' zei Janette. 'Maar ik was een beetje jaloers, ik dacht: zij zitten nog met zijn allen, en ik ben er niet bij. Ik was ook heel blij om Ben weer te zien, waardoor dat gevoel weer verdween. Maar met de meiden voelde het als een scheiding. Ik ben nog steeds heel close met hen, en ik mis de intimiteit die we op de boot hadden.'

'Toen we net terug waren, was ik iedereen een beetje zat,' zei Niki. 'Maar na een week of drie, vier, wilde ik hen zo zoetjes aan wel weer eens zien, en inmiddels pak ik meteen de telefoon als er iets is, omdat ik het met hen wil delen. Het is fijn dat we ook eens wat andere dingen op de agenda hebben. Toen we pas terug waren, ging het bijna altijd om Yorkshire Rows. We zagen elkaar alleen nog maar bij evenementen waar we leuk en aardig moesten doen, en daarna gingen we weer naar huis. Het voelde niet zoals eerst – het lol trappen, lekker samen zitten kleppen. Dus daar zijn we nu weer mee begonnen. Samen op yoga, en nog wat dingetjes, en dat is heel fijn. Nu voelt het weer zoals eerst.'

De eerste paar dagen hadden we ook ontzettend veel moeite met het hoge tempo. Zelfs de meest banale dingen vonden we vreemd.

'In Londen stapte ik uit het vliegtuig in de auto, en ik kon niet geloven hoe hard iedereen reed,' zei Janette. 'Het leidde me heel erg af. Ik zei steeds tegen Ben: "Je gaat veel te hard!" Waarop hij zei: "Zo hard rijd jij zelf ook altijd!" In de maanden ervoor had ik vier kilometer per uur geroeid, ik werd al zenuwachtig bij veertig kilometer per uur!'

Gelukkig hadden onze mannen, kinderen en familie heel veel geduld en begrip voor ons tijdens onze terugkeer naar de samenleving, zoals ze dat de drie jaar ervoor ook al hadden getoond.

'Ze waren allemaal geweldig. Zonder hen was dit allemaal nooit mogelijk geweest,' zei Janette. 'Doordat er zo veel mensen waren die ons steunden, waren wij vastbesloten om niet op te geven. Als er mensen achter je staan, wil je ze niet teleurstellen. Dankzij alle steun vanaf het prilste begin hebben we de eindstreep gehaald. Er waren mensen die in ons geloofden en zeiden: "Kom op, meiden!" Voor hen deed je het.'

'Pas als je weer thuis komt hoor je wat zij allemaal hebben gedaan,' zei Niki. 'Gareth had via e-mail en Facebook aan vrienden, supporters en sponsors gerapporteerd over onze voortgang. Dat was zo veel werk! En dat boven op alle andere dingen die hij al te doen had, en dat deed hij allemaal voor ons. Goede vrienden en volkomen onbekenden hadden geld ingezameld, met taarten- en koekjesacties, en de opbrengst naar onze goede doelen overgemaakt. En onze lieve ouders, Pete, Bunny en Karen, hadden van alles gedaan om het gemakkelijker te maken voor Gareth en de kinderen, toen ik er niet was. Ik kan al die vrijgevigheid nooit terugbetalen, maar het heeft me wel doen inzien hoeveel aardige, gulle mensen er zijn.'

Toen wij weer veilig thuis waren, deden de lieve mensen uit het dorpje Burn hun kerstverlichting eindelijk uit. We hoorden ook dat een vaste klant van de Wheatsheaf Inn in Burn elke dag dat wij op zee zaten één pond in een blikje had gedaan. Anderen hadden zijn voorbeeld gevolgd, en zo was er ruim duizend pond opgehaald.

'Het is een echte dorpsgemeenschap. We werden de hele tijd gevolgd en gesteund,' zei Janette. 'En toen we terugkwamen, hoorden we dat de BBC naar de pub was gegaan om daar te filmen, toen wij nog aan het roeien waren. De gasten zongen met zijn allen: "*Eat, sleep, row, repeat.*" Geweldig was dat.'

En onze mannen? Onze kinderen? Hebben die zich gered? Hebben ze ons gemist? Waren wij inderdaad zo onmisbaar als we altijd dachten? Stortte de wereld, die toch zo duidelijk om ons draaide, helemaal in, zodra wij weg waren?

'Voor zover ik weet, hebben ze het dik naar hun zin gehad,' zei Frances. 'Irritant genoeg hadden ze bijna niet gemerkt dat ik weg was! Ze leefden gewoon hun leven. Ze waren er vrijwel nooit wanneer ik belde; dan zaten ze bij vrienden of op een feestje. Ze waren ook nog zo attent om me erop te wijzen dat ik thuis niet te harden was, want ik zei steeds dingen als: "Dat is toch helemaal niet belangrijk! Allemaal buitenkant." Inmiddels gaat het al een stuk beter. Nu er wat tijd overheen is gegaan, zie ik dat je je wel degelijk druk over andere mensen mag maken. Ik ben geduldiger geworden. Het leven heeft zijn normale loop genomen.

'Mijn jongens vonden het een geweldige ervaring. Toen we aankwamen in de haven van Antigua, gingen ze uit hun dak. De start bij La Gomera vonden ze ook super, met al die ongelofelijk fitte atleten, en wij erbij. Dat we in zo'n deelnemersveld meededen, daar zagen ze de lol wel van in. Als ik hen hoor praten met hun vrienden over de race, zeggen ze weleens dat ze heel trots op hun moeder zijn. Jack zet soms iets met #yorkshirerows op Instagram. Ze vinden het allemaal prachtig. Mijn oudste, Jay, praat er het meest over. Jack wil vooral graag zeker weten dat ik nu echt voorgoed thuis ben, en hem niet nog eens smeer. We houden ons allemaal vast aan dit avontuur omdat we het echt leuk hebben gehad.'

In Niki's familie waren de reacties ongeveer hetzelfde.

'Ze waren heel trots. Ik geloof dat mijn vader, Pete, evenveel heeft genoten van het hele gebeuren als ik. Hij heeft het van A tot Z gevolgd. En Gareth? Die is zo onwijs trots! Af en toe kijkt hij me aan, dan krijg ik een enorme knuffel van hem, en dan zegt hij hoe geweldig ik ben en vraagt of ik zelf wel doorheb wat we allemaal hebben bereikt. Het maakt alle ellende die we hebben doorgemaakt goed. Mijn jongens hebben plezier gehad toen ik weg was, want ze werden door Jan en alleman uitgenodigd en hadden steeds een hoop bezoek, maar ze vinden het ook fijn dat we weer gewoon allemaal bij elkaar zijn. Zo veel ouders op school zijn ontzettend aardig geweest. Het doet je wel beseffen dat er heel veel bijzondere mensen in je leven zijn.'

Voor Helen draaide het altijd al om de positiviteit.

'Ik wilde dat mijn kinderen deel zouden uitmaken van het hele proces, en dat zijn ze ook geweest. Ze gingen mee naar de Noordzee, naar

Southwold. Ze hebben de Zuid-Afrikaanse Greg ontmoet, en Ocean Reunion, toen wij de Noordzee over roeiden. Ze hebben fantastische mensen leren kennen met een enorme *go-getter*-mentaliteit: klimmers die op Mount Everest hebben gestaan; heel bijzondere types, die je anders niet zomaar tegenkomt. Ik heb een geweldige foto van Henry met Perfecto Sanchez, een voormalige soldaat die nu in New York een eigen bedrijf heeft en als eerste Amerikaan ooit de Noordzee overgestoken heeft. Op de foto helpt Henry hem om de Amerikaanse vlag op te vouwen. Dat soort dingen hadden ze anders nooit meegemaakt, en al die positiviteit hebben ze in zich opgenomen. Ze hebben het erover dat ze ook zoiets willen gaan doen, en dit is precies de reden waarom ik eraan begonnen ben. Omdat ik hen die mentaliteit van "Ik kan alles" wilde meegeven.'

'Ik mis de oceaan,' zei Janette. 'Die is heel verslavend. Ik zou er wel meer van willen hebben. Het is alsof je op een andere planeet bent. Ben heeft altijd veel gezeild, en hij begrijpt hoe het is om een lange tijd op zee te zitten, dus ik had geluk. Hij snapt hoelang het duurt om een oceaan over te roeien en hoeveel tijd je vervolgens nodig hebt om weer aan het gewone leven te wennen. Het was alles bij elkaar een ongelofelijk avontuur.'

En hoe zit het met ons? Wat hebben wij geleerd van een roeitocht van drieduizend mijl, een gevecht tegen een orkaan, het leven op een ruimte zo groot als twee auto's met niks anders dan energiesnacks, walvissen, de sterren en *Mamma Mia!* als entertainment?

Frances

'Wat ik heb geleerd? Dat je je leven helemaal kunt omgooien, als je dat wilt. Je kunt namelijk moeder en echtgenote zijn, en bovendien een werkende vrouw, en toch op avontuur gaan. En dan weet je nooit wat je te wachten staat: een gloednieuwe start of het bittere eind.

'Ik denk dat ik een schoolvoorbeeld ben van een introvert iemand, die 's avonds het liefst thuisblijft met een goed boek. Voor ik wegging, was ik bang dat ik er moeite mee zou hebben om de hele tijd met mensen samen te zijn. Maar ik kon me een paar keer per dag terugtrekken in de kajuit, en dat bleek genoeg om me weer te kunnen opladen. Ik denk niet dat ik het leuk gevonden had om solo te roeien. Ik wilde deze geweldige ervaring juist delen, en de herinneringen die wij met zijn vieren hebben aan die weken op de oceaan nemen we de rest van ons leven met ons mee. Hoe we ook ons best doen, ik geloof niet dat het mogelijk is om te omschrijven hoe het voelt om de oceaan over te steken in een roeiboot, maar wij vieren weten het, en daardoor hebben we een heel hechte band gekregen.

'Deze reis heeft me doen inzien dat ik alles kan. Ik heb een plek bij de Marathon des Sables van 2018, en ik twijfel er absoluut niet aan dat ik dat kan halen. Maar die marathon loop ik in mijn eentje. Ik ga erheen, en zal ongetwijfeld nieuwe vriendschappen sluiten en een geweldige tijd beleven.

'Een van mijn favoriete citaten is van Theodore Roosevelt:

"Het gaat niet om de criticus; niet om de man die aanwijst hoe de sterke man kon struikelen, of waar degene die een daad verrichtte het nog beter had kunnen doen. De eer komt toe aan de man die echt daar in de arena staat, zijn gezicht besmeurd met bloed, zweet, en tranen; de man die heldhaftig strijdt; de man die fouten maakt en telkens weer tekortschiet, omdat presteren een zaak van vallen en opstaan is. Hij is de man die ondanks dat zijn best blijft doen; de man die groot enthousiasme en grote toewijding kent; de man die zich inzet voor de goede zaak; de mens die als het meezit de triomf zal proeven van zijn grootste daden, en als het tegenzit en hij toch faalt, in elk geval moed heeft getoond, zodat hij nooit zal zijn als die koele en timide zielen die geen overwinning kennen, en geen nederlaag."

'Dat spreekt mij ontzettend aan. Waar het om gaat is hoe wij onszelf zien, en niet wat anderen van ons denken. Ik was afgelopen vrijdag op een diner, en daar sprak ik een andere advocaat die ik nog maar een paar keer had gesproken, maar die in veel opzichten op mij lijkt. Ze zei: "Je hebt klagers en mensen die iets doen. En jíj hebt iets gedaan."

'Nu is is de balans tussen werk en privé weer ver te zoeken, maar dit keer ga ik er beter mee om. Ik richt me op de Marathon des Sables. Ik kan niet wachten; het lijkt me zo leuk! Het in vervulling laten gaan van een droom vult geen gat in je leven. Wat het wel doet? Het opent een wereld aan mogelijkheden waar ik nog meer van wil meemaken. Dus blijf ik meedoen aan dit soort sportieve evenementen. Ik ga ook fietsen van Londen naar Parijs. Die rusteloosheid zit in me. Maar ik hoef nergens spijt van te hebben. Als ik morgen overlijd, heb ik mijn tijd goed besteed. Ik heb fantastische mensen leren kennen en geweldige dingen meegemaakt. Er zijn mensen van wie ik houd en die van mij houden. Een paar jaar geleden was ik down vanwege mijn werk, maar die tijd ligt echt achter me.'

Niki

'Ik heb hierdoor geleerd wat geduld is. Ik was altijd Mevrouw Structuur; niet weten wanneer ik precies zou aankomen op Antigua was mijn grootste uitdaging. Ik zag alles als een taak: eten, slapen, naar de wc gaan, de lagers vervangen en repareren tijdens mijn shift. Maar ik kwam er al snel achter dat ik maar één ding tegelijk kon. Het is de kunst van zen.

'Aan dek kijken naar de golven die langs de boot stromen, dat is wat je altijd deed onder het roeien: je zag de golven van je af stromen, de opwaartse en neerwaartse bewegingen; je voelde het schommelen van de boot. Het werkte soms hypnotiserend. Het kon ongelofelijk kalmerend en bijna spiritueel zijn. Ik weet nog dat 's nachts, mijn favoriete tijd aan dek, de boot over de golven scheerde en de sterren straalden aan de hemel. Dan luisterde ik naar de zee en had vrede met de wereld.

'Dat was mijn moment. Het gaf me de tijd om over dingen na te denken. Dingen waar ik misschien voor de reis niet tevreden mee was, en die ik nu echt kon proberen te doorgronden in een omgeving die zo ver weg van alles was. Het was voor mij bijna een soort therapie. Soms baalde ik dat mijn shift er alweer op zat. Niks zo goed om je hersenen de ruimte te geven als een zich steeds herhalende beweging.

'Na mijn terugkomst ben ik een paar van de veranderingen gaan doorvoeren die ik toen heb bedacht. Dat vond ik echt heel spannend. Het ging soms om suffe kleine dingen, zoals de frustratie van het steeds maar weer moeten opruimen. Op de boot heb ik besloten dat ik mijn leven eenvoudiger moet maken, en dus ook mijn huis en alles wat erin staat. En dat ben ik ook gaan doen. Ik heb alle kleren en al mijn boeken in de kasten onder de loep genomen. Ik loop langzaam mijn hele huis door en ben bezig om alles simpeler te maken. En dat heeft geholpen om tegenwicht te bieden aan dat onprettige gevoel. Ik zie concreet wat de reis me heeft opgeleverd. Met goede voornemens voor het nieuwe jaar wordt het meestal niks, maar dit is veel makkelijker.

Ik heb ook besloten om meer betrokken te zijn bij de hobby's van mijn kinderen. Al een paar jaar verrichte ik hand- en spandiensten bij het jeugdrugby van mijn zoon, nu volg ik een opleiding tot rugbycoach. Daar was ik anders nooit aan begonnen, maar ik vind het belangrijk om aan de jongens te laten zien dat je altijd iets nieuws kunt oppakken, oude gewoontes kunt veranderen. En door die opleiding ben ik betrokken geraakt bij de oprichting van een gloednieuw team voor meisjes van elf tot zeventien jaar, bij York RUFC. Je zet één stap, en ineens komen daar allerlei andere mogelijkheden uit rollen. Echt ongelofelijk!

'Een van mijn voornemens is om niet altijd zo op details gericht te zijn. Als je mij als kind had gekend, dan had je vast gedacht dat ik in een of andere creatieve commune woonde. Ik was altijd bezig met schilderen en dingen maken. Je had me nooit in de rol van een consciëntieuze, precieze zakenvrouw gezien. Maar ik probeer weer te veranderen. Normaal zat ik altijd overal bovenop. Nu niet meer. Ook mijn voorzichtigheid lijkt tot het verleden te behoren. Ik voel me bevrijd. Ik denk niet meer alles zo ontzettend door en ik ben veel minder gespannen en bezorgd. Sinds ik weer thuis ben, slaap ik beter. De belangrijkste les die ik heb geleerd is dat de mensen om me heen heel erg veel waardering verdienen. Je leert echt inzien dat het geluk in het leven samenhangt met familie en vrienden, en niet met alle spullen die je in de loop der tijd vergaart.'

Helen

'Het zou goed zijn als iedereen een keer op avontuur gaat, wat hij of zij ook maar ziet als een avontuur, of het nu iets groots of iets kleins is. De kansen liggen voor het oprapen. Er zijn zo veel dingen die je kunt doen, die je kunt bereiken, projecten waaraan je je steentje kunt bijdragen. Tegenwoordig denk ik: waarom zou je niet gewoon meedoen? Je hoeft toch niet uit te blinken? Je kunt het best eens proberen, samen met anderen.

'Wat Carsten beweert dat de mensen van wie hij afscheid neemt op La Gomera (omdat hij altijd iedereen de hand schudt voor je weg roeit) compleet andere mensen zijn dan degenen die hij binnenhaalt op Antigua. En hij heeft gelijk: wanneer je van die boot stapt, ben je echt heel anders. Je hebt negen weken de tijd gehad om na te denken, en water maakt je heel emotioneel. Toen ik van de boot stapte, was ik inderdaad heel erg veranderd.'

Helen had veel lof voor haar kinderen, Lucy en Henry. 'Ik zal het nooit vergeten toen ik ze weer zag bij Arrivals op Heathrow, met hun stralende glimlach. Hun leven was echt overhoop gegooid – ze moesten op kostschool en in de weekenden logeerden ze bij hun oma – maar ze waren altijd positief gebleven. Henry hield onze reis bij op een kaart. Hij had een enorme collage gemaakt, deed onderzoek naar teamstatistieken en vertelde ons steeds waar we zaten op Yellow Brick.' Telkens wanneer Helen naar huis belde, had Henry een nuttig advies of handige tip. Hij was oprecht betrokken. Hij kwam zelfs met een oceaanvriendelijke shampoo aandragen.

Lucy heeft zich voorgenomen om zelf ook de oceaan over te roeien. 'Ze lijkt op mij: ze laat zich ook door niets of niemand tegenhouden! Laatst liep ze een sponsorloop van veertig kilometer, en ze was een van de weinigen die de finish haalden.'

Maar de relatie tussen Helen en Richard is veranderd. Hij woont en werkt op Isle of Man, terwijl zij er – voorlopig – voor heeft gekozen om in York te blijven, zolang de kinderen nog op school zitten. 'Hij beleeft momenteel zijn eigen avontuur. Hij heeft het heel druk en is blij met zijn nieuwe baan, en zijn nieuwe leven op Isle of Man, dus hij heeft een totaal ander leven. We zijn allemaal veranderd, en zelf wil ik ook absoluut nog andere dingen doen en meer dingen beleven. Het was een moeilijke beslissing om niet bij elkaar te wonen, maar het was de juiste. Ik denk dat onze kinderen ook liever niet wilden verhuizen – zij hebben hier hun leven. Richard reist op en neer, en wij zijn ook heel vaak bij hem. Inmiddels red ik het prima, zo zelfstandig.

'Ik heb ook een enorme liefde voor de bergen ontwikkeld. Gek genoeg kreeg ik laatst een klimtouw toegestuurd per post – niemand weet van wie! Ik heb geprobeerd uit te zoeken waar het vandaan kwam, want niemand bij ons thuis had het besteld. Dus dat is een teken, dat lijkt me duidelijk! Ik heb de klimvereniging gebeld en hoorde dat er net iemand was uitgevallen voor een cursus, dus ik kon meteen meedoen. Ik heb al eerder geklommen, en dus ga ik het weer oppakken.

'De Challenge heeft me enorme zin en vertrouwen gegeven om dingen op te pakken. Ik ben weer twee dagen in de week gaan werken, en ik wil graag iets doen voor kwetsbare jongeren. Ik geloof niet dat ik gelukkig zou zijn met een baan op Isle of Man, waar ik nooit weg zou kunnen. Mijn focus ligt nu bij de kinderen, die ik door hun examens wil loodsen. Het klinkt als een simultane midlifecrisis, dat realiseer ik me wel. Maar Richard was zo ongelukkig in zijn vorige baan; hij had het punt bereikt waarop hij niet meer zag wat hij er nog uit zou kunnen halen. En toen viel deze fantastische post ineens in zijn schoot. Hij wilde trouwens altijd al aan zee wonen. Het is vreemd dat dit allemaal zo gelopen is. Ik heb gemediteerd en gevraagd om een verandering in mijn huishouden, dus ik heb het aan mezelf te wijten.

'Maar de tocht heeft me geleerd om dapper te zijn. Hij heeft me doen inzien dat ik mijn grenzen kan verleggen. Toen ik jonger was, liet ik van alles liggen omdat ik bang was om te falen. Mijn plek aan het London College of Fashion liet ik gaan omdat ik dacht dat ik het toch niet zou kunnen. Dat zou ik nu nooit meer doen. Van zijn leven niet. Richard heeft me veel zelfvertrouwen gegeven. En ik aan hem. Ik zei tegen hem: "Je kunt veranderen," en dat heeft hij gedaan. De Atlantische Oceaan heeft me geleerd dat ik nog zo veel meer met mijn leven kan, en dat ik zelf maar weinig nodig heb. De helft van mijn spullen is overtollig. Ons leven raakt een beetje ondergesneeuwd door dingen die er niet echt toe doen.

Voor mij is het succes van onze tocht dat we allemaal nog steeds van alles willen. We zijn niet van de boot gestapt met het idee: zo, en nu hoef ik hen nooit meer te zien. Ze zijn mijn beste vriendinnen, en dat zullen ze ook altijd blijven. En wat ik nog meer heb geleerd? Dat je moet zingen als je het mentaal zwaar hebt. Het liefst iets van ABBA!'

Janette

En Janette? Janette is ervan overtuigd dat zij van allemaal het minst is veranderd.

'Wat ik heb geleerd? Ik heb geleerd dat ik even rustig met de handboeken had moeten gaan zitten voor vertrek. We hadden precies moeten weten hoe al ons materiaal werkte voor we weggingen. Veel van onze problemen hadden we kunnen vermijden als we daaraan hadden gedacht.

'Wat nog meer... Dat ik Helens poes nooit meer hoef te zien! Ik heb er nog steeds visioenen van dat ze op me af loopt in haar nakie, op haar sokjes en reddingsvest na, zich vasthoudend aan de touwen aan weerszijden van de boot.

'Wat ik verder nog zou veranderen? Helemaal niks. Het is lastig geweest om me weer aan te passen. Ik denk nog steeds bij veel dingen: wat doet het er nou eigenlijk echt toe? Toen ik terugkwam, moest ik meteen door naar een vergadering in de VS, een leiderschapsbijeenkomst waar ik elk kwartaal naartoe ga. Ik zat daar en zij waren aan het delibereren, zoals mensen nu eenmaal doen tijdens vergaderingen, en iedereen gaf input en invalshoeken, en ik dacht alleen: waarom dóén jullie het niet gewoon? Stop met kletsen en doe het! Ik denk dat ik iets te direct ben geweest, want een van mijn collega's kwam na afloop naar me toe en ze zei: "Dit zal voor jou wel allemaal heel onbelangrijk zijn, nu je over de oceaan bent geroeid." Ze had gelijk, maar ik schrok er toch van. Ik vroeg: "O jee, is het me aan te zien?" Dat beaamde ze, want ik had gezegd: "Waar wachten jullie nog op? Hup, aan de slag." Maar ja, zo ben ik altijd al een beetje geweest.

'De oceaan brengt je tot rust, als je dat toelaat. Hij is ruig maar niet eng. Ik was niet bang toen het zo stormde. Ik wist dat we het zouden redden. Als je ergens echt in gelooft, gebeurt het ook. Ik wist dat het soms zwaar zou zijn, maar ik heb ook altijd gevoeld dat ons avontuur goed zou aflopen. En volgens mij werkt het ook echt zo. Dat is de kracht van positief denken.

'Ik heb ondervonden dat ik heel veel van de oceaan houd. Over vier jaar ga ik terug, maar dan met mijn man, en we gaan niet roeien. We verkopen de boel. Nou ja, niet alles. De studie van de kinderen moet nog betaald worden, en we hebben een zaak te runnen. Maar we gaan kleiner wonen, een catamaran kopen en ermee over de wereld zeilen. Dat is onze droom, en je weet wat er gebeurt als je ergens van droomt – dan komt het uit!

'De meiden zijn nu een soort zussen geworden, en het is geweldig om nog meer zussen te hebben. Ik houd van hen alle drie, omdat ze zo verschillend zijn.

'Een van de belangrijkste dingen die ik me heb gerealiseerd is: *less is more.* Je bent de helft van je leven bezig met spullen vergaren, en de rest van de tijd wil je ervanaf. Echt belangrijk zijn je vrienden en je familie, en de herinneringen die je samen maakt, de avonturen die je beleeft. Daar gaat het om, dat je eens iets doet voor een ander, dat je de mensen in je leven helpt. Soms is er een oceaan voor nodig om je tot dat besef te laten komen. Ik ben heel erg dankbaar voor de ervaring. We kunnen veel verschillende paden kiezen, dus waarom proberen we niet eens een ander pad? Wat hebben we te verliezen?'

En hoe is het nu met Rose? We hebben ons leven aan haar toevertrouwd; zij heeft negen lange weken voor ons gezorgd. We waren veilig bij haar tijdens die drie krankzinnige dagen dat de orkaan op ons inbeukte. Hoe is het met Rose, die ons zo veel vreugde heeft geschonken?

Rose staat te koop.

'Ik hou van die boot,' zei Helen. 'Ze is het vijfde lid van ons team, dat staat als een paal boven water. Dus als ze weggaat (en ik hoop dat dat binnenkort gebeurt, want we hebben het geld nodig voor onze goede doelen) moet ik waarschijnlijk huilen. Terwijl ik op de Atlantische Oceaan geen traan heb gelaten.'

'Ik zou haar dolgraag houden,' zei Frances. 'Serieus. Maar ze moet verkocht worden. We moeten onze lening aan Janette terugbetalen, en de rest gaat naar het goede doel.'

'Ze is niet meer in het water geweest sinds we terug zijn,' zei Janette. 'We hebben haar meegenomen naar de school van mijn nichtje. En we hebben haar naar Burn gebracht, vanwege die lieve man die elke dag dat wij op zee zaten geld heeft gedoneerd in de pub – hij baalde dat we langer op zee bleven dan had gemoeten! Maar dat was het dan wel. Het is heel vreemd, want ik zie haar elke dag. Ze staat bij mij op de oprit, en ik zie haar achterwerk uit het schuurtje steken dat Ben voor haar heeft gebouwd.

‘Soms heb ik zin om in de boot te gaan zitten en terug te denken aan hoe het op zee voelde. De nachten waren het mooist. Dan keek ik omhoog – ik brak soms bijna mijn nek – en dan keek ik al roeiende naar de sterren en dacht: jemig, ben ik echt hier? Ben ik dit echt aan het doen? Het was gewoon... Ik heb geen woorden om het gevoel mee te omschrijven. Het was daar zo ongelofelijk mooi. Ik snap heel goed dat de zee voor sommige mensen als een drug is. Ik wil zo snel mogelijk terug om dat weer te ervaren. Want ik had daar verder helemaal niets, en daardoor kon ik echt mezelf zijn, en in het moment leven. Het gevoel dat ik daar op zee had, heb ik nooit eerder gehad. Misschien zou ik er met meditatie of zoiets ook wel komen. Maar als ik de boot zie, denk ik: wat zou het geweldig zijn om weer met haar op de oceaan te kunnen varen.’

‘Wat mij betreft zou iedereen een keer mee moeten maken wat wij hebben ervaren,’ vulde Helen aan.’ Iedereen zou een keer uit zijn comfortzone moeten stappen. Daar leer je zo veel van. Dat kan voor jou een heel ander avontuur zijn dan voor mij. Maar het zou voor iedereen goed zijn om eens iets nieuws te proberen. Daarom hebben wij dit ook gedaan. Het is allemaal begonnen doordat we twee uurtjes over hadden op zaterdagochtend, en we graag eens iets nieuws wilden proberen. Geen van ons had ooit kunnen dromen dat leren roeien op een rivier op zaterdagochtend zou leiden tot een roeitocht over de Atlantische Oceaan.’

‘Het gaat erom dat je ja zegt,’ legde Janette uit. ‘Als iemand je vraagt om iets te doen, zeg dan gewoon meteen ja. Door ja tegen Frances te zeggen ben ik in dit geweldige avontuur beland. Toen ik vijfentwintig was, had ik echt niet gedacht dat ik ooit de oceaan zou oversteken in een roeiboot. Nooit. Is dit een van de dingen waar ik het meest trots op ben? Waarschijnlijk wel. Het gevoel dat je iets hebt gepresteerd is iets heel moois. Toen we die haven in roeiden, was het gevoel echt overweldigend.

'Ik vind dat vrouwen van middelbare leeftijd worden onderschat. Ik deed het, iedereen doet het. We onderschatten onszelf ook de hele tijd. Maar dat zal ik nu nooit meer doen. Als iemand je vraagt een potje badminton te gaan spelen, doe het dan, zelfs al heb je het nog nooit gedaan. Als iemand je een zakelijke mogelijkheid biedt, doe het. Als iemand je om jouw hulp vraagt, geef die dan. Je kunt je altijd nog bedenken, maar begin met ja zeggen, want je weet nooit waar het je brengt. Het moment dat ik van de boot stapte op Antigua was zo vervullend, zo bevredigend. De enige andere keer dat ik me zo heb gevoeld was op mijn trouwdag. Vrouwen kunnen obsessief bezig zijn met bewijzen wat ze waard zijn, maar je bent zo goed als je zelf wilt zijn. We moeten onszelf accepteren, met alle mooie en lelijke dingen, want lelijke dingen hebben we allemaal. En dat geeft helemaal niet.

'Ik zal het mezelf nooit meer toestaan te denken dat ik ergens niet goed genoeg voor ben. Ik weet nu dat ik niks meer te bewijzen heb. Ik ben wie ik ben. En ik ben trots op wie ik ben. Ik hou van mijn zondes en mijn deugden, want die maken me tot wie ik ben. Dank je wel, avontuur. Je hebt me van alles laten zien, maar boven alles heb je me toestemming gegeven om te zijn wie ik ben.

'Op de boot hielpen we elkaar. We werden heel goede vrienden; de meiden maken nu deel uit van mijn familie. We wilden dat het de ander goed zou gaan omdat we vrouwen zijn. We zijn er stuk voor stuk sterker uitgekomen. Ik heb van Niki geleerd dat ik meelevender moet zijn. Van Frances hoe ik een stuk ontspannener in het leven kan staan. En van Helen? Zij heeft me geleerd om in het hier en nu te leven, om in veertjes te geloven, en ze heeft me laten lachen zoals ik nog nooit heb gelachen.

'Ik moet toegeven dat ik na een paar glaasjes wijn ook echt die schuur in gegaan ben en in Rose ben geklommen. Ik ben in de kajuit gaan liggen, en dacht: wauw, hier hebben we al die weken geleefd. Als ik haar hier zie staan, vraag ik me weleens af of we écht met haar zo veel mijl hebben afgelegd over de oceaan. Ik kan het nog steeds niet helemaal geloven. Dat we het echt hebben gedaan. Het is heel raar: ik weet dat we het echt hebben gedaan, en toch voelt het in veel opzichten als een droom. Want het was ook een droom. Het was een droom om het te mogen doen. Zo voelt het nog altijd... Als onze droom.'

SCHEEPSLOG:
'Onze laatste les, eentje die we nog steeds moeten leren: hoe pas je je weer aan je gewone leven aan als je op avontuur bent geweest? We moeten ruimte geven aan de gevoelens die het avontuur gaf, en dat doen zonder ze te onderdrukken of te negeren. Als je thuis komt van zo'n avontuur kun je heel down zijn. We moeten proberen in te zien dat het heel normaal is om je zo te voelen, want dan kunnen we ons gewone leven weer oppakken. Als we altijd zo intens zouden leven, zouden we opbranden. Leren om de pieken en dalen te accepteren helpt om je voor te bereiden op je volgende avontuur, wat dat ook moge zijn!'
(Janette/schipper)

De brieven

Voor Frances: als je van de boot af wilt…

Als je dit leest, zit je er waarschijnlijk doorheen, denk je aan thuis, en wil je van die boot af. Dat is volkomen begrijpelijk. Iedereen die meedoet aan de Challenge heeft van die donkere momenten, waarop alles te veel is. Het donkerste uur is altijd vlak voor de dageraad. Die dageraad lijkt op dit moment misschien belachelijk ver weg, maar je moet kleine stapjes zetten, zo doet de dageraad dat zelf ook. Na elke nacht wordt het weer langzaam licht – stukje bij beetje, minuut na minuut, zo langzaam dat je het soms niet eens door hebt. Maar het wordt toch steeds lichter, en op een dag sta je weer in de volle zon. Met elke mijl die je roeit, ben je dichter bij de finish, dichter bij je doel, dichter bij ons. Haal maar diep adem en sla je door het donker heen, dan zul je je bestemming bereiken.

We houden van je,

Mark, Jay, Jack (en Daisy) xxxxxxxxxx

Voor Helen: van Lucy, Henry en Richard

Lieve mama,

Dit lees je waarschijnlijk wanneer je moe en verdrietig bent. Hou vol, blijf roeien en geef nooit op. We volgen je met z'n allen, en we moedigen je aan. We zijn allemaal zo trots op wat je doet, en we kunnen niet wachten tot je weer thuis bent. In de woorden van Nick Grimshaw: *'Jussssssst dooooo it!'*

Veel liefs,
Lucy, Henry en Richard
X

Voor Janette: van Ben, James en Safiya

Vrolijk kerstfeest, Janette! We denken vandaag aan jou, net als alle dagen tot je op Antigua bent. Als iemand dit kan, dan ben jij het wel.

Heel veel liefs,

Ben, James, Safiya, en de families Callan, Wilkinson en Nix
xxx

Voor Niki: van Gareth

Mijn liefste Niki,

Nu jij je opmaakt voor dit enorme avontuur wil ik dat je weet hoe ongelofelijk trots ik op je ben, niet alleen hierom, maar om alles wat je doet. Ik weet dat ik niet altijd even makkelijk mijn emoties en gevoelens uit, maar dit wil ik je toch zeggen: ik sta honderd procent achter je bij deze onderneming. Je bent hiermee een geweldig voorbeeld voor onze kinderen, maar ook voor mij. Ik ben zo'n mazzelaar dat ik met zo'n fantastische vrouw getrouwd ben. Ja, terwijl ik deze brief schrijf, vraag ik me af waarom ik je dat eigenlijk niet vaker vertel. Je hebt ons laten zien dat je zo ongeveer alles kunt bereiken als je het echt wilt, en dat heeft ons de ogen geopend. Daar zijn we je heel dankbaar voor.

Ik zal elk moment van de dag aan je denken, zoals ik dat de afgelopen vijfentwintig jaar steeds heb gedaan. Zolang als nu zijn we nog nooit uit elkaar geweest, en ik verheug me er enorm op om je straks op Antigua weer te zien en alles te horen over dit geweldige avontuur. We zullen je natuurlijk missen, maar het komt helemaal goed met je. Je hebt ons gedrild en getraind in timemanagement!

Dankzij jou zijn we heel goed in staat om zo goed georganiseerd te blijven. Ik geloof dat ik zelfs snap hoe de wasmachine en -droger werken.

Voor ons zal de tijd omvliegen, want we hebben het druk met de kerst en de vakantie en de hervatting op school, en voor we het weten is het alweer voorjaarsvakantie, wat mij niet snel genoeg kan gebeuren. Ik vermoed dat voor jou de dagen soms wat sleur zullen hebben, maar... we verheugen ons er enorm op om jouw voortgang te volgen.

Ik weet zeker dat ik het al eerder heb gezegd, maar zorg dat je alles uit deze reis haalt. Omarm hem, sla je door de dieptepunten heen. Denk aan ons en aan alle mensen die jou steunen. Geniet zo lang en zo veel mogelijk van alle hoogtepunten. Je wordt lid van een heel exclusief gezelschap – zoals je weet zijn er niet veel vrouwen die een oceaan over geroeid zijn, laat staan de Atlantische Oceaan. Er zijn ook niet veel mannen die het geluk hebben met zo'n vrouw getrouwd te zijn.

Maar wat het allerbelangrijkste is: doe voorzichtig en hou je haaks.

Heel veel liefs,

Gareth

XXX

Voor Frances: als je het echt moeilijk hebt...

'Invictus', door W.E. Henley

Out of the night that covers me,
Black as the pit from pole to pole,
I thank whatever gods may be
For my unconquerable soul.

In the fell clutch of circumstance
I have not winced or cried aloud.
Under the bludgeoning of chance
My head is bloody but unbowed.

Beyond this place of wrath and tears
Looms but the horror of the shade,
And yet the menace of the years
Finds and shall find me unafraid.

It matters not how strait the gate,
How charged with punishment the scroll,
I am the master of my fate,
I am the captain of my soul.

Invictus (Latijn) betekent: 'onoverwinnelijk'.
Ga ervoor – je kunt het, dat weet ik zeker. **Invictus es.**

Mx

Vertaling gedicht:

In het diepst van de nacht
Die me aardedonker overviel
Bedank ik eender welke god
Voor mijn onoverwinnelijke ziel

In de ferme greep van de toevalligheid
Gaf ik geen geluid, bleef ik onbewogen
Onder de mokerslagen van het lot
Bloedde mijn hoofd, maar bleef het ongebogen

Aan dit oord vol wroeging en tranen voorbij
Doemt slechts de gruwel van de vergetelheid
Toch vrees ik haar niet,
De dreiging van de eindeloze tijd

Hoe eng ook de poort
Hoe streng de straf die mij ten deel viel
Ik ben de meester van mijn lot
Ik heers over mijn eigen ziel

Dankwoord

Ten eerste willen we iedereen bedanken van het hoofdkantoor die een rol heeft gespeeld bij de totstandkoming van dit boek, zodat we ons verhaal aan zo veel mensen konden vertellen. *Vier vrouwen en een boot* was niet mogelijk geweest zonder jullie investering en vertrouwen in dat verhaal, en jullie wens om het met anderen te delen.

Enorm veel dank aan onze geweldige agente, Eugenie, en haar fantastische team bij Furniss Lawton voor hun professionele en vakkundige ondersteuning. De literaire wereld was voor ons volslagen nieuw, maar gelukkig konden we rekenen op jullie hulp.

Vier verhalen samenbrengen is geen eenvoudige opgave, vooral niet als je met vier eigenwijze dames te maken hebt, en Imogen Edwards-Jones: we vinden het ongelofelijk dat jij dat zo professioneel en eloquent voor elkaar hebt gekregen. Ook heel fijn dat we onze post-avonturenkater bij je kwijt konden. Je bent vaak niet alleen onze auteur geweest, maar ook onze therapeut!

Zonder onze geweldige sponsors hadden we de start niet eens gehaald. De hoofdsponsor was Progeny Private Law. Behalve de financiële hulp waren ook de steun en het begrip dat we van Frances' collega's en cliënten kregen van onschatbare waarde. En we willen Craig Whitaker noemen. Bij elke nieuwe sponsor was Craig de man die alle professionele bestickering voor de boot leverde; we hingen eindeloos met hem aan de telefoon. Voorts bedanken we Paul Cheung, onze chiropractor, die ons bijna twee jaar lang gratis behandeld heeft. Hij hielp ons bij de voorbereiding op de oversteek van de Noordzee, en kwam zelfs naar La Gomera om ons te behandelen voor we vertrokken. Sir Gary Verity en zijn professionele medewerkers bij Welcome to Yorkshire bedanken we voor het verspreiden van het nieuws over ons avontuur, waardoor de geldinzameling voor onze goede doelen van de grond kwam. Dank aan iedereen die zo hard heeft geholpen bij het organiseren van geldinzamelingsacties, en aan iedereen die zelf geld heeft gegeven. Het werd niet alleen enorm gewaardeerd door ons, maar ook door Maggie's en de Yorkshire Air Ambulance.

Speciale vermelding verdienen de mensen uit Burn, die geld inzamelden voor onze goede doelen en hun kerstverlichting lieten branden tot we weer aan land waren.

Onze grenzeloze dankbaarheid gaat uit naar de duizenden mensen die ons via de sociale media hebben gesteund. Jullie bemoedigende woorden en vriendelijke berichtjes hebben heel veel voor ons betekend; ze hielden ons in goede en in slechte tijden op de been.

Er waren zo veel mensen die ons steunden bij dit grandioze avontuur, en onderweg hebben we een boel nieuwe vriendschappen gesloten; er komt geen eind aan de lijst, dus vergeef ons als je hier niet genoemd bent. Jullie weten allemaal wie je bent, en hoe je ons hebt geholpen, en we zijn jullie daar eeuwig dankbaar voor.

Bedankt!

Helens dankwoord

Ik wil graag mijn gezin bedanken, mijn man, Richard, en mijn kinderen, Lucy en Henry, voor hun steun en aanmoediging van de planning tot en met de finish. Zonder jullie had ik dit allemaal nooit kunnen doen. Dank aan mijn broer Paul en mijn schoonzusje Linda, die als een malle hebben getweet toen ik aan het roeien was, en aan mijn zusje Clare en zwager Nick voor hun steun. Dank ook aan mijn lieve moeder, Anne, die met haar eenentachtig jaar helemaal naar Antigua reisde om me aan de finish te begroeten. Bedankt, mam! Tot slot wil ik mijn vader bedanken, die niet meer onder ons is, maar die in de geest zeker al die tijd bij me is geweest: hij heeft me heel wat keren een schop onder mijn achterste gegeven.

Janettes dankwoord

Om te beginnen wil ik mijn man, Ben, bedanken. Ben, je hebt me altijd gesteund bij alles wat ik doe, en dat was bij dit avontuur niet anders. Jouw advies over de zee, onze boot en onze technische apparatuur, en het feit dat je onze weerman was, heeft ervoor gezorgd dat we deze tocht met succes hebben kunnen maken. Ik ben zo dankbaar voor jouw enthousiasme en toewijding, en ik beschouw mezelf als een van de gelukkigste vrouwen op aarde dat ik jou in mijn leven heb. Wat mijn twee kinderen, James en Safiya, betreft: jullie beginnen allebei net aan je eigen leven, en de toekomst heeft zo veel mogelijkheden voor jullie in petto. Grijp alles met beide handen aan – je zult er jezelf dankbaar om zijn. Dan mijn vader en moeder, David en Mary: dankzij jullie ben ik wie ik ben. Jullie hebben me getoond dat ik moet doorzetten, veerkracht moet hebben, dapper, positief en aardig moet zijn – allemaal dingen die me die oceaan over geholpen hebben. Ik was geen geweldig leuke puber, en ik weet dat ik het jullie lastig heb gemaakt. Jullie zijn altijd van me blijven houden, en ik ben er zo trots op dat ik kan zeggen dat ik jullie dochter ben. Mijn drie zusjes, Maria, Joanne en Jane: ook al vonden jullie me gestoord, toch geloofden jullie in me. Jane en Ricardo, bedankt voor de mooiste verrassing ooit: voor me naar de finish komen. Aan al mijn familie en vrienden: dank voor jullie steun. Jullie hebben geen van allen aan me getwijfeld; ik voel me gezegend met jullie. En tot slot bedank ik mijn bemanning: Helen, Frances en Niki – in de eerste plaats omdat jullie me accepteerden als jullie schipper, en in de tweede plaats omdat jullie in alle denkbare opzichten tijdens die drieduizend mijl lange tocht jezelf zijn gebleven. Ik hou van jullie alle drie, en jullie hebben me een aantal waardevolle levenslessen gegeven. Bedankt!

Frances' dankwoord

Ik wil gewoon Mark, Jay en Jack bedanken (in elke willekeurige volgorde).

Niki's dankwoord

Ik wil graag mijn fantastische man, Gareth, bedanken, en onze twee geweldige zoons, Corby en Aiden, voor al hun steun, liefde en geloof in mij. Die dingen hebben me de oceaan over geholpen, en ze zijn altijd een inspiratie voor me. Ook wil ik mijn ouders bedanken voor hun ongelofelijke hulp, en mijn schoonouders, omdat ze er waren toen we hen nodig hadden. Mijn broer heeft prachtige foto's gemaakt, en ik bedank mijn neef Chris voor zijn geweldige artwork en ontwerpen. Ik bedank ook alle bekenden en zakelijke contacten die zo lief waren om onze reis te steunen, financieel of door hun expertise aan te bieden: jullie steun heeft me hierdoorheen gesleept! De rest van onze lieve familie en grote vriendenkring verdient ook een speciaal bedankje voor al die hulp op zo veel verschillende manieren. Jullie hielpen met geld inzamelen, boden hulp thuis toen ik er niet was, en hielden me geestelijk gezond toen het allemaal zo uit de hand liep. Ik hou van jullie allemaal.